Noëlle Harrison
Unter dem Sternenregen

Mehr über unsere Autoren und Bücher:
www.piper.de

Wenn Ihnen dieser Roman gefallen hat, schreiben Sie uns unter Nennung des Titels »Unter dem Sternenregen« an *empfehlungen@piper.de,* und wir empfehlen Ihnen gerne vergleichbare Bücher.

Das Zitat auf S. 7 stammt aus dem Gedicht »Der kleine schwarze Junge« von William Blake, deutsch von Raimund Borgmeier, entnommen der Sammlung *Gedichte der englischen Romantik,* hrsg. von Raimund Borgmeier, Philipp Reclam jun. GmbH & Co. KG 1992.

MIX
Papier aus verantwortungsvollen Quellen
FSC® C083411

ISBN 978-3-492-06190-2

Titel der englischen Originalausgabe:
»The Gravity of Love«, Black & White Publishing Ltd., Edinburgh 2018

Redaktion: Kerstin Kubitz
Satz: Fotosatz Amann, Memmingen
Gesetzt aus der Filosofia
Druck und Bindung: CPI books GmbH, Leck
Printed in the EU

Noëlle Harrison

Unter dem Sternenregen

Roman

Aus dem Englischen
von Maria Hochsieder

PIPER

Für Barry, meinen Leitstern

Wir sind für kurze Zeit auf die Erde gestellt,
um die Strahlen der Liebe ertragen zu lernen.

William Blake

Eins

Teilchen

Scottsdale, Arizona, 13. März 1989

Die Postkarte traf exakt am einundzwanzigsten Hochzeitstag ein. Ohne großes Aufheben glitt sie in den grünen Briefkasten und landete in dem noch morgendlich kühlen Gehäuse. Ein lautloser Eindringling.

Zwanzig Minuten später trat Lewis Bell aus dem Haus. In einem alten Hawaiihemd, Jeans und Flipflops ging er über den trockenen Rasen seines Vorgartens.

Lewis öffnete den Briefkasten und langte hinein. Zunächst dachte er, der Kasten sei leer, dann aber ertastete seine Hand die glatte Oberfläche der Postkarte. Er zog sie heraus und betrachtete das Bild auf der Vorderseite. Er fragte sich, ob er sich das, was er sah, nur einbildete.

Der Nachbar von gegenüber ließ seinen brummenden alten Pick-up an und fuhr aus der Einfahrt, aber Lewis hob nicht einmal den Blick. Genauso wenig nahm er das Kreischen der Kinder wahr, die zwei Häuser weiter im Vorgarten spielten. Alle Geräusche auf der Cactus Road waren in einem Vakuum verschluckt, alles stand still. Das Universum war zu dem Bild vor seinen Augen zusammengeschnurrt.

Es war eine Ansicht vom Meer. Im Vordergrund brach die grüne Graskante der Klippe ab, und am Fuß der algenüberwucherten Felsen sah man eine kleine Schar Badender. Die aquamarinblaue See kräuselte sich leicht, und dahinter erhob sich an der Rundung eines Sandstrands eine weitere moosgrüne Klippe, auf der ein kleines weißes Cottage saß. Im Hintergrund bildete ein flacher Bergrücken eine tiefblaue Silhouette vor dem makellos blauen Himmel. Er hatte diesen Anblick nie vergessen, bis heute nicht, auch wenn sein Leben keinerlei Spuren desjenigen mehr aufwies, der er einmal gewesen war. Es war ein Ort, der in seinen Erinnerungen unter einem Schleier der Sehnsucht verwahrt war. Hätte er noch Zweifel gehabt, dass es sich um ebendiesen Ort handelte, hätte er nur den Text am unteren Bildrand lesen müssen: »Strand von Rosses Point und Tafelberg Ben Bulben, Co. Sligo.«

Wer hatte ihm eine Postkarte aus Irland geschickt?

Natürlich kannte er die Antwort, trotzdem konnte er es nicht recht glauben.

Er drehte die Postkarte um. Sein Herz verkrampfte sich beim Lesen, und die Welt um ihn herum schrumpfte auf die sechs Wörter zusammen, die vor seinen Augen verschwammen. Aus der Ferne hörte er seine Frau nach ihm rufen, doch er war zu keiner Regung fähig.

Etwas verschob sich. Es war, als würde der Rasen ihm unter den Füßen weggleiten, als wäre die Erde plötzlich in Schräglage geraten. Ihm blieb die Luft weg.

»Lewis!«

Schließlich rüttelte ihn Samanthas Stimme wach, holte ihn wieder zurück, und er schnappte nach Luft, als hätte ihm eine eisige Hand auf den Rücken geschlagen.

Er machte einen Schritt nach vorn und ging dann auf das Haus zu, die Postkarte fest in der Hand. Auf der Türschwelle hielt er inne, um einen letzten Blick auf die Karte zu werfen und sich zu vergewissern, dass sie tatsächlich existierte, bevor er sie in die Tasche seiner Jeans schob und das Haus betrat.

Joy Sheldon saß in der Küche, auf dem Tisch vor sich eine dampfende Kaffeetasse und die ausgebreitete Zeitung. Es war ihr Morgenritual. Seit der Schulzeit der Kinder und selbst heute noch, wo sie erwachsen und aus dem Haus waren, las sie jeden Tag die *Arizona Republic,* bevor sie mit dem Putzen und Wäschewaschen begann. Sie wusste über alles Bescheid, was in Arizona geschah. Wer gestorben war, was für politische Rangeleien im Staat vor sich gingen, wo neue Wohnsiedlungen gebaut wurden. Sie las sogar die Anzeigen und malte sich aus, sie würde sich auf eine der Stellen bewerben.

Nachdem sie die Zeitung gelesen hatte, saß sie am Küchentisch und sah zu, wie sich die Welt vor ihrem Fenster weiterdrehte, dann raffte sie sich auf. All die Jahre hatte sie es an Wochentagen so gehalten.

Seit allerdings ihr Vater gestorben war, genügte dieses Ritual nicht mehr, damit sie durch den Tag kam. In den vergangenen Monaten war sie immer ruheloser geworden.

In wenigen Wochen jährte sich sein Tod, dennoch konnte sie noch immer nicht recht glauben, dass sie ihn nie wiedersehen würde. Nur Dad hatte ihre Liebe zur Natur verstanden, denn er trug sie selbst in sich und hatte sie auch in ihr wachsen lassen. Wer wollte behaupten, dass die Wüste karg und öde war? Das Arizona von Joy jedenfalls nicht, wo jeden Frühling der Goldmohn, lilafarbene Opuntien, Wüstenwegwarte und die roten Pinsel der Castilleja durch die harte Erdkruste brachen. Jedes Mal aufs Neue erschien es ihr unerwartet und spektakulär. Dieses Erlebnis hatte sie mit ihrem Vater geteilt, wenn sie sich zu ihren gemeinsamen Wanderungen aufmachten, bevor der Sommer einsetzte und es so tief im Süden zu heiß dafür wurde.

Jedes einzelne Jahr ihrer Kindheit hatten Joy und ihr Dad diese Zeit miteinander erlebt. Ihre Mutter hatte so getan, als freue sie sich darüber, doch Joy wusste, dass sie sich ausgeschlossen fühlte. Wenn Dad aber vorschlug, dass sie mitkam, schüttelte Mom den Kopf.

»Ach nein, Jack. Du weißt doch, dass ich für die Natur nichts übrighabe.«

Joy empfand das als eine ausgesprochen merkwürdige Aussage. Während Mom es vollkommen normal fand, die Hauptstraße von Scottsdale auf einem Pferd entlangzureiten, kam ihr nie in den Sinn, mit ihrer Familie zum Wandern in den Tonto National Forest zu gehen.

»Im Grunde bin ich ein Stadtkind«, sagte sie dann, steckte Joy das Hemd in die Hose und setzte ihr einen breitkrempigen Hut auf den Kopf. »Und du bedeck immer schön die Haut! Ich will nicht, dass du einen Sonnenbrand kriegst. Du hast ohnehin schon so viele Sommersprossen.«

Joys Vater war genau in der Jahreszeit gestorben, in der sie sonst zu ihrer jährlichen Wanderung aufgebrochen wären. Aber es war nicht nur sein Tod, der Joy umtrieb, sondern auch das, was er ihr am Tag seines Todes gesagt hatte. Als sie, erschüttert von seinen Worten, plötzlich verstand, warum Mom nie richtig zufrieden mit ihr gewesen war.

Joy hatte keine Brüder oder Schwestern. Hätte ihre Mutter Ablenkung durch weitere Kinder gehabt, hätte sie vielleicht nicht so große Erwartungen in ihre einzige Tochter gesetzt.

»Heutzutage haben Mädchen so viele Möglichkeiten«, erklärte sie Joy, als sie noch zur Schule ging. »Du kannst machen, was immer du willst. Geh aufs College. Mach Karriere.«

Joy hatte den enttäuschten Ehrgeiz in der Stimme ihrer Mutter gehört. Man hatte ihr erzählt, dass Mom in New York Jura studiert hatte, als sich ihre Eltern begegnet waren. Sie hatte alles aufgegeben, um Ehefrau und Mutter zu werden. Joy schuldete ihrer Mom den beruflichen Erfolg. Doch sie hatte sich schwergetan mit Büchern und Bildung. Sie hatte keinen Sinn für juristische Finessen. Viel lieber mochte sie die sinnliche Welt der Pflanzen.

Von dem Tag an, an dem sie nach Scottsdale gezogen waren, hatten ihre Eltern Geld für Joys Collegeausbildung angelegt. Vermutlich war das Geld immer noch auf irgendeinem Sparbuch. Sie war nie aufs College gegangen. Sie hatte ihre Eltern enttäuscht. Sie hatte noch nicht einmal die Highschool abgeschlossen, und ihre Mutter hatte ihr das nie verziehen. Selbst jetzt noch, mehr als zwanzig Jahre später, hielt sie es ihr vor.

»Du hättest alles Mögliche mit deinem Leben anstellen können«, klagte Mom oft. »Aber du musstest dich ja mit diesem Eddie Sheldon einlassen.«

Den Namen ihres Schwiegersohns sprach sie immer noch so aus, als hinterließe er einen bitteren Nachgeschmack im Mund.

»Ich habe mich nicht mit ihm eingelassen, ich habe mich in

ihn verliebt«, erwiderte Joy dann, und Mom warf ihr einen geringschätzigen Blick zu.

»Ich bitte dich. Du warst siebzehn. Du wusstest doch gar nicht, was Liebe ist. Du hast über die Stränge geschlagen. Keine Ahnung, wie es dazu kommen konnte, ich jedenfalls habe dich nicht so erzogen. Und dann hat es dich kalt erwischt.«

»Mom, bitte, das ist so lange her. Können wir aufhören, darüber zu reden?«

Es machte Joy unglücklich, wenn ihre Mutter sich so ausließ und sie daran erinnert wurde, dass Mom nie an Eddie und sie geglaubt hatte. Mom hatte nie verstanden, was sie beide verband. Es war mehr als Liebe. Liebe war etwas so Zerbrechliches, sie war so leicht zu zerstören. Eddie und sie aber hielt etwas Stärkeres zusammen. In Joys Vorstellung war es etwas Urwüchsiges. Deswegen war sie auch beim ersten Sex schwanger geworden. Wie unwahrscheinlich war so etwas! Und was sonst hätten sie als Katholiken tun sollen? Sie mussten heiraten. Natürlich hatten sie wie jedes Paar ihre Höhen und Tiefen, aber Joy konnte sich ihr Leben nicht ohne Eddie vorstellen.

Sie trank einen Schluck Kaffee, senkte den Blick wieder auf die Zeitung, und eine Überschrift stach ihr ins Auge.

Seltenes Himmelsspektakel: Polarlicht über Arizona

Ihr Vater hatte oft davon erzählt, wie er als junger Soldat in Alaska stationiert war und das Nordlicht gesehen hatte. Er hatte gesagt, sie solle unbedingt versuchen, es einmal selbst zu erleben.

Infolge eines ungewöhnlich starken Sonnensturms bekommen die Menschen in Arizona die seltene Gelegenheit, das Nordlicht zu sehen,

> ein farbenfrohes Schauspiel, das entsteht, wenn winzige geladene Teilchen des Sonnenwindes auf die oberen Schichten der Erdatmosphäre treffen.

Joy las weiter, und ihre anfängliche Ungläubigkeit verwandelte sich in Aufregung. Wie war es möglich, dass man das Polarlicht so weit im Süden zu sehen bekam?

> Astronomen empfehlen, kurz nach vier Uhr nach einem hellen Schein am Nordhimmel unterhalb des Großen Wagens Ausschau zu halten.

Im Artikel wurde noch darauf hingewiesen, dass die städtische Beleuchtung die Sicht stören würde, und empfohlen, hinaus in die Wüste zu fahren.

Ihr erster Impuls war, zum Telefon zu greifen und Eddie anzurufen.

»Ich habe gerade in der Zeitung gelesen, dass man heute Nacht in Arizona das Polarlicht sehen kann!«, sagte sie.

»Was sehen kann?«, fragte er und klang gereizt.

»Du weißt schon, das Nordlicht! Normalerweise gibt es das nur in der Arktis oder in Alaska, aber dieses Mal sieht man es sogar bei uns im Süden. Wenn wir um vier Uhr morgens in die Wüste hinausfahren, kriegen wir es auf jeden Fall zu sehen.«

»Joy, ich stecke mitten in der Arbeit, können wir später darüber reden?«

»Aber wollen wir das machen? Das ist etwas absolut Außergewöhnliches.«

»Ich weiß nicht, Joy. Du sprichst von vier Uhr nachts? Ich muss doch arbeiten.«

»Aber es ist eine einmalige Gelegenheit, das gibt es nie wieder …«

»Okay, wir schauen mal«, sagte er. Er wirkte kein bisschen begeistert. »Ich muss aufhören, Schatz.«

Ohne ein weiteres Wort legte er auf, und es fühlte sich an wie eine Ohrfeige, auch wenn sie wusste, dass er es nicht böse gemeint hatte. Er hatte einfach viel zu tun.

Immerzu arbeitete er. Verdiente Geld, wie er sagte, für sie, für die Hochzeit ihrer Tochter im April, für die Zukunft. Aber was war mit dem Jetzt? Warum hatte ihr Mann keine Zeit mehr für sie?

Den ganzen Tag über hatte Lewis die Postkarte vor Augen. Er versuchte, sich auf die anstehende Arbeit zu konzentrieren. Es ging um das Layout einer Broschüre der Bibliothek von Scottsdale, aber während er Buchstabe für Buchstabe setzte, hatte er die Ansicht auf der Postkarte im Kopf. Er konnte hören, wie sich der Atlantische Ozean an der Westküste brach, roch die salzige Luft, schmeckte sie beinahe auf den Lippen, und über dem Rauschen der Wellen meinte er ein Lachen zu hören, in dem so viel mitschwang. Diese Bilder und Geräusche verfolgten ihn so sehr, dass er beinahe vergessen hätte, im *Pink Pony* anzurufen und einen Tisch zu reservieren. Sie gingen jedes Jahr am Hochzeitstag in dasselbe Restaurant. Er fragte sich, warum er sich nicht vorstellen konnte, Samantha woandershin auszuführen. Er war sich unsicher, ob sie sich über die Veränderung freuen würde. Selbst nach all den Jahren wusste er nicht, was seine Frau sich wünschte.

Heute Abend trug Samantha ein korallenfarbenes Top, das ihrem hellen Haar und der sonnengebräunten Haut schmeichelte. Er konnte eine Andeutung des hübschen Mädchens ausmachen, das er vor so langer Zeit kennengelernt hatte. Was zwischen ihnen geschehen war, hatte sich so plötzlich und so schnell abgespielt; dennoch hatten sie all die Jahre zusammengehalten. Eigentlich hätten sie stolz sein können auf ihre erfolgreiche Ehe, doch dieses Essen am Jahrestag fühlte sich nicht wie eine Feier an.

»Du siehst wunderschön aus heute Abend«, sagte Lewis, weil er sich plötzlich dringend wünschte, Samantha lächeln zu sehen.

Überrascht blickte seine Frau auf. Ihre Miene war streng.

»Es ist lange her, dass du mir ein Kompliment gemacht hast, Lewis.«

Warum nur musste sie das immer machen? Etwas Positives in etwas Negatives verkehren? Dem einfachsten Kompliment alle Freude nehmen?

Ernüchtert zuckte er die Schultern. »Ich wollte nur sagen, dass du hübsch aussiehst.«

»Okay, danke.« Sie schnitt ihr Steak in Stücke und stocherte darin herum.

Lewis spürte, dass sie unglücklich war, aber es widerstrebte ihm, nach dem Grund zu fragen.

»An Ostern fahre ich mit Jennifer nach Santa Fe, geht das in Ordnung?«, fragte sie, schob den Rest des Essens an den Tellerrand und legte Gabel und Messer ab.

»Wollten wir Ostern nicht bei deinen Eltern sein?«

»Du kannst ja hingehen, wenn du willst«, erwiderte Samantha. »Sie scheinen dich sowieso mehr zu mögen als mich.«

»Komm schon, Sam.« Er streckte die Hand nach ihr aus, aber sie zog ihre fort und griff nach dem Weinglas. Während sie trank, hielt sie seinem Blick stand. Einen Augenblick lang meinte er, sie würde vielleicht weinen, aber dann veränderte sich ihre Miene.

»Ich brauche eine Auszeit«, sagte sie, und auf ihrem Gesicht war keinerlei Regung zu erkennen.

Wenn überhaupt, dann hätte dieser Abend einer sein sollen, an dem er mit seiner Frau schlief, doch als Samantha sagte, sie sei müde und wolle ins Bett gehen, machte Lewis keine Anstalten, von der Couch aufzustehen. Stattdessen zog er, kaum dass sie weg war, die Postkarte aus der Jeans, die er auf den Badezimmerboden hatte fallen lassen, bevor sie zum Essen gegangen waren. Er nahm die Karte mit nach unten in die Küche. Er war sich nicht im Klaren, was er damit anstellen sollte. Sollte er sie nicht wegwerfen, wenn er seine Frau liebte? Doch das brachte er nicht über sich.

Die Worte auf der Rückseite waren fein säuberlich in schwarzen Großbuchstaben geschrieben.

IRGENDWANN KOMMT DIE WAHRHEIT ANS LICHT

Wieder und wieder las Lewis diese Worte, bis sie ihn zu jenem Morgen zurückführten, an dem sie gesprochen worden waren. Beinahe konnte er ihre Stimme hören. Er stellte sich ihren sanften irischen Tonfall vor und wurde in die Vergangenheit zurückversetzt, in eine ganz und gar andere Welt, als er ein anderer Mensch gewesen war.

Behutsam legte er die Karte vor sich auf die Küchentheke und blickte aus dem Fenster in den sternenklaren Nachthimmel, der sich über die dunkle Silhouette der McDowell-Berge breitete. Sein Haus stand direkt am Rand der Wüste, und der weite Himmel gab ihm Hoffnung – so wie diese Worte.

Er lehnte sich an die Spüle und starrte hinaus in den Wilden Westen. Immer noch erfüllte es ihn mit einer gewissen Scheu, wenn er daran dachte, dass er ein Engländer war, ein Fremder hier im Land der Cowboys.

Gerade wollte er die Jalousien herunterlassen, da entdeckte er ein schimmerndes rotes Leuchten am Wüstenhimmel. Es faszinierte ihn, denn die Sonne war längst untergegangen. Das rote Licht verwandelte sich in violette und hellgrüne Bahnen, die in Wellen über den Bergen wogten. Nie zuvor hatte er etwas Derartiges gesehen.

Es war die schwärzeste Stunde vor dem Morgengrauen. Joy saß auf der alten Navajo-Decke, die sie auf einer kleinen Felsenerhebung am Fuß des Papago Butte ausgebreitet hatte. Eddie hatte sich geweigert, in die Wüste zu fahren. Er hatte gesagt, er sei zu müde, und hatte ihr abgeraten, allein hinauszufahren.

»Da treiben sich womöglich irgendwelche Leute herum«, hatte er gemeint.

Sie hatte ihm nicht erzählt, dass sie ständig allein in die Wüste fuhr, wenn auch nicht unbedingt nachts.

Als sie ins Bett gegangen waren, hatte sie versucht, sich die Idee aus dem Kopf zu schlagen. Aber sie konnte nicht einschlafen. Dad hatte ihr vom Wunder des Polarlichts erzählt und dass sie es unbedingt erleben müsse. Und jetzt geschah es direkt vor ihrer Haustür. Sie verreiste niemals. Da galt es jetzt oder nie.

Sie hatte abgewartet, bis Eddies Atemzüge anzeigten, dass er im Tiefschlaf war, und war leise aufgestanden. Sie hatte sich eine Thermoskanne Kaffee gemacht und war aus dem Haus geschlichen, bevor sie es sich anders überlegen konnte.

Jetzt, in der Wüste, war sie nicht allein. Mehrere Pärchen

waren in der Nähe, die die Arme umeinander gelegt hatten und warteten. Hin und wieder wurde geflüstert, mehr nicht. Es herrschte erwartungsvolle Stille, als sie den Blick wieder zum Himmel wandte. Bildete sie sich das nur ein, oder knisterte an der Kuppel des Nachthimmels tatsächlich eine Art elektrische Energie? Sie erschauderte, zog sich die Decke enger um die Schultern und legte die Hände um die Kaffeetasse. Wenn nötig, würde sie die ganze Nacht hier sitzen, denn Joy vertraute auf das, was ihr Dad gesagt hatte.

Erst als Lewis das Auto am Straßenrand abgestellt hatte und dabei war, den Papago Butte hinaufzuklettern, wurde ihm bewusst, dass er Samantha hätte wecken und hierher mitnehmen sollen. Er war spontan aufgebrochen, aber dieses Ereignis hätte er eigentlich mit seiner Frau gemeinsam erleben sollen. Wäre es nicht ein wunderbares Sinnbild für ihren einundzwanzigsten Hochzeitstag gewesen?

In Wahrheit aber war er froh, allein zu sein. Samantha wüsste genau, was dieses Leuchten am Himmel über der Wüste ausgelöst hatte. Mit ihren wissenschaftlichen Erklärungen hätte sie das Erlebnis jeder Magie beraubt, und das wollte er in diesem Augenblick gar nicht wissen.

All die Farben am Himmel nahm er tief in sich auf. Dunkelviolette Wogen, berauschendes Rosa und phosphoreszierendes Grün durchdrangen ihn. Ihm erschienen sie wie eine Botschaft. Die Dinge waren veränderbar. Etwas Unerwartetes konnte geschehen. Womöglich war die Postkarte erst der Anfang.

Wenn er nur mutig genug wäre.

Lewis kletterte den Papago Butte weiter hinauf. Sein Weg

wurde von fantastischen Lichtern erhellt, sein Herz hämmerte. Er fühlte sich den Naturgewalten ausgesetzt, und das Bewusstsein, etwas Ungewöhnliches zu tun, erregte ihn.

Joy blickte hinauf, und der Anblick nahm ihr den Atem. Er übertraf all ihre Vorstellungen. Schwaden aus strahlendem Rot und Lila, durchsetzt von mystischen Grüntönen, wogten hoch oben im Himmel und schimmerten über den Weiten der Wüste.

Sie bemerkte, dass die Leute um sie herum aufstanden. Fotoapparate klickten beim Versuch, diesen außergewöhnlichen Moment einzufangen.

Joy trat einen Schritt zur Seite, um den Kamerablitzen aus dem Weg zu gehen, und rempelte dabei jemanden an.

»Entschuldigen Sie«, sagte sie und stolperte ein wenig, weil sie aus dem Gleichgewicht geraten war.

Eine Hand griff nach ihr und packte sie am Ellbogen, um sie zu stützen. »Achtung, nicht dass Sie hinfallen!«

Es war eine Männerstimme. Ein britischer Akzent.

Etwas an der Stimme weckte ihr Vertrauen. Er war groß, doch im Dunkeln konnte sie sein Gesicht nicht ausmachen.

»Das ist unglaublich«, sagte er.

»Ja«, flüsterte sie.

Stumm beobachteten sie das Schauspiel. Ihr fiel auf, dass sie die Einzigen waren, die keine Fotos machten. Am liebsten hätte sie den anderen gesagt, dass sie die Kameras weglegen sollten. Dadurch, dass sie zwischen sich und dem Erleben der Lichter dieses Hindernis errichteten, versäumten sie es, dachte Joy.

Sie wandte den Blick dem Mann an ihrer Seite zu. Er war reglos, als stünde er unter einem Bann.

Jetzt konnte sie seine Augen erkennen. In ihnen spiegelte sich das Polarlicht. Sie sehnte sich nach ihrem Mann. Wenn sie diesen Moment doch mit Eddie gemeinsam erleben und in seinen Augen die Sterne sehen könnte.

Sie dachte an das erste Mal, dass Eddie sie zur Kenntnis genommen hatte. Er war in der Highschool einen Jahrgang über ihr gewesen, und alle Mädchen hatten für ihn geschwärmt. Der junge Eddie hatte alles in sich vereint, was den Abenteuergeist des Arizona-Cowboys so aufregend machte. Auf einem Pferd wirkte er so authentisch, als wäre er auf dem Rücken des Tiers geboren worden.

Eddie hatte anders als die meisten Jungs, die immer herumalberten, nicht viel geredet. Er beobachtete nur. Mit verschränkten Armen lehnte er am Zaun des Schulhofs, die Augen schmale blaue Schlitze, und betrachtete die anderen. Hin und wieder sah Joy ihn mit einem Mädchen im Kino, beim Flanieren auf der Main Street oder aus dem *Sugar Bowl* kommen, wo sie sich ein Eis geteilt hatten. Meistens war es eine von den angesagten, coolen Mädels, den hübschesten und beliebtesten der Schule, und er hatte ihr den Arm um die Taille gelegt. Er war sich seiner selbst und der Macht, die er über das Mädchen hatte, so sicher gewesen. Joy war fasziniert: Die Art, wie er sich bewegte, sich so unübersehbar wohlfühlte in seiner Haut und mit seiner Körperlichkeit.

Und dann, eines Tages, war etwas Bemerkenswertes geschehen. Sie und Mary Lynn Baxter waren im *Sugar Bowl* und teilten sich ein extragroßes Bananensplit. Eddie kam herein, wandte sich ihr zu – und sah sie tatsächlich an.

»Darf ich mich zu den Ladys setzen?«, hatte er gefragt.

In diesem Augenblick hatte es sie erwischt. Mary Lynn schien es nicht weniger die Sprache verschlagen zu haben, denn auch sie hatte nichts gesagt, sondern beide waren tief errötet und hatten auf den halb leer gegessenen Eisbecher gestarrt.

Diese Stunde hatte Joys Leben verändert. In den folgenden Jahren hatte sie Eddie oft gefragt, warum er sich zu ihr und Mary Lynn an den Tisch gesetzt hatte. Er zog sie damit auf, dass er eigentlich hinter ihrer Freundin her gewesen war und sie die zweite Wahl war, aber in ernsteren Momenten hatte er ihr gesagt, dass es ihre Augen gewesen waren. Als er an jenem Tag ins *Sugar Bowl* gekommen war und ihren Blick bemerkt hatte, konnte er nicht anders, als stehen zu bleiben und sie anzusprechen.

»Du warst so ganz anders als die anderen Mädchen. Mit deinem schwarzen Haar und der blassen Haut sahst du aus wie Elizabeth Taylor. Ich wollte etwas anderes.«

Sie waren miteinander ausgegangen, und die komplette Scottsdale Highschool war in Aufruhr über diese Neuigkeit. Warum nur ging Eddie Sheldon mit der kleinen Joy Porter aus? Sie war kein angesagtes, cooles Mädel. Sie konnte noch nicht einmal reiten.

Die hübschen Mädchen an der Highschool hatten Joy immer verunsichert; die meisten besaßen ein eigenes Pferd. Ihr war es lieber gewesen, sich an die weniger Angesagten zu halten. Die unscheinbare Mary Lynn Baxter mit den dicken Brillengläsern, Rosa Fowler, das einzige »Mischlingskind«, deren weißer Vater es irgendwie geschafft hatte, sie auf der Highschool unterzubringen, und Brian Delaware, der zwar kein Schwächling war, aber nicht dazugehörte, weil er mindestens so große Angst vor Pferden hatte wie sie.

Ihre Eltern konnten diese Panik vor Pferden nicht nachvollziehen. Doch schon vom ersten Tag an, als sie versucht hatten, die vierjährige Joy auf die Stute der Mutter zu setzen, hatte sie geschrien wie am Spieß. Mom hatte es Joys Eigensinn zugeschrieben, doch ihr Vater hatte sich alle Mühe gegeben, ihre Angst zu verstehen. Sanft redete er ihr zu, brachte sie dazu, ihm beim Striegeln seines Pferdes zur Hand zu gehen, und versuchte, ihr zu helfen, eine Beziehung zu dem Tier aufzubauen, aber Joy konnte in den Augen eines Pferdes nur Wahnsinn erkennen – etwas, dem nicht zu trauen war.

Nur zu gern wollte sie ihren Eltern gefallen, aber sosehr sie sich auch bemühte, ihre Angst konnte sie nicht überwinden. In Scottsdale galt es als soziale Unzulänglichkeit, kein Pferd zu haben und noch dazu nicht einmal zu reiten. Im Herzen waren alle Jungs Cowboys, und sie suchten Cowgirls, die waren wie sie.

Dennoch hatte Eddie sie gewollt, und um seinetwillen hatte sie sich sogar auf ein Pferd gesetzt. Sie war verrückt nach ihm gewesen. Er hatte ihr versprochen, bei ihr zu bleiben, die Zügel zu halten und sie zu führen, also hatte sie zugelassen, dass er ihr mit einer Räuberleiter hinaufhalf, und sie war auf Amber, eine riesige Araberstute, geklettert.

Gefallen hatte es ihr nicht. Sie hatte gespürt, wie sich das Tier unter ihrem Gewicht unruhig bewegte, als wittere es ihre Angst.

»Kann ich jetzt wieder runter?«, bat sie Eddie.

»Noch nicht, Joy, vertrau mir.«

Sie waren auf der Gainey Ranch, wo sein Vater arbeitete. Doch an diesem Tag war niemand außer ihnen da gewesen.

»Hier trainieren wir mit den Araberschönheiten«, hatte er ihr erklärt, während er sie auf der Reitbahn im Kreis führte.

»Hilfst du deinem Dad?«, fragte Joy.

»Klar.«

Sie hatte sich am Horn des Sattels festgeklammert und spürte, wie das Pferd sich in wiegendem Gang bewegte, aber es war in Ordnung. Sie schaffte das.

»Möchtest du nach der Schule hier arbeiten?«

»Ganz sicher nicht. Ich glaube nicht, dass es die Ranch noch viel länger geben wird. Wahrscheinlich wird hier bald eine Wohnsiedlung hingestellt. Jedenfalls will ich da hin, wo es Geld gibt.«

Er hatte zu ihr aufgesehen, und ihr war aufgefallen, wie anders er wirkte – nicht so cool wie sonst. Er war nicht so auf der Hut. Seine Wangen waren gerötet, das blonde Haar an der Stirn war feucht, und eine große helle Locke klebte genau in der Mitte. Sie wollte vom Pferd heruntergleiten und die Locke küssen.

»Immobilien. Das ist es, was ich machen will«, hatte er gesagt. »Pass auf, Baby, ich komme noch groß raus.«

Sie war begeistert von seinem Ehrgeiz. Er hatte sie mitgerissen. Wie wäre es, mit so jemandem zu leben?, fragte sie sich. Sie würden gemeinsam reisen, Abenteuer erleben, den großen Traum verwirklichen. Er würde mit ihr bis nach Mexiko fahren, damit sie im Golf von Kalifornien schwimmen könnten.

»Okay«, hatte er gesagt, war stehen geblieben und hatte ihr die Zügel gereicht. »Du nimmst sie so in die Hand. Jetzt versuch, allein zu reiten.«

»Jetzt? Ich kann das nicht, Eddie.«

»Natürlich kannst du das. Du bist doch ein Mädchen aus Scottsdale.«

Mit zittrigen Händen hatte sie die Zügel genommen. Im Magen regte sich Übelkeit, und der Schwindel schwirrte wie ein Schwarm Fliegen in ihrem Kopf. Sie wollte absteigen. Aber noch mehr wollte sie Eddie, und wenn sie von seinem Pferd abstiege, würde er sich nie wieder mit ihr treffen wollen. Er würde sie lächerlich finden.

»Jetzt los«, hatte er gesagt und dem Pferd einen Klaps aufs Hinterteil gegeben.

Amber hatte angefangen zu traben, und Joy war wie ein Sack Mehl auf dem Rücken herumgehopst. Das Pferd hatte gespürt, dass sie keine Kontrolle hatte, und war schneller geworden, und ehe Joy sich versah, ritt sie in leichtem Galopp. Eine Woge der Angst überrollte sie. Sie wollte stehen bleiben, aber sie wusste nicht, wie. Sie hatte versucht, an den Zügeln zu ziehen, aber Amber hatte sie ignoriert.

»Geh einfach mit, Joy«, hatte Eddie ihr zugerufen.

Es hatte einen Moment gegeben, in dem Joy die Freiheit gespürt hatte, die ein Reiter empfinden musste, der eins mit seinem Pferd war, aber das Gefühl hielt nur kurz an. Als Amber immer schneller wurde, hatte Panik von ihr Besitz ergriffen.

»Zieh die Zügel an, Joy – bring sie zum Stehen!«, hatte Eddie gebrüllt.

Aber Amber hatte gewusst, dass sie das Sagen hatte. Das Pferd war auf die Bande der Reitbahn zugestürmt, und erst im letzten Moment war Joy klar geworden, dass es über den Zaun springen wollte. Sie schrie, ließ die Zügel los und stürzte vom Pferd auf den harten Sandboden.

Eddie hatte sie in die Arme genommen und hochgezogen, und sie hatte ihr Gesicht und die Demütigung in seiner Brust vergraben, während er ihr über das Haar strich.

»Es tut mir leid, Baby, es tut mir leid.«

Eddie Sheldon hatte sich entschuldigt, aber sie konnte die Tränen nicht aufhalten, die ihr über die Wangen liefen.

»Ich bin so ein Idiot«, sagte sie.

»Ich hätte dich nicht überreden dürfen.« Er strich ihr die

Haarsträhnen aus der Stirn. »Ich verspreche, dass ich dich nie wieder zum Reiten zwinge.«

»Wo ist Amber? Ist sie weggelaufen?«

»Nein.« Eddie schenkte ihr sein überwältigendes Lächeln. »Das Biest ist hier. Sie hat sich einfach einen Scherz mit dir erlaubt.«

An dem Abend hatten sie sich auf dem Rücksitz von Eddies Plymouth zum ersten Mal geliebt. Sie erinnerte sich an die zittrige Erregung in der Brust, als sie spürte, wie seine Finger sich unter den Bund ihrer Jeans schoben und sie aufknöpften. Sie hätte ihn aufhalten sollen. Sie war katholisch erzogen worden – sie beide –, und sie wussten, dass sie eine Sünde begingen. Doch ihre Verletzlichkeit und seine Stärke waren unwiderstehlich gewesen, und sie waren nicht in der Lage gewesen, sich einander zu versagen. Sie hatte ihn gewollt. Sie hatte ihn ermutigt. Und so hatten sie die Kleider abgestreift und waren auf den Rücksitz geklettert, und eine Weile hatten sie nur die Nacktheit des anderen erforscht. Sie hatte noch nie einen Mann aus dieser Nähe gesehen und dachte, sie würde Angst haben, stattdessen aber fand sie ihn einfach wunderschön und war neugierig, wie es sich anfühlte, wenn er in ihr war. Woher sollten sie wissen, dass dieser eine Moment ihrer beider Leben für immer verändern würde?

Neun Monate später waren sie verheiratet, zogen in ihr eigenes kleines Haus in Scottsdale und hatten einen kleinen Sohn – Ray. Zwei Jahre später kam die kleine Heather auf die Welt. Sie und Eddie hatten in kürzester Zeit eine Familie gegründet.

»In Windeseile«, sagte ihr Vater und klang nicht allzu glücklich.

Jetzt, als sie an ihren Vater dachte, kamen ihr wieder seine letzten Worte in den Sinn. Sie fühlten sich an wie alte Stichwunden, die unter der Haut pulsierten. Sie hatte ihrer Mutter ein ganzes Jahr Zeit gegeben, um die Sache anzusprechen, aber Mom hatte kein Wort darüber verloren. Nicht in all der Zeit, die sie seither zusammen verbracht hatten.

Joy wollte nicht länger warten. Ihr Vater hatte ihr nur einen kleinen Teil der Wahrheit erzählt. Sie musste die ganze Geschichte erfahren.

Es war einer jener seltenen Momente von Vertrautheit mit einem fremden Menschen gewesen. Lewis hatte so etwas schon erlebt, mal in einem Zug oder Flugzeug ... mal in einer Bar. Man teilte ein Erlebnis und wusste zugleich, dass man selbst und der unbekannte Begleiter sich in einer eigenen Sphäre und Gedankenwelt befanden. Die Frau hatte ihm von dem Kaffee in der Thermosflasche abgegeben. Es war ihm ganz natürlich erschienen, so als seien sie alte Freunde. Und trotzdem: Nachdem die Lichter abgeklungen waren, hatte er sich verabschiedet und war den Papago Butte wieder hinuntergeklettert, ohne dass sie auch nur Namen ausgetauscht hätten.

Jetzt war er wieder zu Hause. Er bezweifelte, dass Samantha überhaupt bemerkt hatte, dass er mitten in der Nacht das Haus verlassen hatte. Er holte die Postkarte, die noch in der Küche lag, und ging damit in die Garage, wo er sie unter dem oberen Einsatz des Werkzeugkastens verstaute. Er versteckte sie vor Samantha, als wäre sie ein heimlicher Schatz.

In dieser Nacht träumte er von Marnie. Sie trug ihren unverkennbaren grünen Mantel, ihr dunkles Haar glänzte kastanienbraun, und in der Hand hielt sie einen Regenschirm. Sie rechnete mit Regen. Tatsächlich aber lief sie in der Mittagshitze barfuß durch die Sonora-Wüste und betrachtete die Umgebung. Auf ihr Kommando hin veränderten sich die Formen und Farben. An den Kakteen sprießten Wüstenblüten, auf den ausgedörrten Ebenen bildete sich ein Meer aus Goldmohn. Sie dirigierte ein Bilderorchester. Sie erschuf ein neues Land nur für sie beide.

London, 13. April 1967, 7:15 Uhr

Lewis stand vor Marnies Wohnungstür und klingelte. Nach wenigen Minuten öffnete sie mit schlaftrunkenem Blick die Tür. Sie trug ein schwarzes Chiffonnachthemd, und ihr offenes dunkelbraunes Haar lockte sich um das vom Traum noch benommene Gesicht. Aber es waren die vollen Lippen, die ihn über die Türschwelle zogen. Er beugte sich vor und küsste sie wortlos, und sie küsste ihn. Er legte die Arme um sie und vergrub seinen Kopf an ihrer Brust. Sie duftete nach ihrem Lieblingsparfüm *Ma Griffe*.

»Was machst du so früh hier?«

»Sag nichts …« Er legte ihr einen Finger auf die Lippen und küsste sie weiter, dann streifte er ihr die Träger des Nachthemds von den Schultern, sodass es zu Boden glitt. Er zerrte sich die Jacke herunter und schob Marnie rückwärts ins Schlafzimmer auf das schiefe Bett.

Sie war nicht weniger kühn als er und zog ihm die Kleider vom Leib, bis sie beide nackt waren. Sie wälzten sich auf dem Bett und streichelten einander, bis er in sie eindrang. Er blickte auf sie hinunter. Ihre Augen waren geschlossen, der Mund leicht geöffnet, die rosa Zunge an die Zähne gepresst. Das Fenster stand offen, und die Vorhänge flatterten gegen das Bett. Er nahm den Duft der Kirschblüten von den Bäumen draußen wahr und hörte den Regen auf die Blätter plätschern. All das vereinte sich mit dem Liebesakt mit Marnie. Die Herrlichkeit eines Londoner Frühlingsmorgens, das Aroma nasser Kirschblüten, die Regenpfützen, in denen sich ein Regenbogen spiegelte, und das Versprechen, das der neue Tag mit sich brachte.

Danach lagen sie nebeneinander auf dem Rücken und teilten sich eine Zigarette. Er sah zu, wie der Rauch sich über ihnen kräuselte, als wäre er Dampf, der von ihren Körpern aufstieg.

»Wir sollten lieber mal aufstehen und zur Arbeit gehen«, sagte Marnie schließlich, setzte sich auf und band das Haar zu einem Knoten am Oberkopf zusammen.

Plötzlich war sie schamhaft, als sie aus dem Bett aufstand und das schwarze Nachthemd an sich drückte, das ihre Nacktheit nicht ganz verdeckte. Sie versuchte, die Wildheit, die sie in sich spürte, zu unterdrücken, aber es war genau ihr freies, ungestümes Wesen, das ihn angezogen hatte.

Lewis dachte an den Tag, als er Marnie das erste Mal begegnet war. Vor sechs Monaten hatte George Miller sie ins Grafikatelier mitgebracht und sie ihnen als das neue Mädchen für alles vorgestellt.

»Na, was sagt ihr, Leute? Ist doch ein hübscher Anblick«, hatte George gesagt, sobald Marnie in der Küche verschwunden war, um ihnen Tee zu kochen. »Hey, was meinst du, Pete, ist sie ein Mädchen mit modernen Ansichten?«

Lewis' Kollege Pete Piper hatte verlegen gewirkt und etwas Undeutliches gemurmelt. Frankie, der italienische Grafiker in ihrem Atelier, hatte Pete auf den Rücken geschlagen. »Ist sie zu sehr Frau für deinen Geschmack, Pete?«

Doch George hatte sich getäuscht. Marnie war nicht leicht zu haben, und die Arbeit erledigte sie einwandfrei. Nie war es in der Agentur so reibungslos gelaufen. Lewis hatte Marnies cooler Gleichmut gefallen. Er mochte die Herausforderung. Seiner Erfahrung nach hatte jedes Mädchen, egal wie unnahbar es scheinen mochte, einen schwachen Punkt.

Marnies Schwachstelle hatte ihn überrascht. Es waren nicht die Komplimente und Geschenke, wie die dicken Blumensträuße, die George ihr gekauft hatte, oder die Pralinen, die ihr Frankie auf den Schreibtisch legte. Beide waren verheiratet, und sie hatte keinerlei Absicht, ihren ständigen Bitten nachzukommen, nach der Arbeit kurz was trinken zu gehen.

Was Marnie wirklich elektrisiert hatte, waren Kunst und Design. Das hatte Lewis auf der Weihnachtsfeier herausgefunden, auf der er sie mit so vielen Gin Tonics abgefüllt hatte, dass die Fassade einer Eiskönigin schließlich von ihr abfiel. Sie hatte ihn bezaubert, als sie ihm von ihrem Traum erzählte, selbst Designerin zu werden. Hatte Lewis in Marnie etwas wiedererkannt, womit er sich identifizierte? Bis vor wenigen Jahren war es schwer gewesen, zwischen einem kommerziellen Designer und einem Grafikdesigner zu unterscheiden, aber Lewis hatte die wegweisenden Leute in der Branche aufgespürt. Aus diesem Grund hatte er sich um George Miller bemüht und ihn dazu gebracht, ihn einzustellen, kaum dass er mit der Kunsthochschule fertig war. Marnie hatte ihn an seine eigene Leidenschaft und seinen Tatendrang erinnert. Wäre sie ein Mann gewesen, hätte er sich davon bedroht gefühlt, aber er wusste, dass ihr Geschlecht ein Hindernis war. Und so war sie zur Kollaborateurin statt zur Rivalin geworden.

Nach der Party hatte Marnie ihm erlaubt, sie in der U-Bahn nach Hause zu begleiten. Auf der Türschwelle hatten sie sich geküsst, und nach kurzem Zögern hatte Marnie ihn auf eine Tasse Tee hereingebeten. Zu seiner Überraschung hatte Marnie ihm eine Reihe von Entwürfen gezeigt, die sie für die Rasierer-Werbung angefertigt hatte, an der er gerade arbeitete. Mithilfe von Fotomontagen hatte sie ein schnittiges Design gestaltet, das auf die gegenwärtige Begeisterung für alles, was mit dem

Weltraum zu tun hatte, anspielte. Er hatte ihr gesagt, dass er ihre Entwürfe für sehr gut hielt, war gleichzeitig aber auch ein bisschen verstimmt. Wieso war dieses Mädchen mit einem solchen Talent gesegnet?

»Meinst du, ich sollte sie George zeigen?«, hatte sie ihn gefragt.

Lewis wollte Marnie helfen, aber George war so ein Chauvinist. Sein Chef hätte Marnies Arbeit nicht für voll genommen, egal wie gut sie war.

»Ich glaube, es wäre besser, wenn ich sie ihm zeige«, hatte Lewis vorgeschlagen.

»Du meinst, du willst so tun, als hättest du sie gemacht?«

»Nein, aber vielleicht könnte ich sagen, dass wir gemeinsam daran gearbeitet haben.«

»Aber das haben wir nicht.« Argwöhnisch hatte sie ihn angeblickt.

»George ist sehr altmodisch. Wir müssen ihn langsam an den Gedanken gewöhnen, eine Frau als Grafiker bei Studio M zu haben.«

»Meinst du wirklich, sie sind gut genug?«

»Ja, Marnie.«

Er war auf die Knie gegangen und über die Entwürfe hinweg zu ihr gekrabbelt.

»Pass auf die Bilder auf! Gib acht, wohin du trittst!«, hatte sie kichernd gesagt.

»Ich habe eine Idee.« Er hatte sich zu ihr vorgearbeitet.

»Und die wäre?«, hatte Marnie gefragt und zugelassen, dass er ihre Bluse, Knopf für Knopf, öffnete.

»Lass uns eine eigene Agentur gründen.«

»O ja!« Abrupt hatte sie sich aufgerichtet. »Meinst du das ernst?«

Es war der Alkohol gewesen, der ihn das hatte sagen lassen, aber tatsächlich war es ihm in dem Moment wie eine großartige Idee vorgekommen.

»Mit deiner Begabung und meinen Überredungskünsten wären wir unschlagbar.«

»Wann können wir anfangen?«, hatte sie gefragt und sich die Bluse über den Kopf gezogen. Ihr praller Busen kam zum Vorschein.

Das gegenseitige Verlangen war zu keinem Zeitpunkt abgeflaut. Wann würde es aufhören? Lewis machte sich Sorgen. Er dachte, er sollte sich eigentlich auch anderweitig austoben, aber er konnte gar nicht anders, er begehrte nur Marnie.

In den ersten Wochen hatte Marnie oft gefragt, wann sie ihre eigene Agentur gründen würden, und Lewis hatte versucht zu erklären, dass sein alkoholisierter Zustand ihn etwas voreilig hatte werden lassen.

»Noch nicht«, meinte er. »Ich brauche mehr eigene Kunden. Und du brauchst mehr Erfahrung.«

Nachdem sie ihn bei drei weiteren Werbekampagnen unterstützt hatte, begann sie nachzufragen, warum er George nicht von ihr erzählte. Hatte der Chef wirklich eine derart negative Haltung gegenüber weiblichen Grafikern? Hin und wieder hatten sie beruflich durchaus mit Frauen zu tun gehabt.

Was also hielt Lewis davon ab, seinem Chef vorzuschlagen, Marnie zu befördern?

War er eifersüchtig auf ihre Begabung? Nein, natürlich nicht. Er war stolz auf sie. Was war es dann?

Schließlich wurde ihm klar, dass es mit George Miller zu tun hatte. Sein Leben lang hatte Lewis Konflikte vermieden, und er wusste, es würde schwierig werden, die Sache George gegenüber zur Sprache zu bringen. Würde der von ihm so geachtete

Mann seine Meinung über ihn, Lewis, revidieren und seine Fähigkeiten als Designer plötzlich geringer schätzen? Würde Marnie ohne ihn aufsteigen – und, sobald sie Erfolg hätte, nichts mehr von ihm wissen wollen?

Marnie kam aus dem Badezimmer. Das Haar hatte sie hochgebunden, und an beiden Seiten hing eine lange rotbraune Lockenspirale herunter. Auf den Lippen glänzte dicker Lippenstift. Sie trug ein saphirblaues Etuikleid, das dem Blau ihrer Augen entsprach und wunderbar mit dem türkis schimmernden Lidschatten harmonierte. Alles an ihr leuchtete und schillerte, als käme sie geradewegs von den Sternen. Das Mädchen von morgen. Mit den silberlackierten Fingernägeln strich sie das Kleid glatt. Wie ein Wasserfall schmiegte es sich um die Konturen ihres Körpers. Er packte sie an der Taille.

»Ich will dich«, sagte er.

»Wir haben keine Zeit«, hielt sie dagegen.

»Komm schon, Baby, wir können uns beeilen.«

Es war ein waghalsiger Vorschlag. Sie waren ohnehin schon spät dran, aber in diesem Moment begehrte er Marnie mehr als alles andere auf der Welt.

Marnie spielte mit ihren silbernen Armreifen. Sie sahen aus wie umeinander kreisende Miniplaneten.

»Wenn du mich mit in die Arbeit nimmst, dann reicht uns die Zeit vielleicht.«

»Du weißt, das geht nicht. Wir waren uns einig, dass wir dort nicht zusammen eintreffen dürfen.«

Sie nahm den grünen Mantel vom Haken an der Rückseite der Tür.

»In dem Fall sollte ich mich auf den Weg machen. Von South

Kensington zum Russell Square kann es mehr als eine halbe Stunde dauern, noch dazu bei Regen.«

Er zog am Ärmel ihres Mantels.

»Jetzt mach mir kein schlechtes Gewissen.«

Anfangs war es Marnie gewesen, die ihre Affäre geheim halten wollte. Sie hatte verhindern wollen, dass George dachte, Lewis gebe ihr nur deswegen Designarbeiten, weil sie miteinander schliefen. Sie wollte, dass man ihr für ihr Talent Anerkennung zollte.

»Ich könnte dich am Green Park absetzen«, schlug er vor.

»Und wenn du George heute von mir erzählst, dann können wir morgen den ganzen Weg zusammen fahren.«

In ihren Augen war ein herausforderndes Funkeln.

Er sah zu, wie sie eine zweite Schicht farblosen Lippenstift auftrug.

»In Ordnung, Liebes.« Noch einmal küsste er sie, schmeckte den künstlichen Lippenstift und begehrte sie dennoch. »Mein Gott, du bist umwerfend.«

Sie lächelte ihn an, aber in ihren Augen lag ein ganz bestimmter Ausdruck. Sie ging auf Abstand – das konnte er spüren.

»Ich bin einfach nur ein Mädchen«, sagte sie. »So wie jedes andere auch.«

»Du wirst nie einfach nur ein Mädchen sein, Marnie. Du bist mein leuchtender Stern.«

»Lewis Bell, du bist ein unverbesserlicher Charmeur.« Sie gab ihm einen leichten Klaps auf die Wange. »Du weißt ja gar nicht, was für ein Glück du hast. Bloß weil du ein Mann bist. Für dich ist es so viel einfacher.«

Sie hakte sich bei ihm ein, als sie die Treppe hinuntergingen.

Draußen auf der Straße spannte sie den Regenschirm auf, und sie drängten sich zusammen darunter. Er legte den Arm um sie und zog sie dicht an seine Seite. Im Gleichschritt gingen sie los und umrundeten die Regenpfützen. Sie könnten unbesiegbar sein. Sie waren kein Ehepaar, aber sie waren eine festere Einheit, als es die meisten Ehen jemals waren.

»Lewis, du redest heute mit George über meine Entwürfe, ja?«

»Natürlich.«

Und das meinte er wirklich so.

»Versprochen?«

Warum vertraute sie ihm nicht?

»Ich muss es mit Feingefühl angehen. Du weißt ja, wie altmodisch George ist.«

»Wie frauenfeindlich, meinst du wohl.« Sie klang verdrossen.

Auf der zehnminütigen Fahrt zum Green Park sagte sie kein Wort mehr. Als sie aus dem Auto stieg, beugte er sich hinüber und berührte sie am Arm.

»Marnie?«

»Ja.« Sie wandte sich zu ihm um.

»Ich liebe dich.« Er zog sie nach unten und küsste sie auf die Lippen, aber sie blieb kühl.

»Vertrau mir.«

»Irgendwann kommt die Wahrheit ans Licht, Lewis.«

Sie lächelte, doch das Lächeln erreichte ihre Augen nicht. Er wartete darauf, dass sie ihm sagte, sie liebe ihn auch, aber stattdessen stieg sie aus und winkte matt, bevor sie wegging.

Er sah ihr nach, wie sie die Straße überquerte und die Stufen hinunter zur U-Bahn ging. Männer drehten sich nach ihr um. Es bestand kein Zweifel: Sie war eine atemberaubende Erscheinung; ihre Taille war unglaublich schlank, eingeschnürt vom Gürtel des grünen Regenmantels, und das rotbraune Haar saß ihr wie eine Krone auf dem Kopf. Sie war ein Juwel – etwas ganz und gar Außergewöhnliches im trüben Londoner Regen.

Zwei
Magnetfeld

Scottsdale, 14. März 1989

Es war genau zwei Jahre her, dass Joy und ihr Vater Jack auf dem Apache Trail gewandert waren. Es war das letzte Mal gewesen, dass sie zusammen aufgebrochen waren, um das Erblühen der Wildblumen zu erleben. Auf dieser Tour hatte ihr Vater ihr gesagt, dass er Krebs habe. Sie wusste genau, wo das gewesen war. Sie hatten am Hang unterhalb der Superstition Mountains gestanden, umgeben von Mexikanischem Goldmohn und wilden Hyazinthen. Die Furcht, die sie erfasste, war erdrückend gewesen. Über ihr hatten sich die dunklen Berge gedrängt, und ihre langen Schatten hatten bis in Joys Seele gereicht.

»Was für ein Krebs, Daddy?«, fragte sie.

»Lungenkrebs … Aber ich bekomme eine Chemo, Schatz. Alles wird gut.«

»Bestimmt, Daddy.« Sie hatte seine Hand umklammert und

ihre Handfläche an seine raue, wettergegerbte Haut gedrückt. »Du bist ein Kämpfer. Du wirst ihn besiegen.«

Sie hatte sich Mühe gegeben, um seinetwillen zuversichtlich zu bleiben, aber die Stimmung war getrübt gewesen. Die Fahrt am Apache Trail hatte ihren Zauber verloren. Sie waren nicht mehr hier gewesen, seit sie ein kleines Mädchen gewesen war, und hatten diesen gemeinsamen Ausflug ein ganzes Jahr lang geplant. Als sie den steilen, schroffen Weg am Fish Creek Canyon im Schneckentempo hinaufkrochen, hatte sie den Impuls, die Hände vom Lenkrad zu nehmen und das Auto rückwärts ins Nichts rollen zu lassen. Wie sollte sie ohne ihren Vater überleben, ohne den Fels, an dem sie sich immer wieder aufrichten konnte?

»Er wird nicht sterben«, sagte sie sich. Aber tief im Innern hatte sie etwas anderes gespürt. Sie hatte ihren Vater beobachtet, als sie die Hänge voller Wildblumen erkundeten. Er mit Bleistift und seinem kleinen Notizbuch, in das er Zeichnungen kritzelte und Bemerkungen eintrug, und sie mit der Kamera, mit der sie ein paar schöne Bilder zu machen versuchte. Schon jetzt wirkte Jack Porter weniger robust. Wie hatte sie übersehen können, dass er in letzter Zeit so viel Gewicht verloren hatte? Seine Gesichtsfarbe war fahl, und die dunkelbraunen Augen waren trüb.

Dann kam der Tag, an dem er verschwand. Sie waren auf einem der vielen Pfade gewandert, den die Salado-Indianer angelegt hatten, hatten unzugängliche Schluchten bestaunt und all die versteckten Höhlen erforscht. Gerade war ihr Vater noch direkt hinter ihr gewesen, dann war er plötzlich weg. Sie war denselben Weg zurückgegangen, hatte nach ihm gerufen, aber nur ihr Echo hatte geantwortet. Dann war sie wieder an die Stelle gegangen, wo sie vorher gewesen waren, doch dort war keine Spur von ihm, also war sie zum Ausgangsort zurückgekehrt, und da stand er plötzlich.

»Wo warst du, Daddy?«, fragte sie ihn.

»Nirgends. Ich war direkt vor dir. Was ist?«

Sie hatte sich auf die Lippe gebissen und den Kopf geschüttelt. Sie wollte ihn nicht beunruhigen. Für einen Augenblick war er ihr entglitten. An jenem Tag war er zurückgekommen, aber sie wusste, dass er eines Tages wegbleiben würde.

Am letzten Tag hatten sie die archäologischen Stätten am Tonto National Monument erreicht und auf das saphirblaue Wasser des Roosevelt Lake hinabgeblickt. Die viele Jahrhunderte alten Saguaro-Kakteen reichten bis hinauf in den Himmel, ihre dicken, stacheligen Finger deuteten ins Jenseits.

Sie erinnerte sich daran, wie ihr Vater gehustet hatte, als wolle er sich räuspern. Er hatte ihr etwas sagen wollen, aber sie wollte es nicht hören. Sie dachte, es ginge wieder um den Krebs, und fühlte sich nicht in der Lage, noch einmal darüber zu reden. Sie wollte die Tatsachen verdrängen. Im Nachhinein glaubte Joy, dass er ihr in diesem Moment die Wahrheit über sie selbst hatte offenbaren wollen. Sie war sich ganz sicher.

Ihr Vater hatte angefangen zu reden. »Joy, ich muss dir etwas sagen …«

Aber sie hatte so getan, als höre sie ihn nicht. Sie war ins Auto gestiegen und hatte den Motor angelassen.

»Komm, Daddy, wir müssen los.«

Wortlos und schnell waren sie nach Hause gefahren. Das Schweigen war undurchdringlich gewesen, und weder sie noch ihr Vater konnten es brechen, bis sie Scottsdale erreichten und die unausgesprochenen Augenblicke weit zurückgelassen hatten.

»Ist alles in Ordnung?«, fragte Mom.

Joy zitterte, aber nicht etwa, weil ihr kalt war. Nie zuvor hatte sie ihrer Mutter die Stirn geboten. Sie saßen am Küchentisch, Mom war noch im Morgenmantel. Sobald die Sonne am Papago Butte aufgegangen war, war Joy direkt zu ihr gefahren. Sie wollte nicht erst nach Hause fahren, weil sie wusste, dass Eddie ihr das Ganze ausgeredet hätte.

»Mom, ich muss mit dir reden.«

Skeptisch sah Mom sie an. »Na, dann hoffe ich mal, es ist wichtig, wenn du mich so früh am Morgen aus dem Bett zerrst.«

»Mom, ich habe das nicht früher angesprochen, weil ich dich nicht aufregen wollte. Ich weiß, das vergangene Jahr war hart, aber ich muss dich nach etwas fragen, was Daddy am Tag seines Todes zu mir gesagt hat …«

»Nein!« Die Stimme ihrer Mutter war plötzlich schneidend.

Mit einem Mal war alles klar. Ihrer Mutter war bewusst, dass Joy Bescheid wusste. Wie konnte sie trotzdem so tun, als wäre nie ein Wort gefallen? Wie hatte sie ein ganzes Jahr darüber schweigen können?

Als Lewis aufwachte, fühlte er sich anders als sonst, so als befände er sich noch halb im Traum. Er stand auf und blickte auf den Wecker. Es war sechs Uhr. Samantha hatte ihm den Rücken zugewandt, eine reglose Gestalt unter der Decke.

Er ging hinunter in die Garage. Das schwere Tor schlug laut gegen die Wand. Er zog den Werkzeugkasten hervor, nestelte ungeschickt am Schloss und hob mit klopfendem Herzen den oberen Einsatz heraus, wobei Schrauben und Nägel herausfielen und sich auf dem Boden verteilten. Er sah sie sofort, sie lag ganz unschuldig auf dem Hammer. Er wurde also nicht verrückt. Diese Botschaft aus der Vergangenheit existierte wirklich.

Er nahm die Karte in die Hand, starrte auf die Badeszenerie an diesem irischen Strand und drehte sie noch einmal um, um die Nachricht zu lesen. Er versuchte sich einzureden, dass es nur Wehmut war angesichts einer Zeit in seinem Leben, die längst vergangen war. Diese Postkarte verkörperte einen unmöglichen Traum. Und dennoch hielt er sie hier in Händen: eine echte Möglichkeit.

IRGENDWANN KOMMT DIE WAHRHEIT ANS LICHT

Mehr stand nicht auf der Karte. Kein Name, kein Absender. Nur diese Worte – und seine eigene Adresse, die keinen Zweifel daran aufkommen lassen sollte, dass dieser eine Satz an ihn gerichtet war. Er versuchte, sich an Marnies Handschrift zu erinnern, aber es wollte ihm nicht gelingen.

Er betrachtete die Briefmarke. *Eire* stand darauf, das irische Wort für Irland. Die Karte musste von Marnie kommen, denn es war ihre Heimat, und es waren ihre Worte.

Welche Wahrheit meinte sie, fragte er sich. Die Wahrheit ihrer Liebe? Oder die Wahrheit seines Verrats? All die Jahre hatte er nichts mehr von ihr gehört, warum dann jetzt?

Zu dem Zeitpunkt, als Dad endlich dazu kam, es ihr zu erzählen, war er kaum noch in der Lage gewesen zu sprechen, aber Joy erinnerte sich daran, wie er sie angesehen hatte. Sie hatte seinen Kummer gespürt, als er ihre Hand drückte.

»Joy, ich muss dir etwas sagen …«

»Nicht reden, Daddy. Ruh dich aus.«

Er hatte sich im Bett abgemüht, als wolle er sich aufsetzen.

»Bald habe ich Zeit genug zum Ausruhen«, hatte er gekrächzt und versucht zu lächeln. »Es gibt da etwas, was ich dir sagen muss, vorher finde ich keinen Frieden.«

»Daddy, bitte mach dir keine Sorgen. Es ist doch nicht wichtig.« Sie hatte versucht, ihn zu beruhigen, wollte, dass er sich wieder hinlegte. Doch Jack Porter war fest entschlossen gewesen. Er hatte sich auf die Ellbogen gestützt und seinen verzweifelten Blick auf sie gerichtet.

»Versprich mir, dass du mir verzeihst, Liebling.«

Ein Angstschleier legte sich über sie. Wovon redete er? Was konnte er getan haben?

»Daddy, ich liebe dich. Nichts kann daran etwas ändern.«

»Mein Mädchen, Liebling«, hatte er geflüstert und seine Augen kurz geschlossen, als sein Kopf zurück aufs Kissen sank. »Deine Mutter wird wütend auf mich sein, aber ich muss es dir einfach sagen ...«

»Alles gut, Daddy, du musst es mir doch nicht erzählen ...«

Aber ihr Vater hatte sie mit ungewohntem Nachdruck unterbrochen. Plötzlich war seine Stimme ganz deutlich.

»Joy, du wurdest adoptiert.«

Beinahe hätte sie seine Hand losgelassen und wäre vom Stuhl gefallen. Es war das Letzte, was sie erwartet hatte.

»Nein, Daddy, das kann nicht sein ...«

Aber ihr Vater hatte einfach weitergeredet. Er erzählte, dass er und ihre Mutter etwa fünf Jahre nach der Hochzeit festgestellt hätten, dass sie keine Kinder bekommen konnten. Es war ein schwerer Schlag für ihre Mutter gewesen, sie hatte sich so dringend ein Kind gewünscht. Eine Cousine in New York wusste von einer jungen Frau in Irland, die ihr Baby zur Adoption freigeben wollte. Es schien, als wäre es so bestimmt. Als sie mit der kleinen Joy nach Amerika zurückgekommen waren, beschlossen sie, an einem Ort neu anzufangen, wo sie niemand kannte und keiner wusste, dass ihre Tochter ein Adoptivkind war. Deswegen waren sie nach Scottsdale gezogen und nie mehr nach New York zurückgekehrt.

Joy war benommen, in der abgestandenen Schlafzimmerluft drehte sich ihr der Kopf.

»Es tut mir so leid, dass wir es dir nie gesagt haben«, flüsterte ihr Vater. Schon jetzt wirkte er anders auf sie. »Deine Mutter dachte, es sei besser so.«

»Aber Daddy.« Ihre Augen füllten sich mit Tränen. Warum musste er es ihr ausgerechnet jetzt sagen? Warum ihr in dem Moment das Herz brechen, in dem sie ihn verlieren sollte?

»Du meinst, du bist gar nicht mein echter Vater? Und Mom ist nicht meine echte Mutter?«

»Doch, natürlich sind wir das, Liebling. Ich habe dich vom ersten Augenblick an geliebt. Du bist immer meine Tochter gewesen.«

Sie spürte, dass er alle Kraft zusammennahm, um ihre Hand zu drücken.

»Als ich dich sah, wusste ich gleich, dass du mein Mädchen bist«, flüsterte er. »Du hast mir die Arme entgegengestreckt, und ich habe dich hochgehoben und in den Arm genommen. Wir haben einander ausgesucht.«

Joy hatte ihn nicht drängen wollen, noch mehr Einzelheiten zu erzählen. Er war so schwach und zerbrechlich gewesen, und sein Bekenntnis, so dramatisch es auch war, war nichts im Vergleich dazu, dass er im Sterben lag. Sie hatte nicht gefragt, warum er es ihr ausgerechnet jetzt sagen musste. Sie hatte ihn nicht nach ihrer leiblichen Mutter gefragt.

Joy hatte die Tatsache, dass sie adoptiert war, verdrängt. Sie hatte sogar vermieden, ihre trauernde Mutter darauf anzusprechen. Ein Jahr lang kein Wort. Aber die Wahrheit zerriss ihr das Herz.

Die Adoption erklärte so vieles. Die Tatsache, dass sie nicht aussah wie ihre Eltern. Oder dass sie sich manchmal wie eine Außenseiterin im eigenen Leben fühlte. Dass sie sich nach etwas sehnte, was sie in Arizona nicht finden konnte. Diese Träume, die voller Gerüche und Bilder von Orten waren, an denen sie nie gewesen war. Das Land, aus dem sie stammte und von dem sie nichts wusste.

Anfangs hatte sie versucht, mit Eddie zu reden. Er war genauso schockiert wie sie.

»Was sagt man dazu«, meinte er und kratzte sich am Hinterkopf, während er sie mit neuen Augen betrachtete. »Du bist gar keine echte Amerikanerin. Du bist ein irisches Mädchen.«

»Ich muss mehr darüber herausfinden. Ich will wissen, woher ich komme.«

»Das ist es doch nicht wert, Joy«, hatte Eddie eingewandt. »Die Menschen, die dich aufziehen, sind deine Eltern. Lass das Ganze auf sich beruhen. Du machst dich nur unglücklich, Baby.«

Das Problem war, dass Joy es nicht auf sich beruhen lassen konnte. Sie musste wissen, wer sie war.

Lewis legte die Postkarte zurück in den Werkzeugkasten. Es war idiotisch, überhaupt an Marnie zu denken. Er und Samantha waren schon so lange verheiratet. Das musste doch mehr zählen als ein Hirngespinst aus der Vergangenheit.

Um es wiedergutzumachen, stellte er für Samanthas Frühstück einen Obstteller zusammen: Ananas, Erdbeeren und Orangenschnitze, die er auf einer der farbenfrohen mexikanischen Platten anrichtete. Mit einer Tasse Kaffee brachte er sie ihr hinauf ans Bett.

»Oh ... danke, Lewis.« Samantha setzte sich auf und wirkte überrascht angesichts dieser unerwarteten Aufmerksamkeit.

»Das magst du doch, oder?«, sagte er und setzte das Tablett auf ihrem Schoß ab.

»Du hast mir seit Jahren kein Frühstück mehr ans Bett gebracht.«

»Ich weiß. Es tut mir leid.« Er beugte sich vor und strich ihr eine lose Haarsträhne hinters Ohr. »Tut mir auch leid wegen gestern Abend.«

»Wie meinst du das?« Misstrauisch blickte sie ihn an.

»Es hätte besonders sein sollen.«

»Es war gut so, Lewis, ehrlich.« Sie steckte sich eine Erdbeere in den Mund.

»Lass uns verreisen«, sagte er aus einer plötzlichen Eingebung heraus. »Wie könnten über Ostern wegfahren. Was hältst du von Hawaii?«

»Das geht nicht. Ich fahre doch nach Santa Fe.«

»Aber würdest du nicht lieber mit mir Urlaub machen?«

»Das ist es nicht«, sagte sie und mied seinen Blick. »Ich habe es Jennifer versprochen ...«

»Okay.« Er verstand das nicht. Was machte er nur falsch?

»Es tut mir leid, Lewis.«

Er bemühte sich, die Enttäuschung vor ihr zu verbergen, ging an den Kleiderschrank und holte ein frisches Hemd heraus.

»Na gut, was ist mit diesem Sommer?«

»In Ordnung.« Sie klang nicht begeistert.

»Hier wird es immer so heiß – es wäre doch schön, irgendwohin zu fahren, wo es kühler ist.«

Er beobachtete sie im Spiegel. Sie nahm ein Stück Ananas und biss hinein.

»Lass uns nach London fahren«, sagte er.

Ihre Augen weiteten sich erschrocken.

»Spinnst du?«

Er trat ans Bett. »Es ist so lange her, Samantha. Ich möchte meine Heimat mal wiedersehen.«

»Aber warum? London, so wie wir es kannten, gibt es doch gar nicht mehr.«

Sie streichelte ihm über den Arm, und als er ihr in die Augen blickte, sah er ihre Angst.

»Ich kann nicht zurück«, sagte sie und schüttelte den Kopf. »Das weißt du.«

Er bemerkte, dass ihr Tränen in die Augen traten. Er war sich nicht sicher, ob sie aufrichtig waren oder nicht, aber sie rührten ihn, und er küsste Samantha – und ausnahmsweise erwiderte sie seinen Kuss. Sie zog ihn zu sich herunter, der Teller glitt vom Bett, und das Obst verteilte sich über den Boden.

Das erste Mal seit Monaten schliefen sie miteinander, doch selbst am Höhepunkt ihrer Leidenschaft war keiner der beiden in der Lage, dem anderen in die Augen zu sehen. Es war eine Erlösung, das schon, aber es fühlte sich auch an wie eine Entschuldigung.

»Daddy hat mir erzählt, dass ihr mich adoptiert habt.« Joy ließ nicht locker, auch gegen den Willen ihrer Mutter.

»Ich weiß wirklich nicht, warum er das tun musste, Joy.«

»Also stimmt es?«

»Ja«, sagte Mom und klang aufgewühlt. »Es stimmt.«

»Warum habt ihr mir das nie gesagt?«

»Weil wir dir nicht wehtun wollten … wir hätten nicht gewusst, wozu das gut sein soll.« Mom blickte sie an. »Was für einen Nutzen soll es haben, wenn du weißt, dass du adoptiert wurdest?«

»Es geht darum, wer ich bin, Mom.«

»Du bist Joy Porter, unsere Tochter, ein Mädchen aus Scottsdale, Arizona. Das bist du.« Ihre Mutter klang trotzig. Joy versuchte es mit einer anderen Taktik.

»Mom, bitte, ich liebe dich, und ich habe Daddy geliebt.« Sie griff nach den kalten Händen ihrer Mutter. »Ich weiß doch, dass ich mir keine besseren Eltern hätte wünschen können, aber Daddy hat gesagt, dass meine leibliche Mutter Irin war. Ich will einfach wissen, wer sie war, ich will ihre Geschichte kennen.«

»Ach, Joy, warum denn? Warum in Gottes Namen musst du Einzelheiten über eine Frau wissen, die ihr Baby weggegeben hat? Was für eine Frau tut so etwas?« Mit flehentlichem Blick sah sie ihre Tochter an. »Kannst du mir das sagen? Welche Frau gibt freiwillig ihr Kind her?«

»Vielleicht steckt ja mehr dahinter.«

»Gerade du solltest das doch verstehen! Was hast du gemacht, als du mit siebzehn schwanger wurdest? Du hast dein Kind nicht zur Adoption freigegeben, stimmt's? Du hast Eddie geheiratet.«

»Aber das habe ich doch nur gemacht, weil er mich gefragt hat …«

»Liebling, ich weiß genau, wer du bist.« Die Miene ihrer Mutter wurde sanfter. »Nichts auf der Welt hätte dich dazu gebracht, Ray wegzugeben. Aber sie hat es getan.«

Das musste Joy zugeben – ihre Mom hatte recht. Trotzdem

hatte sie das merkwürdige Gefühl, ihre unbekannte irische Mutter in Schutz nehmen zu wollen.

»Dein Daddy hat dich so sehr geliebt, Joy.« Die Stimme ihrer Mutter war emotionsgeladen.

»Ich weiß, Mommy.«

»Ich vermisse ihn. Manchmal so sehr, dass ich kaum atmen kann.«

»Du wirst darüber hinwegkommen, Mom.«

»Ich weiß nicht, Liebes, ich bin mir nicht sicher, ob ich das schaffe. Er war mein Ein und Alles.«

Ihrer Mutter rannen die Tränen übers Gesicht, und Joy fühlte sich elend. Was machte sie da? Sie quälte ihre arme Mutter mit Fragen nach einer Frau, die sich ganz offensichtlich nie um sie geschert hatte.

»Es tut mir leid«, sagte sie, nahm ihre Mutter ganz fest in den Arm und hoffte inständig, dass sie lernen würde, all das zu schätzen, was sie hatte, statt sich nach dem Unbekannten zu sehnen.

Samantha war schon zur Arbeit gegangen. Lewis betrachtete sich im Spiegel des Kleiderschranks. Was würde Marnie von ihm halten, wenn sie ihn so sehen könnte? Er war runder geworden, seit er fünfundzwanzig gewesen war; über sein Gesicht zogen sich Furchen, und die Haut war dunkler nach all den Jahren in Arizona. Er hatte graue Strähnen im Haar. Zweifellos war er gealtert. Dennoch, innerlich war er derselbe geblieben. Wenn er die vergangenen Jahre abstreifte, war er wieder der junge Mann, der in London seinen Traum verwirklichte.

Nicht nur, dass er versucht hatte, die Vergangenheit auszulöschen – nichts in seinem gegenwärtigen Leben brachte zum Ausdruck, wer er wirklich war. Seit fünfzehn Jahren schlief er in diesem Zimmer, doch nichts hier hatte mit ihm zu tun. Alles darin war Samantha.

Seine Frau liebte knallige Farben. Drei Wände waren pfauenblau gestrichen, die vierte, am Kopfende des Betts, war leuchtend orange. Er verstand selbst kaum, wie er hatte zulassen können, dass sie das Schlafzimmer so einrichtete, aber vermutlich hatte er einfach nur gewollt, dass sie glücklich war.

»In gestalterischen Dingen bist du so ein Ignorant, Lewis«, hatte sie sich beschwert. »Ich will uns hier ein unkonventionelles Zuhause schaffen!«

Zusätzlich zu den farbenfrohen Wänden waren in die Teppiche sämtliche Farben des Regenbogens eingewoben, des Weiteren gab es eine folkloristische mexikanische Frisierkommode und einen dazu passenden Kleiderschrank. Samantha war verrückt nach dem bunten mexikanischen Kunsthandwerk aus Perlen, und das Schlafzimmer war voll von ihren Schätzen: kleine Perlenfigürchen, die Männer, Frauen, Stiere oder Fische darstellten, zwei Schädel in kräftigen Farben – der eine aus Perlen, der andere aus Gips. Einen der Schädel hatte sie gleich neben das Bett auf den Nachttisch gestellt. Lewis hasste ihn. Am schlimmsten aber war die Marienstatue der Jungfrau von Guadeloupe auf der Frisierkommode. Samantha fand sie drollig, aber das lag daran, dass sie nicht katholisch erzogen worden war. Lewis konnte den Anblick der Statue nicht leiden und fragte sich, was Marnie davon gehalten hätte.

Einem spontanen aufmüpfigen Impuls folgend nahm er sie von der Kommode und ließ sie in den Papierkorb fallen. Darauf wenigstens wollte er beharren, wenn Samantha nach Hause kam. Kein religiöser Nippes mehr.

Seine Frau war auch besessen von der mexikanischen Künstlerin Frida Kahlo. Sosehr Lewis die künstlerische Vision von Kahlo aus kunsthistorischer Sicht zu würdigen wusste, fiel es ihm doch schwer, ihr Gemälde »Henry Ford Hospital« zu betrachten, auf dem sich die Künstlerin nach einer Fehlgeburt im Krankenbett krümmt und rote Schläuche sich aus ihrem blutigen Körper winden und sie mit surrealistischen Objekten verbinden, eines davon ein roter Fötus. Was genau hatte Samantha damit ausdrücken wollen, als sie den Druck über dem Kamin aufhängte?

In ihrer Ehe hatten sie nie über das Thema Kinder geredet. Samantha war einfach nie schwanger geworden. Er war davon ausgegangen, dass sie keine Kinder wollte, aber vielleicht hatte seine Frau ja ihren Kummer all die Jahre vor ihm verborgen.

Jetzt war es zu spät. Er war siebenundvierzig und Samantha fünfundvierzig. Er hatte sich eingeredet, dass es gut war, dass sie keine Kinder hatten. Er hatte keine Ahnung, wie man es anstellte, ein guter Vater zu sein.

Nachdem Joy ihre Mutter wie ein kleines Kind zurück ins Bett gesteckt und angesichts des heller werdenden Tages die Vorhänge zugezogen hatte, fuhr sie nach Hause, um Eddie das Frühstück zu machen.

Als sie das Haus betrat, hörte sie ihren Mann unter der Dusche einen seiner schnulzigen Cowboysongs singen. Sie musste lächeln – es erinnerte sie daran, wie er Gitarre gespielt hatte, als die Kinder klein waren und sie beim Zelten waren.

Sie eilte in die Küche, nahm die Pfanne aus dem Schrank, stellte sie auf den Herd und holte einen Eierkarton aus dem Kühlschrank.

»Und, hast du das Nordlicht gesehen?«, fragte Eddie, als er in die Küche kam. »Ich habe deine Nachricht gesehen.«

Ihr Mann sah schick aus in seinem Anzug, das blonde Haar glatt zurückgekämmt und das Gesicht frisch rasiert.

»Es war unglaublich«, sagte sie. »Ich wünschte, du wärst dabei gewesen.«

»Du weißt ja, ich interessiere mich nicht so sehr für Sterne und all so was, Joy.«

Sie hoffte, dass Eddie käme und sie küsste, aber er hatte sich schon an den Tisch gesetzt und die Zeitung aufgeschlagen, während er geduldig auf die Eier wartete. Sie schaltete die Herdplatte herunter, ging zu ihm hin und stellte sich hinter ihn, beugte sich hinunter und küsste ihn auf die Wange. Überrascht hob er den Blick.

»Wofür war das?«, fragte er.

»Weil ich dich liebe«, antwortete sie.

»Na, das ist schön«, sagte er und blickte wieder in die Zeitung. »Machst du mir das Omelett? Ich muss langsam los.«

»Klar«, sagte sie steif, kehrte an den Herd zurück und drehte die Platte wieder hoch. Sie war kurz davor gewesen, vorzuschlagen, sich eine Runde im Bett zu vergnügen, doch jetzt hatte sie der Mut verlassen. Es war schon einige Wochen her, dass sie das letzte Mal miteinander geschlafen hatten. Das sah ihm so gar nicht ähnlich. Sie und Eddie hatten nie aufgehört, einander zu begehren.

»Ist alles in Ordnung, Eddie?«

Er blickte auf. »Sicher – natürlich. Ich bin nur total im Stress, Baby. Ich will doch für Heathers Hochzeit noch eine Stange Geld verdienen.«

Seine Augen tanzten unruhig umher und konnten ihrem Blick nicht standhalten.

»Vergiss nicht, die Einladungskarten zu bestellen«, erinnerte er sie, faltete die Zeitung zusammen und legte sie auf den Tisch, als sie das Omelett vor ihn hinstellte.

»Schatz, meinst du, Heather macht das Richtige?«

»Aber klar. Darrell ist ein guter Junge«, sagte Eddie, nahm den Salzstreuer und verdarb das Omelett.

»Aber sie sind noch so jung.«

»Wir waren noch jünger.« Eddie sah zu ihr auf, doch sein unruhiger Blick mied noch immer den ihren.

»Ja, aber das war etwas anderes.«

»Schon, aber wenigstens erwartet Heather kein Balg.«

Sie zuckte zusammen. Es schmerzte sie, daran zu denken, dass Eddie sie womöglich nur geheiratet hatte, weil sie schwanger gewesen war. Tief im Herzen wusste sie, dass es nicht so war. Eddie war wild, rastlos und unwiderstehlich gewesen, als sie siebzehn war, und sie wusste, dass sie eine ähnliche Wirkung auf ihn gehabt hatte; zwischen ihrer Tochter und deren Verlobtem konnte sie nichts dergleichen erkennen. Da sprühten keine Funken. Es war, als würden Heather und Darrell das Verliebtsein nur simulieren mit all dem »Mein Schatz«-Getue und den Küsschen auf die Wange.

»Wir zwei waren verrückt nacheinander.«

Die Wochen, bevor Joy feststellte, dass sie schwanger war, waren so aufregend gewesen. Mit seinem schnellen Auto fuhr Eddie vor ihrem Haus vor und nahm sie unter den missbilligenden Blicken ihrer Eltern mit. Sie fuhren geradewegs in die Wüste, wo niemand Zeuge ihrer Lust wurde außer einem Hasen vielleicht oder einer Wüstenmaus. Beim Gedanken an all den Sex presste sie ihre Oberschenkel zusammen. Sie konnten nicht genug voneinander kriegen.

»Es gibt wichtigere Dinge, Joy«, meinte Eddie und zerteilte

sein Omelett. »Darrell ist in Ordnung. Er hat mich schon gebeten, nach einem Haus in Scottsdale zu suchen. Meinte, hier sei der beste Ort, um eine Familie zu gründen. Er wird sie gut versorgen.«

Joy war schockiert von dem, was ihr Mann da sagte. Wie konnte es etwas Wichtigeres geben, als verliebt zu sein?

»Vor ein paar Wochen habe ich zufällig mitgekriegt, wie Heather und Carla sich über die Hochzeit unterhalten haben, und es klang, als sei sich Heather nicht ganz sicher …«

»Carla ist eifersüchtig auf Heather. Sie wiegelt sie auf, mehr nicht. Genau wie ihre Mom, die war auch eifersüchtig auf uns beide.«

Überrascht blickte Joy ihren Mann an.

»Rosa hat sich nie für dich interessiert, Eddie. Sie ist meine Freundin.«

»Wenn du das sagst, Schatz«, erwiderte er und verdrückte das letzte Stückchen Omelett. »Ich habe jetzt auch gar keine Zeit zum Plaudern.« Er stand auf und strich sich die Krümel von der Hose. »Red Heather keinen Unsinn ein. Ich habe schon so viel Geld vorgeschossen, wir können die Hochzeit nicht mehr absagen.«

Auf dem Weg zur Tür tätschelte er ihr den Kopf. Sie wusste, dass er es liebevoll meinte, aber es fühlte sich nur gönnerhaft an.

Das Gespräch hatte ihre Sorgen nicht vertrieben. Seit sie mitbekommen hatte, wie sich Heather und Carla auf der Terrasse gestritten hatten, hatte sie zunehmend das Gefühl, dass Heather kurz davor war, den größten Fehler ihres Lebens zu machen. Sie dachte an Carlas abschließende Worte: »Es ist dein Leben, Heather, denk darüber nach, was du wirklich willst. Du weißt, dass du ihn nicht liebst!«

Seitdem hatte Joy die beste Freundin ihrer Tochter nicht mehr gesehen.

Darrell war kein schlechter Junge. Wie Heather war er in Scottsdale geboren und aufgewachsen und lernte Buchhalter, um später in Phoenix ein Geschäft aufzuziehen. Er hatte keinerlei Absichten, jemals außerhalb von Arizona auf Reisen zu gehen, geschweige denn den amerikanischen Kontinent zu verlassen.

War es das Schicksal ihrer Tochter, für immer in Arizona festzusitzen, so wie sie? Wo ihr Licht verborgen blieb und ihr Stern nie erstrahlen würde?

Nicht im Traum hatte Lewis damit gerechnet, eine zweite Postkarte im Briefkasten zu finden. Wie gelähmt stand er auf dem Rasen im Vorgarten, die Brust schnürte sich ihm zu. Was, wenn Samantha auf dem Weg in die Arbeit in den Briefkasten geschaut hatte? Wie sollte er ihr erklären, dass das alles auch für ihn völlig überraschend kam? Sie würde ihm nicht glauben, da war er sich sicher.

Wieder stand nur eine Zeile auf der Rückseite. Diesmal war es eine Frage.

BIN ICH DEIN LEUCHTENDER STERN?

Wieder kein Name, kein Absender. Und wieder war die Briefmarke in Irland abgestempelt.

Auf der Vorderseite war ein Leuchtturm zu sehen. Das Bild bestand aus den unterschiedlichsten Blautönen. Die See war ruhig, von tiefem Blau, und die Küste mit den nassen, schartigen indigofarbenen Felsschichten zog eine Zickzacklinie durchs Wasser. Im Hintergrund stand der Leuchtturm. Ein Leuchtfeuer aus blauen und weißen Streifen, umgeben von weißen Häuschen und gekrönt von dem Licht, das in die Nacht strahlte. Der Turm stand direkt an der Felskante, tippte an die dunkelblauen Wolken, durch die das schwache Licht des ausklingenden Tages schimmerte.

Wieder drehte er die Karte um und las die Worte. Sie erinnerten ihn an *Der große Gatsby,* einen der wenigen Romane, die er gern gelesen hatte. Darin hatte das grüne Licht am Ende von Daisys Bootssteg Gatsby in seinen Bann geschlagen.

Waren das Bild und die Worte auf der Karte Marnies Leuchtfeuer? Wartete sie darauf, dass er das Licht sah? Damals hatte er sie seinen leuchtenden Stern genannt, und er hatte es so gemeint, nicht nur wegen ihrer überbordenden Begabung, sondern auch, weil sie ein strahlendes Licht in seinem Leben gewesen war. Um ihretwillen wollte er ein besserer Mensch sein, und wenn sie zusammen waren, konnte er seine unglückliche Kindheit vergessen und die Ansprüche, die seine Mutter und seine Schwester an ihn stellten.

Am Ende aber hatte er sich doch nicht für ihr Licht entschieden. Er dachte daran, wie dieser letzte Tag sich zwischen ihnen entwickelt hatte. Der leidenschaftliche Auftakt, sein Plan, dem Chef von ihr zu erzählen. Seine Absicht war gewesen, den Tag auf Knien zu beenden und sie zu bitten, seine Frau zu werden. Wie war es möglich, dass alles so ganz anders gekommen war? Im Verlauf eines einzigen langen Tages hatte er alles kaputt gemacht.

London, 13. April 1967, 8:43 Uhr

Lewis manövrierte seinen dunkelgrünen Roadster in eine enge Parklücke. Der nasse Asphalt dampfte, als er eilig den Russell Square überquerte. Die Luft schillerte im morgendlichen Licht, so als hätte es nur geregnet, damit London zum Glänzen gebracht wurde. Es erinnerte ihn daran, dass er in der großartigsten Stadt der Welt lebte.

Vor ihm liefen drei junge Frauen im Minirock. Die beiden rechts und links trugen Schwarz, die in der Mitte Weiß. Sie alle hatten die gleiche Frisur: einen kurzen, akkuraten Bob. Er stellte sich ihre gemeinsame Wohnung vor, die Mischung ihrer Parfüme und die schwarzen und weißen Strümpfe, die auf den Heizkörpern trockneten, auf den Badezimmerfliesen leere Weinflaschen, in denen Kerzen steckten, und eine aufgeschlagene Taschenbuchausgabe von *Lady Chatterley* am Badewannenrand. Ein durchgesessenes Sofa, auf dem sich bunte Kissen türmten, noch zerdrückt vom Vorabend, und der Abdruck eines roten Lippenstiftmundes auf einem Taschentuch, das wie ein verirrter Kuss achtlos auf den Boden geworfen worden war. Lewis liebte die Mädchen von heute. Sie wirkten wie Op-Art-Schöpfungen, während sie leichtfüßig wippend vor ihm dahingingen. Er dachte, dass sich dieser Stil gut für das Poster eignen könnte, das er gerade für die Schuhfirma Dalliance entwarf.

Diese jungen Frauen hatten eine direkte, unverblümte Art, so wie seine Schwester Lizzie, so wie Marnie. Er zog eine Zigarette heraus und zündete sie sich an. In diesem Augenblick wollte er nicht über seine Gefühle für Marnie nachdenken. Er würde sich auf die Arbeit konzentrieren.

Lewis kannte keine andere Werbeagentur in London, die so auf der Höhe der Zeit war wie Studio M. Es war eine neue Welt voller Wagemut und Farbe. Man sollte im Jetzt leben und sich nicht den Kopf über die Zukunft zerbrechen.

Andererseits wollte er an die Zukunft denken. Er wollte, dass man ihn für bahnbrechende Designs in Erinnerung behielt, so wie seinen Chef. Er konnte nicht anders, ständig brauchte er die Anerkennung von George, und ihm war bewusst, dass das der Grund war, warum er ihm gegenüber das Thema Marnie so lange gemieden hatte.

Er zog ein letztes Mal an der Zigarette und blickte die Straße hinunter, in der Hoffnung, dass Marnie dort in ihrem smaragdgrünen Mantel auftauchte, aber sie war nirgends zu sehen. Ein Doppeldecker brauste vorbei und hinterließ eine Abgasfahne, als Lewis ins Büro eilte.

Trotz ihres modernen Anstrichs wurde die Agentur Studio M geführt wie eines der Malerateliers im siebzehnten Jahrhundert – George Miller war der Meister, und Lewis, Pete und Frankie waren seine Handlanger.

Jeder Designer oder Werbegrafiker, den Lewis kannte, war erpicht auf einen Job im Studio M, und er hatte einen ergattert – weniger auf Grundlage seiner Künstlermappe als mithilfe seines Charmes. Von der ersten Begegnung an hatten er und George sich gut verstanden. Dennoch hatte Lewis in den ersten beiden Jahren in der Agentur bemerkt, dass George ein bisschen enttäuscht von ihm war. Er wusste nicht, ob er seinen Job noch hätte, wäre Marnie nicht aufgetaucht. Ihr war es zu verdanken, dass George ihn, wie Lewis vermutete, eines Tages zum Partner heranziehen wollte.

»Jungs, ich werde nicht jünger!«, sagte er hin und wieder, wenn sie ihre Nachmittagspause bei Tee und Marmeladentörtchen machten. »Ich brauche jemand Junges, der die Dinge hier am Laufen hält«, fuhr er fort, und Lewis, Pete und Frankie musterten sich gegenseitig über den Rand ihrer Teetassen hinweg.

Obwohl Pete Talent hatte und fleißig war, ahnte Lewis, dass er George ein wenig auf die Nerven ging. Er war zu sanft. Aber Lewis mochte Pete. Er war tüchtig, hatte keine Allüren, und er war ehrlich. Dem italienischen Grafiker Frankie gegenüber nahm Lewis sich mehr in Acht.

Sowohl Pete als auch Frankie waren schon bei der Arbeit, als Lewis hereinkam. Die Jalousien waren noch heruntergezogen und der Raum stickig vom Zigarettenrauch.

»Himmel, hier drin kriegt man ja keine Luft.« Lewis zog die Jalousien hoch und öffnete das Fenster. »Kommt schon, Leute, lasst etwas Licht und frische Luft herein.«

»Was für frische Luft?«, lamentierte Frankie, drückte seine Zigarette aus und wedelte übertrieben mit dem Arm herum. »Da draußen gibt es nichts als Abgase.«

»Wo ist Marnie? Ich brauche dringend einen Tee.« Pete lehnte sich zurück, legte die Hände hinter den Kopf und betrachtete sein Werk.

Wie auf Bestellung ging die Tür auf, und Marnie kam herein.

»Guten Morgen, Miss Regan«, sagte Lewis und half ihr aus dem Mantel.

»Guten Morgen, Mr Bell.«

Diese Spielchen reizten ihn unendlich. Marnie machte sich an ihrem Schreibtisch zu schaffen, nahm die Haube von der Schreibmaschine, legte ein neues Farbband ein und spitzte ihre Bleistifte. Er konnte den Blick nicht abwenden. Merkten die anderen, was sich hinter dieser professionellen Fassade verbarg?

»Wollen alle einen Tee?«, fragte Marnie, als ihr Schreibtisch für den Tag hergerichtet war.

»Ich dachte schon, Sie fragen nie.« Pete lächelte sie dankbar an.

»Kaffee, *cara mia*.« Frankie warf ihr vom anderen Ende des Zimmers eine Kusshand zu.

Mit einem Kopfschütteln wies sie ihn zurecht, aber sie lächelte trotzdem. Lewis spürte einen Anflug von Eifersucht.

»Ja.« Er zog sie am Arm. »Auch für mich einen Tee.«

Überrascht sah Pete ihn an. »He, hör auf, unsere Sekretärin zu belästigen, Kumpel.«

Marnie schüttelte ihn ab und ging in die kleine Küche nebenan, und Lewis hörte, wie sie am Herd mit dem Wasserkessel hantierte.

Dann steckte Marnie den Kopf zur Tür herein. »Ist Mr Miller schon da?«

»Nein, noch nicht«, antwortete Pete.

Marnie suchte Lewis' Blick. Als könnte er das Versprechen, das er ihr gegeben hatte, vergessen. Er senkte den Blick auf sein Zeichenbrett, nahm einen Bleistift zur Hand und drückte die Bleispitze auf das leere Blatt Papier, bis sie abbrach.

Wie würde George reagieren, wenn er das ganze Ausmaß von Marnies und seiner Zusammenarbeit erkannte? Er hatte gelogen. Daran gab es nichts zu rütteln. Das alles wurde viel zu kompliziert. Marnie wollte, dass sie sich als Grafiker selbstständig machten. Das war ein großes Risiko. Was, wenn George ihm anbot, Agenturpartner zu werden? Wenn das erst einmal unter Dach und Fach war, dann könnte er sich um Marnie kümmern und sie ins Team holen. Warum konnte sie nicht so lange warten?

Lewis setzte sich hin. Sein Blick fiel auf das gerahmte Foto auf seinem Schreibtisch. Er und seine Schwester waren darauf, aufgenommen auf Lizzies erster Kunstausstellung. Sie hatte gesagt, dass sie Erinnerungen an schöne Momente haben wollte, nachdem es keine Bilder aus ihrer Kindheit gab.

Sie strahlte; das Haar hatte sie nach hinten zu einem losen Knoten gebunden, aus dem ein paar rote Locken fielen. Sie trug ein scharlachrotes Maxikleid und war nicht ganz so dünn wie heute. Sie lächelte, ganz unverstellt, und er tat es auch. Er war an dem Abend so stolz auf seine Schwester gewesen. Ihre Ausstellung war praktisch vollständig verkauft. Endlich bekam sie die Anerkennung, die sie verdiente. Und dennoch hatte der Abend in vom Alkohol heraufbeschworenen Tränen geendet. Der eine Mensch, von dem sie wirklich gehofft hatte, dass er kommt und ihre Bilder sieht, ließ sich nicht blicken. Ihre Mutter. Es frustrierte Lewis, dass Lizzie sich das immer noch zu Herzen nahm. Er hatte schon vor langer Zeit aufgehört, sich darum zu scheren, was seine Mutter von ihm hielt.

Drei
Verbindung

Scottsdale, 14. März 1989

Als Lewis an der Kunstgalerie Langely vorbeifuhr, sah er Doug mit seinem unverkennbaren schwarzen Stetson-Hut darin stehen. Samantha hasste es, wenn ihr Vater sich als Cowboy verkleidete, insbesondere da er ein waschechter Bostoner war, aber Lewis hatte Dougs Leidenschaft für den Lebensstil der Cowboys immer liebenswert gefunden. Jedenfalls hatte sich der alte Mann den richtigen Wohnort dafür ausgesucht.

Jeden Tag fuhr Lewis an dem großen Schild an der Ecke von Scottsdale Road und Main Street vorbei, das die Stadt als die authentischste Westernstadt des amerikanischen Westens proklamierte. Um jene Zeit, als seine Schwiegereltern Doug und Dora Anfang der Siebziger nach Scottsdale gezogen waren, wurde am südöstlichen Ende der Scottsdale Road und der Pinnacle Peak Road eine alte Westernstadt der 1880er nachgebaut.

Millionen Besucher aus aller Welt kamen hierher, um für einen Tag Cowboy zu spielen.

Als Samantha und er neu in Scottsdale waren, hatte Doug ihn zu inszenierten Schießereien auf der Main Street geschleppt oder dazu gedrängt, auf einem Leiterwagen in die Wüste zu fahren und unter dem Sternenhimmel am Lagerfeuer zu grillen. Er hatte es nie übers Herz gebracht, Doug zu gestehen, dass er – sosehr er seinen Schwiegervater für dessen Enthusiasmus bewunderte – sich selbst mit der Kultur der Cowboys nicht identifizieren konnte. Genau genommen empfand Lewis es als etwas geschmacklos angesichts dessen, wie man über die amerikanischen Ureinwohner hinweggegangen war. Es gab das ein oder andere Souvenir in den Läden, und manchmal stieß man auf ein indianisches Artefakt, tatsächlich aber sah man nur selten einen der Ureinwohner der Gemeinde Salt River Pima-Maricopa in der Stadt.

Man sagte, Scottsdale sei von Millionären erbaut worden, und es war nicht zu übersehen, dass die Stadt Reichtum und Prominenz anzog. Mit seinem Kunst- und Designhintergrund hätte Lewis es hier eigentlich weit bringen sollen. Das hatte Samantha auch von ihm erwartet. Statt jedoch ein eigenes Unternehmen zu gründen, hatte er einen Job in der Kunstgalerie seines Schwiegervaters angenommen und unterstützte ihn bei anfallenden Aufgaben, die mit Schriftsatz und Druck zu tun hatten.

Wohin war seine alte Welt verschwunden? Wie nur war er in dieser Stadtwüste gelandet und bei diesen niederen Hilfsarbeiten? Eigentlich war es ihm doch bestimmt gewesen, etwas darzustellen.

Er sollte aufhören, über die Vergangenheit zu grübeln, und nach vorn blicken. Diese Sache mit den Postkarten machte ihn nur unglücklich. Er musste sich in Erinnerung rufen, dass es nichts gab, wohin er zurückkehren konnte. Sein Leben in London war ausgelöscht worden. Es war nicht mehr das, was es gewesen war. Er war mit Samantha verheiratet. Sie war die Frau, an deren Seite er zu sein hatte, nicht Marnie. Ihre Familie hatte ihn aufgenommen, als er völlig allein auf der Welt gewesen war, und er hatte seine Schwiegereltern aufrichtig gern. Sie waren gute Menschen, und sie hatten ihm vieles beigebracht. Insbesondere Doug. Immer wieder ertappte Lewis sich dabei, wie er Doug abends länger als nötig mit Flugblättern für all die örtlichen Wohltätigkeitsveranstaltungen half, für die sich sein Schwiegervater engagierte. Mit Doug war Lewis auf eine Art entspannt, die es mit seinem alten Chef George nicht gegeben hatte. Sein Schwiegervater ließ ihn spüren, dass er ihn wertschätzte, egal was er tat.

»Guten Morgen, Lewis!« Doug winkte ihm fröhlich zu, als er die Galerie betrat. »In der Kanne ist frischer Kaffee.«

Lewis holte sich eine Tasse, bevor er sich in seinen Stuhl im Hinterzimmer sinken ließ, das trotz Dougs Bemühungen immer noch ziemlich schäbig und dunkel war. Immerhin war es kühl. Diese Frühlingstage waren angenehm, aber wenn es so weit war und der Sommer über sie hereinbrach, empfand Lewis die Hitze als beinahe unerträglich.

Das ganze Jahr über war die Luft in Arizona so trocken. Manchmal kam es ihm vor, als wäre er buchstäblich ausgedörrt; seine Haut juckte, die Lippen waren spröde und sein Haar ganz platt und statisch aufgeladen. Er vermisste den Regen. Er sehnte sich nach Graupelschauern und nassen, stürmischen Tagen.

In Irland regnete es oft. Allein die Vorstellung, an einem Strand an der irischen Westküste zu stehen, die Gischt der

Wellen zu spüren und sich bis auf die Knochen vom Regen durchnässen zu lassen, war die reinste Wonne. In Arizona sah man Tag für Tag nichts als den klaren blauen Himmel. Er ertappte sich dabei, dass er auf kaum zu fassende Wolken lauerte und inständig hoffte, dass sie sich über ihm auftaten.

Er griff nach der Kaffeetasse und trank einen Schluck. Das Nachdenken über Irland führte ihn zurück zu den Postkarten. Was wollte Marnie von ihm?

Joys Eltern kamen beide aus New York City, ein so exotischer Ort, dass ihr das Herz schon bei der Vorstellung, dort zu leben, schneller schlug. In Scottsdale hatte sie sich immer fremd gefühlt. Doch ihre Eltern hatten stets vermieden, über die Familie in New York zu reden, und sie waren in Joys Kindheit kein einziges Mal dort gewesen.

»Hier in Arizona können deine Träume wahr werden«, sagte ihre Mutter manchmal zu ihr.

»Und sind deine wahr geworden, Mom?«

»O ja«, sagte sie dann und schenkte Joy ein seltenes, aufrichtiges Lächeln. »Ich habe dich.«

Damals hatten sie ein großes Haus nicht weit vom Stadtzentrum, das ihre Eltern aus Lehmziegeln erbaut hatten, als sie 1953 nach Scottsdale gezogen waren. Ihr Vater erzählte ihr oft Geschichten aus jenen Pioniertagen, von all den Leuten, die er in den Anfangsjahren gekannt hatte, als die Stadt noch klein war und sich die Menschen mischten, egal ob sie Alteingesessene waren, befreundete mexikanische Einwanderer oder der alte Chief Joseph von der Gemeinde Salt River Pima-Maricopa. Seit damals hatte sich so viel verändert. Das Städtchen Scottsdale war eine Großstadt geworden und wuchs stetig weiter.

Immer tiefer grub sie sich in die Wüste, und das hatte ihrem Vater Sorgen bereitet.

»Wir müssen die Natur dort draußen schützen«, hatte er zu Joy gesagt. »Wenn wir sie jetzt aufgeben, ist sie für immer verloren.«

Vor Kurzem hatte sich Joy einer Gruppe von Bürgern aus Scottsdale angeschlossen, die forderten, dass man die Wüste am McDowell Mountain zu einem Schutzgebiet erklärte. Außerdem arbeitete sie ehrenamtlich im Botanischen Garten mit seiner Wüstenflora. Wenn sie nach New York gezogen wäre, würden ihr diese Dinge im Leben fehlen. Überdies war nicht zu leugnen, wie verführerisch schön der Frühling in Arizona war, wie berauschend der Duft der Blüten, als sie an diesem Morgen die Straße entlangging. Sie begutachtete die Blumen, deren Knospen sich gerade öffneten, ein wildes Durcheinander an Farben und Gerüchen in dieser Wüstenoase, das sie an das Wunder der irisierenden Polarlichter erinnerte. Sie hatte das Gefühl, als läge Veränderung in der Luft. Irgendetwas würde passieren.

Auf Lewis' Schreibtisch wartete ein Haufen Arbeit. Er blätterte die Aufgaben durch, die heute anstanden, aber statt sich in seinem kleinen Hinterzimmer aufgehoben zu fühlen und sich in die meditative Arbeit zu versenken, Buchstaben nebeneinander anzuordnen, plagte ihn Unruhe.

»He, Lewis.« Doug stand in der Tür. »Ich muss für eine Weile weg. Kannst du dich für zwei Stunden um den Laden kümmern, bis ich wieder da bin?«

»Klar«, antwortete er. »Ich habe Lust, mich ein bisschen vorn hinzustellen.«

Er folgte Doug hinaus in den Ausstellungsraum. Der zentrale Bereich der Kunstgalerie Langely war vollgestopft mit einer Vielzahl an Gemälden, Skulpturen und Kunsthandwerk, die in Lewis' Augen keinen bestimmten Stil erkennen ließen. Er konnte auch nach all den Jahren nicht sagen, was für einen Geschmack Doug hatte. Manche Werke sprachen Lewis überhaupt nicht an: die übertrieben naturalistischen Ölbilder mit Kindern und Welpen oder die Aquarelle mit Araberpferden, die sich während des jährlichen Araber-Festivals immer als Bestseller erwiesen. Aber er äußerte keine Kritik. Es stand ihm nicht zu, Leute schlechtzumachen, die mutig genug waren, ihre Werke hier auszustellen.

Manchmal aber kamen Kunstwerke herein, die Lewis bewunderte. Zurzeit hatten sie eine kleine Ausstellung von Vogelbildern des Künstlers Charley Harper. Ihm gefielen die klare Grafik der Illustrationen und der Humor, den Charley in die Werke einfließen ließ. Sie erinnerten Lewis an seine eigene Zeit als Designer – die Art, wie dieser Künstler gleichzeitig versuchte, sowohl mit dem Betrachter zu kommunizieren als auch sich selbst auszudrücken.

»Kommt ihr an Ostern jetzt eigentlich zu uns?«, fragte Doug und hielt am Ausgang inne.

»Nein.« Lewis schüttelte den Kopf und mied den durchdringenden Blick seines Schwiegervaters, indem er die Flugblätter auf dem Tresen sortierte. »Samantha fährt nach Santa Fe.«

»Fährst du nicht mit?«, fragte Doug.

»Sie fährt mit Jennifer, die beiden besuchen Jens Schwester. Ist nicht so mein Ding.«

»Na ja, du bist herzlich eingeladen rüberzukommen. Dora und ich würden uns freuen.«

»Danke, Doug, aber ich will auch verreisen.«

»Wirklich? Wohin?«

»Irland«, hörte Lewis sich sagen.

»Irland! Das ist aber eine weite Reise für einen Osterurlaub. Warum willst du dorthin?«

»Ich habe dort Freunde«, log er. »Habe sie seit Jahren nicht mehr gesehen.«

»Du hast noch nie ein Wort über Irland fallen lassen«, sagte Doug mit neugieriger Miene.

»Genau genommen war meine Mutter Irin.« Lewis überlegte, ob er Doug mehr erzählen sollte. All die Jahre hatte er ihm nie die ganze Geschichte seiner Kindheit erzählt. Aber irgendwie konnte er sich nicht durchringen. Er wollte nicht, dass Doug Mitleid mit ihm hatte.

Als Lewis allein war, schenkte er sich Kaffee nach. Schon jetzt glühte die Straße draußen in der Hitze, und er beobachtete die Passanten, einige von ihnen mit einem Regenschirm in der Hand, um sich vor der Sonne zu schützen. Das hier ist mein Zuhause, ermahnte er sich. Aber ihm war klar, dass er sich etwas vormachte. Ob manche von den Leuten da draußen vielleicht auch auf der Flucht waren?

Er beobachtete eine dunkelhaarige Frau mit üppigen Kurven, die in einer roten Bluse mit Blumenmuster, Jeansshorts und einem prächtigen Paar Cowboystiefeln die Straße herunterkam. Anders als die anderen Leute schien sie sich Zeit zu nehmen. Er sah, wie sie an einem der alten Olivenbäume stehen blieb, dessen Fuß von leuchtend rosa Blumen umgeben war. Sie betrachtete etwas. Er bemühte sich, zu erkennen, was es war. Sie trat einen Schritt zurück, und er sah einen Kolibri, der an den Blüten nippte. Er hatte noch nie erlebt, dass jemand einem Kolibri so nah war, und der Anblick faszinierte ihn. Der Vogel flatterte direkt vor ihr herum und ließ sich von ihrer Gegenwart nicht stören. Dann war er neben ihrem Arm, und Lewis sah, dass die Frau ganz stillhielt, kaum zu atmen wagte, während sie den Vogel beobachtete.

Er landete auf ihrem Ärmel. Lewis blickte in das Gesicht der Frau und sah, dass sie genauso fasziniert war wie er.

Dann, ganz plötzlich, schoss der Kolibri davon; seine Bewegungen erinnerten mehr an eine Biene als einen Vogel. Langsam drehte die Frau sich um und ging weiter. Lewis sah zu, wie sie näher kam. Irgendetwas an ihr kam ihm bekannt vor. Er fragte sich, ob er ihr schon einmal begegnet war, möglicherweise durch Samantha.

Zu seiner Überraschung blieb die Frau direkt vor der Galerie stehen. Sie nahm einen Zettel aus ihrer Handtasche, las ihn, blickte auf die Tür und schob sie auf.

Joy erschrak, als sie die Tür aufmachte und direkt vor ihr ein Mann mit einer Kaffeetasse in der Hand stand. Noch dazu starrte er sie an. Sie spürte, wie ihr gegen ihren Willen die Röte über Brust und Hals in die Wangen stieg.

»Das war unglaublich«, sagte er.

»Bitte?« Sie war verwirrt.

»Ich habe Sie mit dem Kolibri gesehen.«

»Oh, wenn man still stehen bleibt, dann kommen sie ganz nah. Wahrscheinlich hat ihn meine rote Bluse angezogen.«

Der Mann musterte sie immer noch. Sein prüfender Blick machte sie verlegen. Sie öffnete ihre Handtasche und kramte darin herum.

»Ich möchte etwas drucken lassen«, murmelte sie.

Es schien, als schüttelte er sich ein wenig, um sich aus seinen Gedanken loszureißen, und stellte die Tasse ab.

»Natürlich. Worum geht es denn?«

Seine Stimme – sie hatte sie schon einmal gehört. Überrascht blickte sie auf.

»Oh, Sie sind das«, meinte sie.

Seit Jahren hatte sie kein Mann mehr so angesehen. Eigentlich sollte sie sich darüber ärgern. Aber irgendwie gefiel es ihr.

»Verzeihung«, sagte er. »Kennen wir uns?«

»Heute Nacht. Am Papago Butte. Das Nordlicht. Sie waren auch da.«

Die Kolibrifrau blickte ihn interessiert an. Die Röte war abgeklungen, jetzt war sie wieder blass. Er fragte sich, wie sie es fertigbrachte, dass ihre Haut kaum Spuren von Sonneneinwirkung zeigte. Sie war cremefarben. Ein Teint, wie man ihn eher in England sah als in Amerika.

»Das war es also«, sagte er. »Ich dachte, Nordlicht sieht man nur in der Arktis.«

»Normalerweise schon. Es war eine sehr seltene Gelegenheit, es so tief im Süden zu sehen zu bekommen.«

»Das will ich meinen.«

Sie lächelte ihn an. Das Lächeln ließ ihre Augen erstrahlen. Er bemerkte, wie blau sie waren. Er zwang sich wegzusehen und tippte sanft auf den Zettel in ihrer rechten Hand.

»Was kann ich für Sie tun?«

»Ach ja.« Sie schien aus einem Tagtraum zu erwachen. »Ich wollte ein paar Hochzeitseinladungen in Auftrag geben.«

»Gratuliere«, sagte er und spürte unerwartet, wie sich Enttäuschung in ihm breitmachte. »Dann wollen wir mal sehen.«

»O nein«, erwiderte sie und errötete aufs Neue. »Es geht nicht um meine Hochzeit. Meine Tochter Heather heiratet.«

Er konnte nicht umhin, sie anzulächeln. »Na ja, Sie sehen ganz einfach nicht alt genug aus, um eine Tochter zu haben, die schon heiratet.« Er strahlte sie an.

Schüchtern erwiderte sie sein Lächeln. »Das ist sehr freundlich von Ihnen, aber ich habe einen Sohn, der noch älter ist als Heather. Ray ist schon einundzwanzig.«

Lewis hätte die Frau auf nicht älter als dreißig geschätzt, aber sie musste fast vierzig sein. Fast so alt wie er selbst.

»Na, dann müssen Sie selbst eine sehr junge Braut gewesen sein.«

»Das war ich«, sagte sie, und ihr Lächeln verlor sich.

Seine Augen wanderten zu ihrer linken Hand, und er sah den Ehering, ein robust und grell kundgegebener Besitzanspruch. Sie war nicht geschieden, trotzdem wirkte sie wie eine Frau, die Komplimente nicht gewohnt war. Und mehr als das: In ihrer Scheu lag ein Hauch von Traurigkeit.

»Freut mich, Sie kennenzulernen«, sagte er und streckte die Hand aus. »Lewis Bell.«

Seine Förmlichkeit schien sie zu überraschen. »Joy Sheldon.« Sie schüttelte seine Hand.

Plötzlich war er verlegen. Was genau machte er da? Flirtete er etwa mit einer verheirateten Frau?

»Okay, dann wollen wir uns die Einladung mal ansehen«, sagte er und versuchte, zu einer professionellen Haltung zurückzufinden. »Wann ist die Hochzeit?«

»Am neunundzwanzigsten April im Princess Resort Hotel.«

Er ließ ein Pfeifen hören. »Eine echte Luxushochzeit?«

»Ja, ihr Dad findet, sie soll nur das Beste haben. Ich denke, sie ist noch zu jung«, sagte sie leise.

»Verstehe. Aber sie ist nicht davon abzubringen?«

»Genau. Aber ich war wohl auch nicht anders. Ich dachte,

dass Eddie die Liebe meines Lebens ist.« Wieder errötete sie. » Ist er natürlich auch noch.«

Sie erklärte ihm, wie die Einladungskarte ihrer Tochter zufolge aussehen sollte. Eddie und Joy Sheldon luden die Gäste zur Hochzeit ihrer Tochter Heather mit Darrell Winters ein. Oben sollten zwei goldene Herzen sein; sie hatten sich für eine romantische Schrifttype entschieden.

Als Joy die Galerie eine halbe Stunde später verließ, klang ihre Anwesenheit nach, so als habe der Duft der Frühlingsblumen am Fuß des Olivenbaums seinen Weg herein gefunden.

Die Begegnung in der Galerie hatte sie aus dem Gleichgewicht gebracht. Joy konnte nicht vergessen, wie der Engländer sie angeblickt hatte, als sie den Laden betreten hatte. Es lag so viel Bewunderung darin, als wäre sie etwas Wunderschönes, wie die Bilder an der Wand oder die Blumen im Freien. Sie wusste nicht, wann Eddie sie das letzte Mal so angesehen hatte.

Sie schalt sich, während sie zurück zum Auto ging. Sie hatte doch Glück. Eddie mochte kein so wildes Begehren mehr an den Tag legen wie früher, aber das war nur natürlich. Sie teilten das Bett, und sie schliefen noch miteinander. Die meisten Frauen, die Joy kannte, waren entweder geschieden oder in einer lieblosen Ehe gefangen, mit Ehemännern, die sie nicht mehr begehrten, und schliefen in getrennten Schlafzimmern. Männer waren zu ihrem Feind geworden.

Darrells Mutter Erin war eine von ihnen. Sie war seit Kurzem geschieden und ununterbrochen damit beschäftigt, ihren Ex-Mann schlechtzumachen, sogar in Gegenwart ihres Sohns. Joy war das unangenehm. Immer wenn sie Erin zum Abendessen einluden, wirkte es, als nähme sie Eddie und Joy ganz genau in Augenschein und suchte nach Beweisen, dass es auch in ihrer Ehe Risse gab. Manchmal war sie sogar ziemlich grob zu Eddie, aber irgendwie schien es ihn nicht zu stören.

»Macht es dir denn nichts aus, wenn Erin dich dauernd unterbricht?«, hatte sie Eddie nach dem letzten gemeinsamen Essen gefragt.

»Tut sie das?«

Seine Antwort hatte sie überrascht. Eddie kritisierte Joy manchmal, dass sie in Gesellschaft zu viel redete.

»Ist dir das gar nicht aufgefallen?«, legte Joy nach. »Sie unterbricht dich ständig, und immer macht sie die Männer schlecht.«

»Na ja, man kann es ihr kaum verübeln. Immerhin hat sich ihr Mann mit einer Jüngeren davongemacht. Kein Wunder, dass sie verletzt ist.«

»Magst du sie denn?«

»Na klar. Sie gehört bald zur Familie. Und sie gibt Heather einen Job.«

Abrupt blieb Joy stehen. Sie stand vor einer neuen Kunsthandlung, die gerade eröffnet hatte. Sie starrte auf die Navajo-Korbwaren, die im Schaufenster ausgestellt waren, aber sie sah sie nicht wirklich. Ihr Gehirn arbeitete. Welcher Tag war heute? Sie machte die Handtasche auf und kramte den Kalender heraus. Ihr sank der Mut, als sie den Eintrag für den heutigen Tag las. Sie war am Abend bei Erin eingeladen, um ein paar Freundinnen kennenzulernen, und da gab es kein Zurück.

»Die Mädels wollen dich in der Clique willkommen heißen«, hatte Erin am Telefon gesagt.

Joy konnte sich nichts Grässlicheres vorstellen als einen Abend mit Erin und deren Freundinnen.

Sie hatte schon erwogen abzusagen, aber Eddie hatte darauf

bestanden, dass sie hinging. Es hatte sie erstaunt, weil er es normalerweise nicht mochte, wenn sie ohne ihn ausging, aber er meinte, es sei wichtig, dass sie sich mit Darrells Mutter vertrug. In gerade mal sechs Wochen fand die Hochzeit statt, und nach den Flitterwochen sollte Heather in Erins Kosmetikstudio mitarbeiten. Um ihrer Tochter willen war es wichtig, dass Joy sich mit Erin anfreundete.

Erin Winters mochte eine geschiedene Frau sein, aber sie war ganz bestimmt kein Opfer. Die Unterhaltsregelung hatte ihr nicht nur ein großes Haus in einer der neuen Siedlungen in Gainey Ranch beschert, sie hatte außerdem genug Geld, um ein Kosmetikstudio im exklusiven Hyatt Resort zu eröffnen. Obwohl sie älter war als Joy, war ihre Haut makellos, und an ihrem Körper war kein Gramm Fett, wenn man von ihrem üppigen Busen absah. Ihr Haar war lang und golden, glänzte und war stets fachkundig gestylt, und sie trug gerade so viel Make-up, dass ihre Gesichtszüge betont wurden: die perfekten Bögen der Augenbrauen, die langen dunklen Wimpern und die blassrosa Lippen. Joy konnte sich gar nicht vorstellen, wie Mr Winters etwas noch Besseres als Erin hatte auftun können, allerdings war seiner Ex-Frau zufolge die »Schlampe« genauso alt wie Darrell (der dreiundzwanzig war) und sah absolut umwerfend aus.

»Sie ist ein Dessousmodel«, hatte Erin erzählt. »Mein Mann ist so ein Klischee! Wenn die auf der Hochzeit unserer Kinder auftaucht, dann gibt es Krieg.«

Joy fühlte sich immer unansehnlich und verlottert, wenn sie mit Erin zusammen war. Sie hatte ihre guten und ihre schlechten Tage, aber wann auch immer sie Erin traf, war es jedes Mal ein besonders mieser Tag. Entweder hatte sie einen Pickel auf der Nase, oder ihr Haar hatte sich irgendwie verknotet, oder aber es war ihr nicht gelungen, sich in ihre schönsten Jeans zu zwängen.

Nichts, was sie besaß, war schick oder zeitlos genug. Erin sah in ihren hochhackigen Schuhen und Kostümen immer picobello aus, und heute Abend könnte Joy keine Jeans tragen, womit sie normalerweise auf der sicheren Seite war, weil sich alle anderen Frauen in seidenen Wickelkleidern aufgedonnert hätten, als wären sie auf dem Filmset des *Denver-Clan*. Schließlich zog sie das Kleid an, das ihr Vater am liebsten gehabt hatte: ein einfaches, kurzärmeliges Jerseykleid mit einem Muster aus roten Rosen. Sie versuchte, sich das Haar zu frisieren und es in einem Knoten auf dem Kopf zusammenzubinden, gab jedoch auf und ließ es offen herunterhängen. Immerhin versuchte sie sich an ein bisschen Make-up und legte Lippenstift auf, der denselben Farbton hatte wie ihr Kleid.

Wie sich herausstellte, war Erin auch noch eine hervorragende Köchin. Sie hatte Joy in ihren engsten Kreis geladen, mit ihren besten Freundinnen Alison, Tammy und Dana, und servierte ihnen ein dreigängiges Menü.

Anfangs lief es gut. Joy begann sogar, sich zu entspannen. Die Frauen fragten Erin nach dem Kosmetikstudio und nach neuen Behandlungsmethoden, mit denen sie ihre Haut faltenfrei halten konnten. Um Heathers willen versuchte Joy, den Themen Beachtung zu schenken, doch als die Frauen bei der dritten Flasche Chardonnay angelangt waren, änderte sich der Ton der Unterhaltung.

Sie saßen auf Erins Terrasse am Pool, umgeben von einem Sammelsurium an Kakteen und halb verdorrten Pflanzen. Es überraschte Joy, dass eine Frau, die ihrem eigenen Aussehen so viel Aufmerksamkeit widmete, dem armseligen Zustand des

Gartens gegenüber derart blind sein konnte. Am liebsten wäre Joy aufgestanden und hätte sich um Erins vernachlässigte Pflanzen gekümmert, aber sie musste sitzen bleiben und den Geschichten von Erins Freundinnen über die Seitensprünge ihrer Männer zuhören. Offenbar führte nicht eine von ihnen eine gewöhnliche, verbindliche Ehe.

Es machte sie verlegen, wie intim das Gespräch war. Sie versuchte, sich im Stuhl klein zu machen, an ihrer Weinschorle zu nippen und mit dem Grün rundum zu verschmelzen, aber es nutzte nichts. Irgendwann war es so weit, und die ganze Aufmerksamkeit wandte sich ihr zu.

»Und was ist mit dir?«, fragte Erin und fixierte sie mit ihrem unerbittlichen Blick.

Trotz ihrer wunderschönen Figur und der äußeren Schönheit empfand Joy Erins Augen als abschreckend. Sie waren hellblau und wässrig, groß und rund, und ihnen fehlte jedes Gefühl und jede Wärme, egal wovon sie sprach. Bei Darrell war es genauso. Joy fragte sich oft, was Heather an ihm anzog. Etwas in seinen Augen verursachte ihr eine Gänsehaut.

»Hast du dir schon mal, na ja, einen Ausrutscher geleistet?«, bedrängte Erin sie mit leerem Blick.

Gespannt starrten alle vier Frauen sie an.

»Oh, nein … nein«, erwiderte sie und errötete.

»Aber bestimmt hast du das«, ließ Erin nicht locker. »Du bist … wie lange mit Eddie verheiratet? Seit ihr Teenager wart …«

»Wie alt warst du, als du geheiratet hast?«, wurde Erin von Dana, einer molligen Blondine, unterbrochen.

»Siebzehn.« Joys Stimme wurde zu einem beschämten Flüstern.

»Was? Ihr musstet wohl heiraten«, warf Tammy ein.

»Na ja, stimmt schon, ich war schwanger, aber wir haben uns geliebt. Das tun wir immer noch.«

Erin hob die Augenbrauen, aber die großen Glupschaugen blieben ausdruckslos.

»O bitte!«, stöhnte Tammy, griff nach der Weinflasche und schenkte sich nach.

Joy spürte, wie sie noch röter wurde.

»Ich glaube, du lügst«, erklärte die brünette Alison, die wie Erin geschieden war. »Du bist doch rot geworden wie eine von diesen Kaktusblüten. Komm schon, Joy, spuck's aus. Bestimmt hattest du wenigstens einmal ein Techtelmechtel.«

»Nein, hatte ich nicht. Ich glaube an mein Ehegelübde«, sagte sie trotzig.

»Himmel, wie langweilig«, sagt Tammy und leerte ihr Glas. Joy versuchte, sich nicht gekränkt zu fühlen – die Frau war ganz offensichtlich betrunken.

»Wir glauben dir nicht«, sagte Alison und grinste sie an. »Kein Mensch ist perfekt. Ich meine, wie lange seid ihr zwei verheiratet?«

»Einundzwanzig Jahre«, sagte sie gezwungen. Sie fühlte sich wie beim Verhör. Sie wünschte, sie hätte den Mut, aufzustehen und zu gehen, aber sie musste mit Erin auskommen. Ihre Tochter würde sie umbringen, wenn Joy sich mit der zukünftigen Schwiegermutter und Arbeitgeberin verkrachte.

»Mannomann, du hast wirklich einen Orden verdient«, meinte Erin, aber in ihrer Stimme schwang Zynismus mit.

»Willst du wirklich behaupten, dass du in all den Jahren kein einziges Mal fremdgegangen bist?«, fragte Alison mit ungläubiger Miene noch einmal nach.

»Ganz genau«, erwiderte Joy steif. »Ich wollte nie einen anderen.«

»Oh, ist das niedlich, nicht wahr?«, verkündete Tammy, aber Joy hatte den Eindruck, dass sie es nicht weniger sarkastisch meinte als die anderen.

»Du hast ja so ein Glück. Schläft dein Mann noch mit dir?«, fragte Dana. Die unverschämte Frage wurde ein wenig von der ehrlichen Neugier in ihrer Miene abgemildert.

»Na, treibt ihr zwei es noch miteinander, Joy?«, sagte Tammy gedehnt und kicherte.

Joy trank einen Schluck Schorle und bemühte sich, ihren Ärger über diese dumme Frau zu unterdrücken. Sie hasste diese Art von Tratsch, aber ihr war klar, dass sie die Antwort nicht verweigern durfte, weil sie andernfalls selbst Gegenstand ihres Getratsches werden würde. Sie wollte ihnen beweisen, dass sie kein armes kleines Hausweibchen war. Ihr Mann begehrte sie immer noch.

»Natürlich«, sagte sie kühn. »Unser Liebesleben war immer gut. Wir haben uns einfach kennengelernt, als wir sehr jung waren, das ist alles. Wir gehören zusammen.«

»Glaubst du wirklich, was du da sagst?«, fragte Dana. »Als ich ein kleines Mädchen war, dachte ich auch, dass es den *einen* gibt – meinen Traumprinzen –, aber das ist doch nur ein dummes Märchen, das man den Mädchen auf die Nase bindet.«

»Doch, ich glaube daran«, erklärte Joy. »Für jede gibt es den Richtigen, manche finden diesen besonderen Menschen einfach früher im Leben. Das ist nichts, was man mit Logik angehen kann.«

»Ich bitte dich!«, heulte Tammy auf. »Das ist doch Blödsinn. Vielleicht bist du nicht fremdgegangen, aber ich wette, dein Mann hat es getan. Männer mögen Abwechslung.«

»Halt die Klappe, Tammy«, sagte Erin. »Ich finde das sehr romantisch. Du hast großes Glück, Joy.«

Wieder hatte Joy den Eindruck, dass Erin sich über sie lustig machte.

»Das hast du wirklich. Meistens lässt die Leidenschaft nach ein paar Jahren nach«, sagte Dana missmutig. »Und dann fangen sie an, einen zu betrügen.« Sie seufzte und starrte in ihr Weinglas. »Und ich finde, wenn der Mann anfängt fremdzugehen, dann kann man verflucht noch mal das Gleiche machen, oder?«

»Aber wäre es nicht einfacher, sich zu trennen?«, schlug Joy vor. »Wäre das nicht ehrlicher?«

»Oh, hört euch das an! Ja, Ehrlichkeit ist gut und schön, aber man muss an die Kinder denken und ans Geld. Die meisten Frauen wären doch völlig aufgeschmissen, wenn sie der Ehemann sitzen ließe«, erwiderte Tammy hitzig.

»Keine Nachmittage in deinem Salon mehr«, sagte Dana und tätschelte Erin das Knie.

»Ich finde, dass Joy recht hat«, sagte Erin und blickte sie wieder mit diesen toten Augen an. »Ich bin so viel stärker geworden, seit ich mich von Clive getrennt habe. Natürlich ist es schwer, aber jetzt habe ich mein eigenes Haus, mein eigenes Geschäft und …«, sie machte eine Pause und lächelte verschmitzt, »… meinen eigenen Liebhaber.«

»Auf dich!« Tammy prostete ihr zu.

»Ich schließe mich Erin da an«, sagte Alison mit brüchiger Stimme. »Ich habe zwar den Richtigen noch nicht getroffen, aber es ist mir egal, wenn ich für immer allein bleibe. Kein Mann soll jemals wieder über mein Leben bestimmen.«

»Alisons Mann hat sie psychisch unter Druck gesetzt«, erklärte Dana Joy flüsternd.

»Was er mit mir gemacht hat, war Hirnwäsche«, sagte Alison, die es mitbekommen hatte.

»Die Ehe ist nur was für Dummköpfe«, verkündete Erin und schenkte ihnen nach.

»Aber dein Sohn heiratet demnächst Joys Tochter«, gab Tammy zu bedenken.

»Ich weiß, aber findest du nicht, dass sie zu jung sind, Joy?« Erin stopfte den Korken zurück in die Flasche.

Joy ärgerte sich über Erins Einstellung. Sie maßte sich an, Joy als Idiotin abzustempeln, weil sie immer noch verheiratet war, und hatte diesen hämischen Unterton. Erin hatte es sich perfekt eingerichtet: Sie hatte ihre Freiheit, ihr Geschäft und trotzdem noch einen Mann im Leben. Diese herablassende Art machte Joy rasend, und auch wenn sie einer Meinung mit ihr war und die Kinder für zu jung für die Ehe hielt, musste sie ihr einfach widersprechen.

»Nein, ich glaube nicht, dass sie zu jung sind. Wenn es Liebe ist, dann ist es Liebe. So wie bei Eddie und mir. Und wir sind immer noch zusammen.«

»Für immer, meinst du?«, fragte Erin.

Alle Frauen wandten ihr den Blick zu.

Wieder stand Joy im Rampenlicht. »Ja«, antwortete sie.

Der Abend hatte sie in Unruhe versetzt. Es kam ihr so vor, als seien Erin und ihre Freundinnen in irgendein Geheimnis eingeweiht, von dem sie nichts wusste. Sie war das Dummchen, das mit siebzehn geheiratet und nur einen Mann im Leben gekannt hatte. Und wenn schon? Wenn sie Eddie immer noch wollte und er sie immer noch wollte, dann war doch alles in Ordnung, oder nicht?

Joy fuhr nach Hause und versuchte, die Stimmen der Frauen in ihrem Kopf zum Schweigen zu bringen. Am meisten quälte sie, was Tammy gesagt hatte.

Vielleicht bist du nicht fremdgegangen, aber ich wette, dein Mann hat es getan. Männer mögen Abwechslung.

War das möglich? War es total naiv zu glauben, dass ihr Mann ihr treu war?

In dieser Nacht gab sie Eddie den besten Blowjob seit Jahren. Sie lauschte seinem zufriedenen Stöhnen, genoss seine Lust. Sie war glücklich, als er ihr über die Haare strich und sagte: »O Baby, mach weiter so. Ja.«

Danach legte er den Arm um sie, und es fühlte sich so gut an, von ihm gehalten zu werden.

»Joy, Liebes«, sagte er. »Das war unglaublich. Warum machst du so was nicht öfter?«

Sie gab keine Antwort, sondern küsste ihn nur zärtlich auf die Wange.

Ihr Arm lag unter ihm, als er einschlief, und sie versuchte, eine bequeme Stellung zu finden, aber irgendwann wurden ihre Glieder steif und der Arm taub. Vorsichtig zog sie ihn unter ihm hervor und stand auf. Niemand sonst war im Haus. Heather war noch mit Darrell unterwegs. Vielleicht würde sie sogar bei ihm übernachten. Eddie konnte das nicht leiden, aber Heather war erwachsen, und schon bald wäre sie Darrells Frau. Eddie konnte ihr keine Vorschriften mehr machen.

Sie zog sich einen von Eddies Pullovern an, nahm den Walkman und ging hinaus auf die winzige Veranda. Hier war ihr Lieblingsplatz, im alten Schaukelstuhl ihres Vaters. Sie setzte die Kopfhörer auf und blickte hinauf zu den Sternen, dachte an den atemberaubenden Anblick der Polarlichter und drückte die Play-Taste. Es war eine neue Kassette, die Ray ihr geschickt hatte, und seit sie in der Post gewesen war, hörte Joy sie ununterbrochen. Anfangs war sie sich gar nicht so sicher gewesen, ob ihr die Musik gefiel, aber mittlerweile war sie begeistert. Es war eine Zusammenstellung aller Lieblingsbands ihres Sohnes. Manchmal hatte sie den Eindruck, dass jedes einzelne Lied von ihrem Leben handelte. Woher wusste Ray das? Besonders gut gefiel ihr eine neue Band namens The Stone Roses und deren Lied *Elephant Stone*. Sie hatte keine Ahnung, was ein Elefantenstein sein sollte, aber in dem Song schien es um zerbrochene Träume zu gehen. Sie liebte die Bilder, die das Lied in ihr wachrief, von Sonnenuntergängen, Weizenfeldern, Wolken und einem Zuhause, das irgendwo anders war.

Die Nacht war mild. Schon rückte der Sommer heran, und es wurde wärmer. Tief atmete sie den Duft der Orangenblüten aus dem Nachbargarten ein. Der Geruch machte sie traurig, er erinnerte sie an ihren eigenen Orangenbaum. Sie schob die Erinnerung fort, versuchte, sich zur Musik zu entspannen, aber es gelang ihr nicht. Sie war rastlos und, wie ihr langsam bewusst wurde, unbefriedigt. Ihr fiel auf, dass sie und Eddie zwar regelmäßig Sex hatten, aber sie nicht etwa mit ihm schlief, weil sie ihn begehrte, sondern weil sie Angst hatte, ihn zu verlieren. Sie konzentrierte sich ganz auf seine Befriedigung, und immer, wenn Eddie ihr etwas Gutes tun wollte, bat sie ihn aufzuhören. »Ist schon in Ordnung«, sagte sie dann und rückte von ihm ab auf ihre Betthälfte, weil sie Platz brauchte.

Warum wollte sie nicht, dass ihr Mann sie befriedigte? Sie war auch nicht anders als Erin und deren Freundinnen, denn was sie sagten, war, dass sich ein Mann jemand anders suchte, wenn man nicht mehr mit ihm schlief, egal ob man nun Lust hatte oder nicht. Heute Abend hatte sie noch salbadert, dass Eddie der einzig Richtige war. Es musste einfach stimmen, denn andernfalls ergab ihr ganzes Leben keinen Sinn. Doch die Wahrheit war: Sie begehrte Eddie nicht mehr.

Und wenn schon. Sex war nicht das Wichtigste in einer Ehe.

Eddie und sie waren Partner. Doch eigentlich wusste Joy, dass auch das nicht stimmte. Eddie war das Oberhaupt in ihrer Beziehung und in der Familie. Joy geriet immer ins Hintertreffen und machte, was er wollte.

Genau wie sie selbst war Ray voller Reiselust, anders als sie aber hatte er ihr nachgegeben. Vermutlich war es einfacher für Jungs, das zu tun. Sie hatte Ray das letzte Mal auf der Beerdigung ihres Vaters gesehen. Joy kam es vor wie eine Ewigkeit. Ray war durch ganz Europa gereist, hatte ihr von überall Postkarten geschickt. Sie hatte sie alle an das Wandbrett in der Küche gehängt: Paris, Rom, Berlin, Wien, London. Jetzt hatte er sich in der britischen Hauptstadt niedergelassen. Seine Leidenschaft galt der Musik, einer Art, die sie nicht ganz verstand – er nannte es Indie-Rock. Die Bandnamen waren düster und ein wenig verstörend, wie Stiff Little Fingers, The Cult, The Jesus and Mary Chain, The Stone Roses und Joy Division, Rays Lieblingsband. Es gefiel ihr, dass ihr Sohn eine Band mochte, in der ihr Name steckte.

Ray liebte nicht nur Musik, sondern machte auch Musik. Er schickte ihr Kassetten, und anfangs erschreckten sie die Klänge. Sie waren ganz anders als die von ihr so geliebte Countrymusik, aber mit der Zeit hörte sie sie immer öfter. Sie begann zu verstehen, warum ihr Sohn aus Scottsdale hatte weggehen müssen. Warum er nur Schwarz getragen hatte, sein Haar aufgestellt und sich die Nase gepierct hatte. Jetzt machte es ihr keine Angst mehr, wie er aussah. Genau genommen war sie sogar stolz auf Rays Bedürfnis, sich von der Masse in Scottsdale abzuheben, auch wenn sie das Eddie gegenüber lieber nicht erwähnte. Ihr Mann war entsetzt gewesen über Rays Aussehen und hatte beinahe erleichtert reagiert, als ihr Sohn sich aufgemacht hatte.

Joy blickte wieder hinauf in den Sternenhimmel und sah eine Sternschnuppe. Sie liebte den Nachthimmel über Arizona, der so voller Bewegung war. Sie fragte sich, ob diese Nacht das Polarlicht wiederkommen würde. Die Sterne erschienen ihr wie lebendige Geschöpfe in einem endlosen himmlischen Tanz.

Heute Morgen war sie sich so sicher gewesen, dass in ihrem Leben eine Veränderung bevorstand. Der Engländer, dem sie heute begegnet war, kam ihr in den Sinn – Lewis. Was für ein eigenartiger Name. Derselbe Name wie der Autor, der diese Kinderbücher geschrieben hatte: *Alice im Wunderland* und *Alice hinter den Spiegeln*. Als kleines Mädchen hatte sie die Geschichten geliebt. Die Vorstellung, durch einen Spiegel zu gehen und ein ganz und gar anderes Leben zu leben. Sie träumte damals von der Möglichkeit, in zwei Welten zu leben, und jetzt schien es beinahe, als wäre es tatsächlich so. Hier war der amerikanische Teil von ihr, mit dem sie jeden Tag lebte, und dann gab es noch den irischen Teil, der unbekannt und unentdeckt war.

Alle würden so reden wie Lewis, wenn sie Ray in London besuchen würde. Sie musste zugeben, dass ihr sein Akzent gefiel. Und hatte er nicht ein kleines bisschen mit ihr geflirtet? Er hatte gesagt, dass sie zu jung sei, um erwachsene Kinder zu haben, aber das sagten alle. Es war merkwürdig gewesen, wie sie nebeneinander dagestanden und die Polarlichter beobachtet hatten und sich keine vierundzwanzig Stunden später wieder begegnet waren. Sie ertappte sich dabei, dass sie sich auszumalen versuchte, wie es sein würde, wenn Lewis sie anstelle von Eddie berührte.

Fest presste sie die Hände zusammen und kniff sich in die Haut zwischen den Fingern. Sie musste aufhören zu träumen.

Sie war eine verheiratete Frau. Sie durfte gar nicht erst anfangen, sich solche Dinge vorzustellen. Eddie und sie waren Teil eines Ganzen. Wie konnte sie überhaupt an einen anderen Mann denken? Außerdem hatte Lewis nicht richtig mit ihr geflirtet. Er war einfach freundlich gewesen, weil es so ein Zufall gewesen war, dass sie sich wiedergetroffen hatten.

Scottsdale, 15. März 1989

Keine Postkarte heute. Lewis wusste nicht, ob er erleichtert oder enttäuscht war. Doch selbst wenn er nie wieder von Marnie hören würde: Der Schaden war angerichtet.

Die beiden anderen Postkarten quälten ihn, den ganzen Tag über setzten sie seinem Unterbewusstsein zu. Sobald Samantha nach dem Abendessen das Haus verlassen hatte, ging er in die Garage und klappte den Werkzeugkasten auf, um die zwei Karten herauszuholen. Sie waren alles, was er von Marnie besaß.

Er hatte London ohne einen einzigen Gegenstand aus ihrer gemeinsamen Zeit verlassen. Kein Foto, kein Erinnerungsstück an ihre Beziehung.

Lewis saß auf dem Hocker in der staubigen Garage, unter der knisternden nackten Glühbirne, und versuchte, sich zu erinnern, wie Marnie ausgesehen hatte. Er konnte sie sich nicht vor Augen rufen. Zu seiner Bestürzung sah er stattdessen das Bild der Kolibrifrau vom Vortag vor sich. Ihr rabenschwarzes Haar, die unendlich blauen Augen und diese Haut aus dem Norden. Es war eine Sache, von Marnie zu träumen und dem Nachhall einer Schönheit aus der Vergangenheit nachzuspüren, aber es war etwas ganz anderes, sich Gedanken über eine verheiratete Frau hier in Scottsdale zu machen. Er fühlte sich schuldig, so als habe er Samantha bereits betrogen.

Lewis' Herz war schwer vor Reue. Nachdem er die Erinnerungen so lange verdrängt hatte, stürzten sie jetzt auf ihn ein. Die berauschenden Tage im Studio M. Seine Selbstgewissheit, sein Ehrgeiz, seine Eitelkeit. Und seine Ansprüche, die zu hoch gewesen waren.

London, 14. April 1967, 9:08 Uhr

Die Tauben stoben auf, als George Miller Hand in Hand mit seiner Frau Eva durch Bloomsbury Gardens ging. Lewis blickte vom Fenster von Studio M im zweiten Stock auf sie hinunter. Sein Chef sah nicht anders aus als jeder andere Geschäftsmann mittleren Alters. Doch trotz der Uniform aus langem dunklem Regenmantel, schwarzer Melone, schwarzem Regenschirm mit Rohrgriff und schwarzen Schnürschuhen war George weit davon entfernt, gewöhnlich zu sein. Es war Eva, die ihn verriet. Sie war zehn Jahre jünger als ihr Mann, zehn Jahre älter als Lewis und eine außergewöhnlich schöne Frau. In ihrem extravaganten langen Mantel von Zandra Rhodes, dem asymmetrischen Mary-Quant-Bob und der schwingenden Biba-Handtasche war die Frau seines Chefs der Inbegriff all dessen, wofür George Miller stand. STIL in Großbuchstaben.

George war ein kleiner Mann mit großer Begabung. Eva überragte ihn und wirkte doch anmutig. Lewis beobachtete sie von oben. Sie waren vor dem Bürogebäude stehen geblieben. George zog seine Geldbörse heraus und gab Eva etwas Geld, das sie in die Handtasche steckte. Sie küsste ihren Mann auf die Wange, und er scheuchte sie mehr oder weniger fort, bevor er in das Haus von Studio M stürmte. Was für ein merkwürdiges Paar sie abgaben! Eva wirkte wie eine moderne Frau, gleichzeitig war Georges Chauvinismus unübersehbar. Wie konnte sie ihn ertragen? Was fand sie nur an ihm? George hatte eine überragende Beobachtungsgabe, was die bildliche Welt anging. Er bemerkte jedes kleinste visuelle Detail in seiner Umgebung, die unterschwelligen Botschaften blieben ihm jedoch verschlossen.

Einen Moment noch betrachtete Lewis Eva. Im Grunde hatte er nie einen Gedanken an sie verschwendet. Sie war die Frau des Chefs, mehr nicht, und er war davon ausgegangen, dass sie ein beneidenswertes Leben führte. Immerhin hatte sie ganztags eine Haushälterin, die Söhne waren im Internat, also konnte sie den lieben langen Tag durch London wandeln, sich mit Freundinnen zum Mittagessen verabreden und Georges Geld für die neueste Mode ausgeben.

Doch als er sie dort draußen vor dem Studio M beobachtete, wie sie auf die Tür starrte, die sich hinter ihrem Mann schloss, wurde ihm klar, dass sie unglücklich war. Jetzt, wo George drinnen war, konnte sie aufhören, sich zu verstellen. So hatte Lewis sie noch nie gesehen. Immer war sie fröhlich und gesprächig, glich die Kanten und die Sprödigkeit ihres Mannes aus, heute aber wirkte sie einsam, als sie auf der Straße davonging. Egal wie sehr er sich bemühen würde, Lewis wusste, dass Marnie ein solches Leben niemals akzeptieren würde. Wenn er sein irisches Mädchen heiratete, würde sie nicht zu Hause bleiben und die Kinder großziehen, während er Karriere machte. Sie würde genauso hell erstrahlen wollen wie er.

Vier

Anziehung

Scottsdale, 20. März 1989

Samantha hatte ihn bei der Arbeit angerufen. Das geschah selten, normalerweise war sie tagsüber so beschäftigt, dass sie gar keine Zeit zum Telefonieren hatte.

»Wollen wir nach der Arbeit in den Botanischen Garten gehen?«, schlug sie vor. »Ich würde gerne ein paar Pflanzen kaufen. Du magst doch Pflanzen.«

»Natürlich. Aber was ist mit deiner Regel: keine Haustiere, keine Pflanzen?«

»Die stammt von damals, als wir nach Scottsdale gezogen sind und ich noch dachte, dass wir vielleicht wieder weggehen.«

Sie zögerte.

»Was die Sache mit der Jungfrau von Guadeloupe angeht, verstehe ich dich schon.« Sie klang etwas defensiv. »Ich dachte, wir könnten etwas für dich besorgen. Vor einigen Jahren hast du doch gesagt, dass du gern ein paar Pflanzen hättest …«

Sie unterbrach sich, und er hörte, wie jemand mit ihr redete.

»Ich muss aufhören, Lewis. Wir haben eine Elternversammlung. Wir sehen uns später.«

Lewis hatte über den Sinneswandel seiner Frau gegrübelt. Sie hatte sich immer so entschieden gegen Pflanzen gewehrt – insbesondere Kakteen, von denen sie behauptete, dass sie sie wegen ihrer Stacheln nervös machten.

»Wie ich mich kenne, werde ich noch von einem aufgespießt«, hatte sie immer gesagt.

Ihm fiel auf, dass Samantha, anstatt wütend auf ihn zu sein, weil er die Statue weggeworfen hatte, einen Teil ihres kitschigen Nippes ausgemistet hatte. Sie hatte die Totenschädel und die Perlenfiguren aus dem Schlafzimmer geräumt und auch das Kahlo-Bild im Wohnzimmer abgehängt. Sie nahm kleinere Veränderungen vor. Er fragte sich, warum.

Der Botanische Garten war eine Offenbarung. Um diese Jahreszeit blühten sämtliche Wildblumen. Bevor Lewis nach Arizona gekommen war, hatte er sich darunter ein Staubbecken ohne Vegetation vorgestellt. Wie sehr er sich getäuscht hatte! Er hatte erfahren, dass die Bewässerungssysteme Scottsdale sogar zu einer ertragreichen Agrarfläche gemacht hatten. Tatsächlich waren die ersten Weißen, die hierhergezogen waren, Viehzüchter gewesen, die von der Fruchtbarkeit des Landes angelockt worden waren. Die Stadt war immer noch von Baumwollfeldern umgeben, deren luftige weiße Wolkengebilde am Boden ihn manchmal an Schneetage in seiner Kindheit in England erinnerten.

Lewis und Samantha schlenderten in einen Bereich, der sich den Wildblumen widmete. Ohne Probleme erkannte er den Mexikanischen Goldmohn, die Phazelie und die Wüsten-Blauglöckchen, die ihn an die Glockenblumen in den Wäldern seiner Kindheit erinnerten und doch so anders waren, aber darüber hinaus gab es noch so viele andere Blumen in den unterschiedlichsten Größen, Formen und Farben. Er las die Schilder: Lupine, Wüstenwegwarte, Bartfaden, Kugelmalve. Die Wildblumen sprachen ihn so viel mehr an als die gezüchteten Zierblumen seiner Kindheit – die Dahlien oder Rosen. Die Wildblumen waren fragil und doch wild, und sie waren für sich schön, ohne nur zur Erbauung anderer zu existieren. Schmetterlinge schwirrten um sie herum, aber noch aufregender waren die Kolibris. Er sah zu, wie ein Kolibri an einer hängenden Roten Akelei nippte, und er musste an letzte Woche denken und den Anblick von Joy Sheldon vor der Galerie mit dem winzigen Vogel.

»Schau dir den Kolibri an«, sagte er zu Samantha, aber seine Frau war abgelenkt und sah auf die Uhr.

»Lewis, es tut mir leid. Mir ist gerade eingefallen, dass ich vergessen habe, die Arbeiten zum Korrigieren mitzunehmen. Macht es dir was aus, wenn ich schnell zur Schule fahre und dich dann wieder hier abhole?«

»Können wir nicht nachher zusammen hinfahren?«

»Na ja, so sparen wir Zeit«, sagte sie. »Ich habe heute Abend noch einen Haufen Korrekturen vor mir.«

»Aber es war doch deine Idee herzukommen«, brummte er.

»Es tut mir leid.« Samantha biss sich auf die Lippe. »Kauf doch einfach, was du willst.«

Sie sah müde aus. Er ging zu streng mit ihr ins Gericht. Er wusste ja, was für eine engagierte Lehrerin sie war. Immer machte sie Überstunden. Er sollte sie unterstützen und dankbar sein, dass sie den Abend mit ihm hatte verbringen wollen, auch wenn es nicht geklappt hatte.

Als Samantha weg war, machte er sich auf den Weg zum Laden. Auf dem gewundenen Pfad sah er eine Frau, die sich bückte, um ein Bonbonpapier aufzuheben, das in einem Busch hängen geblieben war. Sie trug einen großen, breitkrempigen Hut aus Jeansstoff. Irgendetwas an ihr kam ihm bekannt vor.

Sie richtete sich wieder auf, und er erkannte sie sofort, sogar von hinten. Es war Joy Sheldon, in Jeans und den prachtvollen blauen Cowboystiefeln, die kurvenreiche Figur in einem violetten T-Shirt mit weißem Blumenmuster. Sie hatte Lewis noch nicht bemerkt, und er fragte sich, ob er sich lieber davonstehlen sollte.

Doch wieder ertappte er sich dabei, dass er sie beobachtete. Ihre Haltung hatte etwas Bescheidenes. Sie verschränkte die Hände hinter dem Rücken und betrachtete still die Natur. Diese Demut war eine Eigenschaft, die weder seine Frau noch Marnie besaßen. Er bewunderte das lange schwarze Haar, das unter dem Hut hervor über ihre Schultern fiel, und wäre ihr am liebsten mit den Händen durchs Haar gefahren.

Sollte er Hallo sagen, oder würde er sie damit in Verlegenheit bringen? Vielleicht wäre es peinlich, weil er bei der letzten Begegnung unmissverständlich mit ihr geflirtet hatte – immerhin waren sie beide verheiratet. Am besten sollte er sich zurückziehen, aber gerade als er das tun wollte, drehte sie sich um. Es war offensichtlich, dass sie ihn erkannte. Sie wurde auf Anhieb rot, ihre blassen Wangen erblühten.

»Oh«, sagte sie. »Hallo. Sie sind das.«

»Hi«, sagte er und kam sich vor wie ein Idiot. »Schön, Sie zu sehen. Wie geht es Ihnen?«

»Gut.« Ihre Stimme war ein wenig zittrig. War sie ihm gegenüber schüchtern? »Ich komme gern hierher. Manchmal arbeite ich hier ehrenamtlich mit.«

»Ich wusste gar nicht, dass das möglich ist.«

Sie trat einen Schritt auf ihn zu, die Handtasche fest mit beiden Händen umklammernd. »Doch, mein Vater und ich haben das zusammen gemacht.«

Eine kleine Wolke schob sich vor die Sonne, und ein Schatten legte sich über alles. Er schob die Sonnenbrille hoch auf den Kopf und lächelte sie an. »Ich bin das erste Mal hier.«

»Waren Sie schon auf dem Lehrpfad mit den ursprünglichen Wüstenpflanzen?«

Er schüttelte den Kopf.

»Ich kann Ihnen das zeigen«, bot sie an, sah ihm aber nicht in die Augen. »Haben Sie Zeit?«

Joy führte Lewis über den Hauptweg des Botanischen Gartens. Obwohl er seit fünfzehn Jahren in Arizona lebte, hatte er keine Ahnung gehabt, dass eine solche Vielfalt an Kakteenarten existierte.

»Mir fallen immer nur die großen Saguaros auf und die Kaktusfeigen und die Orgelpfeifenkakteen. Die lassen mich immer an die alten Western denken, die ich als Junge gesehen habe.«

»Wie ist es mit dem Goldkugelkaktus?«, fragte Joy und deutete auf eine Gruppe runder, praller Kakteen. »Die sind so schön, wenn sie blühen. Die Farben sind ganz knallig.«

»Wie sehen die Blüten aus?«

»Ich zeige Ihnen einen, der blüht.« Sie suchte die Wegränder ab. »Da haben wir einen.« Sie deutete nach vorn auf die rechte Seite des Pfads.

Er betrachtete den blühenden Goldkugelkaktus; er trug eine Krone aus orangefarbenen Blüten.

»Die sehen aus wie Küken im Nest, die ihren Schnabel aufreißen, damit sie was zu essen kriegen«, meinte er.

»O ja, das stimmt.« Sie lächelte ihn an.

Am Café machten sie eine Pause und kauften sich jeder ein Glas Eistee. Für März war es heiß, und obwohl es schon nach fünf war, brannte ihm die Sonne auf den Kopf. Er wünschte, er hätte wie Joy einen Hut auf.

»Was hat Sie denn heute in den Garten geführt?«, fragte Joy.

»Eigentlich bin ich mit meiner Frau hergekommen«, sagte er und war verlegen. »Sie musste wieder weg. Die Arbeit.« Er zuckte die Schultern und bemühte sich, locker zu wirken. »Ich wollte ein paar Pflanzen für unser Haus und den Garten kaufen.«

»Oh, das ist ja schön.« Ihre Wangen röteten sich wieder.

»Wir versuchen, wieder mehr Leben in unser Leben zu bringen«, sagte er, und sofort genierte er sich, weil es so abgedroschen klang.

»Was haben Sie sich vorgestellt?« Ganz offensichtlich war sie darum bemüht, das Gespräch auf unpersönliche Themen zu lenken.

»Ich denke mal, am besten etwas Robustes. Ich kenne mich nicht besonders gut mit Pflanzen aus.«

»Na ja, im Garten könnten Sie vielleicht einen Zitronen- oder Orangenbaum pflanzen oder vielleicht sogar einen Olivenbaum«, schlug sie vor. »Alles andere tut sich schwer, die Sommermonate zu überstehen, wenn man sich nicht ständig kümmert.«

»Was würden Sie denn für innen empfehlen?«

Ihr breitkrempiger Hut verbarg die blauen Augen fast. Doch er suchte ihren Blick. Wer war diese Joy Sheldon? Das Gefühl der Vertrautheit, gepaart mit der Unfähigkeit, sich zu erinnern, machten ihn wahnsinnig.

»Ich denke, eine Sukkulente mit farbenfrohen Blüten wäre schön. Soll ich Ihnen beim Aussuchen helfen?«

»Haben Sie denn Zeit?«

»Klar«, erwiderte sie. »Ich bin bloß Hausfrau. Hab nicht so viel zu tun, ich fahre nachher noch zu meiner Mutter, aber ich habe Zeit.«

Er bemerkte eine leichte Schärfe in ihrer Stimme und hatte den Eindruck, dass sie nicht allzu glücklich darüber war, »bloß Hausfrau« zu sein. Aber vielleicht wollte sie auch einfach witzig sein.

Es war das erste Mal im Leben, dass er sich Pflanzen wirklich ansah. Bislang hatte er nicht so viel für sie übriggehabt, aber Joy weckte echten Enthusiasmus in ihm. Wegen Samantha hatte er Kakteen eigentlich nicht gemocht, doch am Ende war sein Einkaufswagen voll davon. Er kaufte eine Aloe dorotheae fürs Wohnzimmer und eine Reihe von Sukkulenten für den Garten sowie einen kleinen Orangenbaum, den er vor das Haus setzen wollte.

»Möchten Sie auch eine Rotstern-Akelei«, fragte Joy und hielt eine Pflanze mit zartem Stamm und karminroten Blütenblättern hoch.

»Na ja, ich weiß nicht, ich habe schon ganz schön viel …«

»Sie lockt Kolibris an.« Erwartungsvoll blickte sie ihn an. »Und wie wäre es mit dieser Opuntie mit den rosa Blüten und einem Echinocereus?«

Er fühlte sich genötigt, alles zu nehmen, was sie vorschlug.

Nachdem er einen ganzen Schwung Pflanzen gekauft hatte, standen sie eine Weile verlegen vor der Gärtnerei.

»Danke«, sagte Lewis. »Das wird unser Haus und den Garten völlig verwandeln. Wissen Sie, was: Sie sollten das zu Ihrem Beruf machen.«

Joy schien sich aufrichtig zu freuen. Sie umklammerte einen Topf mit einem Kaktus, aus dessen Spitze eine weiße Blüte spross – ein Geburtstagsgeschenk für ihre Mutter, wie sie ihm erzählt hatte.

»Ich komme so unglaublich gern hierher.« Sie setzte den Hut ab, und endlich konnte er ihr ganzes Gesicht sehen. Er bemerkte frische Sommersprossen auf beiden Wangenknochen. »Mein Traum ist es, eines Tages eine eigene Gärtnerei zu haben. Ich habe sogar schon einen Namen: Ich würde sie ›Gärtnerei Kolibri‹ nennen.« Sie errötete und wirkte ein wenig verlegen. »Aber das ist ein ziemlich abwegiger Traum. Ich helfe den Leuten einfach gern bei der Gartengestaltung.«

»Dann haben Sie bestimmt einen tollen Garten?«, fragte er.

Ihr Lächeln verlor sich. »Nein, eigentlich nicht. Der ganze Bereich hinter dem Haus wird vom Pool eingenommen, und vorn haben wir keinen Platz. Ich hatte früher Blumen und einen Orangenbaum, aber das ist alles weg. Ich habe ein paar Kakteen in Töpfen auf der Terrasse.«

»Das ist schade.«

»Ja.« Plötzlich wirkte sie befangen, die ungezwungene Atmosphäre zwischen ihnen hatte sich verflüchtigt.

»Warten Sie«, sagte er und nahm eine der Akeleien, die Kolibris anlockten, aus dem Einkaufswagen. »Das ist für Sie, damit Sie sich einen neuen Garten anlegen können. Und Ihre eigenen Kolibris anlocken.«

Sie war zutiefst beschämt. »Oh, aber die ist doch für Ihren Garten.«

»Ich bestehe darauf«, sagte er und drückte ihr den Topf in die Hand.

Sie wirkte etwas unglücklich, und er fragte sich, ob er weniger aufdringlich hätte sein sollen.

»Am Mittwoch sind die Einladungskarten fertig«, sagte er zum Abschied und schob seinen Einkaufswagen fort.

Als er auf Samantha zuging, die im Auto auf ihn wartete, fragte er sich, ob Joy ihn beobachtete, aber er wagte nicht, sich umzusehen.

»Wer war denn die Frau?«, fragte Samantha, während sie ihm half, die Pflanzen im Kofferraum zu verstauen.

»Nur eine Kundin«, sagte er. »Sie lässt bei uns Hochzeitseinladungen drucken.«

Seine Frau warf ihm einen skeptischen Blick zu. »Dafür, dass sie eine Kundin ist, wart ihr aber ganz schön vertraut miteinander.«

»Sie hat *Hochzeits*einladungen bei mir bestellt, Samantha!«, erwiderte er und stellte die Pflanzen in den Kofferraum. »Sie kennt sich gut mit Pflanzen aus und hat mir beim Aussuchen geholfen.«

»Kann man wohl sagen«, brummte Samantha. »Du hast ja schon ein bisschen übertrieben. Wie viele Kakteen hast du denn da gekauft?«

Warum hatte er seine Frau beim Thema Hochzeitseinladungen angelogen? Er hatte sie nie hintergangen. Trotzdem konnte er auf der Heimfahrt nicht aufhören, an Joy Sheldon zu denken. Immer wieder hatte er vor Augen, wie sie unter dem Jeanshut errötet war, die Schüchternheit, die ihm so gut gefiel. Es lag alles an den Postkarten, die ihn so aufwühlten. Er wollte nicht etwa Joy Sheldon, sondern er wollte Marnie.

Joy sah Lewis hinterher, als er wegging. Er hatte ihr ein Geschenk gemacht. Sie wusste, dass es aus spontaner Dankbarkeit beim Abschied geschehen war, trotzdem konnte sie sich nicht erinnern, wann Eddie ihr das letzte Mal etwas geschenkt hatte. Nun ja, eigentlich stimmte das nicht. Sie konnte sich erinnern, aber es war keine schöne Erinnerung.

Lewis schob den Einkaufswagen durch zwei Reihen geparkter Autos und blieb neben einem gelben Cadillac stehen. Sie sah, wie eine Frau ausstieg; selbst aus der Ferne konnte Joy erkennen, wie hübsch sie war. Sie war ungefähr so alt wie Joy, vielleicht ein wenig älter, aber sie hatte sich gut gehalten, wie Joys Mutter sagen würde; sie hatte langes, seidiges blondes Haar, und ihre schlanken Beine steckten in weißen Jeans.

Joys Auto war in derselben Reihe geparkt. Sie zögerte kurz und drehte sich dann um. Entschlossen ging sie ans andere Ende des Parkplatzes, den Seeigelkaktus für ihre Mutter und die Rote Akelei von Lewis vorsichtig in beiden Händen. Bis sie den Parkplatz einmal umrundet hatte und wieder dort war, wo sie ihr Auto geparkt hatte, waren Lewis und seine Frau schon weg. Sie holte Luft; das schweißgetränkte T-Shirt klebte ihr an der Haut.

Auf der kurzen Fahrt zu ihrer Mutter versuchte Joy, sich ihr merkwürdiges Verhalten zu erklären. Warum hatte sie die Vorstellung, dass Lewis sie mit seiner Frau bekannt machen könnte, so aus der Fassung gebracht? Es war ja nicht so, als liefe irgendetwas zwischen ihr und Lewis. Sie waren sich ein paarmal begegnet, mehr nicht. Warum hatte sie sich eingemischt und ihm all die Pflanzen aufgenötigt? Warum hatte sie Lewis Bell gedrängt, die Aloe und den Echinocereus fürs Wohnzimmer zu kaufen, nur weil sie selbst sie so mochte? Sie hatte ihm gar nicht erklärt, wie er damit umgehen sollte. Was, wenn er sie zu oft goss oder am falschen Ort aufstellte und die Kaktusdornen abfielen und die Blätter der Aloe verdorrten? Was, wenn seine Frau die beiden Pflanzen nicht leiden konnte und wegwarf? Joy konnte es nicht ertragen, wenn Pflanzen vernachlässigt wurden. All das Leben, das durch die Gedankenlosigkeit von Menschen vergeudet wurde.

Der Abschied war irgendwie peinlich gewesen; er erinnerte sie daran, wie unglücklich sie über den Verlust ihres eigenen kleinen Gartens gewesen war.

Sie hatte den Garten hinter dem Haus schon vor Jahren aufgeben müssen, als sie einen Pool hineingebaut hatten. Wie sollten die Kinder diese quälend heißen Sommer auch ohne einen Pool ertragen?

Die unausgesprochene Regelung zwischen Eddie und ihr war gewesen, dass der vordere Bereich ihr gehörte. Natürlich beanspruchte die Garage den meisten Platz, aber sie hatte ein Gartenstück an der Seite, in dem es ihr gelungen war, ein paar Wildblumen aus Samen zu ziehen. In jedem Frühling war es dort ein bisschen wilder geworden, eine Mischung aus weißen Gänseblümchen, violetten Arroyo-Lupinen und rosa Wüstenbartfaden. In der Mitte war eine große Agave gewesen, und das alles hatte ein Orangenbaum überschattet. Wie prächtig war der Morgen im Frühling gewesen, wenn alles blühte und ihr Haus von einem geradezu himmlischen Duft erfüllt war. Zeitgleich hatte der Baum Früchte getragen – die süßesten Orangen, die Joy je gegessen hatte.

Vor einem Jahr war alles fort gewesen. Es war die Woche, bevor ihr Vater starb, noch bevor er ihr von der Adoption erzählt hatte. Sie hatte ein paar Tage bei ihren Eltern übernachtet, aber an jenem langen Sonntag war Joy nach Hause zurückgekommen. Sie hatte ein schlechtes Gewissen, weil sie Eddie und

Heather allein gelassen und ihrer Tochter das Kochen und Putzen aufgebürdet hatte. Ihr Vater wirkte einigermaßen stabil, sein bester Freund Larry war gekommen und wollte den Abend bei ihm bleiben, und ihr war bewusst, dass sie und ihre Mutter eine Pause voneinander brauchten. Sie hatte sich darauf gefreut, ein paar Orangen vom Baum zu pflücken und sich hinten an den Pool zu setzen und ihren süßen Saft zu genießen.

Zuerst dachte sie, sie sei am falschen Haus. Sie war am Straßenrand stehen geblieben und hatte den Motor abgestellt, und ihr Mund war mit einem Mal staubtrocken. Geschockt lauschte sie dem langsamen Ticken des Autos und blickte hinauf in den Himmel, der rot war wie gebrannter Ton, als die Sonne hinter dem Dach ihres Hauses unterging. Dann war ihr Blick wieder nach unten gewandert. Wo war ihr Wildgarten? Wo war der Orangenbaum?

Sie hatte die Augen zugekniffen. Sie konnte es nicht fassen. Wessen Garten war das hier? Jede einzelne Wildblume war verschwunden, und an ihrer Stelle wuchsen rote und gelbe Tulpen in geordneten Reihen. Am schlimmsten war, dass der Orangenbaum weg war. Dort, wo er gestanden hatte, war ein winziger künstlicher Teich und in dessen Mitte die Statue eines tanzenden Amor, aus dessen Mund ein Wasserrinnsal tröpfelte.

Joy war die Einfahrt hochgetaumelt und hatte schockiert vor dem Garten gestanden. Wo war ihre Oase?

Zorn wallte in ihr auf. Das erste Mal seit vielen Jahren war sie wütend auf ihren Mann. Dieses eine Mal würde sie sich nicht bremsen. Sie war die Stufen hinaufgestürmt, ins Haus gerast und hatte die Tür hinter sich zugeknallt.

»Überraschung!«

Ihr Mann und ihre Tochter hatten breit grinsend am Tisch

gesessen. Um sie herum standen Vasen, Krüge, Marmeladengläser und sogar alte Dosen mit Orangenblüten und allen Wildblumen aus dem Garten. Es war ihr letztes Aufgebot, bevor sie unweigerlich verwelkten und für immer verschwanden. Der Duft war erdrückend. In der Mitte des Tischs stand eine riesige Obstschale, bis zum Rand gefüllt mit Orangen.

Der Anblick hatte sie gelähmt. Bevor sie Eddie anbrüllen und beschimpfen konnte, dass er ihre geliebten Pflanzen umgebracht hatte, sprang Heather mit vor Aufregung übersprudelnder Miene vom Tisch auf.

»Gefällt es dir?«, platzte es aus ihr heraus.

Entgeistert starrte sie ihre Tochter an.

»Gefällt dir dein neuer Garten, Dummerchen?«, fragte Eddie und grinste sie an.

Geschockt hatte sie ihren Mann angesehen. Er hatte tatsächlich nicht die geringste Ahnung, was er ihr angetan hatte. Er hatte wirklich gedacht, sie würde sich freuen.

»Warum habt ihr mich nicht gefragt?«, brachte sie flüsternd heraus, während sich ihre Wut verflüchtigte.

»Wir wollten dich überraschen«, hatte Heather erklärt. »Wir wollten dich aufmuntern wegen Grandpa.«

»Ich dachte, ich mache für dich das ganze Unkraut raus«, sagte Eddie. »In der Vase sind sie ja ganz hübsch, aber vor dem Haus sah es doch ziemlich unordentlich aus.«

»Das ist kein Unkraut. Das sind Wildblumen.«

Eddie hatte sie angesehen, das Lächeln auf seinem Gesicht war wie weggewischt. »Habe ich was Falsches gemacht, Joy? Du siehst nicht gerade glücklich aus.«

»Es ist nur … Warum musstet ihr meinen Orangenbaum fällen?«, hatte sie gesagt und konnte den Kummer in ihrer Stimme nicht zurückhalten.

»Er war krank, Mom«, platzte Heather dazwischen. »Jemand war da, um uns zu helfen, und er hat gesagt, dass der Baum ohnehin absterben würde.«

»Ich dachte, du würdest dich über einen kleinen Teich freuen«, sagte Eddie und wirkte verzweifelt. »Ich hab's vermasselt, stimmt's?«

Sie hatte den Kopf geschüttelt und versucht, sich ihre Gefühle nicht anmerken zu lassen, aber es gelang ihr nicht. Sie spürte, wie ihr die Tränen in die Augen traten.

»Nein, der Garten ist wunderschön«, hatte sie mühsam herausgebracht. »Es ist nur ... mein Dad ...«

Sie spürte die Hand ihrer Tochter auf dem Rücken, und dann stand Eddie auf und ging zu ihr. Er legte die Arme um sie und Heather.

»Verzeih mir, Joy«, hatte er ihr ins Haar geflüstert.

Hätte die Sorge und der Trost von Mann und Tochter ihr nicht mehr bedeuten sollen als der Garten? Doch sie war nicht nur erschüttert über die Zerstörung ihres Wildblumengartens, sondern auch über die Tatsache, dass ihr eigener Mann so wenig von ihr wusste. In all den Jahren war ihm nie aufgefallen, dass sie sich so für Wildblumen begeisterte. Wenn sie ihm derart fremd war, was wusste sie selbst dann nicht über ihn?

In der Nacht hatte sie nicht schlafen können. Die ganze Zeit sah sie das Gesicht ihres Vaters vor sich, seine Haut blassgelbes Pergament, die Augen schon entrückt, und sie hatte befürchtet, dass er starb, während sie fort war. Sie hätte niemals heimkommen sollen. Wellen der Angst und Übelkeit überrollten sie, und diese Gefühle verbanden sich mit dem Geruch all der sterbenden Blumen im Haus.

Sie hatte es nicht länger ertragen, war aufgestanden, hatte

alle Wildblumen und die Orangenblüten im Haus eingesammelt. Dann hatte sie ein Feuer im Kamin angezündet und die toten Blumen und Blüten daneben ausgebreitet, bevor sie sie Stück für Stück den Flammen übergab und zusah, wie sie sich krümmten und zusammenschrumpften. Sie hatte versucht, die Sache auf sich beruhen zu lassen.

Es ist nur ein Garten, sagte sie sich immer wieder. Eddie hatte es aus Liebe getan. Aber jedes Mal, wenn ihr Blick auf die Tulpenreihen gefallen war, hatte es ihr einen Stoß in den Magen versetzt. Sie wollte die Amor-Statue aus dem Brunnen reißen und auf der Kühlerhaube von Eddies schicker silberner Chevrolet Corvette zertrümmern.

Lewis erzählte Samantha alles, was er über die Pflanzen wusste, die Joy für ihn ausgesucht hatte. Ihre Namen und wohin man sie pflanzen sollte. Er war überrascht, wie viel er sich gemerkt hatte.

»Mir ist nur nicht ganz klar, warum du so übers Ziel hinausgeschossen bist«, beklagte sich Samantha. »Ich dachte, du kannst Gartenarbeit nicht leiden.«

»Vielleicht habe ich dem Ganzen bloß keine Chance gegeben«, erwiderte er.

»Nun, diese Frau hat dich auf jeden Fall beflügelt«, sagte Samantha sarkastisch.

»Komm schon, Sam, sie hat mir nur geholfen. Ich habe dir doch gesagt, dass sie heiratet.«

Samantha verzog den Mund und starrte auf die Straße. Lewis legte ihr die Hand auf das Knie, um sie zu besänftigen. Er spürte, dass sie zurückzuckte, ganz leicht nur. Verletzt zog er die Hand wieder weg.

»Ist es wahr, dass du nach Irland fliegst?«, fragte Samantha plötzlich.

Er erstarrte auf seinem Sitz. Hatte sie die Postkarten entdeckt?

»Nein, natürlich nicht.«

»Aber du hast Dad gesagt, dass du an Ostern hinwillst…«

»Ach, *das* meinst du, ich weiß gar nicht, warum ich das gesagt habe… Ich habe nur nach einer Ausrede gesucht, damit ich deine Eltern an Ostern nicht besuchen muss.«

»Du fährst also nicht nach Irland?«

»Nein«, sagte er entschieden.

»Ich wusste, dass du dir das bloß ausgedacht hast«, meinte sie selbstsicher, als sie in die Einfahrt einbogen und Samantha den Wagen abstellte.

»Na ja, vielleicht fahre ich ja doch nach Irland«, sagte er plötzlich. »Wenn du sowieso weg bist.«

»Nach Santa Fe zu fahren ist wohl ein bisschen weniger teuer als eine Reise nach Irland, Lewis. Außerdem, warum in aller Welt Irland?« Samantha schenkte ihm ihren Lehrerinnenblick, wie er ihn nannte. Früher hatte er ihn verführerisch gefunden.

In dieser Nacht versuchte er, mit seiner Frau zu schlafen. Er wusste, dass sie wach war. Es war offensichtlich. Er streckte die Hand nach ihr aus und wollte sie zu sich heranziehen. Mit dem Rücken zu ihm lag sie steif und reglos da. Er küsste ihre Schulter und legte einen Arm um ihre Hüfte, versuchte, ihre Brüste zu streicheln, doch Samantha legte ihre kalte Hand auf seine und nahm sie fort.

»Heute nicht, Lewis. Ich bin müde.«

Immer war sie müde, hatte Kopfweh oder wollte allein sein.

Er lag auf dem Rücken, von ihrer Zurückweisung wie gelähmt. Irgendwann hörte er Samanthas gleichmäßigen Atem. Er schlüpfte aus dem Bett und ging wieder hinunter in die Garage, öffnete den Werkzeugkasten und zog die Postkarten hervor. Er hatte einmal eine Frau geliebt, die ihn Tag und Nacht begehrt hatte. Er war einmal das Zentrum ihres Universums gewesen. Marnie. Das Begehren hatte sie beide verzehrt. Zu Beginn ihrer Ehe hatten Samantha und er guten Sex gehabt, aber es war nichts im Vergleich zu den Monaten mit Marnie.

Heute hatte er Joy Sheldon küssen wollen. Als er ihr diese rote Pflanze in die Hand gedrückt hatte, wollte er ihre vollen Lippen küssen, sehen, wie sie errötete, und spüren, wie sie auf ihn reagierte, so wie es seine Frau seit Jahren nicht mehr getan hatte.

»Alles Gute zum Geburtstag, Mom«, sagte Joy und überreichte ihr den Seeigelkaktus.

Mit spitzen Fingern nahm ihre Mutter ihn entgegen. »Oh, danke, Joy. Ist vielleicht ein bisschen groß, oder?«

»Ich setze ihn für dich ein, Mom. Ich fand die Farbe so schön kräftig und aufmunternd.«

»Danke, mein Schatz«, sagte ihre Mutter und stellte ihn auf dem Tisch im Flur ab. Joy bereute schon jetzt, dass sie ihr die Pflanze mitgebracht hatte. Sie hatte den Fehler gemacht, ihrer Mutter etwas zu schenken, das ihren Vater gefreut hätte. Teresa Porter wäre ein Parfüm oder Schmuck weitaus lieber gewesen.

Ihre Mutter führte sie durch den Flur in die Küche. Joy merkte, dass sie zurückhaltend mit ihr umging. Schwer und drückend hing die Stille zwischen ihnen.

»Ich habe extra für dich gebacken«, sagte Mom.

Als sie in die Küche kamen, sah Joy das dampfende Bananenbrot auf dem Tresen stehen. Sie brachte es nicht übers Herz, ihre Mutter daran zu erinnern, dass es Dad gewesen war, der Bananenbrot mochte, nicht sie. Offenbar waren sowohl sie als auch ihre Mom nicht in der Lage, Jack Porters Vorlieben der Vergangenheit zu überlassen.

Joy setzte sich auf einen Hocker am Frühstückstresen und sah durch die Glastüren hinaus in den Garten. Er war Dads ganzer Stolz gewesen. Beschämt stellte sie fest, dass sich dringend jemand um ihn kümmern musste. Sie nahm sich vor, ein wenig darin aufzuräumen, wenn sie den Seeigelkaktus einpflanzte.

Am hinteren Ende standen nebeneinander drei Palmen, und dahinter sah man den Camelback Mountain. Wie oft hatte sie hier mit ihrem Dad gesessen und den Sonnenuntergang beobachtet – die grellen Violetttöne und das kräftige Orange, die nach oben hin schwächer wurden und ein gewaltiges Feuer am Himmel über Arizona entfachten.

Auf der einen Seite des Gartens war eine Obstwiese mit Orangen- und Zitronenbäumen, die schon voller Blüten und Früchte waren.

Sie wandte sich dem Bananenbrot auf ihrem Teller zu und stocherte mit der Gabel daran herum.

»Du bist spät dran«, klagte Mom, während sie ihr ein Glas Eistee einschenkte.

»Tut mir leid, aber jetzt bin ich ja da.«

»Können Eddie und Heather nicht auch vorbeikommen? Ich habe so viel gebacken.«

»Eddie muss heute Abend arbeiten. Und Heather ist mit Darrell im Princess Resort, weil sie noch ein paar Details für die Hochzeit klären müssen.«

Ihre Mutter seufzte und schüttelte den Kopf. »Das Mädchen ist zu jung zum Heiraten.«

»Ich weiß, Mom. Aber sie ist fest entschlossen.« Joy bemühte sich, ein Stück Bananenbrot hinunterzuschlucken. Es war ein bisschen trocken und blieb ihr in der Kehle stecken. Um nachzuhelfen, trank sie einen Schluck Eistee.

»Genau wie du«, sagte ihre Mutter mit missmutiger Miene. »Ich denke mal, dieser Darrell ist zumindest einigermaßen vernünftig. Heather hat erzählt, dass er Buchhalter werden will und dass seine Mutter ihr einen Job in ihrem Kosmetikstudio im Hyatt Resort gibt.«

Mom nahm einen winzigen Bissen Bananenbrot und sprach weiter. »Ich finde es wichtig, dass ein Mädchen einen Beruf hat, auch wenn sie Mutter wird.«

Joy bemühte sich, diese Spitze gegen sie zu ignorieren. Ihre Mutter hielt sie für faul, meinte, sie wollte nicht arbeiten. In Wahrheit hing Joy Fantasien von einem eigenen Unternehmen und finanzieller Unabhängigkeit nach. Wie sie Lewis Bell heute erzählt hatte, wollte sie Leuten beim Pflanzen und bei der Gartengestaltung helfen. Sie hatte ihm sogar gesagt, wie sie ihr Unternehmen nennen würde, auch wenn sie ihm nicht erklärt hatte, warum: Dass ein so winziges Wesen wie ein Kolibri solche Kraft ausstrahlen konnte, faszinierte sie.

Sie wollte sich auf Kakteen und Sukkulenten spezialisieren. Das war auch einer der Gründe, warum sie sich ehrenamtlich im Botanischen Garten engagierte. Sie hatte Eddie sogar einmal gefragt, ob er etwas dagegen hätte, wenn sie aufs College ginge und Botanik studierte. Sie erklärte, dass sie sich Arbeit in einer Gärtnerei suchen wollte, denn sie war zu schüchtern gewesen, ihm von ihrem großen Traum zu erzählen.

»Aber wozu willst du ans College gehen und so was studieren?«, fragte er verblüfft. »Das ganze Geld ausgeben für einen Kurs, den sonst nur junge Leute machen? Das ist doch gar keine richtige Arbeit, Joy. Die Bezahlung ist schlecht. Wenn du arbeiten willst, solltest du lieber tippen lernen und dir einen Bürojob suchen wie deine Mom.«

Also hatte sie sich zu einem Anfängerkurs für Sekretärinnen angemeldet, aber es wurde ein Desaster. Sie konnte nicht tippen, denn sie war nicht in der Lage, sich zu merken, wo die einzelnen Buchstaben auf der Tastatur waren, und ihre Finger hatten sich verkrampft. Sie war völlig ungeeignet dafür und schämte sich zu sehr, als dass sie ihrer Mutter von ihrem Versagen erzählt hätte. Eddie hatte versucht, nett zu sein.

»Du musst doch nicht arbeiten, Joy«, hatte er gesagt. »Ich verdiene genug für uns beide.«

Dann hatte er sie auf die Stirn geküsst. »Außerdem mag ich es, dass du hier bist, wenn ich heimkomme. Ich weiß zu schätzen, was du für mich machst. Kochen und Putzen ist in meinen Augen auch Arbeit.«

Joy wurde aus ihren Gedanken gerissen, als Mom in der Handtasche kramte und einen rosa Umschlag herauszog, den sie ihr reichte.

»Ray hat mir eine Karte geschickt«, sagte Mom. »Ist er nicht ein lieber Junge?«

Joy wurde von Stolz überschwemmt. Ihr Sohn war so aufmerksam. Sie zog die Karte aus dem Umschlag; darauf war ein üppiges Blumenbouquet abgebildet und in goldenen Buchstaben die Worte »Für eine ganz besondere Großmutter«.

»Wie schön, Mom. Soll ich sie aufstellen?«

Ihre Mutter nickte, und sie klappte die Karte auf dem Fensterbrett auf, wobei sie den Blick noch einmal durch den Garten ihres Vaters schweifen ließ.

»Ich sollte mal vorbeikommen und was im Garten tun.«

»Wenn du meinst«, antwortete ihre Mutter; es klang nicht so, als sei es ihr wichtig.

Joy setzte sich wieder hin und holte tief Luft.

»Mom«, sagte sie und fuhr mit dem Finger über den Rand des Teeglases. Sie traute sich nicht, den Blick zu heben.

»Weißt du noch, wie wir letzte Woche darüber geredet haben, was Dad mir vor seinem Tod erzählt hat?«

Sie spürte, wie sich ihre Mutter auf der anderen Seite des Küchentresens verkrampfte. »Darüber will ich jetzt nicht sprechen, Joy.«

Joy hob den Kopf und sah ihrer Mutter in die Augen. Sie konnte Angst darin erkennen. »Mom, bitte. Ich will nur ein paar Details wissen.«

Sie griff über den Tresen und nahm die Hand ihrer Mutter, hielt sie fest. Die Hände ihrer Mutter waren immer noch samtweich, aber Joy spürte die Venen, die unter der Haut hervortraten.

»Du bist meine Mom und wirst es immer bleiben. Daran wird sich nichts ändern, aber ich brauche trotzdem ein paar Antworten.«

Mom schüttelte den Kopf. Tränen traten ihr in die Augen.

»Bitte, Mom, ich liebe dich, und ich habe Daddy geliebt. Ich weiß, ich hätte mir keine besseren Eltern wünschen können. Aber Daddy hat gesagt, dass meine leibliche Mutter Irin war, und ich will einfach wissen, wer sie war … und welche Geschichte dahintersteckt …«

Mit einer Vehemenz, die Joy überraschte, zog ihre Mutter die Hand weg.

»Ich verstehe dich nicht, Joy. Es ist so egoistisch von dir, darauf herumzureiten, jetzt, wo dein Vater nicht mehr lebt.«

»Aber würdest du es nicht auch wissen wollen, wenn du an meiner Stelle wärst?«

»Nein.« Ihre Mutter war unerbittlich. »Ich würde mich glücklich schätzen, ein solches Leben zu haben. Warum interessierst du dich für eine Frau, die ihr Baby weggegeben hat? Damit machst du dich doch nur unglücklich.«

»Bitte, Mom. Ich will einfach nur wissen, wer sie war. Das Leben ist doch nie einfach nur schwarz-weiß.«

»Ich dachte, dein Dad hat dir die Geschichte erzählt. Weißt du noch – es waren seine letzten Worte an dich.« Ihre Mutter war so aufgewühlt, dass sie vom Tresen aufstand und an die Terrassentür trat. »Ich verstehe einfach nicht, warum er das gemacht hat, wo wir uns doch immer einig waren, dass du es nicht erfahren sollst.«

»Mommy, warum habt ihr es mir denn nicht erzählt?«

Ihre Mutter drehte sich zu ihr um, die Hände kummervoll verschränkt. »Wir wollten nicht, dass du verletzt wirst. Wir sind deine Eltern, wir haben dich geliebt und dich unterstützt.«

Sie ging wieder auf Joy zu, und in ihren Augen lag Panik. »Und, stimmt das nicht? Wir haben dir nie vorgeworfen, dass du schwanger geworden bist und so jung geheiratet hast … Na ja, ich hätte dich auch überreden können, dein Baby zur Adoption freizugeben. Ich wollte nie, dass du dein Leben an diesen Eddie verschwendest …«

Joy versuchte, sich zu beherrschen und nicht darauf zu reagieren. Was brachte ihre Mutter dazu, so grausame Dinge zu sagen?

»Das hat überhaupt nichts mit mir und Eddie zu tun. Das hat nur damit zu tun, wer *ich* bin.« Ihre Stimme war so fest wie nur möglich. »Ich muss es wissen.«

»Joy, bitte, hör auf, mir so zuzusetzen. Im Augenblick ertrage ich das einfach nicht.« Das Gesicht ihrer Mutter war verkniffen, die Miene entschlossen, und sie hielt die Tränen zurück. »Ich habe Geburtstag – verdirb mir das doch nicht.«

Wieder ließ Joy das Thema fallen, obwohl die Enttäuschung sie innerlich verzehrte. Wie kam es, dass ihre Mutter selbst jetzt, wo Joy erwachsen war, noch immer ihr Leben kontrollierte? Sie wollte nur die Geschichte ihrer eigenen Geburt hören. Warum wies Mom sie so hart zurück?

Aber wer weiß, vielleicht hatte sie ja recht. Warum sollte Joy auf die Suche nach einer Frau gehen, die sie selbst nie hatte kennenlernen wollen? Sie konnte nicht erklären, warum ihr die Wahrheit so wichtig war. Es war wie ein Zwang, der sie vorwärtstrieb. Der Drang zu wissen, was sie ausmachte, wie sie zu der Frau geworden war, die sie heute war. Was hatte sie von ihrer Mutter und dem Vater in Irland geerbt? Welche dieser Eigenschaften hatte sie an Ray und Heather weitergegeben? Es war der dringende Wunsch, irgendwohin zu gehören, Teil von etwas zu sein, der sie umtrieb. Ihre Mutter würde sagen, sie sei ein Mädchen aus Scottsdale. Eine durch und durch amerikanische Mom, so wie sie selbst, aber das entsprach nicht Joys Gefühl. Manchmal spürte sie, wie etwas Unerklärliches sie erfasste und ihr Herz sich zusammenzog, überwältigt von der Sehnsucht, aus der Rolle, die ihr auferlegt war, auszubrechen. Sie hatte den Eindruck, dass es der unbekannte irische Teil ihrer selbst war – und sie konnte ihn einfach nicht zum Schweigen bringen.

London, 14. April 1967, 9:23 Uhr

Einige Entwürfe von Lewis und Marnie lagen bereits ausgebreitet auf dem Besprechungstisch, als sie mit dem Tee ins Zimmer des Chefs kam. Sie ging um den Tisch herum, wobei die Tasse auf der Untertasse klirrte; schließlich stellte sie sie behutsam neben George ab. Lewis sah sie nicht an, aber er spürte ihren wachsamen Blick, als der Chef eines ihrer Bilder in die Hand nahm.

George, der Marnies ungewöhnliches Interesse wahrnahm, hob den Blick. »Ja, meine Liebe?«, fragte er und sah sie über den Rand seiner Brille hinweg an.

Marnie zögerte. Lewis merkte, wie sie Atem holte. Stumm flehte er sie an, nichts zu sagen – noch nicht –, denn die Wahrheit musste aus seinem Mund kommen.

»Ich dachte nur, dass Mr Bell vielleicht auch gern noch einen Tee hätte.«

»Kümmern Sie sich nicht um ihn, meine Liebe. Er kann sich selbst einen holen. Es geht ja nicht an, dass Sie uns die ganze Zeit hinterherlaufen.«

Aber sie verließ immer noch nicht das Zimmer. Lewis warf ihr einen verstohlenen Blick zu. Sie umklammerte ihre Hände und verlagerte das Gewicht von einem Fuß auf den anderen.

»Ja bitte?«, blaffte George. »Gibt es noch was?«

»Ich dachte nur …« Marnie verstummte. Lewis brachte es nicht über sich, sie anzusehen. Er starrte auf seine glänzenden schwarzen Schuhe. Bitte, beschwor er sie still, bitte stell mich nicht bloß.

»… vielleicht möchten Sie noch ein paar Vanillekekse zum Tee?«

Vor Erleichterung sackte Lewis in seinen Stuhl zurück.

»Nein, nein. Wir brauchen nichts. Wir haben zu tun. Und jetzt, Mädchen, raus hier, seien Sie so gut. Es gibt bestimmt noch eine Menge zu tippen.«

Mit einem Kopfschütteln gab George Lewis zu verstehen, dass er dachte: »Albernes Mädchen.« Wenn er wüsste!

Lewis blickte zu Marnie, als sie hinausging. Sie sah ihm fest ins Gesicht, und auf ihren Wangen waren zwei rote Flecken. Er fragte sich, ob sie wütend war oder nur genauso nervös wie er.

Mit einem Klicken schloss sich die Tür hinter ihr. George nahm einen Entwurf in die Hand und betrachtete ihn konzentriert, dann stand er auf und trat ans Fenster. Lewis rutschte unruhig auf seinem Stuhl herum.

»Unglaublich.« Die Zeichnung in der Hand, wandte sich George wieder zu Lewis um. »Sie treffen den Nagel auf den Kopf, Junge.«

»Finden Sie?«

»Ja, das ist wegweisend. Die kräftigen Farben. Man sieht das überall – in der Mode, in der Musik, in der Kunst. London ist voller Farben, Lewis! Das sagt Eva mir auch dauernd.«

George ging auf ihn zu und schwenkte beim Reden einen von Marnies Entwürfen hin und her.

»Die Idee, die Buchstaben ineinanderfließen zu lassen und noch mehr Farben reinzubringen, ist genial. So einfach und doch so wirkungsvoll.«

Energisch schüttelte George seine Hand. »Ich bin beeindruckt, Lewis, wirklich.«

Lewis glühte vor Stolz. Er konnte nicht erwarten, Marnie zu erzählen, wie gut ihre Ideen angekommen waren.

»Gut gemacht.« George trank noch einen Schluck Tee und seufzte zufrieden. »Ich muss schon sagen, die kleine Irin macht wirklich den besten Tee.«

Lewis krümmte sich innerlich. Er wünschte, George könnte erfahren, wie weit Marnies Begabungen tatsächlich reichten.

»Wissen Sie, was, mein Lieber?« George ging an seinen Schreibtisch. »Unser Tee kann ruhig einen Extrakick Irland vertragen, oder? Ich habe hier einen von diesen Beagle-Whiskys.«

»Ist es nicht ein bisschen früh?«

George hob die Augenbrauen. »Kommen Sie, Lewis, Sie sind jetzt einer von den großen Jungs.« Er schenkte zwei großzügige Gläser Whisky ein und reichte Lewis eines davon. »Außerdem gibt es da noch etwas, worüber wir sprechen sollten.«

Lewis kippte die Flüssigkeit hinunter, die zu dieser Tageszeit scharf schmeckte. War jetzt der Moment gekommen? Wollte George ihn zum Partner der Agentur machen?

Doch der Chef klappte eine Mappe auf dem Schreibtisch auf und zog ein mit Schreibmaschinenschrift beschriebenes Blatt heraus.

»Ich denke, ich kann Ihnen dieses wichtige Projekt anvertrauen.«

Er reichte Lewis das Papier. Der Briefkopf war grauenhaft, er sah aus wie eine besonders geschmacklose Hochzeitseinladung von vor zehn Jahren.

»Phoenix Airlines«, las Lewis.

»Gestern habe ich erfahren, dass daraus demnächst Phoenix International Airlines werden soll.« Georges joviale Miene war ernst geworden. »In ein paar Tagen werden die von Grafikagenturen in aller Welt Angebote für ein neues Erscheinungsbild einholen. Sie wollen sich ein komplett neues Image verpassen, vom Briefkopf über die Uniformen bis hin zum Firmenlogo auf den Flugzeugen.«

Es war der Traum jeden Grafikers – das gesamte Erscheinungsbild einer großen Fluglinie neu gestalten. Seit Lewis zu arbeiten begonnen hatte, hatte er von einer solchen Gelegenheit geträumt.

»Es ist mir gelungen, für heute Abend ein Essen mit dem Kerl einzufädeln, der die Agentur für das neue Image aussuchen soll.« George lehnte sich im Stuhl zurück, nahm einen großen Schluck Whisky und sah geradezu lächerlich selbstzufrieden aus. »Studio M ist den anderen mal wieder einen Schritt voraus.«

»Das ist großartig«, schwärmte Lewis.

»Ja. Wir haben eine echte Chance. Gestern Abend im Pub habe ich Frankie davon erzählt.«

Lewis versteifte sich. Ihm war neu, dass George und Frankie Trinkkumpane waren.

»An diesem Ding werden wir als Team arbeiten. Aber jetzt, wo ich Ihre Entwürfe hier gesehen habe, möchte ich, dass Sie das Team leiten, Lewis.«

George nahm die Flasche und schenkte sich Whisky nach.

»Ich weiß nicht, was ich sagen soll.« Lewis war mehr als nur ein bisschen überwältigt. George musste nicht erklären, wie wichtig der Wettbewerb um diesen Kunden war. Wenn Studio M den Auftrag an Land zog, dann wären sie ganz oben angelangt.

»Die Sache muss erstklassig aussehen, auffällig, aber nicht zu unkonventionell. Zukunftsweisend, kraftvoll und zuverlässig. Das ist das Image, das die Fluglinie ausstrahlen will.«

George neigte den Kopf. »Wenn Sie mir hier einen Spitzenentwurf liefern, dann können Sie mir beweisen, dass Sie gut genug sind, um Partner zu werden. Was sagen Sie dazu?«

»Es wäre mir eine Ehre, George«, sagte Lewis mit wild klopfendem Herzen.

»Man muss solch ein Talent an sich binden«, erklärte ihm George. »Jeden der anderen würde ich ziehen lassen, aber Sie nicht, Lewis. Also, sind Sie einverstanden?«

»Natürlich bin ich einverstanden!«

George stand auf und klopfte ihm auf die Schulter. »Sie sind ein guter Mann! Ich weiß, es ist knapp, aber ich möchte, dass Sie heute Abend ein paar vorläufige Ideen präsentieren. Wir können uns vorher im Pub treffen und sie gemeinsam durchgehen, bevor wir uns mit dem Kerl von Phoenix Airlines zum Abendessen treffen.«

Lewis' Hochgefühl schwand. »Ich glaube, ich brauche da ein bisschen mehr Zeit …«

»Wir haben keine Wahl, Lewis. Wir müssen schnell handeln. Wenn Sie Partner hier bei Studio M sein wollen, wird genau das von Ihnen erwartet.«

Lewis spürte den Whisky im Blut. Er presste die heißen Handflächen zusammen. *Lass dir was einfallen.*

»Können wir die Präsentation nicht auf morgen Vormittag verschieben, nachdem wir uns beim Essen mit dem Vertreter der Fluglinie bekannt gemacht haben?«

Wenn er und Marnie die Nacht durcharbeiteten, bestand die Chance, dass ihnen etwas einfiel. Ganz allein aber einen Entwurf bis zum Ende des Arbeitstages zu entwickeln, erschien ihm völlig unmöglich.

»Ich fürchte einfach, dass wir ihn an die Konkurrenz verlieren, wenn wir ihn nicht heute Abend für uns gewinnen. Hier ist Eile geboten.«

George leerte sein Glas. »Ich bin mir sicher, dass Sie ihn mit Ihrem Talent an die Angel kriegen. Ich habe volles Vertrauen in Sie.«

Lewis nickte und spürte, wie sein Gesicht rot wurde. Er hatte überhaupt keine Zeit. Und wie konnte Marnie ihm helfen, wenn sie den ganzen Tag mit Büroarbeiten beschäftigt war?

Im Gemeinschaftsbüro waren Frankie und Pete in die Arbeit vertieft. Marnie saß an ihrem Schreibtisch, hatte ihm den Rücken zugekehrt und tippte, aber er sah die Anspannung in ihrer Körperhaltung. Er umklammerte das Papier mit dem Briefkopf von Phoenix Airlines, als wäre es eine Unheil verkündende Botschaft.

Er setzte sich an seinen Tisch, schloss die Augen und suchte nach Ideen. Himmel noch mal, er war Grafiker. Das war er schon gewesen, bevor Marnie aufgetaucht war. Er würde das auch allein hinkriegen.

Die Sache war nur: Sie war einfach gut. Die Ideen kamen ihr so schnell. Er war versucht, sie um Hilfe zu bitten, aber das konnte er nicht tun – nicht vor den anderen.

Er nahm einen Bleistift in die Hand, spitzte ihn und drückte die Spitze so fest auf das weiße Blatt auf dem Zeichenbrett, dass sie abbrach. Er spitzte ihn noch einmal und fuhr mit dem Bleistift über das Papier, doch sein Kopf war völlig leer. Seine Ideen hatten keine Konturen, und außer ein paar gekritzelten Kringeln brachte er nichts aufs Papier. War er nicht einmal mehr in der Lage zu zeichnen?

»Und?«

Marnie stand neben ihm. Ihr Kleid stand wie eine blaue Wand vor seinen Augen und strahlte Gelassenheit aus; die

Unterschenkel in den hautfarbenen Strümpfen waren vollkommen ebenmäßig.

Lewis blickte zu ihr auf. Er war erleichtert, als er sah, dass ihre Augen aufgeregt blitzten.

»Haben sie ihm gefallen?«, flüsterte sie.

»Er war total begeistert«, flüsterte Lewis zurück. »Das war ein Volltreffer.«

Sie grinste von einem Ohr zum anderen, ihr Gesicht strahlte vor Tatkraft, und Lewis fiel auf, wie jung sie wirkte.

»Hast du ihm von mir erzählt?«

Lewis senkte den Blick auf den Briefkopf von Phoenix Airlines.

»Nicht so richtig«, murmelte er.

»Wie meinst du das?«, flüsterte sie und beugte sich so dicht über ihn, dass er ihr Ma-Griffe-Parfüm riechen konnte. Der offen stehende Ausschnitt ihres Kleides ließ ein klein wenig von ihrer Brust sehen. Es erschien ihm unwirklich, dass er erst heute Morgen diese Brust in der Hand gehalten hatte, dass er erst vor wenigen Stunden die rosa Brustwarze geküsst hatte.

»Ich kann jetzt nicht reden«, sagte er und errötete beim Blick hinüber zu Pete und Frankie. »Ich führe dich zum Mittagessen aus, okay?«

Wenn sie früh zum Mittagessen gingen, könnte sie ihm vielleicht mit ein paar Ideen zu den Entwürfen für Phoenix Airlines aushelfen.

Sie blickte auf seinen Schreibtisch. »Was ist das?«

»Das erkläre ich dir beim Mittagessen. Es ist ein Riesensache.« Er hielt inne. »Für uns beide.«

Er legte eine Hand an ihr Knie. Er achtete darauf, dass ihn die anderen nicht sehen konnten, bevor er seine Finger ein wenig hinaufwandern ließ, bis seine Knöchel an den Saum des

Kleides stießen. Als er ihr ins Gesicht sah, merkte er, wie sie unter seinem Blick dahinschmolz. Ohne ein Wort zu sagen, beugte sie sich zu ihm hinunter und küsste ihn auf die Lippen. Ihre Spontaneität und ihre Kühnheit ließen ihn nach Luft schnappen.

Dann klingelte das Telefon. Marnie wich zurück und eilte an ihren Schreibtisch, um dranzugehen.

»Studio M. Guten Morgen«, sagte sie in bestem Hochenglisch. Manchmal war gar nicht zu hören, dass sie Irin war.

Sie hielt den Hörer vor sich.

»Für dich. Ich glaube, Lizzie ist dran«, flüsterte sie, während sie die Sprechmuschel mit der Hand bedeckte.

Was wollte seine Schwester von ihm? Sie rief nur an, wenn sie etwas brauchte – meistens war es Geld.

»Du musst sofort herkommen und mich abholen«, sagte Lizzie, als er sich meldete.

Wie immer kein »Hallo«, kein »Wie geht's?«.

»Was ist passiert, Lizzie?«

»Ich heiße Elizabeth«, hob sie an, in einem solchen Tempo, dass er ihr kaum folgen konnte. »Kein Mensch nennt mich heutzutage noch Lizzie. Wie kann man als Künstler Lizzie heißen? Elizabeth Bell – das hat Größe, findest du nicht? Zumindest hat das der Mann in der Galerie gesagt. Wenn man mich als Künstlerin ernst nehmen soll, brauche ich einen würdigeren Namen. Niemand würde die Königin Lizzie nennen, oder? Bestimmt sagt das nicht mal ihr Ehemann zu ihr …«

Ganz offensichtlich hatte seine Schwester einen ihrer manischen Tage. Er wollte sich heute wirklich nicht mit Lizzies Launen auseinandersetzen.

»Himmel, Elizabeth. Kannst du mal langsam machen?«

»Unterbrich mich nicht! Mein Gott, Lewis, weißt du eigentlich, wie rechthaberisch du bist? Immer kommandierst du mich herum! Mein ganzes Leben lang schon sagst du mir, was ich zu tun habe. Schlimmer als ein Vater, das sag ich dir, viel schlimmer!«

»Was ist denn passiert?«

»Nichts ist passiert«, sagte sie und klang plötzlich milder. »Du musst nur herkommen und mich mit deinem schnuckeligen kleinen Auto wo hinfahren.«

»Das geht nicht. Ich bin bei der Arbeit. Ich kann hier nicht einfach abhauen, wann immer es mir einfällt.«

»Sei doch nicht so herablassend. Ich arbeite doch auch. Gestern Abend habe ich ein Bild verkauft«, verkündete sie.

Endlich verdiente seine Schwester wieder etwas.

»Deswegen brauche ich dich mit dem Auto.«

»Ich habe wirklich viel zu tun. Ist es denn so dringend? Können wir das nicht morgen machen?«

»Bitte, Lewis«, bettelte Lizzie. »Ich will den Auftrag nicht verlieren. Ich brauche dich.«

Wie oft hatte Lizzie ihn gebraucht! Er sagte sich, dass sie labil war. Sie hatte eine schreckliche Kindheit erlebt. Es war nur verständlich, dass sie ständig Ansprüche stellte. Trotzdem, er hatte die gleiche Kindheit hinter sich, und irgendwie hatte er es geschafft, auf eigenen Füßen zu stehen. Da gab es die Anrufe mitten in der Nacht, wenn sie betrunken in den Hörer heulte, die panischen Fahrten in die Notaufnahme, wo er die Schwester geistesabwesend und mit aschfahlem Gesicht vorfand.

»Du musst aufhören, dir selbst leidzutun«, hatte er seine Mutter sagen hören, nachdem Lizzie das dritte Mal versucht hatte, sich das Leben zu nehmen. Und obwohl er wütend war auf seine Mutter wegen dieser Herzlosigkeit dem eigenen Kind gegenüber, musste er ihr im tiefsten Innern recht geben.

Kurz nach diesem Vorfall hatte ihre Mutter beschlossen, die Tochter in die Psychiatrie einweisen zu lassen. Man hatte bei Lizzie eine chronische Depression diagnostiziert und ihr Antidepressiva verschrieben.

Als sie ein halbes Jahr später aus dem Krankenhaus kam, hatte sie sich verändert. Hin und wieder war sie zwar immer noch etwas schwierig, aber es hatte keine weiteren Selbstmordversuche gegeben, und sie war viel ruhiger. Lewis nahm an, dass die Medikamente seiner Schwester das Leben gerettet hatten. Nach dem Klinikaufenthalt verkündete sie sogar, dass sie etwas aus ihrem Leben machen und Malerin werden wolle. Er war stolz auf ihren Erfolg, auch wenn es ihn frustrierte, dass sie alles Geld, das sie verdiente, sofort verprasste.

Schließlich hatte Lizzie ihren Kreis in der angesagten Kunstszene Londons gefunden, der sich aus Künstlern, Musikern, Schriftstellern und diversen Theaterleuten zusammensetzte. Seiner Schwester fiel es nicht schwer, Freunde zu finden, insbesondere unter Männern. Lizzie sah exakt so aus, wie man im Jahr 1967 auszusehen hatte. Sie war ein verlorenes kleines Straßenkind. Unschuldig und sexy. Deshalb sah man ihr nach, dass sie ständig beachtet werden musste, und Lewis wusste, dass es ihr nicht an männlichen Bewunderern mangelte. Selbst wenn die meistens bekifft waren. Das Cannabis schien ihr gutzutun, mutmaßte Lewis. Es machte sie glücklicher, ruhiger.

Dennoch hatte es in letzter Zeit Momente gegeben, da ihn seine Besuche bei Lizzie etwas beunruhigt hatten. In ihrer bevorzugten Kleidung – schwarze Strumpfhosen und kurze Etuikleider wie bei Edie Sedgwick, der ständig unter Drogen stehenden Muse von Andy Warhol – hatten ihre Beine viel zu dünn ausgesehen. Das Gesicht war leichenblass, und die großen Augen, von breiten Kajallinien und langen künstlichen Wimpern umrandet, waren tiefgrüne Löcher ins Nirgendwo.

»Lewis, bitte«, beschwor ihn Lizzie.

»Ich stecke mitten in der Arbeit. Hast du deine Tabletten genommen?«

Er konnte hier nicht einfach weg. Warum verstand sie das nicht? Warum machte sie ihm ein schlechtes Gewissen?

»Ja, natürlich, ehrlich. Bitte komm her, Lewis …«

Er hörte sie weinen, aber sie hatte schon zu oft geweint. So oft war er hingerast, nur um festzustellen, dass es Krokodilstränen waren.

»Ich komme morgen gleich nach der Arbeit vorbei.«

»Ich muss aber heute da hin«, flüsterte sie.

»Das ist in gerade mal vierundzwanzig Stunden. Oder du rufst Mutter an. Sie hat ein Auto. Warum fragst du sie nicht, ob sie dir dieses eine Mal helfen kann?«

Lizzie legte auf. Wenn er die Mutter erwähnte, wurde er sie immer los. Lewis versuchte, ihr penetrantes Gejammer aus seinem Kopf zu vertreiben, aber es war schwer, weil er sich ein Leben lang für sie verantwortlich gefühlt hatte.

»Alles okay?«, fragte Marnie mit neugierigem Blick.

»Lizzie ist bloß mal wieder Lizzie«, erklärte er und versuchte, sich keine Sorgen zu machen, aber er spürte, dass ihn die Anspannung im Griff hatte. Erst wenn er morgen bei ihr gewesen war und gesehen hatte, dass alles okay war, wäre er wieder beruhigt.

Marnie stellte sich hinter ihn, legte ihm beide Hände auf die Schultern und drückte sie kurz. Er hörte die Armreifen an ihren Handgelenken klimpern, spürte, wie die Anspannung in seinem Körper nachließ. Er dachte an seine Liebeserklärung heute Morgen und die ausgebliebene Erwiderung.

Als könne sie seine Gedanken lesen, nahm Marnie die Hände von seinen Schultern und ging zurück zu ihrer Schreibmaschine. Sie hatte ihm nie gesagt, dass sie ihn liebte. Er konnte sich nicht erklären, warum er sie immer noch wollte, warum er zuließ, dass sie ihn verletzte. Wie hatte sie es fertiggebracht, ihm derart wichtig zu sein? Keinem anderen Mädchen war das je gelungen.

Er versuchte, sich auf das Phoenix-International-Airlines-Projekt zu konzentrieren. Das Nächstliegende war, einen Phönix zu zeichnen, aber auf welche Weise konnte er erreichen, dass der Entwurf herausstach? Als er den Blick von Marnie abwandte, bemerkte er, dass Frankie ihn von seinem Zeichenbrett aus unverhohlen durch seine modische Brille anstarrte, die Lippen zusammengepresst, als denke er konzentriert nach. Als Frankie plötzlich lächelte, wusste Lewis, dass er gesehen hatte, wie Marnie ihn berührt hatte. Und wenn schon. Was machte es, wenn Frankie ahnte, dass er und Marnie ein Verhältnis hatten? Was ihn allerdings beunruhigte, war die Neuigkeit, dass Frankie und George gemeinsam in den Pub gingen. Wie vertraut waren sie? Immerhin nicht so vertraut, dass George Frankie anbot, Partner zu werden.

Lewis bemühte sich, seine Aufmerksamkeit dem Zeichenbrett zuzuwenden. Er beschwor Bilder des Phönix herauf. Ein riesiger, adlerartiger Greifvogel, der aus der Asche aufersteht. Allerdings wusste er, dass die Fluglinie nicht nach dem Vogel benannt war, sondern nach der Stadt. Wie wäre es also mit einem Bild, das Arizona symbolisierte? Eine der Kakteen, die in den Western vorkamen? Er schüttelte den Kopf. Das dürfte ungefähr die mieseste Idee sein, die er je gehabt hatte.

Der Telefonanruf von Lizzie belastete ihn. Sosehr er dagegen auch ankämpfte, er machte sich Sorgen um Lizzie. Sie hatten doch nur einander. Sie hatten keinen Vater, und die Mutter zählte nicht.

Es nutzte nichts. Er stand auf und ging zu Marnies Schreibtisch.

»Könnten Sie bitte die Nummer vier-drei-neun-eins in Vauxhall für mich anrufen, Marnie?«, bat er. »Ich muss Lizzie zurückrufen.«

Sie streichelte ihm über die Hand und lächelte ihn mitfühlend an.

»Lizzie, ich bin's noch mal«, sagte er. »Es tut mir leid.«

»Schon okay«, schniefte Lizzie.

»Ich stehe einfach ziemlich unter Druck. Aber ich komme gleich nach der Arbeit vorbei, versprochen.«

»Danke, Lewis«, antwortete sie kleinlaut. »Hab dich lieb. Du bist der beste Bruder von allen.«

Als Lewis sich wieder an sein Zeichenbrett setzte, dachte er an all die Jahre der Verzweiflung in ihrer Kindheit zurück. Sie waren wie Soldaten gewesen, die von einem Schlachtfeld zum anderen marschierten. Jedes Mal waren die Verletzungen noch ein bisschen schlimmer und der Schmerz im Innern größer geworden, und mit jedem Mal schwand die Hoffnung, endlich bei ihrer Mutter zu leben, noch mehr. In all der Zeit hatte es nur eine Oase gegeben, nur ein Zuhause.

Berkshire, 29. Oktober 1954

Über Lewis und Lizzie wölbte sich ein Dach aus Kastanienbäumen, und zu ihren Füßen lagen die Schalen verstreut. Lewis suchte nach der perfekten Kastanie für das nächste Conkersspiel. Er stopfte sich die Früchte in die Hosentaschen, bis sie sich ausbeulten. Aber eigentlich war es zwecklos. Außer seiner Schwester gab es ohnehin niemanden, mit dem er Conkers spielen konnte, und sie stellte sich dabei wirklich dämlich an.

Sie trotteten die lange Einfahrt hinauf, jeder schleppte einen braunen Pappkoffer mit sich, der mit einer dicken grünen Schnur verschnürt war, weil sie schon so oft auseinandergefallen waren. Ihre Mutter hatte sie am unteren Ende des Baumtunnels abgesetzt, und sie mussten wie üblich den Weg zum Haus allein gehen. Mit jedem Schritt im nassen Kies machten ihre Schuhe laute Geräusche, und so langsam wie möglich schlurften sie auf das fremde Haus zu. Alles um sie herum war gedämpft und Unheil verkündend. Eine Taube gurrte traurig, und zur Erwiderung krächzte eine Elster. Durch die Blätter der Kastanienbäume fiel Sonnenlicht auf sie herab, und der Geruch nach nasser Erde setzte sich in Lewis' Kehle fest. Ihn schauderte. Es war früh am Morgen, und trotz der Sonne war es noch nicht warm.

Sie hatten die flache Steintreppe erreicht, die zur Haustür führte. Lewis blickte zu den hohen Schiebefenstern an der Vorderseite auf. Er fragte sich, ob jemand aus dem Innern zu ihnen heraussah, konnte aber nur seine und Lizzies Spiegelbilder in den schwarzen Scheiben erkennen.

Er machte einen Schritt vorwärts, aber Lizzie schrak zurück.

»Komm schon«, redete er ihr zu. »Wir müssen anklopfen.«

»Ich will nicht«, nörgelte Lizzie mit rot verweinten Augen.

»Ich auch nicht«, sagte Lewis. »Aber wir müssen.«

Lizzie schüttelte den Kopf und schniefte, als ihr die Tränen wieder in die Augen traten. Sie war eine solche Heulsuse, aber sie war eben ein Mädchen und außerdem jünger als er. Seine Mutter hatte ihm immer wieder gesagt, dass er der Mann im Haus sei. Er musste auf seine Schwester aufpassen.

»In welchem Haus bin ich der Mann?«, hatte er die Mutter gefragt. Kurz hatte seine Mutter die Stirn gerunzelt und nachgedacht. Im nächsten Augenblick hatte sie ein Lächeln aufgesetzt, als müsse sie dem eigenen Sohn gegenüber ihren ganzen Charme spielen lassen, so wie sie es mit all den anderen Männern in ihrem Leben machte. Sie hatte seine Hand gedrückt.

»In dem Haus, in dem du gerade bist, Liebling«, hatte sie ihm erklärt.

Lewis blickte an dem imposanten steinernen Bau hinauf. An beiden Seiten der Tür waren Säulen. Was für eine entfernte Tante oder Cousine seines Vaters wohnte in diesem herrschaftlichen Haus? Welche Regeln müssten er und Lizzie diesmal lernen, um den Verwandten zu gefallen? Wie lange würde er brauchen, um sie um den Finger zu wickeln, sodass sie ihn aus Mitleid eher denn aus Liebe verwöhnten? Was für ein lieber Junge, sagten sie immer. Lizzie war die Schwierige von beiden, immer jammernd und um Aufmerksamkeit heischend. Lewis hingegen war ganz unkompliziert. Er machte seiner Mutter alle Ehre.

Manchmal war es ihm ein Rätsel, warum seine Mutter ihn nicht haben wollte, egal wie brav er war. Die alten Verwandten waren ganz vernarrt in ihn, und manche weinten sogar, wenn die Mutter beschloss, sie woanders unterzubringen. So wie Tante Celia. Lewis hatte sie recht gern gemocht. Sie hatte ihn mit Geschenken überhäuft, das beste davon eine Spielzeugeisenbahn. Er hatte sie bei Tante Celia in Suffolk zurücklassen müssen, weil Mutter gemeint hatte, dafür sei kein Platz in Mr Baileys Auto. Dieses eine Mal hatte er einen Aufstand gemacht.

Er war an die ständigen Umzüge gewöhnt, aber manchmal wünschte er sich, dass man Lizzie und ihn einfach in Ruhe ließ. Jetzt, wo er zwölf Jahre alt war, könnte er sich wunderbar um sie beide kümmern. Er träumte davon, einen Wohnwagen und ein Pferd zu besitzen, wie die Zigeuner, die er in der Umgebung von Tante Celias Haus gesehen hatte. Er könnte Sachen machen und verkaufen. Bilder, er konnte gut malen. Es war das Einzige, was er gut konnte. Oder Lizzie könnte singen und tanzen, und er würde mit einem Hut herumgehen und Geld sammeln. Sich in der Öffentlichkeit zu präsentieren, fiel seiner Schwester nicht schwer.

Er warf Lizzie einen Blick zu. Auf ihren Wangen lag verräterische Röte, sie hatte die Stirn krausgezogen.

»O nein, Lizzie, das wirst du nicht machen. Du weißt doch, wie wichtig der erste Eindruck ist.«

Lizzie stampfte mit dem Fuß auf, und Kiesel stoben beiseite.

»Ich will zu Mutter«, sagte sie mit bebender Stimme.

»Die ist weg«, erwiderte Lewis grob. »Du weiß selbst, dass wir sie eine Weile nicht sehen werden.«

»Warum nicht?«, jammerte Lizzie. »Warum kann sie nicht bei uns wohnen?«

»Weil wir keinen Vater haben, das weißt du doch.«

»Weil Daddy ein Kriegsheld war?«, fragte Lizzie.

»Genau.« Lewis seufzte. Wie oft musste er Lizzie das noch erklären? »Also muss Mommy einen neuen Daddy für uns finden, und das kann sie nicht, wenn sie uns dabeihat.«

Er stieg die Stufen wieder hinunter und nahm Lizzies schlaffe Hand.

»Komm schon, so schlimm wird es schon nicht werden«, forderte er sie auf. »Denk dran, am ersten Tag kriegen wir meistens Kuchen.«

»Ich habe Hunger«, sagte Lizzie und ließ sich widerwillig die Stufen hochzerren.

Nie zuvor hatte er eine so riesige Tür gesehen. Er streckte die Hand nach dem Türklopfer aus, der die Form eines Fuchskopfes hatte, und ließ ihn auf die gewaltige Tür fallen. Das Geräusch erschütterte die feierliche morgendliche Stille. Eine Schar Krähen erhob sich laut krächzend von einem Baum in der Nähe, und Lizzie kreischte verängstigt auf. Auch wenn er sich ein Lächeln zurechtgelegt hatte, wurde Lewis bange ums Herz. Wenn diese Leute nun nicht nett waren? Vielleicht müssten sie in einem kalten, feuchten Dachzimmer auf dem Boden schlafen und sich den Unterhalt damit verdienen, dass sie Kamine sauber machten? Vielleicht würde er in seiner ganzen Kindheit nie mehr Kuchen essen? Das alles war möglich, und seine Mutter war nicht da, um es zu verhindern.

Die Tür schwang auf. Vor ihnen stand jemand, den sie überhaupt nicht erwartet hätten. Weder war es das Dienstmädchen noch die Haushälterin einer uralten Tante noch die alte Dame selbst, einschließlich der angestaubten weißen Locken und vergilbten Spitzenärmel. Es war auch kein steifer Butler, der sie ohne Begeisterung hereinscheuchte. Es war ein junger Mann, der ihnen die Tür weit geöffnet hatte. In einer Hand hatte er einen angebissenen Apfel, mit der anderen hielt er einen aufgeregt wirkenden Irish Setter am Halsband.

»Oh, hallo. Ihr müsst die zwei von Philip sein.«

Lewis verschlug es die Sprache. Dieses eine Mal war es Lizzie, die das Wort ergriff.

»Wer ist Philip?«

»Na, euer Vater natürlich.« Der Mann strahlte sie an. »Was bist du für ein hübsches Mädchen! Ganz die Mutter.«

Er wandte sich Lewis zu und musterte ihn von oben bis unten, bevor er das Apfelgehäuse hinter sich warf und den Hund losließ, damit er hinterherjagen konnte.

»Wo ist Sylvia?«, fragte er ihn.

»Mutter musste weg …«, murmelte Lewis.

»Im Auto von Mr Drewe«, erklärte Lizzie dem Fremden. Lewis errötete vor Scham. Warum musste Lizzie immer alles ausplaudern?

»Ah! Verstehe. Das ist keine große Überraschung.« Er sagte es ganz freundlich, aber Lewis hörte eine leichte Schärfe heraus. Dennoch blickte er sie weiterhin sehr wohlwollend an, als er einen Schritt nach vorn machte und ihre beiden Koffer nahm.

»Na, dann kommt herein, wir haben euch erwartet.«

»Wer bist du?« Lizzie war jetzt schon unhöflich, aber den Mann schien die Frage nicht zu stören.

»Ich bin Howard«, sagte er. »Der Bruder eures Vaters, also bin ich euer Onkel.«

Er pfiff nach dem Hund. Das war der Augenblick, als Lewis bemerkte, dass Onkel Howard die gleichen lachenden Augen hatte wie sein Vater. Lewis war noch ein Baby gewesen, als sein Vater in den Krieg gezogen war, aber er besaß ein Foto von ihm. Er hatte es so oft betrachtet, dass das Gesicht seines

Vaters sich ihm eingebrannt hatte. Die hohe Stirn, das mit Pomade zurückgekämmte Haar, eine Fliege und das breite Lächeln – große Zähne, eine dicke Unterlippe und eine Zigarette im Mundwinkel. Das Ganze wurde durch einen akkuraten Schnurrbart vervollkommnet. Er war ein Charmeur. Es war ganz und gar kein Bild eines zum Unglück verdammten Mannes.

»Na los, du Tranfunzel«, sagte Onkel Howard zu ihm, während der Hund an ihnen vorbei ins Haus stürmte. »Lasst uns frühstücken. Ich habe Kohldampf.«

Die Monate bei Onkel Howard waren die beste Zeit seines Lebens gewesen. Endlich einmal hatte er im Haus eines Mannes gelebt – in einer Männerwelt. Howard hatte Lewis gestanden, dass er zwar nichts gegen ein Stelldichein hier und da einzuwenden hatte, tatsächlich aber ein eingeschworener Junggeselle war. Das einzige weibliche Wesen, mit dem Lewis – Lizzie ausgenommen – täglich zu tun hatte, war Onkel Howards ein wenig exzentrische Haushälterin Angela, die im Dorf wohnte und jeden Tag mit dem Fahrrad herüberkam. Es war eine Erleichterung für Lewis, dass ihn nicht wieder eine von Vaters weiblichen Verwandten verhätschelte. Er hatte seine Mutter noch nicht einmal vermisst. Statt sie in die Schule am Ort zu schicken, war ein Freund von Howard aus Oxford als Privatlehrer angestellt worden, und so war das Haus in Berkshire zu Lewis' Universum geworden. Oft lud Onkel Howard seine Junggesellenfreunde aus London ein, und sie gingen mit Alfie, dem Irish Setter, zur Jagd – Lewis eingeschlossen. Howard hatte ihn wie einen Ebenbürtigen behandelt und nicht wie ein Kind.

Lewis hatte seiner Mutter nie verziehen, dass sie sie weniger als ein Jahr darauf wieder weitergeschickt hatte. Er hatte geglaubt, dass Onkel Howard sie für immer bei sich behalten würde. Aber es war anders gekommen. Er hatte Onkel Howard verloren, und das alles war Lizzies Schuld.

Fünf

Fluchtgeschwindigkeit

Scottsdale, 23. März 1989

ES IST ZEIT

Mehr stand nicht auf der Postkarte, in denselben Druckbuchstaben wie zuvor. Auf der Vorderseite war ein Foto von zwei Kindern und einem Esel auf einer grünen Wiese. Beide Kinder hatten einen dichten, feuerroten Haarschopf, der sich gegen das Grün der Wiese abhob, insbesondere weil der Junge ein strahlend gelbes Hemd trug und das Mädchen einen roten Pullover. Der Esel trug links und rechts je einen mit Torf befüllten Korb, und in der Ferne konnte Lewis blaue Berge erkennen. Am unteren Rand der Karte stand der Aufdruck: »Beim Torfsammeln im Moor, Connemara, County Galway, Irland«.

Lewis drehte die Postkarte wieder um und betrachtete die

Handschrift. Die dicke schwarze Tinte gab nichts preis: Den Druckbuchstaben fehlte jeder persönliche Schnörkel.

Es war mehr als eine Woche her, dass er die zweite Karte bekommen hatte. Er hatte sich schon gefragt, ob es nun vorbei war, aber irgendwie hatte er doch geahnt, dass noch etwas folgen würde. Aus diesem Grund war er jeden Morgen vor Samantha aufgestanden und zum Briefkasten gehastet, sodass sie keine Gelegenheit hatte, vor ihm nachzusehen.

Wofür ist es Zeit?, fragte sich Lewis. Zeit, nach London zurückzukehren oder nach Irland zu fahren und Marnie zu suchen? Zeit, der Wahrheit ins Gesicht zu sehen, seinem Scheitern und seiner Reue?

Lewis steckte die Karte in die Innentasche seines Jacketts. Er hatte sich angewöhnt, die Postkarten mit sich herumzutragen. Manchmal zog er sie bei der Arbeit heraus und wendete sie hin und her – hob sie vors Gesicht, als könnte er Marnies Geruch daran wahrnehmen. Er sehnte sich nach der Vergangenheit und nach dem Menschen, der er einst gewesen war.

Für Joy waren die Bücher ein Trost. Seit dem Tod ihres Vaters war sie fast jeden Tag hergekommen. Anfangs hatte sie einfach nur zwischen den Bücherregalen gesessen, auf dem abgenutzten Teppich, und sich vor dem Leben draußen versteckt. Im tröstlichen Zufluchtsort der Bücherei konnte sie ihren Kummer ins Regal räumen, herausnehmen, durchblättern, leise darüber weinen und ihn wieder zurückstellen. Danach konnte sie heimfahren, das Abendessen kochen, Geschirr spülen, den Abfall hinaustragen und mit ihrem Mann schlafen, und er hatte nicht die leiseste Ahnung von ihrer Trauer. Eddie hasste den Tod. Nein. Es war nicht sosehr der Tod, den er hasste, als vielmehr das, was ihn begleitete: die Besuche im Krankenhaus, das Hospiz – der Ort der lebenden Toten, wie er es nannte –, das Begräbnis und im schlimmsten Fall noch ein Leichenschmaus.

Joys Mutter hatte am Tag des Begräbnisses im Mittelpunkt der Aufmerksamkeit gestanden. Teresa Porter war majestätisch, würdevoll und doch gebrochen aufgetreten. Sie waren in der Kirche Hand in Hand hinter dem Sarg hergeschritten; die Hand ihrer Mutter war eiskalt gewesen, und Joy hatte sich fremd und orientierungslos gefühlt. Wieder und wieder kreisten die Worte in ihrem Kopf: Ich bin nicht ihr Fleisch und Blut. Ich bin nicht ihr Fleisch und Blut.

Joy wusste, dass es keine Rolle spielen durfte. Sie hätte an ihren Vater denken sollen, Gebete für ihn in den Himmel schicken sollen, dass seine Seele in Frieden ruhen möge, und doch hatte sie an nichts anderes denken können als an die blutleere Hand ihrer Mutter in der ihren. Die große Lüge hatte sich in Joy hineingebohrt wie der Dorn einer Kaktusfeige. Ihr ganzes Leben hatte auf dieser Lüge gefußt. Sie fühlte sich betrogen und, schlimmer noch, haltlos, wie ein treibendes Boot, das sich aus der Vertäuung losgerissen hatte.

Und so hatte ihr die Bücherei geholfen. Hier konnte sie eine Weile sitzen, den Duft der Bücher einatmen – sie musste sie noch nicht einmal ansehen, sondern nur riechen – und die Nähe all dieser großen Geister spüren, die das Gebäude in sich barg. Dieses Gebäude hatte ihr nach dem Tod des Vaters Halt gegeben.

So heimisch Lewis in Galerien war, so fremd fühlte er sich in Büchereien. Er wusste, das hing mit seiner Kindheit zusammen. Das Einzige, worin er in der Schule gut gewesen war, war der Kunstunterricht. Obwohl seine Arbeit mit Texten zu tun hatte – immerhin verbrachte er als Setzer den ganzen Tag damit – und er Gefallen hatte an der äußeren Gestalt jedes einzelnen Buchstabens, hatte ihn der Inhalt nie richtig interessiert. Bücher schüchterten ihn ein. Samantha konnte dazu manchmal recht gemeine Kommentare abgeben, insbesondere da sie englische Literatur an der Highschool unterrichtete. Ständig tat sie überrascht, dass er niemals Dickens oder Hardy und noch nicht einmal Shakespeare gelesen hatte. Er hatte immer wieder versucht, sie zu beeindrucken, aber er hatte nur kurze Romane geschafft wie *Der große Gatsby*, *Von Mäusen und Menschen* oder *Herz der Finsternis*. Und die hatten ihn nicht besonders angesprochen.

In der Bücherei herrschte ein Schweigen, das in Lewis das Bedürfnis weckte, laut zu rufen oder es wenigstens zu brechen. Den Stapel frisch gedruckter Broschüren in der Hand ging er zum Empfangsschalter. Er legte die Broschüren auf dem Tresen ab und betätigte die Glocke. Er musste den Empfang bestätigen lassen.

Ein junger Kerl in einem karierten Hemd und mit dichtem Lockenkopf erschien. Er sah kein bisschen aus wie die strengen, altjüngferlichen Bibliothekarinnen seiner Kindheit. Der Mann unterschrieb die Empfangsquittung, und Lewis war entlassen. Es war die letzte Aufgabe dieses Tages, ab sofort hatte er Osterurlaub. Er sollte nach Hause fahren, denn er hatte vor, Samantha vor ihrer Reise nach Santa Fe ein Abendessen zu kochen, doch statt die Bücherei zu verlassen, fing er an, durch die Regalreihen zu wandern.

Es zog ihn zu einem Bereich mit Kunstbänden. Mit dem Finger fuhr er über die Buchrücken, und gerade als er weitergehen wollte, ließ ihn etwas abrupt innehalten. Ein Buchrücken sprang ihm ins Auge: *Britische Grafik der Sechziger und Siebziger*.

Er zog den Band heraus und blätterte ihn durch. Es war ein Nachschlagewerk aller großen britischen Grafiker jener Zeit. Natürlich wurde er nicht erwähnt. Wie auch? Er war fortgegangen, bevor er die Gelegenheit gehabt hatte, sich als Grafiker zu beweisen, aber er kannte einige der aufgeführten Künstler. Natürlich war George Miller dabei. Ein altes Schwarz-Weiß-Foto des Wichtigtuers, auf dem er durch seine Brille mit dem schwarzen Gestell streng in die Kamera linste.

George Miller, geboren 1917, gestorben 1979.

Sein ehemaliger Chef war also seit zehn Jahren tot. Er fragte sich, was aus Eva geworden war.

George Miller machte sich mit einer Serie von Kriegsplakaten für das Innenministerium einen Namen. Von den späten 1940ern an war er einer der führenden Vertreter des Internationalen Modernismus …

Lewis schlug das Buch zu. Es täte ihm nicht gut weiterzulesen. Er hatte sich für ein anderes Leben entschieden. Er war Teil einer Familie in Arizona. Das war mehr, als er in London je gehabt hatte.

Er wollte das Buch zurück ins Regal stellen, aber es rutschte ihm aus der Hand und landete mit einem dumpfen Knall auf dem Boden. Ein paar Leser sahen missbilligend zu ihm herüber. Er bückte sich, um das Buch aufzuheben, doch es war aufgeschlagen. Schockiert erstarrte er. Es war ihm gar nicht in den

Sinn gekommen, nach Marnie zu suchen, aber da war sie, in ihrer ganzen Herrlichkeit. Ein großes Schwarz-Weiß-Foto aus dem Jahr 1968, gerade mal ein Jahr nach seinem Weggang. Sie hatte eine intensive, geheimnisvolle Ausstrahlung. Das lange Haar, das er gekannt hatte, war zu einem kurzen Mary-Quant-Bob geworden und die Augen mit schwarzem Kajal umrandet. Sie rauchte eine Zigarette, und sie wirkte so unglaublich cool, dass sein Herz zu hämmern begann. Hatte er dieses Mädchen tatsächlich gekannt? Diese superschicke, durchgestylte Diva aus den Sechzigern war einmal seine Freundin gewesen.

Marnie Piper, geborene Regan, *8. August 1943. Von 1966 an Sekretärin in George Millers legendärer Grafikagentur Studio M, avancierte sie dort bald zur Grafikerin. Sie war die treibende Kraft hinter der preisgekrönten Kampagne zur Markeneinführung von Phoenix International Airlines im Sommer 1967. Regan heiratete den Agenturkollegen Pete Piper im August 1967, und Miller machte das Paar 1971 zu seinen Partnern. Die Verbindung der kreativen Talente der beiden Pipers mit Miller machte Studio M zu einer der bedeutendsten Grafikagenturen ihrer Zeit, in der nicht nur große Markenkampagnen entstanden, sondern auch Plattencover designt wurden. Zu den Kunden gehören Bosch, Macht, Dalliance Shoes, das staatliche Gesundheitswesen, das Kultusministerium, Pepsi-Cola, Samsung, BMW, Beagles Whisky und Gordon's Gin. Außerdem entwarfen sie Plattencover unter anderem für die Rolling Stones, Eric Clapton, Fairport Convention und Led Zeppelin.
George Miller und Pete Piper starben im Jahr 1979 innerhalb eines Monats. Marnie Piper und George Millers Witwe Eva gaben die Agentur Studio M auf. Piper zog 1981 zurück in ihre irische Heimat. Derzeit unterrichtet sie Kunst und Design am College of Art in Sligo. Marnie Piper gilt als eine der wenigen Grafikerinnen, die auf die Ent-

wicklung der Designkunst im Großbritannien der späten Sechziger und Siebziger wesentlichen Einfluss hatte.

Schwer atmend hockte Lewis am Boden. Er konnte es nicht fassen. Er hatte Marnie in diesem Buch entdeckt, und es machte ihn sprachlos, wie weit sie es gebracht hatte. Ihr Stern hatte also geleuchtet. Aber was war mit Pete? Lewis war schockiert, dass Marnie, keine vier Monate nachdem Lewis London verlassen hatte, Pete geheiratet hatte. Ihm war nie bewusst gewesen, dass zwischen den beiden irgendeine Anziehung bestanden hatte. Er konnte das alles überhaupt nicht begreifen. Wie hatte Marnie sich nach ihm dem stillen, unbeholfenen Pete zuwenden können?

Er blätterte um und entdeckte ein Foto von Pete. Es war ein paar Jahre nach der Zeit, in der Lewis ihn gekannt hatte, aufgenommen worden, aber er sah immer noch genauso linkisch aus, dünn und groß, mit dieser wenig schmeichelhaften Brille und in einem Jackett, das ihm hinten und vorn nicht passte. Er hätte sich für Pete gefreut, darüber, dass er so erfolgreich geworden war, aber warum nur hatte er Marnie heiraten müssen? Lewis war voller Wut auf seinen alten Freund. Das war lächerlich, zumal der Mann gestorben war, und das auch noch in jungen Jahren. Aber wie hatte Pete es wagen können, da hineinzugrätschen und weiterzumachen, wo er aufgehört hatte? Und wie hatte Marnie das zulassen können?

Er blätterte nach vorn, um nachzusehen, wann das Buch erschienen war – 1984. Vor fünf Jahren. Es wäre nicht schwer herauszubekommen, ob Marnie immer noch in Irland lebte. Er schlug wieder die Seite mit ihrer Biografie auf und betrachtete ihr Gesicht. Obwohl es ein Schwarz-Weiß-Foto war, konnte er immer noch den lodernden Blick ihrer blauen Augen erkennen. Wie sie geglüht hatten bei ihrem letzten Gespräch. Es musste sie so hart getroffen haben. War es ihre Art von Rache gewesen, Pete zu heiraten?

Entschlossen knallte er den Band zu und stellte ihn zurück ins Regal.

Seine Marnie hatte sich soeben von einem Fantasiegespinst in eine wahrhaftige Frau verwandelt. Sie war eine erfolgreiche Grafikerin geworden und inzwischen eine angesehene Kunst- und Design-Dozentin. Ihre gesammelten Erfolge breiteten sich vor ihm aus. Und was hatte er ihr zu bieten? Wie sollte er Marnie gegenübertreten, nachdem er sein ganzes Potenzial verschwendet hatte? Und dennoch, so dachte er, war sie es, die mit diesen geheimnisvollen Botschaften nach ihm suchte. Das war so typisch für Marnie: diese Machenschaften und Spielchen, die Heimlichtuerei. Sie liebte es, zu provozieren und andere herauszufordern. Es war einer der Gründe, warum er sie gewollt hatte – und immer noch wollte.

London, 13. April 1967, 11:38 Uhr

Lewis drückte Marnie im Foyer von Studio M an die klamme Wand. Er spürte das Klopfen ihres Herzens unter dem Kleid, ihre Hitze auf seiner Haut.

»Ich will dich jetzt«, sagte er und küsste sie auf die Lippen.

»Spinnst du?«, widersetzte sie sich. »Man wird uns sehen.«

Trotzdem erwiderte sie seinen Kuss.

»Du bringst mich um den Verstand, Marnie. Ich kann an nichts anderes mehr denken.«

Sie sagte nichts, nahm nur seine Hand und führte ihn über den Korridor. Sie drückte die Tür zur Toilette auf, und sie stürzten hinein. Hinter ihrem Rücken verschloss sie die Tür. Der Raum war winzig, es gab nur die Toilette, ein Waschbecken und darüber einen Spiegel. Sie legte die Arme um ihn, und er spürte das Verlangen, das in ihr pulsierte.

»Sag, dass du mich willst«, flüsterte er und setzte sich auf den Klodeckel.

Sie schüttelte den Kopf. Er streckte die Hand aus und legte sie auf ihr blaues Kleid. Himmel, wie er Minikleider liebte!

»Ich weiß, dass du mich willst, ich fühle es. Sag's mir«, forderte er.

»Ja, ich will dich.« Ihr brach die Stimme.

Sie setzte sich auf seinen Schoß, und er glitt in sie. Es war ein göttliches Gefühl, in ihr zu sein. Er war so erregt und fühlte sich gleichzeitig so aufgehoben, denn hier gehörte er hin. Er versuchte, leise zu sein, aber das Gefühl war zu stark. Als ihm ein Stöhnen entwich, legte sie ihm eine Hand auf den Mund

und blickte ihn warnend an. Ihre Handinnenfläche schmeckte nach Radiergummi und Tinte. Alle Frauen, mit denen er bislang ausgegangen war, egal wie liberal und unkonventionell sie waren, hatten nach ein paar Monaten einen Ring am Finger tragen wollen oder sich irgendeine andere Form von Verbindlichkeit gewünscht. Marnie hingegen schien genau das Gegenteil zu wollen. Sie lebte sogar allein und hatte nicht das Bedürfnis nach Mitbewohnerinnen oder auch nur nach Freundinnen.

Schließlich kletterte Marnie von ihm herunter. Sie beugte sich über das winzige Waschbecken und spritzte sich Wasser ins Gesicht. Er hob ihre Spitzenunterhose auf und schlenkerte sie hin und her.

»Die hier sollten Sie nicht vergessen, Miss Regan.«

Sie entriss ihm das Höschen, musste aber gegen ihren Willen doch lächeln.

»Warum lass ich dich das alles mit mir machen?«, fragte sie, während sie in die Unterhose schlüpfte.

»Was alles?«, fragte er unschuldig zurück. »Mit dir schlafen? Dich glücklich machen? Was sollte denn daran falsch sein?«

»Du weißt schon, was ich meine.« Sie versuchte, die Stirn zu runzeln, aber es gelang ihr nicht.

»Na los«, sagte er. »Zieh die Lippen nach. Man vermisst dich bestimmt schon.«

Sie öffnete die Handtasche, holte den Lippenstift heraus und schminkte sich die Lippen nach, damit sie wieder frisch glänzten, dann steckte sie die Frisur zurecht.

Er sah, wie sie ihn im Spiegel betrachtete.

»Lewis«, setzte sie an und klang ernst. »Es ist Zeit.«

»Wovon redest du?«

»Es ist Zeit, dass du George von mir erzählst.«

Er gab keine Antwort. Er wandte den Blick ab und sah aus dem kleinen Fenster, das ständig offen stand. Es hatte wieder angefangen zu regnen. Der Wind hatte aufgefrischt, und ihn trafen ein paar vereinzelte Regentropfen. Ein umgedrehter herrenloser Regenschirm wurde von den Böen über die Straße geweht. Ein Taxi überfuhr ihn und zerdrückte ihn auf dem Asphalt zu einem verbogenen Gebilde aus Metall und Nylon.

»Hörst du, was ich sage, Lewis?«

Er wandte sich wieder ihr zu und sah ihr in die Augen. Sie hatten die gleiche Farbe, wie sie die Seen in Irland in seiner Vorstellung hatten. Ein derart tiefes Blau, dass man niemals bis auf den Grund gelangen würde.

»Ich werde es ihm sagen, klar«, versprach er. »Wir sind doch ein Team.«

Scottsdale, 23. März 1989

Joy zog ein Buch über Irland heraus. Es schien wie eine Fügung, dass sie von allen Büchern, die die Bücherei von Scottsdale für sie bereithielt, ausgerechnet einen Band voller Fotos aus Irland erwischt hatte.

Sie trug das Buch zu einem der Stühle an der verglasten Seite, von wo man den gepflegten Rasen vor dem Gemeindezentrum überblickte, streckte die Beine auf der Fensterbank aus und fing an, es aufmerksam durchzublättern. Es war voller Hochglanzfotos von saftigen grünen Weiden, weißen reetgedeckten Cottages und dem Meer – ach, der stürmische Atlantik. Unter jedem Foto stand ein Zitat eines berühmten irischen Schriftstellers: W. B. Yeats, Edna O'Brien, Eavan Boland und Seamus Heaney.

Es war nicht nur Einbildung – sie fühlte sich wirklich zu dieser Landschaft hingezogen. Dieses Land war ihr eigentlicher Wesenskern, auch wenn man sie als Baby von dort weggebracht hatte.

Die Seiten, über denen Joy besonders lange verweilte, waren die mit Bildern der tosenden See. Sie betörten sie, verführten sie, machten sie rasend vor Sehnsucht.

Sie hatte das Meer noch nie gesehen.

Als kleines Mädchen hatte sie Tagträumen nachgehangen, in denen sie an einem Strand saß und aufs Wasser hinaussah – sie musste noch nicht einmal hinein, sondern wollte nur den Wellen zusehen und lauschen, wie sie ans Ufer brandeten. Es war nicht wichtig, Sandburgen zu bauen oder Muscheln zu sammeln. Alles, was sie wollte, war, im Sand zu sitzen, ihn durch die Finger rieseln zu lassen und die Wellen zu zählen, die sich immer weiter den Strand hinaufarbeiteten und sich Zentimeter für Zentimeter ihren Zehen näherten.

Und dennoch hatte Joy mit ihren achtunddreißig Jahren das Meer nie gesehen. Ihre Eltern waren nicht viel gereist. Mom hatte Angst vor dem Fliegen und hasste lange Autofahrten. Sie hatte immer behauptet, dass die Reise von New York nach Arizona eine Erfahrung gewesen war, die sie kein zweites Mal machen wollte. In den Sommermonaten sank die Temperatur in Scottsdale selten unter achtunddreißig Grad, auch nachts nicht, und mit ihrer hellen Haut hatte Joy sich gequält. Sie hatte die Eltern gebeten, dass sie mit ihr an die kalifornische Küste fuhren oder an den Golf, aber ihre Mutter hatte sich noch nicht einmal getraut, die paar Hundert Meilen nach Mexiko zu reisen. Also waren sie Jahr für Jahr in den Sommerferien an denselben Ort gefahren, hinauf nach Prescott (wo es nur unwesentlich kühler war) und weiter nach Flagstaff hinein ins südliche Utah, wo sie und die Eltern am Navajo Lake Camping machten.

Ihr Vater hatte diese Landschaft geliebt, die hohen Pinien- und Espenwälder. Am Navajo Lake hatte Joy das erste Mal Schnee gesehen, als sie einmal im Juni dort ankamen und unter manchen Bäumen noch Schnee lag. Ihr Vater erklärte ihr, dass es daran lag, dass sie so hoch oben waren. Es war ein verwunschener Moment gewesen. Nie hatte sie vergessen, wie sich das eisige Pulver auf ihrer heißen Haut angefühlt hatte. In den folgenden Jahren hatten sie und ihr Vater es immer wieder geschafft, Schnee aufzustöbern. Das letzte Mal im Januar 1987, als sie direkt nach einem Schneesturm in die Santa Catalina Mountains gefahren waren. Der Anblick von Schnee auf Kakteen war gleichzeitig unvereinbar und wunderschön. Für jemanden, der den Schnee so liebte und ins Schwärmen über die Polarlichter und die Wildnis Alaskas geriet wie ihr Vater, fand Joy es überraschend, dass er sich ausgerechnet in Arizona niedergelassen hatte. Sie ahnte, dass die Eltern all die Jahre in Scottsdale geblieben waren, weil es ihrer Mutter so am liebsten war.

Als Joy Eddie geheiratet hatte – zu dem Zeitpunkt war sie mit Ray bereits im sechsten Monat schwanger –, hatte sie immer noch geglaubt, dass sie eines Tages aus Scottsdale weggehen würden. Schließlich war es Eddies Abenteuergeist gewesen, in den sie sich anfangs vor allem verliebt hatte. Damals war sie voller Hoffnungen. Sie wollte nicht nur durch ganz Amerika reisen, sondern auch darüber hinaus. Doch es war anders gekommen. Das Baby hatte sie gezwungen, sesshaft zu werden, und dann war sie ein zweites Mal schwanger geworden. Sie hatten die Unterstützung beider Familien gebraucht, und bevor sie wusste, wie ihr geschah, hatten sie sich in dem mintgrünen Haus in der Second Street niedergelassen – nur einen Katzensprung von ihren Eltern entfernt. In so jungen Jahren hatten sie mit der Verantwortung umgehen müssen, zwei Kinder großzuziehen und zu versorgen. Tatsächlich hatte Eddie sich dieser Aufgabe gestellt, er hatte sich als Makler selbstständig gemacht und Tag und Nacht gearbeitet, um für sie zu sorgen. Für Urlaube fehlten ihnen Zeit und Geld.

Als die Kinder größer wurden, war Eddie jedes Mal so erschöpft, wenn er sich ein paar freie Tage gönnte, dass er nichts anderes wollte, als zu Hause am Pool zu liegen, Freunde zum Grillen einzuladen oder auf einem der Golfplätze in der Umgebung mit seinen Kumpels zu spielen.

Sie hatte Eddie gebeten, eines Tages mit ihr ans Meer zu fahren. Er hatte es ihr versprochen, aber es war nie dazu gekommen. Jetzt, wo die Kinder erwachsen waren und sie mehr Geld hatten, hoffte Joy, dass sie endlich auf Reisen gehen könnten, aber wann immer sie es ansprach, meinte Eddie, er hätte zu viel Arbeit.

»In Arizona gibt es doch genug Seen und Flüsse«, sagte er. »Das ist doch auch nichts anderes. Wasser.«

Aber Joy wusste, dass der Salt River, Verde River, Apache River, Roosevelt Lake und selbst der mächtige Colorado River mit dem Ozean nicht zu vergleichen waren. Sie wollte das Salz in der Luft schmecken und zum Horizont hinausblicken, den sie bis in alle Ewigkeit niemals erreichen könnte.

Sie wandte sich wieder dem Buch zu. Das Bild vor ihr zeigte ein dramatisches Meerespanorama in einem Ort namens Sligo. Nicht weit vom Meer war ein Berg, dessen Spitze wie gekappt aussah. Darunter brandete die See an die Küste und sickerte zwischen die dunklen, algenüberwucherten Felsen. Sie las die Zeilen, die darunterstanden.

Komm hinfort, o Menschenkind!
Auf zu Wassern, Wildnis, Wind,
Mit einer Fee an deiner Hand,
denn auf der Welt gibt es mehr Tränen,
als je ein Kind verstand.

Das Gedicht hatte der irische Dichter William Butler Yeats vor vielen Jahren geschrieben, und dennoch fühlte es sich an, als galten die Worte nur ihr. Sie hatte Mitleid mit dem Kind in ihr, dem Baby, das verlassen und doch gefunden worden war. Der Teil von ihr, der zu Wassern und Wildnis gehörte, der im Innern an ihr zehrte und nicht zum Schweigen zu bringen war. Es war mehr als nur ein Wunsch; es war das Bedürfnis, dieses Land zu besuchen und in seine düsteren Ecken zu blicken, damit sie die andere Seite ihrer selbst verstehen konnte. Ein Ort, der so anders war als Arizona mit seinen ausgedehnten Wüstenflächen unter dem Gewicht des schweren, heißen Himmels. Sie spürte sie: die Rätsel und unvermuteten Wendungen Irlands, die verborgenen Täler und Senken, die Winkel und Ritzen. Sie alle wollte sie erforschen. Irgendwo dort war ihre Mutter.

Ein Schatten fiel auf sie, und gleich darauf hörte Joy eine Stimme, jenen klaren britischen Akzent.

»Hallo.«

Überrascht fuhr sie hoch und blickte auf. Da war er wieder. Lewis Bell. Er trug ein rotes Hemd, das sein dunkles Haar und die braunen Augen zur Geltung brachte. Sie ertappte sich dabei, wie sie ihn mit einem Lächeln begrüßte, während sie sich fragte, ob es so etwas wie eine Fügung des Schicksals gab. Was war es, das sie und Lewis immer wieder am selben Ort und zur selben Zeit zusammentreffen ließ?

Lewis nahm wahr, dass Joys Augenlider zitterten, als sie seinen Schatten auf sich spürte. Sie blickte auf, den Blick leicht verschleiert, als habe er sie aus dem Tiefschlaf geweckt.

»Hallo«, sagte er.

Er sah zu, wie zarte Röte sich auf ihre Wangen schlich, wodurch die übrige Porzellanhaut noch durchscheinender wirkte. Sie erkannte ihn und kam ganz zu sich.

»Hi«, sagte Joy. »Wie geht es Ihnen?«

»Gut.« Er beugte sich vor und tippte auf das Buch auf ihrem Schoß. »Was lesen Sie da?«

»Na ja, ich schaue es mir mehr an, als dass ich es lese.«

Sie hielt das Buch in die Höhe, und er las den Buchtitel:

Irland in Bildern und Gedichten. Wie merkwürdig, dass sie ein Buch über Irland las.

»Darf ich mal?«, fragte er.

»Natürlich.« Sie reichte es ihm.

Die Bilder zeigten dasselbe Irland, das er vor mehr als zwanzig Jahren kennengelernt hatte. Er blieb an einem Foto von Rosses Point hängen. Es sah malerischer aus, als er es damals im peitschenden Wind und Regen erlebt hatte. Über den Strand wölbte sich ein Regenbogen, der im aufgewühlten Meer endete. Das Gras oben auf der Klippe war satt und grün.

»Mein Gott, es ist so schön«, sagte er. »Und so anders als Arizona.«

»Waren Sie schon einmal in Irland?«, fragte sie ihn.

Er spürte, wie sich ihre blauen Augen in ihn bohrten. So als würde sie seine Geschichte kennen.

»Ja, vor langer Zeit. Ich hatte eine Freundin, die Irin war. Ich war mit ihr dort.«

Er blätterte weiter, gebannt von der weiten See und den grünen Feldern.

»Und was ist mit Ihnen?«, fragte er und blickte wieder zu ihr hinunter. »Ich muss schon sagen, Sie sehen aus wie eine Irin. Haben Sie dort Verwandtschaft?«

Sie senkte den Blick und kämpfte sich vom Stuhl hoch.

»Finden Sie, ich sehe aus wie eine Irin?« Noch immer blickte sie zu Boden. »Ich dachte, der typische Ire hätte rotes Haar und grüne Augen?«

»Nein, ganz und gar nicht«, erwiderte er. »Schwarzes Haar, helle Haut und blaue Augen – das ist typisch irisch. Genau wie Sie.«

»Wirklich?« Sie sah sie zu ihm hoch und lächelte schüchtern.

»Ja, Sie sind ein richtiges irisches Mädchen. Sie haben irische Vorfahren, oder?«

Wieder wandte sie den Blick ab. Sie trug ihre blauen Cowboystiefel. Er konnte nicht fassen, dass sie bei der Hitze Stiefel anhatte.

»Mehr oder weniger«, murmelte sie.

»Auf väterlicher oder mütterlicher Seite?«

»Beide«, flüsterte sie und sah ihn wieder an. »Das ist eine lange Geschichte.«

Sie wirkte noch peinlicher berührt als sonst, und plötzlich tat es ihm leid, dass er so persönliche Fragen gestellt hatte.

»Und«, wechselte er schnell das Thema, »war Ihre Tochter zufrieden mit den Einladungskarten?«

»Pscht! Können Sie bitte leise sein?«, ertönte eine gereizte Stimme hinter einem Bücherstapel, und sie lächelten einander verschwörerisch an.

»Sehr«, raunte sie. Er gab ihr das Buch zurück, das sie wieder ins Regal stellte. »Haben Sie gar nicht mit ihr gesprochen, als sie die Karten abgeholt hat?«

»Nein, ich war unterwegs und habe Besorgungen gemacht.«

Gemeinsam gingen sie auf den Ausgang zu. Draußen auf der Treppe blieb er unvermittelt stehen und drehte sich zu ihr.

»Wir scheinen uns ständig in die Arme zu rennen. Vielleicht ist das ja ein Zeichen, dass wir zusammen Kaffee trinken gehen sollten.«

»Ich bin verheiratet«, sagte sie mit angespannter Stimme.

»Oh, um Gottes willen, nein, ich meinte kein Date.« Er hielt eine Hand hoch und zeigte ihr seinen Ehering. »Ich bin auch verheiratet. Genau genommen seit einundzwanzig Jahren.«

»Ich auch.« Sie klang wieder milder.

»Ich dachte einfach an eine gemeinsame Tasse Kaffee – zum

Plaudern. Ich habe Urlaub, wenn Sie also gerade nicht zu viel zu tun haben …« Er verstummte. Er kam sich lächerlich vor, aber schwerer wog, dass er noch nicht nach Hause gehen wollte. Das Bild von Marnie Piper von 1968 brannte ihm im Gedächtnis. Er brauchte Ablenkung.

»Oh.« Mit gegen die Sonne zugekniffenen Augen blinzelte sie ihn an.

Eine lange Weile standen sie einfach nur da, und gerade als er sich entschuldigen und auf den Weg machen wollte, ergriff sie das Wort.

»Können Sie mir ein bisschen von Irland erzählen?«

»Waren Sie noch nie da?«

Sie schüttelte den Kopf. »Nein, aber ich würde so gern mal hin.«

»Ich war nur ein einziges Mal dort, vor vielen Jahren, aber natürlich können wir uns über Irland unterhalten.«

»Wir könnten auf ein Eis ins *Sugar Bowl* gehen. Mögen Sie Eis?«

»Klar.«

Sie spazierten durch den Park des Gemeindezentrums, vorbei an der neuen Veranstaltungsbühne. Es war ungewohnt, neben einer anderen als seiner eigenen Frau herzugehen. Sie war so viel kleiner als Samantha, die fast genauso groß war wie er selbst. Mit Joy fühlte er sich groß und auf eine Art wesentlich, wie es bei Samantha nie der Fall war.

»Wissen Sie«, sagte Joy, »ich war nicht nur noch nie in Irland, sondern auch noch nie am Meer.«

Verblüfft blieb er stehen. Er war in den Staaten des Mittleren Westens schon Leuten begegnet, die das Meer nie gesehen hatten, aber nicht Menschen wie Joy, die aussah, als gehöre sie ans Meer.

»Sie waren noch nie am Meer – nicht einmal in Kalifornien oder Mexiko?« Er konnte seine Erschütterung nicht verhehlen, obwohl er merkte, wie verlegen sie war.

»Ich war einmal in Chicago. Freunde von uns haben ein Haus gleich am Lake Michigan. Eddie meint, es ist genauso, wie wenn man am Meer ist.«

»Der See ist groß«, sagte Lewis, »aber es ist trotzdem eine völlig andere Erfahrung, weil er eben doch von Land umgeben ist.«

»Es ist peinlich, dass ich nie am Meer war«, sagte sie ein wenig entschuldigend. »Schon als kleines Mädchen habe ich davon geträumt hinzufahren.«

»Dann müssen Sie das unbedingt machen, unter allen Umständen«, erklärte er nachdrücklich. »Sie müssen das ganz oben auf Ihre Liste setzen.«

»So einfach ist das nicht.« Sie senkte den Kopf und sah so traurig aus, dass er das Bedürfnis hatte, ihre Hand zu nehmen.

»Sie müssen es einfach wahr werden lassen.«

Er hörte sich zu, wie er sie bestärkte. Doch wie kam er dazu, sie zu belehren, wo er selbst vor Jahren seine Träume aufgegeben hatte?

Im Grunde aber hatte Lewis tief im Innern nie aufgegeben. Die Postkarten waren wie ein kleines Wunder in sein Leben getreten. Ihm war klar, dass er noch an Samantha gebunden war. Er konnte seine Frau nicht einfach verlassen. Aber allein das Bewusstsein, dass Marnie noch an ihn dachte, ihn womöglich noch wollte, gab ihm das Gefühl zurück, etwas wert zu sein.

Rosses Point, Sligo, Irland, Ostermontag, 27. März 1967

Das Auto wurde von Wind und Regen durchgeschüttelt, und in der Luft hing der Geruch nach Kuhdung. Die Scheiben des Ford Cortina ihres Vaters beschlugen sich von ihrem Atem. Dennoch war es ein so erhebendes Gefühl, neben ihm zu sitzen, während er über die kleinen Hügelkuppen auf holprigen, kurvigen Sträßchen fuhr, die sich an der Westküste entlangschlängelten. Mehr als je zuvor fühlte sich Marnie von der puren, rohen Energie des Meeres beflügelt. Sie betrachtete die wilden, ohrenbetäubenden Wogen, die ans Ufer krachten und ihr einen Schauder über den Rücken jagten, und drehte sich dann zu Lewis. Sie wollte ihm mit den Händen durchs Haar fahren, seine Wangen mit Küssen bedecken, doch sie bremste sich. Ihr war klar, dass sie ihn vertreiben würde, wenn sie ihm ihre wahren Gefühle zeigte.

Marnie musste sich kneifen, weil sie nicht glauben konnte, dass Lewis Bell hier mit ihr in Irland war und Teil ihres Lebens wurde. Dieser Mann, der so schwer zu fassen war, so begehrenswert in seiner Unerreichbarkeit, hatte die Einladung angenommen, Ostern bei ihrer Familie zu verbringen. Marnie wusste nur zu gut, dass es naiv war, sich in ihn zu verlieben und davon zu träumen, dass er nur sie wollte, doch sie konnte nicht anders. Sie war wie berauscht von ihm.

Sie trafen sich erst seit Weihnachten. Noch nicht einmal drei Monate. Doch vom ersten Augenblick an hatten Funken gesprüht. Sie hatte sich immer geschworen, dass die Liebe sich ihren ehrgeizigen Plänen nicht in den Weg stellen würde. Aber war Lewis nicht sogar Teil ihrer Ambitionen? Eines Tages wären sie Partner in einer eigenen Grafikagentur. Womöglich sogar Partner in der Liebe und im Leben? Die Vorstellung ließ sie schwindeln vor Hoffnung.

Obwohl Lewis so englisch war in seinem Auftreten, fügte er sich wunderbar ein in ihre Familie. Sie war stolz auf ihn, wenn er in der Küche mit ihrer Mutter plauderte, während die ihn mit selbst gemachtem Schwarzbrot verköstigte.

»Sind Sie Katholik, Lewis?«, war eine der ersten Fragen von Mommy gewesen. Marnie hatte ihre Mutter zurechtgewiesen und gesagt, sie solle nicht so unhöflich sein. Doch zu ihrer großen Verwunderung war Lewis kein bisschen verärgert.

»Im Grunde wurde ich katholisch erzogen. Meine Mutter ist Irin.«

»So ist's gut.« Marnies Mutter nickte beifällig.

Marnie hatte Lewis' Offenheit überrascht. In London hatte er sich geweigert, über seine Kindheit zu reden, und hatte nur ein einziges Mal eine Mutter erwähnt, die er nie sah, und eine anstrengende jüngere Schwester.

Hier war Lewis anders. Im Laufe der Tage wurde ihr bewusst, dass es daran lag, dass er sich fern von London und dem ständigen Druck im Studio M endlich entspannte.

Ihr Vater war die meiste Zeit draußen auf dem Hof, und wenn er mal da war, redete er nicht viel, aber dann nahm er Lewis mit zu den Freunden in den Pub, und da wusste sie, dass auch er ihn mochte.

Als sie gemütlich zusammensaßen und an ihrem Guinness nippten, sagte Lewis, wie sehr er es liebte, ihr in ihrer Heimat zuzuhören.

»Du klingst hier ganz anders«, meinte er. »Deine Stimme ist so melodiös, beinahe als würdest du singen.«

Sie lachte beglückt über dieses Kompliment, und es kümmerte sie nicht, ob sie dabei ein wenig albern und schlicht wirkte.

Ununterbrochen fasste er sie an, strich ihr übers Haar, den Arm oder gab ihr heimlich einen schnellen Kuss, wenn ihre Eltern gerade wegsahen.

Sie hatten getrennte Schlafzimmer, und Marnie wagte nicht, gegen die Regel dieser Trennung zu verstoßen, aber auf diese Weise wurde die gemeinsame Zeit umso verführerischer. Es war Ostern, und sie gingen jeden Tag in die Kirche: Gründonnerstag zum letzten Abendmahl, die Kreuzwegandacht am Karfreitag und schließlich die große Ostermesse am Sonntag. Wenn sie neben Lewis in der Kirchenbank saß, spürte, wie sich sein Körper an sie presste, und seinen Duft einatmete, war es unmöglich, sich auf das Leiden Christi oder die Wiederauferstehung zu konzentrieren. Sie brachte es nicht einmal fertig, um die Vergebung ihrer Sünden zu bitten, dass sie der Versuchung nicht widerstanden und unverheiratet Sex gehabt hatte. Es tat ihr nicht leid, egal wie sündig sie damit war. Sie wollte nichts anderes, als Lewis in den Armen halten und ihn in sich spüren.

Es war der letzte Nachmittag. Von Strandhill fuhren sie an der Küste entlang Richtung Rosses Point. Irland kam ihr noch leerer vor als vor zwei Jahren, als sie weggegangen war. Es gab mehr Schafe als Menschen, doch hin und wieder begegneten sie einem der Kumpels ihres Dads, der auf dem Traktor dahintuckerte, oder einmal auch Maureen Farrelly, einer Freundin von Mom, die auf dem Fahrrad entschlossen gegen den Wind ankämpfte, während ihr das Kopftuch wie eine durchgedrehte Möwe um die Ohren flatterte.

Auf der Klippe am Rosses Point hielten sie einander in den Armen und ließen sich vom Wind durchpusten, der so stark war, dass er ihnen den Atem nahm.

Es war wohl der glücklichste Moment ihres Lebens. In Lewis' Armen sein, sich gegenseitig fest umklammern und gemeinsam den Naturgewalten trotzen.

Es fing an zu regnen, und sie rannten über den menschenleeren Strand und suchten in einer winzigen Höhle zwischen den Felsen Schutz. In den nassen Kleidern hielten sie einander im Arm und küssten sich wie im Rausch. Lewis erfüllte sie auf so vollkommene Weise. Er wusste es nicht, aber er war der einzige Mann, mit dem sie je geschlafen hatte. Das erste Mal nach der Weihnachtsfeier war sie so betrunken gewesen, dass sie sich kaum daran erinnern konnte, aber ihr war klar gewesen, dass sie ihn begehrte. Trotz der Tatsache, dass sie ihre Unschuld verloren hatte, hatte sie beim Aufwachen keinerlei Reue empfunden. Wenn ihre Mommy wüsste … Doch sie wusste nichts davon. Das alles war es wert. Ihre Leidenschaft beflügelte sie bei ihren Grafiken. Lewis war ein Teil von ihr, und sie war ein Teil von ihm. Ihre beiden Körper, ihr Geist und ihr Talent. Sie wollte, dass diese Verbindung ewig hielt.

Scottsdale, 23. März 1989

Warum nur hatte sie das *Sugar Bowl* vorgeschlagen? Wenn jemand sie nun sah und es Eddie erzählte? Sein Büro war nur wenige Blocks entfernt. Obendrein hatte sie Lewis ausgerechnet dorthin gebracht, wo sie und Eddie sich zum ersten Mal begegnet waren. Wie dämlich war das bloß!

Joy griff über die Brust zur anderen Schulter und hielt sich am Riemen der Handtasche fest. Instinktiv wollte sie sich schützen, während sie gleichzeitig versuchte, entspannt zu wirken. Sie war paranoid. Was war denn falsch daran, mit diesem Mann ein Eis essen zu gehen? Er war ja kein Fremder. Er hatte die Einladungskarten für die Hochzeit ihrer Tochter gedruckt. Sie hatten eine Stunde zusammen im Botanischen Garten verbracht, egal wie zufällig das gewesen sein mochte. Sie hatte von Anfang an klargestellt, dass sie verheiratet war, und dasselbe hatte er getan. Trotzdem musste sie sich eingestehen, dass Lewis Bell sie faszinierte, er selbst und der Weg, der ihn nach Arizona geführt hatte. Er schien hier ganz und gar nicht herzugehören.

Wie sehr aber wünschte sie, sie hätte ihm nicht erzählt, dass sie das Meer noch nie gesehen hatte! Nun wusste er, dass sie die Staaten nie verlassen hatte, und musste sie für die letzte Hinterwäldlerin halten.

Das *Sugar Bowl* hatte sich kein bisschen verändert seit jenem Tag, als Eddie sich zu ihr und Mary Lynn Baxter an den Tisch gesetzt hatte. Die rosa Möblierung war etwas verblasst, aber das Gefühl, einen Schritt zurück in die Vergangenheit zu machen, war schön. Und es gab hier immer noch das beste Eis in der Stadt.

Joy und Lewis saßen an einem runden Tisch am Fenster, das auf die geschäftige Scottsdale Road hinausging. Es war ihr unangenehm, als ein vertrautes Gesicht für die Bestellung an den Tisch kam. Heathers Freundin Carla sah in der rosa Uniform aus wie eine Wildkatze im Tutu. Joy spürte, wie ihr die Hitze in die Wangen stieg. Würde Carla Heather erzählen, dass sie mit einem fremden Mann zum Eisessen ging? Beinahe war sie dankbar dafür, dass zwischen Carla und Heather derzeit Funkstille herrschte.

»Hi, Mrs Sheldon«, sagte Carla, und neugierig blickten ihre großen braunen Augen von Joy zu Lewis. »Was kann ich Ihnen bringen?«

Carla war weniger freundlich als sonst, obwohl sie sozusagen zur Familie gehörte. Carlas Mom Rosa und Joy waren in der Highschool enge Freundinnen gewesen, und Joy kannte Carla seit ihrer Geburt. Ohne Zweifel aber war sie Joy gegenüber heute etwas kühl.

Joy sah auf die Karte. »Ich hätte gern den Buster-Brownie-Eisbecher, bitte, und einen Kaffee.«

»Und für mich die Spectacular Banana Bowl und auch einen Kaffee«, sagte Lewis.

Joy spürte, dass sie leicht rot wurde, als Carla ihren Begleiter musterte.

»Carla, darf ich vorstellen: Lewis Bell. Er hat die Einladungskarten für Heathers Hochzeit gedruckt«, platzte sie heraus, als wäre das Grund genug, um mit ihm im *Sugar Bowl* zu sitzen.

Carla zog die Stirn kraus. »Also zieht sie die Hochzeit wirklich durch?«, fragte sie und klopfte mit dem Schreibblock gegen ihren Rock.

»Aber natürlich. Bist du denn nicht ihre Brautjungfer?«

Carla schüttelte den Kopf. »Nie im Leben«, murmelte sie, kritzelte die Bestellung auf den Block und machte sich Richtung Küche auf, bevor Joy nachfragen konnte.

Joy war völlig vor den Kopf gestoßen. Sie konnte nicht fassen, wie Carla zu der Sache stand. Auch wenn ihr bewusst gewesen war, dass Carla die Hochzeit für eine schlechte Idee hielt – hier ging es um mehr. Heather und Carla waren schon ihr ganzes Leben lang Freundinnen, noch bevor sie in die Schule gekommen waren. Carla war wie ihre Mutter Rosa das einzige farbige Kind in der Klasse gewesen. Noch dazu war Rosa alleinerziehend. Die meisten anderen Mütter hatten sie irgendwie argwöhnisch betrachtet und so getan, als hätte sie vor, ihnen die Ehemänner auszuspannen. Joy war sich nicht im Klaren, ob die Vorbehalte daher stammten, dass Rosa unverheiratet war oder dass sie Mexikanerin war und der Vater des Kindes aus einer Familie indianischer Ureinwohner stammte. Manche dieser Frauen waren ehemalige Mitschülerinnen von Rosa und Joy, und das machte es noch erschütternder, dass sie so entschieden dagegen waren, dass ihre Kinder sich mit Carla trafen. Infolgedessen hatten Carla und Heather die ganze Schulzeit über zusammengehalten.

Die Mädchen waren in fast jeder Hinsicht Gegensätze. Heather war blond und hübsch wie Eddies Mutter, sie war sportlich, aber nicht besonders gut in der Schule. Carla hingegen war eine dunkle, sinnliche Schönheit, eine umwerfende Genkombination. Sie war klug und schrieb durchgehend die besten Noten. Doch trotz dieser Unterschiede waren die beiden Mädchen unzertrennlich. Joy mochte an Carla, dass sie sich ihrer eigenen Schönheit und ihrer Wirkung auf andere überhaupt nicht bewusst schien. Soweit Joy wusste, war sie noch nicht einmal mit einem Jungen ausgegangen. Ihre eigene Tochter war weniger bescheiden, manchmal war Joy Heathers Eitelkeit etwas peinlich, aber sie wusste, dass ihre Tochter ein gutes Herz hatte, und das war das Wichtigste. Es beunruhigte Joy, dass diese beiden guten Freundinnen sich wegen Heathers Hochzeit mit Darrell überworfen hatten. Heather wäre am Boden zerstört, wenn ihre beste Freundin am Tag der Hochzeit nicht an ihrer Seite wäre.

»Alles in Ordnung?«, fragte Lewis. Er hatte die Brille noch auf, die er zum Lesen der Eiskarte aufgesetzt hatte. Sie fand, dass er damit sehr kultiviert aussah, so wie sie sich einen englischen Professor vorstellte.

»Sie ist die beste Freundin meiner Tochter. Sie hatten einen Streit wegen Heathers Hochzeit. Aber ich weiß nicht, worum es ging.«

»Vielleicht gefällt ihr das Brautjungfernkleid nicht, die sind doch meistens scheußlich«, sagte Lewis und steckte die Brille in seine Hemdtasche.

»Ich wünschte, es wäre nur das«, erwiderte Joy, die Stimme gedämpft, weil Carla mit den Eisbechern an den Tisch kam.

»Das schmeckt wirklich köstlich«, rief Lewis und versenkte den Löffel in einen Berg aus Bananen und Vanilleeis.

Lewis fiel auf, dass er seit seiner Kindheit keine richtige Süßspeise mehr gegessen hatte, und er genoss jeden einzelnen Löffel.

»Wie lange leben Sie denn schon in Amerika?«, fragte Joy.

»Zu lange«, sagte er und schob sich einen weiteren Löffel Eis in den Mund. »Entschuldigung, ich will niemanden beleidigen, aber Arizona und London könnten nicht unterschiedlicher sein.«

»Ich weiß, das sagt mein Sohn Ray auch ständig.« Sie seufzte. »Er lebt zurzeit in London, und ich glaube nicht, dass er zurückkommen wird, wenn er es irgendwie vermeiden kann. Er liebt die Stadt.«

»Ach ja«, sagte Lewis, den Nostalgie überschwemmte. »Wenn man jung ist und in London, ist das wirklich berauschend! Sie sollten ihn besuchen.«

»Das werde ich. Ich habe mich schon um den Pass gekümmert.«

Lewis musterte Joy. Er war froh, dass sie eine Reise plante. Ihr Sohn würde doch bestimmt mit ihr ans Meer bei Essex oder Kent fahren.

Sie war nicht sein üblicher Typ. Sie war zierlich, dabei kurvenreich, ihr Gesicht war herzförmig, und sie hatte dunkelblaue Augen. Er konnte ihr unbesorgt so offen ins Gesicht sehen, denn sie beide hatten klargestellt, dass sie verheiratet waren, obwohl es ihm gar nicht so leichtfiel, nicht wenigstens ein bisschen zu flirten. Ihm kam es immer noch so vor, als wären sie einander schon einmal begegnet. Vielleicht lag es an ihrem irischen Aussehen: dunkles Haar wie Marnie, auch wenn es eine andere Schattierung hatte. Marnies Haar hatte ein so dunkles Kastanienbraun gehabt, dass es wie poliertes Mahagoni geschimmert hatte, wohingegen Joys Haar tiefschwarz war, sodass es beinahe blau wirkte wie die tiefste Nacht.

»Und warum sind Sie nach Amerika gezogen, noch dazu ausgerechnet hierher?«, fragte Joy noch einmal nach.

Seine übliche Verschlossenheit schwand. Er wollte Joy von seinem Leben erzählen.

»Die Familie meiner Frau lebt in Scottsdale. Wir sind vor über zwanzig Jahren zu Besuch hergekommen. Eigentlich wollten wir nicht lange bleiben, aber am Ende sind wir nicht mehr nach London zurückgekehrt.«

»Haben Sie Kinder?«, fragte sie und schob sich Eiscreme und Brownie in den Mund.

»Nein. Wir haben es versucht, aber, na ja, es sollte wohl nicht sein.«

»Das tut mir leid.«

»Und Sie? Sie haben mir natürlich von Ray und Heather erzählt, aber ... gibt es noch mehr?«

»Nein, das war's. Beide sind erwachsen und so gut wie flügge. Nach Heathers Hochzeit sind nur noch Eddie und ich übrig.«

Lewis wischte sich den Mund mit der Serviette ab und sah sie auf dieselbe Weise an wie zuvor in der Bibliothek. Es war ein Blick voller Bewunderung, und das ließ sie erröten. Sie senkte den Kopf und stellte fest, dass er wunderschöne Hände hatte. Lange, elegante Finger mit gepflegten, kurz geschnittenen Nägeln. Die Hemdsärmel hatte er hochgeschoben, auf den Unterarmen waren goldene Härchen und Sommersprossen. Aus unerfindlichen Gründen hatte sie das dringende Bedürfnis, seinen Arm zu berühren. Sie wollte die Wärme und Beschaffenheit seiner Haut fühlen.

Sie wandte den Blick ab und starrte auf ihren Eisbecher. Sie war vollkommen satt, trotzdem nahm sie noch einen Löffel und schob ihn in den Mund.

»Ich habe die ganze Zeit das Gefühl, dass wir uns kennen«, sagte Lewis.

»Vielleicht sehe ich aus wie jemand, den Sie früher gekannt haben? Ihre Freundin aus Irland vielleicht?«

»Nein«, meinte er. »Sie ähneln Marnie kein bisschen.«

»Wem ähnle ich dann?«, fragte sie. Ihre Neugier machte sie wagemutig.

»Ich habe wirklich keine Ahnung«, sagte er und legte den Löffel ab. »Es macht mich ganz verrückt.«

»Vielleicht habe ich einfach ein Allerweltsgesicht.« Sie zuckte die Schultern. »Und sehe aus wie tausend andere auch.«

»Nein.« Er schüttelte den Kopf. »Das kann man nun wirklich nicht behaupten, Joy.«

Die Art, wie er ihren Namen aussprach, hatte etwas ungemein Intimes. Unvermittelt hatte sie Schuldgefühle, weil sie hier mit diesem eleganten Mann, der nicht ihr Ehemann war, beim Eisessen saß.

»Vermissen Sie London?«, fragte sie, um das Gespräch von sich abzulenken.

»Ich vermisse es ganz schrecklich«, sagte er, selbst überrascht von der Intensität seiner Gefühle. »Ich vermisse alles an London. Sogar den Lärm, die schmutzige Luft, den Regen. Den Regen vermisse ich am meisten. Ich vermisse die verrauchten Cafés, in denen man ein englisches Frühstück und einen ordentlichen Tee bekommt. Ich vermisse Rinderbraten und Yorkshire-Pudding und die Pubs in England. Ich vermisse die verrückten Läden in der Carnaby Street, die Musik in den Clubs und die Kunst überall. Ich weiß, dass es heute ganz anders ist. Bestimmt hat sich alles völlig verändert. Noch dazu jetzt unter Margaret Thatcher. Es muss alles ganz anders sein. Aber ich stecke so tief in meinen Erinnerungen von damals fest und wünschte einfach, ich könnte dorthin zurück.«

»Die Welt verändert sich«, sagte Joy. »Denken Sie an Osteuropa und das, was sich hinter dem Eisernen Vorhang tut.«

»Die alten Regeln gelten nicht mehr«, stimmte er ihr zu. »Bald werden wir die Welt nicht mehr wiedererkennen.«

Ihn überkam der Drang, jemandem die Postkarten zu zeigen. Die naheliegende Wahl wäre Samantha, aber natürlich war seine Frau der letzte Mensch, dem er sie zeigen konnte.

»Es gibt da etwas«, sagte Lewis und zog die Postkarten aus seiner Jackentasche. »Marnie, das Mädchen aus Irland, das ich damals kannte, hat mir diese Karten geschickt. Ich habe einundzwanzig Jahre lang nichts mehr von ihr gehört oder gesehen, und jetzt das …«

Er warf die Karten auf den Tisch.

»Was schreibt sie denn?«, fragte Joy.

»Sehen Sie selbst.«

Sie nahm die Postkarten, und er beobachtete sie, wie sie eine nach der anderen betrachtete.

»Irgendwann kommt die Wahrheit ans Licht«, las sie laut vor. »Bin ich dein leuchtender Stern? Es ist Zeit.«

»Ich weiß, dass sie von Marnie sind, weil die Botschaften ganz persönlich sind. Diese Sätze haben für uns beide eine Bedeutung …« Er holte Luft. »Was denken Sie, was hat es damit auf sich?«

»Ich weiß es nicht.« Joy legte die Karten zurück auf den Tisch. »Ich denke mal, sie möchte, dass Sie Kontakt zu ihr aufnehmen.«

»Aber wenn sie das wollte, würde sie doch ihre Adresse oder die Telefonnummer draufschreiben.«

Joy wirkte nachdenklich.

»Die Botschaften sind schon etwas merkwürdig. Sie sind ja nicht gerade …« Sie machte eine Pause und kaute auf der Unterlippe. »Na ja, sie sind nicht sehr romantisch, finde ich. Die eine mit dem Stern vielleicht, aber die anderen beiden klingen fast ein bisschen wie Drohungen.«

»Meinen Sie, ich sollte nach Irland fliegen und nach ihr suchen?«

Überrascht blickte sie ihn an. »Würden Sie das tun?«, fragte sie. »Was ist mit Ihrer Frau?«

Er schüttelte den Kopf. »Ich weiß, es ist falsch, dass ich dorthin will. Es ist nur ... zwischen mir und Sam läuft es gerade nicht so gut, und ich kann einfach nicht aufhören, an Marnie zu denken. Ich meine ... womöglich habe ich vor all den Jahren die falsche Frau gewählt.«

Beschämt senkte er den Blick auf die Tischplatte. »Ich weiß auch gar nicht, warum ich Ihnen das erzähle. Sie müssen total entsetzt über mich sein.«

Zu seiner Verwunderung legte Joy ihre Hand auf seine. Sie fühlte sich so weich und leicht an, die Berührung erinnerte ihn an das Flügelflattern eines Vogels.

»Nein, natürlich nicht. Aber vielleicht sind die Karten ja ein Zeichen, und dabei geht es nicht sosehr um Marnie als um Samantha. Egal ob Marnie nun will, dass Sie sie kontaktieren, oder nicht – ist es nicht viel wichtiger, die Sache zwischen Ihnen und Ihrer Frau zurechtzurücken?«

»Ja«, erwiderte er, überrascht von der Klarheit ihrer Worte. »Ich bin ein Dummkopf.« Er steckte die Karten zurück in die Jackentasche und grinste sie an.

Joy konnte nicht umhin zu denken, dass er ein wunderschönes Lächeln hatte. In all den Jahren ihrer Ehe hatte sie nie einen anderen Mann begehrt, nicht im Traum. Aber Lewis war so anders als die Cowboy-Typen in ihrem Umfeld. Er war wie eine frische Brise an einem heißen Sommernachmittag.

»Okay«, sagte sie mit einem Blick auf die Uhr. »Ich sollte dann mal los. Ich muss noch das Abendessen kochen.«

»Ich weiß ja nicht, wie Sie nach diesem Rieseneisbecher noch etwas essen können!«, platzte Lewis heraus.

»Stimmt, aber Eddie wird Hunger haben.«

»Was macht Ihr Mann?«, fragte Lewis, stand auf und bot ihr seine Hand an.

»Er ist Makler. Er arbeitet sehr viel.« Seine Geste empfand sie als unglaublich charmant, und sie errötete, als er ihr aus dem Stuhl half.

»Nun, dann einen schönen Abend, und vielen Dank, dass Sie mir zugehört haben, Joy.« Er schüttelte ihr die Hand, und die Berührung seiner Finger ließ sie innerlich erbeben.

Sie richtete es so ein, dass Lewis vor ihr das *Sugar Bowl* verließ, indem sie erklärte, dass sie noch die Toilette aufsuchen wolle. Dann trat Joy an den Tresen und gab Carla ihr Trinkgeld.

»Mann, dieser Buster-Brownie-Becher war wirklich toll.«

»Ja, auch wenn er mörderisch ist für die Figur«, sagte Carla, die Hände auf ihre schmale Taille gelegt. Sie hatte sich das schwarze Haar aus dem Gesicht gebunden, und die dunkle Haut war wie glatt poliert. Sogar in der grellen *Sugar-Bowl*-Uniform gelang es ihr, hübsch auszusehen.

»Du solltest mal vorbeikommen. Heather vermisst dich.«

Carla runzelte die Stirn. »Das geht nicht.«

»Habt ihr zwei euch zerstritten?«

»Das ist es nicht«, sagte Carla. Ihr war anzumerken, dass sie sich unbehaglich fühlte. »Aber so ist es einfacher.«

»Warum willst du denn nicht, dass sie Darrell heiratet?«, insistierte Joy. »Ich dachte, du magst ihn. An der Highschool wart ihr drei doch befreundet.«

»Ich mag Darrell, ja. Die Sache ist nur … Na ja, meinen Sie denn, dass Heather sich selbst gegenüber aufrichtig ist, Mrs Sheldon?«

Auf der Heimfahrt konnte Joy nicht aufhören, an Carlas Worte zu denken. Was meinte sie damit, ob Heather sich selbst gegenüber unaufrichtig war? Sie wusste, dass Carla fand, Heather sei zu jung zum Heiraten und sie ans College gehen sollte so wie sie selbst, aber es steckte noch mehr dahinter. Sie erkannte es an Carlas Körpersprache. Das Mädchen war verletzt. Zu verletzt, als dass es nur um die Hochzeit der besten Freundin gehen konnte, denn Carla hatte sonst nie über andere Menschen geurteilt. Da war sie ihrer Mutter Rosa ganz ähnlich. Die Gleichmut lag ihnen im Blut.

Joy hielt an der Kreuzung von Goldwater und Second Street, und plötzlich erinnerte sie sich an etwas. Es war ein Augenblick gewesen, den sie kaum registriert hatte. Es war vielleicht vier Monate her; Carla hatte bei ihnen übernachtet, und die Mädchen hatten sich bereit erklärt, das Geschirr zu spülen. Sie und Eddie waren im Wohnzimmer und sahen sich im Fernsehen ein Golfspiel an, aber Joy hatte sich so gelangweilt, dass sie beschlossen hatte, sich zu den Mädchen zu gesellen. Als sie in die Küche trat, hatte sie noch gesehen, wie ihre Tochter mit dem Finger voller Schaum über Carlas Wange strich, und sie hatten einander mit einem bedeutungsschweren Blick angesehen.

Sobald sie Joy bemerkten, waren sie auseinandergespritzt, aber sie hatte es sich nicht nur eingebildet, denn die Schaumbläschen des Spülmittels hatten auf Carlas Gesicht eine Liebeslinie hinterlassen.

Mit Wucht brach die Erkenntnis über Joy herein. Natürlich! Sie stand an der Kreuzung, unfähig weiterzufahren, und nahm das hupende Auto hinter sich gar nicht wahr. Carla liebte ihre Tochter. Kein Wunder, dass sie nie einen Freund gehabt hatte – sie interessierte sich nicht für Männer. Und Heather? Wie stand es mit ihr?

In jenem flüchtigen Augenblick war es ihre Tochter gewesen, die Carla berührt hatte, nicht umgekehrt.

London, 13. April 1967, 12:57 Uhr

Wusste George von der heimlichen Affäre?

Lewis war dabei, Marnie in den Mantel zu helfen, als der Chef in der Tür zu seinem Büro auftauchte und den Kopf zur Seite neigte.

»Gehen Sie beide gemeinsam zum Mittagessen?«

»Nein, ich helfe Miss Regan nur in den Mantel.«

»Immer der perfekte Gentleman, na, Lewis?«

George lehnte im Türrahmen und trommelte mit den Fingern an die Wand. »Nun, meine Liebe, ich fürchte, ich muss Sie hierbehalten«, sagte er zu Marnie. »Es gibt einen dringenden Brief zu tippen.«

Gehorsam schlüpfte Marnie wieder aus dem Mantel und hängte ihn über die Rückenlehne ihres Stuhls.

»Wir sehen uns im *The Plough*«, flüsterte Lewis, als sie, den Stenoblock in der Hand, an ihm vorbeieilte.

George tätschelte ihr den Po, als sie in sein Zimmer trat, und zwinkerte Lewis zu. Lewis hatte den dringenden Wunsch, seinem Chef eine Ohrfeige zu verpassen.

Er trat hinaus auf die Straße, schlug den Kragen hoch, um sich vor dem Regen zu schützen, und bemühte sich, das Bild von Georges Hand auf Marnies Po aus seinem Kopf zu vertreiben. Er sagte sich, dass sich George allen jungen Frauen gegenüber so verhielt, aber er wusste auch, dass George durchaus in der Lage war, Marnie die ganze Mittagspause über zu beanspruchen. Er versuchte, sich auf Ideen für das Logo von Phoenix International Airlines zu konzentrieren, aber ihm fiel einfach nichts anderes ein als der dämliche Kaktus oder das Klischee mit dem aus der Asche aufsteigenden Phönix. Er brauchte Marnies Hilfe.

Trotzdem verfiel Lewis nicht in Panik. Manchmal hatte er den Eindruck, dass er sein Soll an Pech erfüllt hatte, als er ein Kind war. Und selbst damals hatte er die Fähigkeit besessen, die Dinge für sich zum Vorteil zu kehren. Er glaubte an das Glück. Und, was wichtiger war, er glaubte an *sein* Glück. So wie jetzt, denn ausgerechnet Eva Miller kam ihm in diesem Moment entgegen, beladen mit Einkaufstüten, in einer davon ein riesiger Strauß Narzissen. Er war gerettet. Ganz bestimmt würde Eva Miller nicht zulassen, dass ihr Mann die Mittagspause allein mit Marnie verbrachte.

Eva lächelte, als sie ihn bemerkte. »Oh, hallo«, sagte sie. »Sind Sie auf dem Weg zum Mittagessen?«

»Ja, Mrs Miller. Wo haben Sie denn die vielen Narzissen her?«

»Die habe ich vom Markt in Covent Garden. Ich liebe Osterglocken, sie erinnern mich so an zu Hause.«

Eva war zu alt für ihn, aber er nahm durchaus wahr, wie schön sie war. George hatte mehrmals betont, dass David Bailey einmal angefragt hatte, ob er Eva fotografieren könne.

Lewis holte Zigaretten heraus und bot ihr eine an.

»Und, wie geht's dem Chef?«, fragte Eva.

»Arbeitet wie üblich zu viel«, antwortete Lewis und gab ihr Feuer. Aus der Nähe sah er die feine Puderschicht auf ihren Wangen und den Film aus schwarzer Wimperntusche.

»Nun, dann wird der feine Herr seinen Bleistift für eine Stunde hinlegen müssen. Er hat versprochen, dass wir heute zusammen zum Mittagessen gehen. Nach dieser Einkaufstour brauche ich dringend einen Campari.«

Sie warf die nur halb aufgerauchte Zigarette auf den Gehsteig und trat sie mit einer Drehung des Absatzes ihrer roten Lacklederstiefel aus.

»Sagen Sie bloß nicht, dass er Ihre Marnie die Mittagspause wieder mal durcharbeiten lässt?«

Der Regen hatte nachgelassen, und Eva löste den Gürtel ihres Mantels. Sie blickte ihm geradewegs ins Gesicht, und er spürte, wie ihm die Röte in die Wangen stieg. Sie wusste von ihm und Marnie. Wie in aller Welt hatte sie es herausgefunden?

»Ach, machen Sie sich keine Gedanken.« Sie grinste und tätschelte ihm den Arm. »George hat nicht die leiseste Ahnung. So Sachen bemerkt er nie. Mir fällt so was sofort auf, ich habe es vom ersten Tag an gewusst.«

»Ich weiß gar nicht, wovon Sie sprechen, Mrs Miller«, sagte er, peinlich berührt von ihrer Vertraulichkeit.

Sie beugte sich vor und stupste ihn mit der behandschuhten Hand an. »Ach, was sind Sie nur für ein Charmeur! Ihr Männer seid schon wirklich Früchtchen.«

Er nahm einen letzten Zug. »Sind wir das?«

»Ich weiß es immer genau, wenn George eine Affäre hat. Er denkt, er kommt damit davon, dabei bin ich es, die ihn davonkommen lässt.«

Ihre Augen trübten sich ein wenig ein, und das Lächeln verschwand von ihren Lippen. »Da gibt es einen Unterschied.«

»Aber ich bin nicht verheiratet«, widersprach Lewis, ohne recht zu wissen, was er da sagte.

»Ich weiß«, meinte Eva. »Aber ein Mädchen wie Marnie ist etwas ganz Besonderes.«

»Entschuldigen Sie, Mrs Miller, aber ich habe den Eindruck, dass hier ein Missverständnis vorliegt. Da ist wirklich nichts ...«

»Geben Sie einfach acht, mein Lieber«, sagte sie lachend, und ihr Mantel flatterte auf. Unter der Chiffonbluse konnte Lewis die Umrisse eines schwarzen Büstenhalters ausmachen. »Lassen Sie sie nicht sitzen, wenn Sie genug von ihr haben.« Und sie schnippte seine Krawatte hoch, bevor sie sich auf den Weg machte.

Verblüfft stand er da. Dass sie die Frau des Chefs war, berechtigte sie nicht dazu, sich in sein Privatleben einzumischen.

Er hatte bereits das erste Bier getrunken, als Marnie eintraf. In ihrem Gin Tonic waren die Eiswürfel geschmolzen; der Brotzeitteller, den er für sie beide bestellt hatte, war noch unangetastet.

»Meine Güte, der Chef ist wirklich ein schrecklicher Lustmolch«, sagte Marnie, sobald sie sich hingesetzt hatte.

»Was zum Teufel hat er angestellt?«, fragte Lewis aufgebracht. »Es ist mir egal, ob es George ist oder nicht, der kriegt von mir was auf die Nase.«

»Beruhige dich, es sind immer nur jämmerliche Anspielungen. Er macht nie mehr, als mich in den Po zu zwicken. Glücklicherweise ist Eva aufgetaucht.«

Lewis war überrascht, dass Marnie ihren Vornamen benutzte. »Seid ihr zwei befreundet?«

»Ein bisschen«, sagte Marnie und nippte an dem Gin Tonic. »Du weißt doch, dass ich hin und wieder bei den Jungs babysitte. Wir haben mehr gemeinsam, als man denken würde.«

»Nun, dann hoffe ich, das bedeutet nicht, ich bin so wie George.«

»Mach dir keine Sorgen.« Sie lächelte ihn an, und in den Augenwinkeln bildeten sich amüsierte Falten. »Erzähl mir, was heute Vormittag los war. Was hat George gesagt?«

»Er war so beeindruckt von den Entwürfen, dass er mich zum Agenturpartner machen will.« Er strahlte sie an.

»Lewis, das ist großartig.« Sie sprang vom Stuhl auf und umarmte ihn unbeholfen über den Tisch hinweg. »Sagst du ihm, dass wir das zusammen entworfen haben, wenn wir nachher zurück im Büro sind?«

»Vielleicht noch nicht heute Nachmittag«, erwiderte er. »Aber wenn ich dann mal Partner bin, hole ich dich ins Team.«

Marnie war enttäuscht. »Versprichst du mir das?«

»Natürlich. Ich werde Partner im Studio M. Da habe ich doch das Recht, dich zu befördern.«

Sie riss ein Stück Brötchen ab und zerdrückte es zwischen den Fingern, bevor sie es ungegessen auf den Teller fallen ließ.

»Aber ich dachte, du erzählst es George heute. Ich will nicht so lange warten, bis du Partner bist. Ich dachte, wir sind ein Team.«

»Wir werden ein Team sein – ganz bald. Verstehst du das denn nicht, Marnie?«

Mit dem Finger malte sie einen gleichmäßigen Kreis auf ihr beschlagenes Glas. »Ich finde das nicht fair.«

Überrascht sah er sie an. »Wie meinst du das?«

»Ich mache die ganze Arbeit. Und du wirst Partner. George denkt, dass meine Entwürfe von dir stammen. Das ist nicht richtig, Lewis.«

»Die Arbeit stammt auch von mir, Marnie. Du hast mir geholfen, das stimmt schon …«

»Wie bitte?«, zischte sie, und auf ihren Wangen zeichneten sich rote Flecken ab.

»Sieh mal, George macht mich zum Partner, und für dich ist das doch auch wie eine Beförderung. Verstehst du denn nicht?

Er würde nie akzeptieren, dass eine Frau als leitende Grafikerin arbeitet.«

Marnie schüttelte den Kopf. »Bist du dir da so sicher?«

Lewis war unbehaglich zumute. Diese Reaktion hatte er nicht erwartet.

»Warum müssen wir dauernd lügen?« Sie suchte seinen Blick. Die von der Tusche verklebten schwarzen Wimpern sahen aus wie Spinnenbeine.

»Weil es die einzige Möglichkeit ist, das zu erreichen, was wir wollen«, sagte er so behutsam wie nur möglich.

»Aber es ist nicht das, was *ich* will, Lewis.«

Er beugte sich vor und nahm ihre Hand, aber sie lehnte sich auf der Sitzbank zurück und verschränkte abwehrend die Arme.

»Ich will das nicht machen«, sagte sie. »Ich will nicht lügen.«

»Wir belügen doch niemanden, Marnie. Wie legen einfach noch nicht alles offen, sondern warten auf den richtigen Zeitpunkt. Das ist ein Unterschied.«

»Ich habe dir heute Morgen schon gesagt, dass es Zeit ist. Ich kann nicht länger warten, Lewis.«

Er stand auf und setzte sich neben sie auf die Bank, zog ihr die Arme von der Brust und hielt sie fest umklammert.

»Denk dran, was ich heute Morgen zu dir gesagt habe, Marnie. Ich liebe dich. Bitte vertrau mir. Du musst nur noch ein bisschen länger warten, Liebling. Ich werde es wiedergutmachen, versprochen.«

Sie wandte sich ihm zu. So kühl und so ernst hatte er sie noch nie erlebt.

»In Irland warst du ganz anders«, sagte sie plötzlich.

Er verstand sie nicht. Was hatte ihr Osterurlaub in Irland mit all dem hier zu tun?

»Nein, ich bin immer noch derselbe. Ich habe dieselben Gefühle für dich. Das mit uns ist etwas ganz Besonderes. Bitte mach es nicht kaputt.«

»Ich kann nicht warten, bis man dich zum Partner macht. Ich kann einfach nicht länger warten.«

»Wenn du wirklich meinst, dann sage ich es George heute Abend beim Essen mit dem Typen von Phoenix Airlines. Wir machen die Bewerbung für das neue Design zusammen, okay?«

Ihre Augen leuchteten auf. »Meinst du das ehrlich?«

»Ja.« Er küsste sie auf die Lippen und lehnte sich dann zurück, um ihr über die Wange zu streicheln. Am liebsten würde er jetzt mit ihr schlafen. »Du hast recht. Es ist ungerecht. Ohne dich bin ich nichts, Marnie«, flüsterte er ihr ins Ohr. Sein Verlangen war übermächtig.

Als sie seinen Kuss erwiderte, spürte er ihre Liebe zu ihm. Sein Körper wurde von Gefühlen überschwemmt, und die Jahre fielen von ihm ab. Plötzlich war er wieder der kleine Junge, der nach jemandem suchte, der ihn liebte.

Berkshire, 7. Juli 1955

Ein silberner Fisch sprang aus dem Fluss, schnappte nach einer Fliege und verschwand wieder unter der sich kräuselnden Wasseroberfläche. Die heiße Sommersonne brannte ihm auf den Nacken, und er spürte die kleinen Härchen in der Hitze prickeln. Er saß neben Onkel Howard am Ufer, Alfie, der Irish Setter, döste in der Sonne, und sie angelten Forellen. Lizzie kniete im Gras, flocht Gänseblümchenkränze und trällerte irgendeinen Unsinn vor sich hin. Ihre hohe Stimme störte die Harmonie dieses Sommertages.

»Pscht!«, sagte Onkel Howard. »Wir müssen still sein, sonst verscheuchen wir die Fische.«

Lizzie hörte auf zu singen, nahm den Kranz aus Gänseblümchen und legte ihn sich um den Hals. Am Ende der Angel spürte Lewis einen leichten Zug. Er holte sie ein. Hatte er seinen ersten Fisch gefangen? Wäre Onkel Howard stolz auf ihn? Doch als die Angelleine aus dem Wasser auftauchte, hing daran nur das tropfende Blatt einer Seerose.

»Pech«, meinte Onkel Howard und zwinkerte ihm zu.

Lewis pulte die schleimige Seerose vom Haken. Er musste unbedingt einen Fisch fangen. Onkel Howard hatte schon zwei erwischt und er noch keinen einzigen. Er nahm einen neuen Wurm aus der Kiste und spießte ihn auf den Haken; mit Schwung holte er nach hinten aus und warf die Leine wieder aus. Er sah zu, wie sie über die Wasseroberfläche flog, als sei sie auf der Flucht vor ihm.

»Guter Wurf«, sagte Onkel Howard.

»Ich muss auf die Toilette«, erklärte Lizzie.

»Du kannst dort hinten zwischen die Bäume gehen.« Onkel Howard deutete mit dem Kopf auf ein kleines Wäldchen auf der anderen Seite der Wiese.

»Ich will da aber nicht allein hingehen«, jammerte Lizzie. »Lewis soll mitkommen.«

»Kannst du nicht noch ein bisschen aushalten, Lizzie?«, sagte Lewis, der einen starken Ruck an seiner Leine spürte. Die Angel bog sich. »Ich glaube, diesmal ist was dran.«

Etwas spritzte auf. Erregung durchfuhr ihn, als er den Rücken einer braunen Forelle erkannte, die sich im Wasser wand und zappelte.

»Gut gemacht, Junge«, sagte sein Onkel. »Hol sie ein.«

»Ich muss aber jetzt!«, brüllte Lizzie. »Ich kann nicht warten ... Ich kann nicht warten ...«

»Lizzie!«, rief Lewis. »Ich kann doch jetzt nicht loslassen!«

»Ich geh mit ihr«, bot Onkle Howard an. »Halt sie gut fest.«

Er nahm Lizzie an der Hand und führte sie zu dem Wäldchen, während Alfie hinter ihnen hertrottete.

Es war ein großer Fisch. Lewis konnte gar nicht fassen, wie viel Kraft er hatte. Der Fisch zog ihn nach vorn, sodass seine Füße über das grasbewachsene Ufer rutschten.

»Nein, das tust du nicht«, schrie Lewis. »Ich hab dich.«

Die Angelrute bog und spannte sich, und mit aller Kraft zog er sie zu sich. Plötzlich spritzte die Forelle aus dem Wasser und flog durch die Luft. Lewis fiel auf den Rücken, als der Fisch neben ihm auf der Wiese landete. Sie sah ihn mit vorwurfsvollen Fischaugen an, verzweifelt kämpften die Kiemen ums Überleben. Er nahm das große Messer, mit dem Onkel Howard die Fische tötete, und stand über der Forelle. Er musste sie töten, aber er wollte nicht. Jetzt nicht mehr. Sie zu fangen war genug. Er wollte sie zurück in den Fluss werfen, aber das ging nicht. Onkel Howard würde ihn für einen Schwächling halten.

Gerade wollte er die Forelle mit einem Stich ins Herz töten, da tauchte Lizzie zwischen den Bäumen auf. Sie brüllte und rannte fort von dem Wäldchen, als gäbe es dort Ungeheuer. Sie rannte an Lewis vorbei, rutschte die nasse Uferböschung hinunter und sprang in den Fluss.

»Lizzie!«

Er ließ das Messer fallen und rannte hinter ihr her. Er watete ins Wasser und versuchte, sie herauszuziehen, aber es brauchte sie beide, ihn und Onkel Howard, um Lizzie zum Herauskommen zu bewegen. Auch Alfie war im Wasser und bellte sie aufgeregt an. Der Fluss war jetzt eine aufgewühlte braune Brühe und sämtliche Fische im Umkreis von Meilen vertrieben. Seine Schwester war völlig durchgedreht, zitterte in ihrem Sommerkleid, zwischen ihren Zehen hingen Flusspflanzen, und über ihr Gesicht liefen Tränen und Rotz.

Onkel Howard wischte ihr das Gesicht mit seinem Taschentuch ab und trug sie die Böschung hinauf.

»Was ist passiert?«, fragte Lewis.

»Sie hat sich in die Brennnesseln gesetzt.«

»Das ist alles?«

»Na ja, ich glaube, das kann ziemlich schmerzhaft sein ...« Onkel Howard lächelte nicht, er war ganz anders als sonst.

»Du hast sie erwischt«, sagte er, als er die Forelle entdeckte, die jetzt tot am Boden lag. »Aber es ist grausam, wenn man sie nicht gleich tötet. Du musst ein Mann sein und es sofort machen.«

Lewis wollte es erklären, ließ es aber dann doch bleiben. Der Angelausflug wurde abgebrochen. Wie immer hatte seine Schwester alles kaputt gemacht.

Sechs

Widerstand

Scottsdale, 23. März 1989

Joy war spät dran. Wie lange hatte sie hier an der Kreuzung gesessen, gerade mal einen Steinwurf von zu Hause entfernt, während die Autos hinter ihr hupten und um sie herumfuhren, und hatte an Heather und Carla gedacht? Panik machte sich in ihr breit, als sie die letzten Meter nach Hause fuhr. Sie musste einen klaren Kopf bekommen. Eddie würde sich ärgern, wenn sie zu spät kam. Er kam immer Punkt fünf zum Abendessen nach Hause und fuhr danach noch einmal zu Besichtigungsterminen. Oft arbeitete er bis tief in die Nacht.

Es war Viertel nach fünf. Sie hatte ihm nichts zu essen hingestellt, und sie hatte keine Ahnung, was sie kochen sollte. Ihr Kopf war vollkommen leer.

Sie machte eine Kehrtwende und fuhr zum nächsten Supermarkt. Drinnen lief sie die Gänge ab, während ihre Gedanken kreisten. Was sollte sie kochen? Burritos? Sie hatte gestern Abend erst welche gemacht und am Abend davor Enchiladas. Sie konnte nicht schon wieder etwas Mexikanisches machen, Eddie hätte keine Lust mehr darauf. Er war nicht so verrückt nach scharfem Essen wie sie.

Meine Tochter ist lesbisch!

Wie wäre es mit Steak und Pommes, gut und einfach? Aber das Schälen und Schneiden der Kartoffeln würde zu lange dauern, und um ehrlich zu sein, war ihr schon die Vorstellung von blubberndem Öl in der Fritteuse zuwider.

Lieben sich Heather und Carla?

Es wäre so viel einfacher, wenn sie mit Eddie essen gehen könnte, aber er musste danach ja wieder in die Arbeit.

Sollte sie es Eddie erzählen?

Sie könnte zu McDonald's fahren und dort etwas holen. Das hatte sie noch nie gemacht. Sie könnte es ihm als etwas Besonderes verkaufen.

Was ist mit der Hochzeit?

Als sie zur Verandatür hereinplatzte, in einer Hand die braune McDonald's-Papiertüte, in der anderen den Papptäger mit den Shakes, wusste sie, dass sie einen Riesenfehler gemacht hatte. Eddie saß vor dem Fernseher und starrte wütend auf den Bildschirm, wo ein Golfturnier gezeigt wurde. Sie stand auf der Türschwelle und wusste nicht, was sie sagen sollte.

Sie stürmte an ihm vorbei in die Küche. Seit heute Morgen hatte sich dort nichts verändert. Das schmutzige Geschirr stand noch in der Spüle, die leere Apfelkuchenform auf dem Tresen, die halb leere Kaffeetasse mit ihren rosa Lippenstiftspuren auf dem Tisch.

Sie hetzte herum, holte zwei Teller aus dem Schrank und

stellte sie auf den Tisch. Sollte sie Besteck hinlegen? Konnte man einen Hamburger von McDonald's mit Messer und Gabel essen?

»Wo warst du?«

Joy fuhr zusammen. Ihr war gar nicht bewusst gewesen, dass er die ganze Zeit hinter ihr gestanden hatte.

»Es tut mir leid, Liebling, ich habe die Zeit aus den Augen verloren. Ich war in der Bücherei.«

Sie wandte sich um und lächelte schwach. Er erwiderte ihr Lächeln nicht. Genau genommen wirkte er geradezu steif vor Missmut. Alles, was sein Gesicht früher so attraktiv gemacht hatte, hatte sich in Härte verwandelt. Die braunen Augen waren schwarz wie Tinte, das blonde Haar hatte den goldenen Schimmer verloren, und der Haaransatz ging zurück, sodass seine Stirn noch höher wurde.

»Na, wie schön für dich. Während ich mir den Arsch aufreiße, damit ich die Hochzeit unserer Tochter bezahlen kann, machst du dir eine nette Zeit in der Bücherei?«

»Ich habe mir Bücher über Irland angeschaut«, platzte sie zur Verteidigung heraus.

Mit einer giftigen Mischung aus Sarkasmus und Mitleid sah er sie an. »Du liebe Güte, Joy! Irland?«

»Ja«, erwiderte sie nervös, nahm Papierservietten heraus und faltete sie zu Dreiecken. »Ich überlege, ob ich nicht hinfahren und meine Mutter suchen soll.«

»Aber Schatz, du weißt, das ist keine gute Idee.« Er klang etwas besänftigt.

»Ich muss einfach wissen, woher ich komme und wer ich bin«, rechtfertigte sie sich.

»Das ist doch Quatsch, und das weißt du auch, Joy.« Eddie packte sie an den Schultern und zwang sie, ihm ins Gesicht zu sehen. »Deine Mutter hat dich weggegeben. Sie wollte dich nicht. Warum willst du dir den ganzen Tort antun, bis nach Irland reisen, um dort irgendeine alte Frau zu suchen, der du völlig egal bist?«

Sie erwiderte nichts. In gewisser Hinsicht hatte Eddie recht. Was hatte sie davon? Sicher würde sie sich noch schlechter fühlen, wenn sie nach Irland fuhr, aber unter der Angst spürte sie eine Kraft, die sie antrieb, einen Wunsch, den sie nicht ignorieren konnte. Sie musste einfach nach Irland und sehen, woher sie stammte. Sie würde eine Klippe finden, irgendwo im Westen Irlands, so wie die, die sie und Lewis heute in dem Buch betrachtet hatten. Sie würde auf den wilden Atlantik hinausblicken und ihn in sich aufnehmen.

»Was zum Teufel ist das hier?«, meinte Eddie und deutete auf das Essen. Er schnippte gegen den Rand der Papiertüte auf dem Küchentresen.

»Ich dachte, wir gönnen uns heute mal was Besonderes. Ich habe dir einen Big Mac geholt.«

»Ich esse kein Junkfood. Solltest du das mittlerweile nicht wissen?«

Mutlosigkeit überkam sie. Sie hatte es wieder einmal vermasselt.

»Diesen Müll kann ich nicht essen«, sagte er und verließ die Küche. »Ich hol mir nach der Arbeit irgendwas.«

»Es tut mir leid, Eddie. Ich koche etwas.« Sie hörte ihre klägliche Stimme und hasste sich für ihre Unterwürfigkeit, aber sie konnte nicht anders, als sich schuldig zu fühlen.

»Vergiss es«, erwiderte er und schnappte sich die Autoschlüssel. »Ich habe doch gesagt, dass ich mir etwas hole.«

»Aber wenn ich dir was für nachher koche? Vielleicht ein schönes Steak?«

»Mach dir keine Mühe, es kann spät werden«, sagte er. »Ist schon in Ordnung, wirklich. Ich muss jetzt los.«

Er sah sie kaum an, als er das Haus verließ. Laut fiel die Tür hinter ihm ins Schloss. Sie war sich nicht sicher, ob das Absicht war.

Zitternd stand sie im Wohnzimmer. In gewisser Hinsicht war sie erleichtert, dass das Ganze nicht zu einem ausgewachsenen Streit eskaliert war, andererseits aber war sie angewidert von sich selbst. Warum konnte sie ihm nicht sagen, dass er sich selbst um sein Abendessen kümmern sollte? Weil es ihre Aufgabe war. Er kümmerte sich um sie, und sie kümmerte sich um ihn. Trotzdem hatte Joy das Gefühl, dass sie nie die Wahl gehabt hatte. Eddie hatte immer Makler werden wollen. Aber hatte sie jemals die Hand gehoben und gesagt, sie wolle Hausfrau sein?

Sie ging zurück in die Küche und ließ sich am Küchentisch nieder, betrachtete den Hamburger und die Pommes frites. Sie war immer noch satt von dem Buster-Brownie-Eisbecher, und das Essen von McDonald's sah tatsächlich nicht besonders ansprechend aus. Dennoch wickelte sie den Big Mac aus dem Papier und biss hinein. Sie nahm noch zwei weitere Bissen und aß ein paar Pommes, die mittlerweile nur noch wie kalter, salziger Pappkarton schmeckten, dann kapitulierte sie und warf den Rest in den Müll.

Ihr war schlecht. Zu viel Essen im Bauch, dazu die Anspannung, weil sie Eddie enttäuscht hatte, und ihre Sorge um Heather. Sie sollte sich zur Beruhigung einen Kamillentee kochen, stattdessen aber machte sie den Kühlschrank auf, holte ein Bier heraus, schnippte den Deckel ab und nahm einen tiefen Schluck. Sie dachte an Lewis, daran, wie sanft und taktvoll er war. Sie konnte sich nicht vorstellen, dass er sich jemals darüber ereifern würde, ob sein Essen fertig war oder nicht. Aber vielleicht war er ja genauso wie Eddie. Verloren alle Männer irgendwann die Geduld mit ihren Frauen? Wie war Lewis wohl als Ehemann? Erwartete er von seiner Frau, dass sie ihn bediente? Nein, Joy war davon überzeugt, dass er anders war, dass er manchmal das Essen für seine Frau kochte oder sie ins Restaurant ausführte. In all den gemeinsamen Jahren hatte Eddie nie etwas zu essen gemacht, außer den Grill bedient, wenn Freunde am Feiertag vorbeikamen.

Obwohl sie versuchte, sich zu ärgern, konnte Joy nicht anders: Sie fühlte sich schuldig. Eddie hatte damit gerechnet, dass sie zu Hause mit dem fertigen Essen auf ihn wartete. Er hatte den ganzen Nachmittag hart gearbeitet, um Geld für die Familie zu verdienen, und jetzt war er schon wieder unterwegs bei der Arbeit. Es gab nicht viele Ehemänner, die so viel arbeiteten. Es war egoistisch von ihr, ihn zu vernachlässigen.

Plötzlich hatte Joy das dringende Bedürfnis, ihn glücklich zu machen. Sie wollte unbedingt sehen, dass sich die harten Gesichtszüge bei Eddie verflüchtigten, er sie gut gelaunt und aufrichtig anlächelte, dass er zufrieden mit ihr war. Sie wollte den alten Eddie sehen, der an ihr interessiert war, der in ihr Herz und in ihre Seele blickte, der ihr Temperament liebte und ihr das Gefühl gab, etwas Besonderes zu sein. Es war schon viel zu lange her, dass einer von ihnen dieses Gefühl gehabt hatte.

Sie öffnete die Küchenschränke und suchte nach einer Eingebung. Sie musste etwas kochen. Ihr Blick fiel auf eine Schale frischer Feigen auf dem Tresen. Sie holte eine Packung Mehl heraus, weil sie plötzlich das Bild vor Augen hatte, wie Eddie in der Küche ihres Elternhauses saß und sich die Finger leckte, nachdem er ein Stück Feigenkuchen ihrer Mutter verschlungen hatte. Danach hatte er sie in seinem neuen Plymouth

Satellite mitgenommen und war mit ihr bis zum Grand Canyon gefahren, um den Sonnenuntergang zu sehen. Sie hatte die süßen Feigensamen auf seiner Zunge geschmeckt, als er sie in den Arm nahm; das tiefe Orange der untergehenden Sonne hatte sich durch ihre geschlossenen Augenlider gebrannt und ein Bild ihrer Liebe daraufgeprägt. Feigenkuchen im Sonnenschein, Küsse in der Dämmerung. Ihr junger Geliebter war unter seinem robusten Äußeren aus Cowboyhut, Jeans, den schnellen Pferden und noch schnelleren Autos so liebevoll und beruhigend gewesen. Diesen Widerspruch hatte sie an Eddie geliebt. Sie hielt ihn für jemanden, der sich keine Vorschriften machen ließ. Er war der Junge, der mit ihr aus einer Laune heraus bis zum Grand Canyon fuhr, nur um sich den Sonnenuntergang anzusehen. Einer, der für den Feigenkuchen ihrer Mutter schwärmte und doch seinen eigenen Weg ging. Bei dem die Reize des Lebens immer eine größere Anziehungskraft hatten als die Sicherheit des heimischen Herds. Sie hatte Eddie für einen Abenteurer gehalten und geglaubt, mit ihm stehe ihr ein aufregendes Leben bevor.

Sie holte die große Rührschüssel und einen Holzlöffel aus dem Küchenschrank. Im Wohnzimmer lief immer noch der Fernseher. Allein im Haus mit dem Lärm fühlte sie sich einsam, also ging sie hin, stellte ihn ab, stand eine Weile am Fenster und starrte auf die lächerliche kleine Fontäne im Vorgarten. Wie war es nur möglich, dass Eddie nach all den Jahren derart wenig von ihr wusste? Wieso war ihm nicht klar gewesen, dass es ihr das Herz brechen würde, wenn er den Orangenbaum fällte?

Kein Mensch ist vollkommen, dachte sie. Genau diesem Problem sahen sich heutzutage viele Ehefrauen gegenüber. Sie erwarteten ein Ideal, und wenn die Ehemänner diesem Ideal nicht entsprachen, dann wurden sie verbittert und vereinsamten, sogar in ihrer Ehe. Sie wollte nicht, dass ihr dasselbe widerfuhr. Sie wollte nicht wütend sein auf den Mann, den sie liebte, nicht enttäuscht sein von ihm. Trotz all seiner Fehler war Eddie ihr Mann.

Als Lewis nach Hause kam, war Samantha oben beim Packen für ihre Reise nach Santa Fe.

»Bleibst du noch zum Abendessen?«, fragte er sie, während er im Türrahmen zum Schlafzimmer lehnte und ihr dabei zusah, wie sie T-Shirts zusammenlegte. Sie sah gut aus heute, trug ihre weißen Lieblingsjeans und ein rosa Oberteil mit Nackenträger, und ihr langes blondes Haar schimmerte im Abendlicht. »Magst du ein Bier oder ein Glas Wein?«

»Nein, ich muss los«, sagte sie und stapelte die T-Shirts in den Koffer.

»Wie lange willst du denn wegbleiben?«, fragte er mit Blick auf die Kleiderberge und den großen Koffer. »Ist das nicht ein bisschen viel Gepäck?«

Samantha hielt inne und drückte den Rücken durch. Er konnte ihr Gesicht nicht sehen, aber er spürte, dass etwas nicht stimmte.

»Ist irgendwas nicht in Ordnung, Samantha? Was ist los?«

»Ich fahre nicht nur für die eine Woche«, sagte sie leise.

»Okay, für wie lange fährst du dann?«

Sie antwortete ihm nicht. Er machte einen Schritt nach vorn und legte ihr die Hand auf die Schulter. »Sammy, was ist denn passiert?«

Sie schob seine Hand fort und drehte sich zu ihm um. Erschüttert musste er feststellen, dass sie weinte.

»Was ist denn nur los?«, fragte er verwirrt.

»Es tut mir leid, Lewis.«

Er spürte, wie ihm das Herz in der Brust hämmerte und sich sein Bauch vor Angst zusammenzog.

»Ich bin so unglücklich.« Sie wischte sich die Tränen aus den Augen. »Und du bist auch unglücklich. Wir sind miteinander unglücklich.«

»Wir haben nur einen Durchhänger, Samantha. Das kriegen wir schon wieder hin – haben wir doch immer.«

»Wir zwei waren nie füreinander bestimmt. Im tiefsten Innern weißt du das auch, Lewis.«

»Das ist nicht wahr. Als wir hierherkamen, waren wir glücklich, weißt du noch?«

Sie wandte sich ab und packte weiter, wahllos zog sie Kleider aus dem Schrank und warf sie in den Koffer.

»Hör auf, Samantha, bitte. Du kannst doch nicht einfach so abhauen. Wir müssen reden.«

»Nein, Lewis, dafür ist es zu spät.«

»Das ist verrückt. Wir sind seit mehr als zwanzig Jahren zusammen. Beinahe unser halbes Leben.«

Samantha klappte den Kofferdeckel herunter und zog den Reißverschluss zu. »Lewis. Wir sind seit Jahren tot. Willst du nicht endlich wieder leben?«

Sie zerrte den Koffer vom Bett, setzte ihn auf den Boden und stellte sich vor ihn. Das Haar umgab ihr Gesicht in blonden Wellen, und sie blickte ihm geradewegs in die Augen.

»Sag mir, dass du mich liebst«, forderte sie ihn heraus. »Sag mir, dass ich *die* Frau für dich bin. Wichtiger als jede andere Frau in deinem Leben.«

»Natürlich liebe ich dich – du bist meine Frau.«

»Ja, aber bin ich das Zentrum deines Universums? Kannst

du alles loslassen, was mit Lizzie zu tun hat – um meinetwillen?«

Es schockierte ihn, nach all den Jahren den Namen seiner Schwester zu hören.

»Das hat nichts mit Lizzie zu tun«, sagte er und merkte, wie sein Tonfall schärfer wurde und sein Körper sich versteifte.

»Du täuschst dich, Lewis. In unserer gesamten Ehe ging es immer nur um Lizzie«, sagte Samantha und sah ihn traurig an. »Ich kann nicht länger in ihrem Schatten leben.«

Sie hob den Koffer auf und ging an ihm vorbei aus dem Schlafzimmer. Einen Augenblick lang stand er da und konnte sich nicht rühren. Er konnte nicht glauben, dass das hier wirklich passierte.

»Samantha!«, rief er und rannte die Treppe hinunter.

Sie war noch da, stand im Flur, der Koffer wartete neben der Haustür.

»Bitte, lass uns reden. So darfst du nicht gehen«, flehte er sie an.

»Anders schaffe ich es nicht.« Ihre Stimme brach.

»Aber ich habe doch immer zu dir gehalten«, sagte er. »Hast du vergessen, dass ich meine Karriere für dich geopfert habe?«

Er sah, wie sie die Fäuste ballte und ihn anblitzte.

»Natürlich habe ich das nicht vergessen! Du hast es mich nie vergessen lassen!«, zischte sie. »Aber ich lasse nicht zu, dass du mich weiterhin dafür verantwortlich machst.«

Sie klappte die Handtasche auf und nahm die dunkle Sonnenbrille heraus. »Ich komme nicht wieder. Ich habe lange darüber nachgedacht, ich muss von dir loskommen.« Sie zog den Ehering vom Finger. »Such dir jemand anderen, Lewis. Wir waren nicht füreinander gemacht – das weißt du.«

»Nein«, beschwor er sie. »Samantha, bitte, tu das nicht.«

Sie ließ den Ring auf das Flurtischchen fallen und öffnete die Haustür. Der Himmel hinter ihr loderte violett und orange, als die Sonne am Horizont unterging.

»Das, was passiert ist, war nicht dein Fehler, Lewis. Und es war auch nicht meiner. Ich werde die Dinge auf sich beruhen lassen.« Sie setzte die Sonnenbrille auf. »Du musst aufhören, in der Vergangenheit zu leben.«

Sie drehte sich auf dem Absatz um und trat aus dem Haus.

Er hätte ihr nachlaufen sollen, sie zurückholen müssen, aber er tat es nicht. Seine Gefühle schienen ihn zu lähmen. Er sah Jennifer auf dem Fahrersitz des Kombis abwarten, während Samantha ihr Gepäck in den Kofferraum warf. Lewis rechnete damit, dass seine Frau einlenken würde. Dass sie zurück zum Haus käme und ihm sagte, sie habe es sich anders überlegt, dass sie ihn brauche. Er war ihr Retter und würde es für immer bleiben. Aber sie schenkte ihm noch nicht einmal einen letzten Blick über die Schulter.

Wäre Lewis ein anderer Typ Ehemann gewesen, hätte er eine Szene gemacht, wäre die Einfahrt hinuntergerannt, hätte sie angefleht zu bleiben, stattdessen aber blieb er reglos stehen und sah zu, wie seine Frau davonfuhr. Dann trat er zurück ins Haus, schloss die Tür und presste den Kopf an das kühle Holz. Er fühlte sich wie ausgehöhlt. Eine leere Hülle. Er starrte Samanthas Ehering auf dem Flurtischchen an, der im schwächer werdenden Licht funkelte. Seine Frau hatte die Wahrheit ausgesprochen, tief im Innern war er sich dessen bewusst.

London, 13. April 1967, 17:14 Uhr

Die Hände in den Hosentaschen ging Lewis auf das Haus zu, in dem Lizzie wohnte. Auf dem Weg lag Müll herum, der Vorgarten war trist und heruntergekommen. In den Mauern fehlten Steine, der Putz bröckelte ab. Es sah noch schlimmer aus als beim letzten Mal, als er hier gewesen war. Seine Hand umklammerte eine lose Münze in der Hosentasche, und er bemühte sich, seine Sorge zu unterdrücken.

Noch bevor er auf die Klingel drücken konnte, öffnete seine Schwester die Haustür.

»Da bist du ja!«, rief sie. Im Mundwinkel hing eine Zigarette, und in der freien Hand hielt sie ein Glas, in dem ein Drink schwappte. »Wo bist du bloß gewesen?«

Ihn verließ der Mut. Lizzie wirkte aufgekratzt. Sie trug ein Minikleid mit Paisleymuster, das derart kurz war, dass es kaum ihren Hintern bedeckte. Die Beine steckten in der für seine Schwester typischen schwarzen Strumpfhose und waren schrecklich dünn, die Oberschenkel kaum dicker als die Unterschenkel. Mit ihrem roten Haar, das noch länger und wilder war als sonst, und den mit Kajal umrandeten Katzenaugen war der Gesamteindruck eher verstörend als bohemienhaft, wie sie es vermutlich beabsichtigte.

»Ich habe doch gesagt, dass es dauern würde. Wir haben heute Abend ein wichtiges Treffen. Ich muss mich darauf vorbereiten.«

»Oh, natürlich, da kommen die Reklamemacker zusammen, um über die Bedeutung irgendeiner neuen Gehirnwäsche-Kampagne zu debattieren«, sagte Lizzie und hielt ihm die Tür auf.

»Ich bin kein Reklamemacker, sondern Grafikdesigner.«

»Ist doch das Gleiche«, meinte Lizzie und stampfte die ausgetretene Treppe zu ihrem schmuddeligen Flur hinauf. »Ihr habt doch alle keine Überzeugungen. Nichts berührt euch, nichts von dem, was ihr sagt, hat irgendeine Bedeutung.«

»Ich habe gerade keine Kraft für diese Diskussion. Das habe ich alles schon oft genug gehört.«

»Siehst du.« Mit Schwung drehte sie sich um und schenkte ihm ein triumphierendes Lächeln. »Du hältst es noch nicht einmal für nötig, für das einzustehen, was du tust. Das ist doch alles inhaltsleerer Mist, bei dem es um nichts anderes geht, als das neueste Auto zu verkaufen, Limonade oder einen elektrischen Rasierapparat ...«

Lewis steckte die Hände in die Taschen und klimperte mit den Autoschlüsseln. »Halt bitte einfach die Klappe, okay? Willst du jetzt, dass ich dich fahre oder nicht?«

Lizzie trank noch einen Schluck, dann stellte sie das Glas abrupt auf einem Tisch ab, auf dem eine so dicke Staubschicht lag, dass eine Wolke aufstob.

»Es war ja klar, dass du so enden würdest«, fuhr sie fort. »Du warst immer schon ein Trickser. Wenn du nicht Grafiker geworden wärst, dann würdest du wahrscheinlich Autos verkaufen.«

»Dafür wärst du besser geeignet, Elizabeth. Du bist selbst ziemlich gut im Schauspielern.«

»Eins zu null für dich!« Sie grinste ihn breit an. Die kleine Kabbelei war vorbei. So war Lizzie: Innerhalb von Sekunden wechselte sie von einem Extrem zum anderen. Sie scheuchte ihn in die Küche, die wirkte, als habe sie seit Wochen weder Scheuerschwamm noch Wischmopp gesehen.

»Du lieber Himmel, Lizzie!« Er stieß einen langen Pfiff aus.

»Elizabeth«, korrigierte sie ihn. »So schlimm ist es nun auch wieder nicht.« Sie schob ein paar alte Zeitungen vom Tisch auf den Boden. »Ich hab halt keine Hausfrau und auch kein Dienstmädchen, das den ganzen Tag zu Hause ist und für mich aufräumt.«

»Ja, aber du bist selbst zu Hause.«

»Ich arbeite.« Sie bahnte sich einen Weg durch die Küche. »Komm und sieh dir meine neuen Bilder an.«

Sie führte ihn in den Wohnbereich, der in einem noch schlimmeren Zustand war als die Küche. In einer Ecke hatte seine Schwester eine Art improvisiertes Atelier eingerichtet, und überall auf dem Boden und auf jeder verfügbaren Oberfläche stand ein Durcheinander aus Farbdosen, Pinseln und Gläsern mit schmutzigem Wasser. Das Sofa war übersät mit zerrissenem Papier und winzigen Entwurfszeichnungen sowie zerknäulten Laken und Decken, als habe jemand darauf geschlafen. Auf den Rückenlehnen der Stühle und an der Wandverkleidung hingen Kleider, ein Chaos aus Farben und Formen. Ein knallrosa Minirock hing neben dunkelroten ausgestellten Hosen, und daneben war eine jadegrün und golden gemusterte Bluse.

In der Zimmermitte standen drei große Leinwände, deren Farbgebung die Garderobe seiner Schwester vervollständigte. Auf dem ersten Bild war ein Gewirr aus Grün-, Blau- und Gelbtönen – ein Dschungel. Es schmerzte seine Augen, als Lewis das Bild betrachtete. Aber in dem Dschungeldurcheinander war eine Gestalt zu erkennen. Ein kleines Mädchen mit roten Haaren. Nackt, verheddert im Gestrüpp, die bloß liegende Haut mit Dornen gespickt.

Das zweite Bild ähnelte dem ersten, diesmal aber bestand der Dschungel aus pulsierenden Rottönen, als blühten die

Bäume, und durch die Mitte des Bildes wand sich ein Fluss. Ein silberner Fisch sprang heraus, und dasselbe Mädchen stand bis zu den Oberschenkeln und mit ausgestreckten Armen im Wasser, und aus ihren Augen floss Wasser in den Fluss, als sei sie es, die den Fluss erst erschuf.

Doch am schlimmsten war das letzte Bild. Diesmal war es ein offensichtliches Selbstporträt. Wieder hatte sie grelle psychedelische Farben gewählt, mit noch mehr Lila- und Rosatönen. Im Hintergrund war ein Wirrwarr aus knalligen Farben und Formen, und im Vordergrund war Lizzie, überdimensioniert und nackt, abgesehen von einer langen Gänseblümchenkette um den Hals. Provokativ forderte ihr Blick den Betrachter heraus.

»Was sagst du?«, fragte sie Lewis und ließ sich auf das unaufgeräumte Sofa fallen.

»Für mich sieht es so aus, als hättest du eine Menge Drogen konsumiert. Du weißt doch, dass du das nicht machen sollst, solange du die Antidepressiva nimmst.«

»Ich male besser, wenn ich bekifft bin«, erwiderte sie. »Wirklich, ich rauche nur hin und wieder mal einen Joint. Mach dir keine Sorgen – ich passe schon auf.«

Sie zog ein Muschelkästchen hinter einem der Sofakissen hervor.

»Ah, da ist sie ja. Meine geheime Reserve. Hatte mich schon gefragt, wo sie ist. Wollen wir schnell noch was rauchen, bevor wir fahren?«

Lewis schüttelte den Kopf. »Ich habe keine Zeit. Ich muss mich auf diese Besprechung vorbereiten.«

»Immer in Eile – du bist wie ein Hamster im Rad.«

Aus der Tasche ihres Paisleykleides holte Lizzie Zigarettenpapier, dann nahm sie eine Schallplatte der Rolling Stones vom Sofa und platzierte sie auf den Knien.

»Nur die Ruhe, Mann, sagt Jim immer.«

»Wer ist Jim?«

»Einer meiner Liebhaber.« Lizzie grinste ihn an und klebte das angeleckte Zigarettenpapier zusammen. »Er ist Amerikaner.«

»Einer deiner Liebhaber? Wie viele hast du denn?«

Lizzie verteilte Tabak auf dem Papier. »Du hast gut reden, Lewis.«

»Ich habe tatsächlich nur eine Freundin. Außerdem ist es für mich anders.«

»Weil du ein Mann bist? Ich hätte meinen eigenen Bruder nicht für einen solchen Chauvinisten gehalten.«

Sie zündete ein Streichholz an und erhitzte den schwarzen Klumpen Dope. Dann zerbröselte sie das Haschisch über dem Tabak und drehte einen makellosen Joint.

»Komm schon, Elizabeth, du weißt doch, was ich meine. Es ist einfach anders für Frauen. Das musst du doch wissen. Sieh dir an, was aus Mutter geworden ist.«

Bei der Erwähnung ihrer Mutter verzog Lizzie das Gesicht. Sie riss ein Stück Karton von der Zigarettenverpackung ab, rollte es zusammen und steckte es ans Ende des Joints.

»Ich bin kein bisschen wie Mutter«, sagte sie, zündete die Zigarette an und nahm einen tiefen Zug. »Sie war immer auf der Suche nach dem einen. Sie träumte davon, eine gute Ehefrau zu sein, aber so bin ich nicht. Ich stehe mehr auf Polygamie.«

»Ist doch egal!« Lewis warf die Hände hoch. »Am Ende ist es jedenfalls nichts anderes, als sich durch die Betten zu schlafen.«

Seine Schwester bot ihm den Joint an. »Na los«, redete sie ihm zu. »Du wirkst total verspannt – als würdest du gleich überschnappen.«

Wahrscheinlich täte ihm ein kleiner Zug wirklich ganz gut. Vielleicht würde es ihn entspannen und ihm zu ein paar Ideen für den Typen von Phoenix Airlines verhelfen. Am Nachmittag im Büro hatte er eine totale Blockade gehabt. Um vier Uhr hatte ihn die Panik schon fast im Griff gehabt. Er hatte Marnie gebeten, sich etwas zu überlegen. Wenn er mit Lizzie fertig war, würde er direkt zu Marnie fahren. Dann hätten sie ungefähr eine Stunde Zeit, um etwas auszutüfteln.

Lizzie reichte ihm den Joint.

»Welches Bild davon hast du verkauft?«, fragte er, nahm einen Zug und reichte ihr den Joint zurück.

»Das da«, sagte sie und schlug mit der Handfläche auf den riesigen Akt.

»Warum musst du es denn unbedingt heute hinbringen? Und musst du wirklich ausgerechnet das verkaufen, Lizzie?« Die Vorstellung, dass ein Fremder ein derart entblößendes Porträt seiner Schwester besaß, erschreckte ihn.

»Ja, denn der Käufer hat gerade Geld. Jim meint, der könnte es sich bis morgen womöglich anders überlegen.«

Lewis wusste, wie stur Lizzie war. Es hatte keinen Sinn zu versuchen, sie davon abzubringen.

»Na, dann mal los«, meinte er und zog noch einmal am Joint. »Wohin müssen wir es bringen?«

»Zu Jim.«

»Und das ist wo?«

»In Paddington.« Lizzie krächzte vom Inhalieren. »Du musst mich auch nicht zurück nach Hause bringen.«

Lewis bestand darauf, dass sie das Bild in eines der Laken vom Sofa wickelten. Die Vorstellung, eine Darstellung seiner nackten Schwester auf der Straße zur Schau zu tragen, war ihm unerträglich. Im Grunde wollte er mit dem Ganzen nichts zu tun haben. Andererseits hatte seine Schwester nach den ersten Erfolgen seit über einem Jahr kaum noch Geld verdient, und schon seit Monaten lag sie ihm auf der Tasche. Der Pragmatiker in ihm durfte also einem Verkauf nicht im Wege stehen.

Sie rasten durch die Straßen. Als sie über die Waterloo Bridge fuhren, war die Sonne dabei, hinter der St. Paul's Cathedral unterzugehen. Nachdem es den ganzen Tag immer wieder geregnet hatte, war der Abend nun klar und der Sonnenuntergang ein Flammenmeer aus glühendem Rosa, Violett und über den Himmel verteilten indigoblauen Farbspritzern. Für Lewis gab es keinen großartigeren Ort als London. In seinem ganzen Leben würde er keine andere Stadt so bewundern, nicht einmal New York. London war majestätisch wie ein weiser alter König und mächtig und stark wie ein zeitgenössischer Großindustrieller.

Auf dem Weg quer durch die Stadt von Vauxhall nach Paddington empfand er Zufriedenheit. Er summte *Light My Fire*, das Lied einer neuen Band namens The Doors, das er und Marnie manchmal auf ihrem Plattenspieler laufen ließen, wenn sie sich liebten. Wieder und wieder setzte er die Nadel an die Stelle zurück, während er und Marnie das Feuer im anderen entfachten.

Lizzie schwieg ausnahmsweise und zündete sich im Auto neben ihm noch einen Joint an.

»Willst du noch mal?«, fragte sie.

»Lieber nicht.« Er fühlte sich bereits etwas berauscht. Heute stand ihm ein wichtiger Abend bevor, und er wollte nicht zu früh abstürzen.

Lizzie inhalierte tief, und besorgt, dass sie es übertrieb, sah er zu ihr hinüber. »Ist alles in Ordnung?«

»Natürlich, Lewis.« Sie tätschelte sein Knie. »Ich habe bloß nachgedacht.«

»Worüber?«

»Es gibt da etwas, was ich dich schon immer mal fragen wollte. Hast du Mutter eigentlich jemals wirklich geglaubt, dass sie uns einen neuen Vater suchen wollte?«

»Ich denke schon. Sie hat es uns doch dauernd versprochen.« Ihre Frage überraschte ihn.

»Und Kinder wollen ihren Eltern glauben, stimmt's?«, meinte Lizzie. »Aber weißt du, was, je mehr ich darüber nachdenke, desto klarer wird mir, dass ich im tiefsten Innern nie daran geglaubt habe, dass es ihr gelingen würde. Ich denke, das Problem war nicht so sehr, dass sie keinen Mann gefunden hat, sondern dass sie uns eigentlich gar nicht haben wollte.«

Lizzie redete nur selten über ihrer beider Kindheit, und ihre Worte zogen ihn herunter. Heute Abend wollte er nicht über dieses lange zurückliegende Elend sprechen. Für heute hatte er genug anderes um die Ohren.

»Vielleicht hatten wir ja Glück, Lizzie«, meinte er. »Womöglich hätte Mutter irgendeinen Fiesling geheiratet, der uns das Leben zur Hölle gemacht hätte. Das Herumziehen hat uns immerhin ein gewisses Maß an Freiheit beschert.«

»Vielleicht als wir klein waren, aber in einem Klosterinternat gibt es nicht allzu viele Freiheiten, Lewis.«

Seine Schwester warf den Zigarettenstummel aus dem Autofenster.

»War es so schlimm?«

»Ich habe dich furchtbar vermisst. Es hat ganz schön lange gedauert, sich da einzuleben.«

Er erwiderte nichts. Er konnte nicht behaupten, dass er seine Schwester vermisst hatte, als man ihn aufs Internat schickte. In Wahrheit war es eine Erleichterung gewesen, sich nicht mehr um sie kümmern zu müssen, als man sie für die Schulzeit getrennt hatte. Außerdem war er immer noch wütend auf sie gewesen, weil sie von Onkel Howard hatten fortgehen müssen.

Drei Mal fuhren sie um das Bahnhofsgebäude von Paddington herum, bis Lizzie die richtige Straße entdeckte.

»Stopp! Halt an – wir sind da!«, brüllte sie, und er trat mit Wucht auf die Bremse, sodass das Auto ruckelnd zum Stehen kam.

Die Häuser hier waren ziemlich vornehm. Ganz im Gegensatz zu Lizzies schäbiger Bleibe. Offensichtlich fehlte es diesem Jim nicht an Barem.

Lewis trug das Bild an die Haustür. Am liebsten hätte er es am Geländer zertrümmert. Warum zum Teufel half er seiner Schwester dabei, dieses pornografische Selbstporträt zu verkaufen?

»Elizabeth, bist du dir wirklich sicher, dass du das Bild verkaufen willst?«

Erstaunt sah sie ihn an. »Aber klar.«

»Es ist nur so … intim.«

»Ach, komm schon, Lewis, sei doch nicht so prüde«, konterte sie und schlug mit dem Türklopfer gegen die glänzend schwarz lackierte Tür.

Lewis musste an die vielen Male denken, die er und Lizzie auf den Türschwellen irgendwelcher Leute gestanden hatten. Seine Brust zog sich zusammen. Diese Erinnerungen konnte er jetzt wirklich nicht brauchen.

Als hätte sie seine Gedanken gelesen, drehte sich Lizzie zu ihm um. Plötzlich wirkte ihr Gesicht ausgemergelt, und im schwindenden Tageslicht waren ihre Augen von Traurigkeit durchdrungen. »Erinnerst du dich an den Tag, als wir zu Onkel Howard kamen?«

»Ja.«

»Weißt du, die beiden Bilder, die ich dir eben in der Wohnung gezeigt habe: Das ist in seinem Garten. Ist dir das aufgefallen?«

»Nein.«

Lewis rief sich die blutroten Dschungelbilder ins Gedächtnis, mit ihren giftigen Ranken, dem Würgegriff der Pflanzen, das ganze erstickende Schauspiel aus Schmerz. Nichts könnte seiner Erinnerung an Onkel Howards ländlichen Garten ferner liegen, den Wiesen, die sanft zum Fluss hin abfielen, dem Schatten der riesigen Zeder, dem Klackern der Hölzer, die von ihren Klötzen plumpsten, wenn sein Onkel ihn beim Kricket schlug.

»Onkel Howards Garten war ganz anders.«

»Na ja.« Seine Schwester seufzte. »Ich denke mal, unsere Erinnerungen unterscheiden sich halt.«

Lizzies Pupillen waren schwarze Tunnel. Etwas zog ihn tief hinein in ihren sehnsuchtsvollen Blick, zu einem dunklen Geheimnis. Lag es nur daran, dass sie bekifft waren? Oder wollte seine Schwester ihm etwas sagen?

»Was, Lizzie?«, flüsterte er. Seine Worte hallten an der Türschwelle wider, aber bevor sie ihm eine Antwort geben konnte, wurde die Tür aufgerissen, und sie beide wurden in Licht getaucht.

»Oh, hi, ihr zwei.« Über ihren Köpfen schwebte ein amerikanischer Akzent. Lewis wandte sich um und sah ein Mädchen im Türrahmen stehen. Sie hatte langes blondes Haar und eine ähnlich schlanke Figur wie seine Schwester, auch wenn sie weitaus gesünder wirkte. Sie war braun gebrannt, und auf der honigfarbenen Haut war nicht das kleinste bisschen Make-up. Unter den ausgestellten Jeans sahen ihre nackten Füße heraus, und die Zehennägel waren unschuldig rosa lackiert. Der Gesamteindruck hatte etwas Erfrischendes und wirkte auf dieser Türschwelle in der kühlen Londoner Abendluft irgendwie deplatziert.

»Hi, Sammy.« Lizzie umarmte das Mädchen. »Ich habe das Bild dabei.«

»Oh, großartig!«, erwiderte Sammy. »Jim wird sich bestimmt total freuen.«

»Das ist mein Bruder Lewis.« Lizzie deutete hinter sich. »Er hat mich hergefahren.«

Sammy lächelte ihn an. Sie hatte makellose weiße Zähne, blassrosa Lippen und trug keinen Lippenstift. An ihr, so dachte er, war nichts Künstliches, alles war echt.

»Möchtest du hereinkommen?«, fragte sie. »Ich mache dir einen Tee.«

»Nein, tut mir leid, ich kann nicht. Ich muss los.«

»Das ist aber wirklich schade.« Das Mädchen wirkte aufrichtig enttäuscht. »Lizzie erzählt dauernd von dir. Du bist doch Grafiker, oder?«

»Ja«, antwortete er und sah Lizzie an. Die zwinkerte ihm zu.

»Na, dann komm doch später noch vorbei. Wir machen eine Party. Dann können wir ein bisschen zusammen abhängen.«

Ihr amerikanischer Akzent schickte ihm einen Schauder über den Rücken. Ihm war klar, dass er ihr gefiel, aber er hatte kein Interesse. Die einzige Frau, mit der er zusammen sein wollte, war Marnie.

»Wir sehen uns später, Brüderchen.« Mit einem Winken scheuchte Lizzie ihn fort.

Als sich die Tür schloss, sah er ein Paar Beine die Treppen

hinuntersteigen. Sie waren schlank und muskulös, steckten in einer engen Lederhose, die nackten Füße kräftig. Ganz offensichtlich gehörten sie zu jenem geheimnisvollen Jim. Schlief dieser Mann sowohl mit Lizzie als auch mit dieser Sammy? Schon jetzt empfand Lewis Feindseligkeit ihm gegenüber, nicht nur wegen der Sache mit dem Sex, sondern weil er mit der Begabung seiner Schwester Geschäfte machte. Und jetzt besaß er ein riesiges, unmissverständliches Porträt der nackten Elizabeth Bell. Lewis krümmte sich innerlich bei der Vorstellung.

Wieder einmal hatte er das ungute Gefühl, dass er seine Schwester im Stich ließ. Sein Leben lang war er ihr Beschützer gewesen, aber er hatte es nie richtig gemacht. Ihre Mutter hatte sie beide verlassen, aber Lizzie hatte dieser Verlust besonders schlimm getroffen.

London, 27. Juli 1955

Das London seiner Kindheit war noch dabei, das Trauma des Blitzkriegs abzustreifen – die Stimmung in der Stadt war verhalten, düster und die Luft voller Smog. Lewis war dreizehn, groß für sein Alter und dünn. Den Kopf vor Scham gebeugt und mit bleischweren Füßen folgte er seiner Mutter, die zornig auf die Tür eines großen Backsteinhauses zueilte und Lizzie hinter sich herzerrte.

In der Hosentasche umklammerte er das Schweizer Messer, das Onkel Howard ihm geschenkt hatte.

Es war eines der wenigen Male, dass seine Mutter die Beherrschung verloren hatte. Allerdings war sie wütend auf Lizzie und nicht auf ihn.

»Wie konntest du nur so was machen, Lizzie?«, fauchte die Mutter. »Was für eine unendliche Blamage!«

Mit ihrem eigenen Schlüssel schloss sie die Haustür auf und zog Lizzie am Arm in den muffigen dunklen Hausflur. Lewis folgte ihnen, das Messer noch immer fest umklammert. Er blickte sich um, betrachtete die erbsengrünen Wände mit zahllosen Fotos von Leuten, die er nicht kannte. Er hatte keine Ahnung, wo er war. War es das Haus von Mr Drewe? Oder war der in seinem glänzenden schwarzen Rover schon wieder weggefahren und von einem anderen einsamen Witwer ersetzt worden?

»Wie soll ich jemals einen anständigen Mann zum Heiraten finden, wenn ich zwei abscheuliche Kinder am Bein habe?«

»Damit habe ich nichts zu tun«, verteidigte sich Lewis. »Ich wollte nicht von Onkel Howard weg.«

Seine Mutter holte mit der Hand aus und gab ihm eine Ohrfeige. Das Klatschen auf der Wange hallte im Flur nach.

»Du hättest sie daran hindern können, Lewis.«

»Das ist ungerecht«, beklagte sich Lewis. Seine Wange brannte. »Woher hätte ich wissen sollen, dass Lizzie so was macht?«

»Das Haus ist ja auch gar nicht ganz abgebrannt«, warf Lizzie ein. »Nur der Westflügel.«

Die Mutter packte Lizzie am Haarschopf. »Nur der Westflügel«, äffte sie ihre Tochter nach. »Na, in dem Fall wird dir Vaters Familie sicher verzeihen. Bestimmt werden sie euch beide mit offenen Armen zurücknehmen.«

»Mommy, hör auf«, jammerte Lizzie. »Du tust mir weh.«

Aber ihre Mutter war in Rage. Sie zerrte Lizzie an den Haaren herum, sodass der Läufer im Flur sich wie ein Ozean aufwarf, und Lizzie trat mit den Füßen um sich, als wolle sie von der Mutter fortschwimmen.

»Was soll ich nur mit euch anstellen?«, rief sie mit wildem Blick. »Ich hätte euch ja auch ins Waisenhaus stecken können, aber nein. Ich habe euch ein schönes Zuhause gesucht, mit einer Familie, und ihr dankt es mir so.«

Lizzie zappelte mit den Armen, um sich zu schützen.

»Mommy«, flehte Lewis die Mutter an, weil er fürchtete, sie würde Lizzie das Haar ganz ausreißen. »Bitte, lass sie los.«

Seine Mutter hörte auf, Lizzie herumzuzerren, und starrte Lewis an. Das Ausmaß der Wut in ihren Augen machte ihm Angst.

Eigentlich war seine Mutter eine Frohnatur. Dafür liebten sie die Männer. Ihre lächelnden Lippen waren immer kirschrot bemalt, das blonde Haar in Form gebracht, und ihre schlanke Figur steckte in einem adretten Kostüm oder hübschen Kleid. An diesem Tag aber war sie außer Fassung. Die Frisur hatte sich gelöst, der Lippenstift war verschmiert, und die Augen waren voller Tränen.

Sie ließ Lizzie los, und das Mädchen plumpste zu Boden. Die Mutter strich sich die Haare glatt, nahm ein Taschentuch aus dem Ärmel und wischte sich damit über die Augen.

»Wir müssen morgen in aller Frühe hier weg«, sagte sie kühl. »Länger als eine Nacht könnt ihr hier nicht bleiben.«

»Aber wo gehen wir dann hin?«, fragte Lewis.

»Das weiß ich noch nicht. Sieht so aus, dass Lizzie buchstäblich sämtliche Brücken kaputt gemacht hat.«

»Warum können wir denn nicht bei dir bleiben, Mommy?«, quäkte Lizzie vom Boden herauf.

Überrascht sah Lewis seine Schwester an.

»Du weißt, warum«, sagte seine Mutter.

»Aber warum ist es denn so schwer, einen neuen Daddy für uns zu finden, Mommy? Warum dauert das so lange?«

Sylvia Bell warf ihrer Tochter einen langen, harten Blick zu. Auf ihr Gesicht legte sich ein Schatten, in dem Abscheu und Liebe im Widerstreit miteinander lagen.

»Sie wollen euch nicht«, zischte sie. »Keiner dieser Männer will euch. Sie wollen nur mich.«

Lizzie zuckte zusammen. Sie zog die Knie an den Oberkörper und sagte nichts mehr.

»Können wir zurück zu Onkel Howard?«, wagte sich Lewis vor.

»Mach dich nicht lächerlich.«

»Aber er wird Lizzie verzeihen. Das weiß ich genau. Er hat uns gern bei sich.«

»Meinst du wirklich, er nimmt euch zurück, nach dem, was Lizzie angestellt hat?«

»Vielleicht ist er jetzt noch wütend, aber er hat mir versprochen, dass er sich um uns kümmert. Er muss sein Versprechen halten.«

Seine Mutter seufzte. »Viele Menschen halten ihre Versprechen nicht, Lewis. Aber wenn du wirklich meinst, dass er es vielleicht macht, dann kann ich ihn ja anrufen …«

»Nein!« Lizzie kam strauchelnd auf die Beine und zog Lewis am Pullover. »Ich will da nicht wieder hin.«

Ungläubig sah er seine Schwester an. »Aber warum denn nicht?«

»Hör auf, dich so kindisch zu benehmen, Lizzie«, meinte die Mutter.

Aber Lizzie war außer sich. Sie weinte, sie heulte, sie bettelte. Keinesfalls wollte sie zurück zu Onkel Howard.

Am Ende steckte ihre Mutter sie früh und ohne Abendessen ins Bett, lange bevor ihr Witwer nach Hause kam.

»Warum musst du immer alles kaputt machen?«, fauchte Lewis seine Schwester in der klammen, düsteren Dachkammer an. »Ich hasse dich. Ich wünschte, du wärst tot.«

Seine Schwester erwiderte nichts darauf, sondern schluchzte nur in dem Bett neben seinem. Er hatte ein schlechtes Gewissen, weil er sie angeschrien hatte. Er hatte es nicht so gemeint. Er liebte Lizzie, aber, warum nur wollte sie nicht zu Onkel Howard?

Als Lewis am nächsten Morgen aufwachte, war Lizzie nicht in ihrem Bett. Er hätte diese schrecklichen Sachen nicht sagen dürfen. Immerhin war sie alles, was er an Familie hatte. Doch seine Reue dauerte nicht lange an. Seine Schwester war schon unten und lag zusammengerollt neben ihrer Mutter auf dem Sofa. Als sie mit traurigen, rot geweinten Augen zu ihm aufsah, wusste er, dass sie wieder einmal gewonnen hatte.

Seine Mutter blickte von der Zeitung auf. »Liebling, ich habe darüber nachgedacht. Ich glaube, es ist tatsächlich keine so gute Idee, dass ihr zurück zu Onkel Howard geht.«

Er steckte die Hände in die Hosentaschen und drehte sein Schweizer Messer wieder und wieder herum. Er drückte die Schneide eines der Messer gegen den Daumen.

»Ich glaube, ihr habt Großtante Dorothy noch nicht kennengelernt«, fuhr seine Mutter fort. »Sie hat ein gemütliches Häuschen in einem hübschen Dorf in Norfolk, ganz nah am Meer. Sie hat gesagt, dass sie euch sehr gern nimmt, bis im September die Schule anfängt.«

Er stieß die Spitze der Klinge in den Daumen und spürte, wie sie die Haut durchbohrte. Der Schmerz kümmerte ihn nicht, denn alles, was zählte, war, dass er nicht zurück zu Onkel Howard durfte. Er würde nie mehr dorthin zurückkehren.

Lewis und Lizzie verbrachten nur eine Nacht in dem großen Haus in London, bevor man sie weiter nach Norfolk schickte. Der August war schrecklich, die Tage bei Großtante Dorothy verstrichen tatenlos. Zur Gesellschaft hatte er außer Lizzie nur Pip, einen King-Charles-Spaniel, ein verwöhntes, launisches Geschöpf. Es hatte geregnet und geregnet, und stundenlang drückte er das Gesicht an die beschlagenen Fenster und starrte hinaus in diesen endlosen Regen, auf dem Schoß ein ungelesenes Exemplar der *Schatzinsel*. Er hatte nicht von den Abenteuern eines anderen Jungen lesen wollen, er hatte eigene Abenteuer erleben wollen. Lizzie lungerte auf dem Sofa herum, sang Pip Lieder vor und kraulte ihm den Bauch, während Großtante Dorothy ihnen schüsselweise Bonbons aufnötigte. Aber die Bonbons waren so alt, dass sie zusammenklebten und schon ganz sauer schmeckten und – wie Großtante Dorothy – nach Mottenkugeln rochen.

In Lewis' Erinnerung hatte in diesem langen, tristen Monat die Sonne nie geschienen. An den Tagen, an denen es nicht regnete, war es neblig. Lewis schleppte Pip zu Spaziergängen durch das Moor, eine flache, trostlose Landschaft, die sich unendlich hinstreckte und das Gefühl von Langeweile und Einsamkeit noch verstärkte. Wie oft hatte er gehofft, dass er nach Hause käme und seine Gebete Gehör gefunden hätten.

Er träumte, dass er am Ende von Großtante Dorothys Weg, nachdem er an den schwer behangenen Birnbäumen und Petunien vorbeigekommen war, Onkel Howard auf der Türschwelle stehen sehen würde. Er würde auf ihn warten, neben ihm säße gehorsam der Irish Setter Alfie, das perfekte Gegenstück zu dem King-Charles-Spaniel, der an der Leine zerren und das ihm überlegene Tier ankläffen würde. Alfie gäbe den Inbegriff an Eleganz ab mit seinem glänzenden rostroten Fell und seiner majestätischen Haltung. Onkel Howard würde an der Pfeife ziehen, und seine Augen würden wie immer verschmitzt blitzen.

»Auf geht's, mein Junge – lass uns aufbrechen«, würde er zu Lewis sagen.

Aber nichts dergleichen geschah. Onkel Howard kam ihn nicht retten.

Sieben
Reaktion

Scottsdale, 23. März 1989

Joy war dabei, den Kuchen aus dem Ofen zu holen, als sie hörte, wie die Haustür aufging und Stimmen erklangen. Das unverwechselbare Lachen ihrer Tochter schallte vom Hausflur herüber.

»Das duftet ja wunderbar, Mom«, sagte Heather, als sie in die Küche kam.

Heather hatte das Haar zu einem hohen Zopf zusammengebunden. Hinter ihr tauchte Darrell auf, der seine Arme sofort um ihre schlanke Hüfte legte und sie zu sich heranzog. Er war noch größer als sie, sodass er sein Kinn auf ihrem Kopf abstützen konnte.

»Hi, Mrs Sheldon. Das riecht aber wirklich gut.«

»Das ist Feigenkuchen, nach dem Rezept meiner Mutter.«

»Daddys Lieblingskuchen«, sagte Heather. »Du bist heute

aber fleißig, Mom. Heute Morgen hast du uns doch schon einen Apfelkuchen gebacken.«

Joy betrachtete ihre lachende Tochter. Sie musste sich diesen Augenblick mit Carla eingebildet haben. Jetzt, in ihrem gelben Kleid, von den Armen ihres robusten Verlobten umfangen, sah sie nicht im Entferntesten so aus, wie sich Joy eine lesbische Frau vorstellte. Trugen lesbische Frauen Kleider, ließen sich das Haar lang wachsen, mochten Rosa und wollten Cheerleader werden? Und dennoch, jetzt, wo Joy darüber nachdachte, war da bei ihrer Tochter von klein auf etwas gewesen, ein besonderes Verhältnis zu anderen Mädchen.

»Wir sind total aufgeregt wegen dem Haus, das uns Mr Sheldon heute gezeigt hat.« Darrell strahlte Joy an.

»Es ist in einer dieser neuen geschlossenen Wohnanlagen, Mom. Nur zehn Minuten von hier.«

»Sag mir noch mal, was das genau ist: eine geschlossene Wohnanlage«, bat Joy und streute braunen Zucker über den Kuchen.

»Weißt du denn gar nichts, Mom?« Heather verdrehte die Augen. »Das ist das, was Dad jetzt am meisten verkauft.«

»Das sind so privilegierte Wohnanlagen, Mrs Sheldon«, erklärte Darrell. »Sie haben eigene Wachleute, dadurch sind sie sicher und grenzen sich ab. Alles, was man braucht, gibt es drinnen, also Geschäfte und Freizeitangebote, und die Zäune halten das Gesindel fern.«

Joy war schockiert über den Ton, den ihr zukünftiger Schwiegersohn anschlug. »Gesindel?«

»Sie wissen schon, Junkies, Illegale, Sozialschmarotzer ...«

Sie war sprachlos. Die Vorstellung war grauenhaft. Warum sollte man an einem Ort leben, aus dem die ganze Vielfalt des Lebens ausgegrenzt wurde? Doch sie beschloss, nichts dazu zu sagen. Denn sie würde Eddies Arbeit untergraben, wenn sie ihre wahren Gefühle äußerte.

»Ist Dad bei der Arbeit?«, fragte Heather.

»Ja. Ich bringe ihm den Feigenkuchen vorbei.« Joy nahm ein Messer und löste damit den Kuchen aus der Form.

»Willst du ihm wirklich jetzt den Kuchen vorbeibringen?« Ihre Tochter neigte den Kopf zur Seite.

»Warum nicht? Ich will ihn überraschen.«

»He, hoffentlich überraschst du mich auch so, wenn wir mal so lange verheiratet sind wie deine Eltern.«

Darrell küsste Heather auf den Kopf. Die Geste irritierte Joy, es war, als täte er es nur um der Wirkung willen.

»Ich habe heute Carla getroffen.« Die Worte waren heraus, bevor sie sich bremsen konnte, und Joy versuchte, ihre Tochter nicht allzu prüfend zu mustern.

»Aha.« Heather bemühte sich um Gleichmut, ihr Gesicht zeigte keinerlei Regung.

Joy hatte ein schlechtes Gewissen, weil sie es angesprochen hatte, aber jetzt, wo sie Carla schon mal erwähnt hatte, konnte sie auch weitermachen.

»Ich dachte, sie wäre deine Brautjungfer? Was ist denn passiert?«, fragte sie.

Ihre Tochter zuckte die Achseln und löste sich aus Darrells Umarmung. »Sie geht sowieso nach San Francisco. Außerdem ist sie plötzlich total komisch zu mir.«

»Das kann man wohl sagen«, rief Darrell. »Sie glauben ja nicht, was sie gesagt hat, Mrs Sheldon.«

»Halt die Klappe, Darrell.« Heathers Wangen wurden rot.

Während sie die Kuchenform zum Einweichen in die Spüle stellte, beobachtete Joy ihre Tochter. Einen Augenblick lang sagte niemand ein Wort.

»Also, erzählt ihr mir noch, was sie gesagt hat?«, hakte sie nach, wobei ihr bewusst war, dass es eigentlich nicht ihre Art war, so hartnäckig zu sein.

Das junge Paar wechselte einen unsicheren Blick. Darrell sah Joy wieder an, und ihr kam der Gedanke, dass seine Augen sogar noch größer waren als die seiner Mutter und noch mehr an einen Fisch erinnerten.

»Sie hat Heather erklärt, dass sie nicht zur Hochzeit kommen kann, weil sie in Heather verliebt ist!« Er wieherte laut. »Ist das zu fassen, Mrs Sheldon? Carla ist eine Lesbe! Was für eine Verschwendung!«

»Ich hab gesagt, du sollst die Klappe halten, Darrell«, fuhr Heather ihn an.

»Warum muss denn so ein Geheimnis darum gemacht werden?«, entgegnete Darrell. »Sollte deine Mom nicht auch erfahren, warum Carla nicht kommt?«

»Mann, Darrell, manchmal ... manchmal ... bist du so ...« Genervt seufzte Heather. »Findest du nicht, dass wir Carlas Privatsphäre respektieren sollten?«

»Ey, schon gut, tut mir leid«, sagte Darrell, aber Heather war schon aus dem Zimmer gestürmt. Sie lauschten beide, wie sie die Treppe hinaufstampfte und ihre Zimmertür hinter sich zuschlug.

»Setz dich, Darrell«, sagte Joy und hatte plötzlich Mitleid mit ihm.

Er ließ sich auf einen Stuhl plumpsen und wirkte verloren und betreten. Sie räumte die Küche fertig auf. Die ganze Zeit sagte Darrell kein Wort, sondern klopfte nur mit den Fingern auf die Tischplatte.

»In einer Minute kommt sie wieder herunter«, versicherte ihm Joy und richtete den Kuchen auf einem Teller an.

»Ich weiß gar nicht, warum sie so sauer deswegen ist. Ich finde es irgendwie witzig.«

»Witzig?«, meinte Joy. »Stell dir vor, du erfährst, dass dein bester Freund schwul und in dich verliebt ist!«

Darrell war entsetzt. »Ich würde ihm in die Eier treten«, sagte er halblaut.

»Vielleicht ist sie ja wütend auf Carla«, sagte Joy, aber als sie darüber nachdachte, war ihr klar, dass es nicht Wut war, was ihre Tochter gegenüber der alten Freundin empfand. Etwas anderes hatte diese Reaktion ausgelöst. Es war jener defensive Zorn, der einhergeht mit einer Mischung aus Angst, Schuldgefühlen und Scham.

Auch Heather hatte Gefühle für Carla, aber Joy konnte nicht recht glauben, dass ihre Tochter lesbisch war. Aber was, wenn doch? Joy wollte sich gar nicht ausmalen, wie Eddie auf diese Neuigkeit reagieren würde, ganz abgesehen von dem riesigen finanziellen Verlust, den eine abgesagte Hochzeit bedeuten würde.

Sie sollte hinaufgehen und mit Heather reden, aber sie hatte Angst vor dem, was ihre Tochter womöglich eingestehen würde. Joy wünschte, sie hätte Carla heute nicht getroffen. Warum nur hatte sie es überhaupt angesprochen? Man hätte es doch ganz einfach auf sich beruhen lassen können.

Bevor sie eine Entscheidung treffen konnte, war Darrell schon auf dem Weg zur Küchentür.

»Ich gehe rauf und sage, dass es mir leidtut«, meinte er.

Er liebt meine Tochter, dachte Joy. Aber sie wird ihn niemals auf die gleiche Art lieben.

Heute Abend wollte Lewis sich nur noch besinnungslos betrinken. Er hatte beschlossen, sich ordentlich volllaufen zu lassen. Er hatte alles Recht der Welt, schwankend auf dem Barhocker zu sitzen, einen Jack Daniel's nach dem anderen zu bestellen und jeden in der Kehle brennenden Drink mit einer Flasche Bier zu löschen. Es verschlug ihn ausgerechnet in den *Rusty Spur Saloon.* Jahrelang war er nicht mehr hier gewesen. Seit sie Mitte der Siebziger die harten Drinks hinter sich gelassen hatten, waren Samantha und er kaum noch in Bars gegangen. Stattdessen hatten sie Restaurants aufgesucht und waren zu Weintrinkern geworden.

Die Bar war voller Baseballfans, und es spielte eine Band. Es war der perfekte Ort, um allein zu sein und zu trinken. Hier nahm niemand Notiz von ihm. Je mehr er trank, desto nüchterner fühlte er sich und desto stärker empfand er den Verlust. Er versuchte, sich vorzustellen, dass seine Frau zu ihm zurückkehrte, aber er wusste, dass Samantha nie mehr wiederkommen würde. Es hatte sich schon lange angekündigt. Sie waren nicht füreinander geschaffen, und sie beide wussten das. In all seine Wut, den Schock und das Gefühl der Zurückweisung mischte sich ein winziger Hauch Erleichterung.

Das Verlustgefühl war ein alter Schmerz, eine Wunde, die er mehr als zwanzig Jahre lang ignoriert hatte. Je länger er sie geleugnet hatte, desto schlimmer hatte sie geschmerzt. Es ging um seine und Marnies Liebe, die er verloren hatte, und um das, was mit Lizzie passiert war. Ihre Schicksale waren miteinander verwoben: Samantha, Lizzie, Marnie. Zu erfahren, dass Marnie, gerade mal vier Monate nachdem er aus London weggegangen war, Pete Piper geheiratet hatte, hatte ihm nicht weniger das Herz gebrochen als nun die Tatsache, dass ihn seine Frau verlassen hatte. Hatte Marnie ihn damit bewusst verletzen wollen? Selbst nach all den Jahren schmerzte es ihn, dass er sie verloren hatte. Wie hatte er sie nur dafür verantwortlich machen können, was mit Lizzie geschehen war? Und doch hatte er es getan.

London, 13. April 1967, 18:17 Uhr

Lewis saß wieder am Steuer, auch wenn ihn Schuldgefühle plagten, dass er Lizzie in diesem Haus in Paddington zurückgelassen hatte. Doch er hatte keine Wahl. Ihm blieb fast keine Zeit mehr.

Er drückte aufs Gaspedal, und sein MG Roadster schoss durch den Verkehr Richtung South Kensington, wo Marnie ihre Wohnung hatte. Die Geschwindigkeit und die bevorstehende Herausforderung versetzten ihn in Hochspannung. Ihnen blieb gerade mal eine Stunde. Sie würden wie immer zusammenarbeiten. Und es wäre das letzte Mal, dass sie ein Geheimnis daraus machten. Das hatte Lewis ihr versprochen.

Sie saßen nebeneinander in Marnies Wohnung, der Tisch übersät mit Dutzenden ihrer Entwürfe. Die Fenster standen offen, und die Nacht brach schnell herein. Unten auf dem Platz konnte er immer noch den Feigenbaum ausmachen, dessen saftig grüne Blätter so unverhohlen sinnlich waren. Sanft raschelten die sonnenblumengelben Vorhänge und tauchten alles vor seinen Augen in einen hoffnungsvollen Glanz. Sie beugten sich über die Entwürfe, die Marnie gezeichnet hatte, während Lewis mit Lizzie unterwegs gewesen war. Lewis vergaß alles andere: Lizzie und ihr grässliches Gemälde, Sammy, das amerikanische Mädchen, und den unheilvollen, flüchtigen Blick, den er von Jim erhascht hatte. Er dachte weder an das Büro noch die Partnerschaft und noch nicht einmal an George.

Sie waren ein Team. Marnie und er waren eine Einheit, konzentriert auf ihr kreatives Schaffen; wortlos reichten sie sich

Zigaretten hin und her und hatten nichts anderes im Sinn als die Zeichnungen, die vor ihnen lagen. Sie diskutierten. Er wollte eine freiere Gestaltung mit einer monotoneren Farbgebung. Sie setzte ganz auf ein strenges Design in Feuerrot und Königsblau und ein starkes Symbol: der rote Phönix, der aus blauen Flammen emporstieg. Sie rief ihm die Schlichtheit von Henrions Design für die KLM in Erinnerung: eine einzige Farbe, ein helles Blau, mit dem bedeutungsschweren Symbol der Krone. Lewis hielt dagegen, dass Feuer eine schlechte Idee sei. Wollte man wirklich die Flanken eines Flugzeugs mit der Assoziation an eine Katastrophe schmücken? Aber Marnie widersprach: Es sei ein Feuer, das Macht und Energie verkörpere, die Flammen unter dem Vogel so abstrakt, dass sie auch Blätter eines Baums sein mochten. Das Bild würde die Zeiten überdauern und fortbestehen, genauso wie Marnies künstlerisches Schaffen.

Er zog sie auf und sagte, sie habe ein noch größeres Ego als George, aber sie lachte, und er fing ihr Lachen mit seinen Lippen auf. Sie küssten sich, konnten nicht voneinander lassen. Er drängte sie auf den Tisch, schob ihren Rock hoch, und sie liebten sich an Ort und Stelle. Während die Zeichnungen wie ein vielfarbiger Tusch um sie herumwirbelten, stieß er tief in sie hinein. Er wollte spüren, dass Marnie ganz ihm gehörte. Er wollte ihr sein Vertrauen schenken.

Scottsdale, 23. März 1989

Die Dämmerung war der Dunkelheit gewichen, als Joy in die Altstadt von Scottsdale fuhr. Zwar war Eddies Büro so nahe, dass man zu Fuß hingehen konnte, aber zu dieser Tageszeit fuhr sie lieber mit dem Auto. Mittlerweile hatte es abgekühlt, noch war es ein Frühlingsabend, und am Horizont zeichneten sich die letzten Streifen Sonnenlicht ab.

Nachts erhob sich das Land. Am Tag drückte der hitzeschwangere Himmel manchmal so schwer auf die Landschaft herab, dass Joy sich fühlte, als würde sie auf den Boden gepresst. Sie nahm sich die Kakteen zum Vorbild, die sich den Umständen widersetzten, das bisschen aus der Erde holten, das sie bekommen konnten, und trotz der großen Schwerkraft der Wüste himmelwärts strebten. Wie hätte sie sich wohl in Irland gefühlt? In einer so völlig anderen Landschaft, die das ganze Gegenteil dessen war, was sie kannte? Hatte sie überhaupt je in ihr Leben gehört? War sie womöglich nur eine Besucherin der Welt der Joy Sheldon, Tochter von Jack und Teresa Porter, Ehefrau von Eddie? Wäre sie ein anderes Mädchen, eine andere Frau geworden, hätte ihre irische Mutter sie nicht weggegeben?

Joys Herz begann zu rasen. Sie nannte diesen Zustand ihr Kolibri-Herz, denn sie hatte gelesen, dass das Herz eines Kolibris mitunter mehr als tausend Mal in der Minute schlug. Ihr passierte es hin und wieder, wenn sie aufgeregt war, Angst hatte oder einen Schrecken bekam. Hätten Eddie und sie sich gefunden, wenn sie in Irland aufgewachsen wäre? War er ihr vom Schicksal bestimmt? Tatsächlich hatte sie genau das immer geglaubt.

Joy überkam der brennende Wunsch, Eddie zu berühren und jetzt sofort mit ihm zu schlafen. Was würde er wohl sagen, wenn sie ins Büro stürmte, die Jalousien herunterzog und ihn auf den Schreibtisch schob, während der Feigenkuchen im Eifer ihrer Leidenschaft vergessen wäre?

Sie fuhr auf den Parkplatz gegenüber von Eddies Büro. Seine Corvette stand vor dem Haus neben einem weiteren Auto. Sie hatte nicht daran gedacht, dass er womöglich einen Kunden zu Besuch hätte. Sie biss sich auf die Lippe und war sich unsicher, ob sie da hineinplatzen sollte.

Sie drückte die Türklinke hinunter und stellte fest, dass die Tür nicht verschlossen war. Sie könnte im Empfangsbereich auf ihn warten. Bestimmt wäre das Gespräch bald beendet.

Joy trat in die kühle Zuflucht des leeren Empfangsraums. Sie setzte sich neben die Tür zu Eddies Büro und nahm den Feigenkuchen auf den Schoß. Sie sah zu, wie der Uhrzeiger tickend weiterwanderte. Doch sie hörte nicht nur das Ticken der Uhr, da waren auch noch andere Geräusche. Anfangs war ihr nicht klar, was sie da hörte. Sicher aber war es kein Kundengespräch. Und dann dämmerte es ihr.

Joy stand auf, den Kuchen immer noch in einer Hand, mit der anderen packte sie den Türgriff und riss die Tür auf.

Der Anblick ließ ihr Herz stillstehen. Auf dem Schreibtisch ihres Mannes saß Erin Winters, den Rock bis zur Hüfte hochgeschoben, mit gespreizten Beinen und den Kopf zurückgeworfen. Eddie kniete vor der zukünftigen Schwiegermutter seiner Tochter und vergrub das Gesicht zwischen ihren Beinen. Er machte etwas mit Erin, das er in den langen Jahren ihrer Ehe für Joy nie gemacht hatte.

Joy schrie auf, nur ganz kurz, und das Liebespaar löste sich voneinander. Sie sah den Schrecken, der Erin ins Gesicht geschrieben stand, und als ihr Mann sich umdrehte, war sein Blick von der Lust getrübt. Sie rannte nicht weg, noch nicht. Sie war lange genug in diesem Raum, um die Funken der Ekstase zu erkennen, die zwischen Eddie und Erin sprühten. Das Echo ihres Schreis verklang. Sie ließ den Kuchen fallen und floh.

Lewis kippte ein weiteres Glas Jack Daniel's am Tresen des *Rusty Spur Saloons*.

In seinem Kopf kreisten Geräusche und Bilder. Samanthas Stimme, die ihm erklärte, er solle nicht länger in der Vergangenheit leben. Lizzies Lachen, das ihn heimsuchte, und Marnies Augen – jener letzte Blick, der sich ihm ins Herz gebohrt hatte und ihn quälte.

Er ließ den Kopf sinken, der so schrecklich schwer schien – als sei das Gewicht all dieser Erinnerungen zu groß, um sie zu ertragen. Er sackte auf dem Barhocker zusammen.

»He, Kumpel, vielleicht sollten Sie besser nach Hause gehen.«

Der Barkeeper beugte sich über ihn. Lewis rappelte sich auf und streckte den Rücken durch. »Nur einen noch«, sagte er und bemühte sich, den Blick des Mannes zu halten.

»Sicher?«

»Ja, und zwar einen Doppelten.«

»Okay, Mann.«

»Ach, haben Sie eigentlich auch irischen Whisky?«

Der Barkeeper stellte ein Glas Jameson vor ihn hin. Lewis nahm einen Schluck. Er war leichter als der Bourbon, weniger süß. Er stellte sich vor, dass der Whisky ihn stärkte.

»Waren Sie schon mal in Irland?«, fragte er den Barkeeper.

»Ne, aber ich kenne 'ne Menge Typen aus Irland. Die trinken nicht schlecht, das sag ich Ihnen.«

»Ich werde nach Irland fahren«, erzählte ihm Lewis.

»Ach ja?«, meinte der Barkeeper gleichgültig und ging wieder ans andere Ende des Tresens.

»Ich werde die Frau meiner Träume finden«, sagte Lewis zu niemandem im Besonderen, wobei seine Stimme im Lärm unterging, weil die Band eben wieder zu spielen begann. Er blickte sich um. Alle Leute waren in ihre eigenen Gespräche vertieft und hörten mit halbem Ohr der Band zu. Er musste einen traurigen Eindruck machen, wie er da betrunken beinahe vom Hocker rutschte.

Er sah zur Tür, und gerade als er darüber nachdachte, dass er seine Würde retten und gehen sollte, kam sie herein. Ihr langes schwarzes Haar hing ihr lose und wild ums Gesicht, das blass war im schummrigen Licht. Sie sah aus, als wäre ihr ein Geist erschienen.

Mit entschlossener Miene schob sie sich durch das Gedränge. Sie hatte ihn offensichtlich nicht bemerkt, doch als sie an die Bar kam, landete ihr Blick schließlich auf ihm. Ihr Körper schien zu beben, als sie vor Schreck erstarrte. Merkwürdigerweise war Lewis überhaupt nicht überrascht. Es war, als habe er sie erwartet.

»Hallo, Joy«, sagte er. »Darf ich Sie auf einen Drink einladen?«

Seine Augen glänzten. Er war betrunken, aber es kümmerte sie nicht. Sie war froh, dass Lewis Bell hier im *Rusty Spur* war.

»Ich nehme ein Bier und dazu auch so einen«, sagte sie. In diesem Augenblick würde sie alles trinken. Sie musste das Bild auslöschen, das sie gerade vor Augen gehabt hatte.

Der Barkeeper stellte ein großes schaumiges Bier vor sie hin. Sie griff danach und nahm einen Schluck, dann trank sie einen großen Schluck Whisky hinterher. Er brannte ihr in der Kehle, und ihre Augen tränten, aber sie fühlte sich sofort ein wenig besser.

»Alles okay?«, fragte Lewis. Er hatte die Ellbogen auf den Tresen gestützt, und sein Kopf wackelte ganz leicht.

»Ja, es geht mir gut«, erwiderte sie, obwohl sie am liebsten ihren Schmerz herausgebrüllt hätte, damit die ganze Welt davon erfuhr. »Wollen Sie auch ein Bier?«

»Besser nicht, denke ich.« Er sprach undeutlich. »Ich hatte schon genug. Meinen Sie nicht, Sie sollten es ein bisschen langsam angehen?«

Plötzlich stieg Ärger in ihr hoch. Warum war Lewis hier ganz allein? War er auch nicht anders als Eddie und wollte eine Frau aufreißen?

»Was machen Sie hier eigentlich, Lewis?«, herrschte sie ihn an. »Wo ist Ihre Frau?«

Ihre Direktheit schreckte ihn auf. Heute Abend war Joy ganz und gar nicht schüchtern. Entschlossen blickte sie ihn an. Es war unmöglich, ihrer Frage aus dem Weg zu gehen.

»Sie ist fort«, hörte er sich sagen.

»Wohin?«

»Santa Fe«, nuschelte er. »Sie ist für immer weg.«

Er gab dem Barkeeper einen Wink, dass er ihm noch ein Bier bringen sollte. Joy antwortete nicht, sondern starrte ihn nur an.

»Sie hat gesagt, dass es schon seit Jahren aus ist zwischen uns.«

»Sind Sie sicher, dass sie für immer weg ist, Lewis?« Joys Stimme war jetzt sanft. »Vielleicht will sie nur die Dinge zwischen Ihnen beiden klären. Sie sollten ihr hinterherfahren.«

»Nein, sie war da ganz deutlich.« Er schüttelte den Kopf. »Es ist vorbei.«

»Das tut mir leid«, sagte sie und nahm diesmal einen etwas manierlicheren Schluck Whisky.

»Tot. Ich bin tot. In den Augen meiner Frau bin ich ein toter Mann.«

»Ich finde nicht, dass Sie ein toter Mann sind.«

»Sie kennen mich bloß noch nicht gut genug.« Er lachte schwach.

»Hören Sie auf«, widersprach sie. »Sagen Sie so was nicht.« Sie legte ihm die Hand auf den Arm. Er sah auf die Hand hinunter. Er wollte seine darumlegen, aber er rührte sich nicht, sondern blickte nur auf ihre kleinen Finger, die sich in sein Fleisch drückten.

»Mensch.« Er riss seinen Blick los und sah ihr ins Gesicht. »Wir müssen aufhören, uns dauernd so zu begegnen. Langsam wird es unheimlich.«

»Vielleicht sind wir ja schon ganz oft an denselben Orten gewesen, aber wussten es vorher nicht, weil wir uns noch nicht kennengelernt hatten. So groß ist Scottsdale ja nicht.«

»Vielleicht.« Er betrachtete sie. »Deswegen kommen Sie mir immer so bekannt vor. Weil wir einander schon gesehen haben. Schon oft.«

Joy nickte. Er beobachtete sie dabei, wie sie den Whisky trank. Sie trug ein bezauberndes grünes Sommerkleid mit weißen Gänseblümchen. In der dämmrigen Bar schimmerte ihre blasse Haut. Sie sah frisch und rein aus – ein Fremdkörper in dieser lautstarken Menschenmenge.

»Was tun Sie hier, Joy?«, fragte er. »Wo ist Ihr Mann?«

»Ich kann Ihnen sehr genau sagen, wo mein Mann ist.« Sie hielt inne und trank noch einen Schluck Bier. »Eddie macht Überstunden im Büro.«

»Er ist ein ziemlicher Workaholic, oder?« Seltsamerweise hatte er das Gefühl, irgendwie in Konkurrenz zu Joys Mann zu stehen.

»Ja, den Eindruck macht er«, sagte sie und wischte sich mit dem Handrücken über den Mund.

»Fleißig und ehrgeizig …«, sagte Lewis. »So war ich vor Jahren auch einmal, aber jetzt nicht mehr. Nein …«

»Ich bin froh, dass Sie nicht so sind«, unterbrach sie ihn, und wieder wirkte sie wild entschlossen. »Hey, wollen wir woanders hingehen?«

Überrascht sah er sie an. »Okay«, erwiderte er vorsichtig. »Wohin wollen Sie denn?«

Sie fuhr mit ihm hinaus in die Wüste bis an den Fuß der McDowell Mountains. Sie stiegen aus und sahen auf die Lichter von Scottsdale hinunter. In der Ferne konnten sie den hellen Schimmer von Phoenix erkennen. Schweigend setzten sie sich auf den Wüstenboden und blickten hinauf in den Sternenhimmel. Langsam begann das grauenhafte Bild von Eddie mit Erin Winters zu verblassen.

»Schauen Sie, ein Komet!«, rief Lewis plötzlich. »Ich werde mich nie an den Nachthimmel in Arizona gewöhnen. Hier muss man sich andere Galaxien nicht vorstellen – man sieht sie selbst.«

»Diese Polarlichter waren überirdisch, finden Sie nicht auch?«, fragte sie.

Er wirkte so empfindsam, wenn er nachdachte, schoss es ihr durch den Kopf. Ernst und kultiviert ... so ganz anders als ihr Cowboy-Ehemann.

»Aber wie kamen die bis hier herunter?«, fragte er.

»Das war ein gigantischer Magnetsturm«, erklärte sie. »Quebec hatte neun Stunden lang keinen Strom. Einfach ein verrücktes Naturereignis.«

»Ein Wunder«, sagte er.

»Ja, vermutlich ist es das.«

Sie war sich seines Körpers neben ihr überaus bewusst. Nie im Leben hatte sie – Eddie ausgenommen – so dicht neben einem Mann gesessen. Es machte ihr Angst, aber es erregte sie auch, allein mit ihm zu sein. Sie schauderte.

»Ist Ihnen kalt?«, fragte Lewis. »Hier, nehmen Sie meine Jacke.«

Allen Einwänden zum Trotz bestand er darauf, ihr die Jacke um die Schultern zu legen. Sie atmete seine Wärme, seinen Duft ein.

»Ich liebe die Wüste«, sagte sie. Seine Jacke schenkte ihr ein Gefühl von Geborgenheit. »Ich bin jeden Frühling mit meinem Dad zum Wandern gegangen, auf der Suche nach Wildblumen. Dieses Jahr allerdings nicht, er ist letztes Jahr gestorben.«

»Das tut mir leid. Klingt, als hätten Sie sich nahegestanden.«

»Ja.« Sie biss sich auf die Lippe, um die Tränen zurückzuhalten. Sie wollte nicht an den Tod ihres Vaters denken. Es schmerzte noch zu sehr. Keinesfalls wollte sie vor Lewis in Tränen ausbrechen. Sie lenkte das Thema auf ihn.

»Leben Ihre Eltern noch?«

Er schüttelte den Kopf. »Nein, mein Vater starb im Zweiten

Weltkrieg, als ich noch ganz klein war; ich habe ihn nie richtig kennengelernt. Und meine Mutter ist vor sieben Jahren gestorben.«

»Vermissen Sie sie?«, fragte Joy.

»Nein«, erwiderte er, und sie hörte eine gewisse Härte heraus.

»Da gab es nichts zu vermissen. Meine Mutter war eigentlich nie da, als ich ein Kind war.«

»Es ist eine komplizierte Angelegenheit«, meinte Joy. »Die Beziehung zwischen Eltern und Kindern … Manchmal mache ich mir Sorgen, dass ich als Mutter nicht gut genug war. Dabei ist es das Einzige, was ich in meinem Leben gemacht habe.«

»Für mich klingt es so, als seien Ihre Kinder zu anständigen jungen Erwachsenen geworden«, meinte Lewis.

Im Dunkeln versuchte sie, die Konturen seines Gesichts auszumachen. Sein Haar war dicht und widerspenstig. Es konnte einen Haarschnitt brauchen, aber das Wilde daran gefiel ihr. »Macht es Sie traurig, dass Sie keine Kinder haben, Lewis?«

»Ich versuche, nicht daran zu denken.« Er zuckte die Achseln. »Eigentlich schon, aber vermutlich wäre ich sowieso kein guter Vater.«

»Das glaube ich nicht.«

»Sie kennen mich doch kaum, Joy!« Er lächelte sie an, und sie verspürte den Wunsch, die Hand auszustrecken und die Lachfältchen um seine Augen zu berühren. »Ich tu mich schon schwer, diese Pflanzen am Leben zu erhalten.«

Schweigend saßen sie da und lächelten einander an. Wie würde dieser Abend enden? Sie konnte nicht zurück nach Hause. Noch nicht. Plötzlich hatte sie den Drang, sich Lewis anzuvertrauen.

»Stellen Sie sich vor, letztes Jahr habe ich erfahren, dass ich adoptiert bin.«

»Was?« Er sah sie interessiert an. »Wie kam es dazu?«

»Mein Vater hat es mir kurz vor seinem Tod erzählt. Ich bin in Irland zur Welt gekommen und noch als Baby nach Amerika gekommen.«

»Wissen Sie, wer Ihre leiblichen Eltern sind?«

»Nein.«

»Macht es Ihnen etwas aus?«

Sie legte die Hände in den Schoß und blickte in den Himmel hinauf.

»Ja«, antwortete sie. »Es macht mir etwas aus. Ich träume davon, nach Irland zu gehen und meine Mutter zu finden.«

»Dann sollten Sie es tun, denke ich.«

Sie ließ seine Worte nachklingen und war überrascht, wie viel sie ihr bedeuteten.

»Danke«, sagte sie und drehte sich ihm zu. »Dafür, dass Sie außer Ray der einzige Mensch sind, der das Ganze aus meiner Perspektive sieht.«

Bevor sie es sich anders überlegen konnte, beugte sie sich zu ihm hin und küsste ihn.

Er erwiderte ihren Kuss, und es fühlte sich wunderbar an. Er wusste, es war falsch. Sie war verheiratet, und trotzdem fühlte es sich richtig und ganz und gar natürlich an, diese Frau zu küssen.

Er nahm sie in die Arme, spürte ihren weichen Körper, der sich an ihn drückte. Sie duftete wie die satte Frühlingsluft, nach dem berauschenden und zarten Aroma von Orangenblüten.

Kurz lösten sie sich voneinander und blickten sich in die Augen.

»Lewis«, flüsterte sie. »Schlaf mit mir.«

Ihre Worte versetzten ihn in Erstaunen und ließen jede einzelne Faser in ihm erbeben.

Bevor er auch nur einen Gedanken fassen konnte, küsste sie ihn wieder. Ihre Hände lagen auf den Knöpfen seines Hemds. Begehren stieg in ihm auf, stärker, als er es seit Jahren empfunden hatte. Samantha war eine wunderschöne Frau, aber ihr Aussehen hatte ihn immer ziemlich kaltgelassen. Bei Joy war es anders, sie erinnerte ihn an Marnie, als ihre weichen Rundungen sich an seinen Körper schmiegten. Er fühlte sich jung und voller Leidenschaft und Verlangen.

Sie ließen sich auf die harte Wüstenerde sinken. Er schob die Träger ihres Sommerkleides hinunter, und sie öffnete den Reißverschluss und entblößte ihre Brüste. Er küsste die Knospen ihrer Brüste und lauschte ihrem Stöhnen. Sie war voller Leben, wie sie da unter ihm lag, auf eine Art, wie es Sammy nie gewesen war. Sie drückte sich ihm entgegen, und er spürte, wie sehr sie sich nach ihm verzehrte. Dann öffnete sie seinen Gürtel und schob ihre Hand unter den Hosenbund.

»Bist du ganz sicher, dass du das willst?«, fragte er mit vor Lust belegter Stimme.

Sie nickte, das Gesicht ganz ernst.

Sie waren eins in ihren Bewegungen, eine perfekte Einheit aus Leidenschaft, und alle Zwänge des Lebens fielen von ihnen ab. Hier draußen in der Wüste gab es nur sie beide, und sie liebten sich.

Joy erwachte in seinen Armen. Sie lagen unter ihrer Navajodecke. Ihr war sofort bewusst, dass sie nichts bereute. Der dunkelblaue Himmel nahm bereits einen satten Saphirschimmer an, als das goldweiße Licht hinter den McDowell-Bergen hervorkam. Sie blickte zu Lewis, seine Augen waren offen. Sie fragte sich, wie lange er hier schon gelegen und ihr beim Schlafen zugesehen hatte.

»Guten Morgen«, sagte sie, lächelte ihn an und streckte die Beine aus. Sie genoss es, wie sein Körper den ihren umfangen hielt.

»Bitte verzeih mir, Joy, falls ich dich gestern Abend irgendwie ausgenutzt habe …«, setzte Lewis an.

»Du hast mich nicht ausgenutzt, Lewis«, unterbrach sie ihn, setzte sich auf und zog das Kleid über. »Ich habe eher den Eindruck, es war umgekehrt.«

»Du bist verheiratet, Joy, und Samantha hat mich gestern erst verlassen. Ich war nicht recht bei Sinnen …«

Er stützte sich auf die Ellbogen, und sie merkte, wie er um die richtigen Worte rang. Die Situation war ihm peinlich. Es versetzte ihr einen Stich.

Sie wandte ihm den Rücken zu und zog den Reißverschluss ihres Kleides hoch. Für sie war die Nacht mehr gewesen als bloßer Sex, der Trost spenden sollte. Aber für Lewis schien es wohl genau das gewesen zu sein.

»Keine Sorge«, versicherte sie ihm. »Ich hatte heute Nacht eine Rechnung offen.« Sie hielt inne und leckte sich über die Lippen. Dann drehte sie sich zu ihm. Sie konnte ihm das nicht auf subtile Weise erklären. »Kurz bevor ich dich im *Rusty Spur* getroffen habe, habe ich meinen Mann im Büro beim Sex mit einer anderen ertappt.«

»O Gott, das ist furchtbar.«

»Deswegen war ich in der Bar«, sagte sie, darum bemüht, ihre Gefühle nicht zu zeigen. »Ich habe jemanden gesucht, um mich an Eddie zu rächen.«

»Also war das heute Nacht …?«

»Kompensationssex …« Sie stand auf und bemühte sich um Ungezwungenheit. »War es das für dich nicht auch?«

Sie sah, wie er kurz die Augen schloss.

»Vermutlich schon.«

»Also ist zwischen uns alles klar?« Sie rang darum, einen coolen und beherrschten Eindruck zu machen, obwohl es in ihrem Innern ganz anders aussah.

Sie machte sich auf den Weg zum Auto, und er lief neben ihr her. Um sie herum wogte ein Meer aus Mexikanischem Goldmohn zwischen den diffusen Silhouetten der Opuntien, und vereinzelt lugten wilde Hyazinthen, Lupinen und Wüsten-Blauglöckchen dazwischen hervor. Ein goldenes Feld mit blauen Bändern. Es hätte ihrem Vater so gefallen. Sie entdeckte Kalifornischen Buchweizen, die fedrigen Blüten der Allionien, dichte Büschel zarter lila Bienenweide und weißer Wüstenwegwarte. Es war wie eine Fundgrube an Frühlingsblumen. Und auch die meisten Kakteen blühten. Die kleinen Blumenkäppchen auf den hoch in den Himmel ragenden Saguaros, der Blütenring auf den Köpfen der Nadelkissenkakteen, orangenfarbene Blüten, die aus den Feigenkakteen sprießten, und die gelben Kelche der Echinocereen empfingen sie am Wegesrand. Die Vielfalt war überwältigend. Beim Anblick der üppigen Natur wurde ihr leichter ums Herz. Sie war sich nicht im Klaren darüber, was sie wegen Eddie tun sollte, aber sie wusste, dass diese prachtvolle Wüstenlandschaft ihr das Gefühl verlieh, etwas wert zu sein.

Mittlerweile war die buttergelbe Sonne ganz hinter den

Bergketten der McDowells hervorgekommen und tauchte die Wüstenlandschaft in geradezu göttliches Licht. Es gab Menschen, die in der Wüste einen beängstigenden Ort sahen, einen Ort des Todes. Bei Joy aber war es, wie bei ihrem Vater, anders. Für sie war die Wüste ein Ausdruck von Leben, das sich allen Widrigkeiten zum Trotz durchsetzte. Es war ein Land für Überlebenskünstler. Sie würde Eddies Treulosigkeit überleben, weil ihr nichts anderes übrig blieb, genau wie Lewis, der es würde überleben müssen, dass seine Frau ihn verlassen hatte.

Spontan nahm sie seine Hand und blieb stehen.

»Lewis«, sie wandte sich ihm zu. »Lass uns Freunde sein.«

»Klar«, meinte er. »Freunde.« Aber in seiner Stimme klang etwas mit, das sie nicht genau einordnen konnte.

Sie spürte die Veränderung in der Luft, als der letzte kühle Hauch der Wüstennacht von der Hitze des Tages abgelöst wurde. Ein Rotschwanzbussard segelte trunken vor Freiheit am Himmel über ihnen. Er schien ein geeignetes Symbol für den anstehenden Tag. Trotz des Kummers über Eddies Betrug und der Verzweiflung über das, was sie im Büro hatte mit ansehen müssen, besaß Joy jetzt etwas, das sie am Morgen zuvor noch nicht besessen hatte. Die Nacht hatte ihr ein Freiheitsgefühl beschert, das sie so noch nie gehabt hatte.

Sie fuhren aus der Wüste. Schweigen hüllte sie beide ein, aber es war nicht unangenehm. Lewis saß neben ihr, sah zu, wie sie in die Cactus Road fuhr und vor seinem Haus stehen blieb. Der Schleier vom Alkohol des Vorabends hatte sich noch nicht gelüftet. Alle ihre Bewegungen erschienen ihm wie in Zeitlupe: wie sie sich sanft auf die Lippe biss, als sie sich aufs Einparken konzentrierte, der Schwung ihres dunklen Haars, das sie sich aus dem Gesicht strich, die langsame Drehung des Schlüssels in der Zündung. Nie zuvor war ihm die Straße so ruhig vorgekommen. Sein Kopf dröhnte, und Adrenalin fuhr durch seinen Körper, als er sie ansah. Sie wandte sich ihm zu, um sich zu verabschieden, und er erkannte, dass ein kleiner Teil seiner selbst in ihr steckte, eine verwandte Güte. Sie hatten in der vergangenen Nacht füreinander gesorgt. Das zumindest hatte er mit Joy geteilt. Er wollte sie noch einmal küssen, doch er bremste sich. Wohin sollte das führen? In sein Haus, hinauf in sein Schlafzimmer und unter die Laken? Er musste sie loslassen, damit sie die Sache mit ihrem Mann in Ordnung bringen konnte.

Als er allein war, fühlte sich sein Haus bereits ganz anders an. Ausgehöhlt. Er ging hinauf ins Schlafzimmer und betrachtete Samanthas leer geräumten Kleiderschrank, die Spur aus Kleidern, die sich über den Teppich zog. Ihm war klar, dass sie nicht zurückkommen würde.

Erst als er wieder in der Küche war, einen Kaffee trank und über Joy Sheldon nachdachte, fiel ihm ein, dass er vergessen hatte, in den Briefkasten zu sehen.

Die Stille zu Hause war betäubend. Obwohl alles aussah wie immer, fühlte es sich für Joy an, als sei ein Hurrikan durchs Haus gefegt und alles wäre verschoben, schief und aus dem Gleichgewicht gebracht. Es war ein Haus der Lügen.

Auf dem Küchentisch lag ein Brief von Eddie. Sie riss den Umschlag auf. Ein Blatt mit dem Briefkopf von Sheldon Scottsdale Immobilien. Sie überflog es. Sie wollte nicht, dass die Worte ihrem Herzen Wunden zufügten, ihre Gedanken vereinnahmten und sie wieder zu der Person machten, die sie gestern gewesen war. Sie wollte nie wieder diese Frau sein. Diese Närrin.

Ich bin die ganze Nacht aufgeblieben.
Ich mache mir Sorgen. Es tut mir leid. Es war nur das eine Mal.

An dieser Stelle wusste sie, dass er log. Was sie gestern erlebt hatte, war kein einmaliger Sex. Das war ihr vollkommen klar. Zwischen Eddie und Erin hatte eine Komplizenschaft bestanden, und so etwas erwuchs erst mit der Zeit.

Ich habe so lange gewartet wie möglich. Ich musste in die Arbeit. Komm doch im Büro vorbei. Ich liebe dich.
Ich liebe dich.
Ich liebe dich.

Er hatte wohl nicht mehr alle Tassen im Schrank. Glaubte er ernsthaft, sie würde zu ihm kommen? Ihm gegenüber vor dem Tisch stehen, an dem er Erin befriedigt hatte? Sie versuchte, sich ihren gerechten Zorn zu bewahren, doch er zerrte bereits an ihr wie ein Drachen an der Schnur und wollte sich losreißen. Immerhin hatte sie dasselbe gemacht wie ihr Mann, oder nicht? Auch sie hatte ihn betrogen.

Trotzdem hob ihr Betrug den seinen nicht auf. Alles daran schmerzte. Peinigte sie bis ins Innerste ihrer Seele. Der Verrat – ihres Mannes, ihrer Eltern – zog tiefe Spuren in ihrem Leben, er fühlte sich an wie die Krater eines von der Dürre ausgetrockneten Flussbetts, die aufbrachen und wund und quälend waren. Sie wollte das alles fortspülen. Sie brauchte einen Sturm, eine Flut, einen Blitz, der die Wüstenebene erhellte und ihr den Weg nach vorn wies. Sie war eine Mutter, deren Kinder sie nicht mehr brauchten, eine Frau, deren Ehemann sie nicht mehr wollte, und eine verlorene Tochter.

Alles, was sie hatte, war ein Freund.

Joy saß am Küchentisch und stützte den Kopf in die Hände. Alles war kaputt. Die Jahre des Vertrauens, der Liebe, des Zusammenhalts. Hier konnte sie nicht bleiben.

ES IST NICHT DEINE SCHULD

Das waren die Worte, die er so dringend brauchte. Er drehte die Postkarte um. Auf der Vorderseite waren eine Irlandkarte und ein Kleeblatt und in grüner Schrift die Worte »Grüße aus Irland«. Er folgte der Linie der Westküste von Galway nach Norden über Mayo nach Sligo – Marnies Heimat. Er hatte keine Zweifel mehr, dass sie ihm verziehen hatte.

Er hörte sie die Worte sagen.

»Es ist nicht deine Schuld«, hatte Marnie zu ihm gesagt und versucht, seine Hand festzuhalten, doch er hatte sie ihr entzogen, die eiskalten Fingerspitzen ihrem Griff entwunden. Er hatte ihr gesagt, sie solle ihn in Ruhe lassen. Er hatte ihr die Schuld gegeben, und er hatte sich selbst die Schuld gegeben. Er würde nie vergessen, wie sie ihn dieses letzte Mal angesehen hatte. Sie hatte den smaragdgrünen Mantel eng um die Taille gebunden und den Kragen aufgestellt, und das dunkle Haar ballte sich um ihr bleiches Gesicht wie eine Sturmwolke. Ihre Augen quollen über vor Kummer und vor Mitleid mit ihm, und er konnte es nicht ertragen.

»Hau einfach ab – lass mich in Frieden!«, hatte er gebrüllt, und sie war vor ihm zurückgewichen, als hätte er sie geschlagen. Doch ihre letzten Worte hatten sich ihm ins Herz eingebrannt. Er würde sie niemals vergessen.

Marnie hatte sich umgedreht und war gegangen; die Absätze klackerten auf dem blanken Linoleumboden. Marnie in ihrem grünen Mantel, die hinter den Schwingtüren kleiner wurde und schließlich im verregneten Morgengrauen verschwand. Er hatte sie nie wiedergesehen.

So sehr hatte er darum gerungen, diese dunklen Stunden zu vergessen, die längsten Stunden seines Lebens. Es bestürzte ihn noch immer, wie sehr sich sein Leben über Nacht verändert hatte. Er hatte alles verloren: seine Arbeit, seine Liebe, seine Familie. Die vergangenen zweiundzwanzig Jahre in Amerika hatte er damit zugebracht, sich neu zu erfinden, aber das Problem war, dass Samantha ebenfalls Teil dieser Vergangenheit gewesen war und er sich seine gesamte Ehe über nicht von der Vergangenheit gelöst hatte. Er hatte sich retten wollen, indem er Samantha rettete. Es war nicht weiter verwunderlich, dass Samantha genug davon hatte. Sie hatte nie darum gebeten, gerettet zu werden.

Konnte er zurückkehren? Konnte er Marnie wiederfinden? Die Freundschaft mit Joy hatte ihn verändert. Die sanfte Bestätigung, die sie ihm zuteilwerden ließ, hatte ihm ein wenig Glauben an sich selbst zurückgegeben. Ihre Berührung hatte seine Leidenschaft geweckt. Vielleicht war er ja gar nicht der gebrochene Mann, für den er sich hielt. Vielleicht wartete Marnie tatsächlich darauf, dass er zurückkam ...

Irische See, 28. März 1967

Auf der Fähre nach Hause offenbarte er sich Marnie. Er erzählte ihr von seinem Vater Philip Arthur Bell, an den er sich nicht erinnern konnte und der in den letzten Kriegsmonaten ums Leben gekommen war. Bell war Teil der Fliegerstaffel der Alliierten gewesen, die Dresden im Februar 1945 bombardiert hatte. Zu der Zeit war Lewis drei Jahre alt und seine Schwester Lizzie gerade mal zwei.

»Möchtest du mir von deiner Mutter erzählen?«, fragte Marnie, als sie nebeneinander an Deck saßen, und hakte sich bei ihm unter. Trotz des Regens wollte sie draußen bleiben, um einen letzten Blick auf ihre Heimat zu werfen. Sie drängten sich aneinander. Lewis trug einen seiner italienischen Anzüge und hatte den Kragen hochgeschlagen. Sein dichtes dunkles Haar war von Regentropfen benetzt.

»Sie ist Irin?«, fragte sie weiter.

»Ja, aber sie hat nie von zu Hause erzählt. Ich weiß nicht, woher sie genau kommt. Wir haben unsere Großeltern nie kennengelernt. Soweit ich weiß, sind sie noch vor unserer Geburt gestorben. Die einzigen Verwandten, die wir kannten, stammten aus der Familie meines Vaters, und die lebten in England.«

»Wo bist du aufgewachsen?«

»Hauptsächlich in der Umgebung von London – in Berkshire, Buckinghamshire und in Surrey. Ein Jahr in Suffolk, ein paar Wochen in Norfolk. Überall und nirgendwo.« Er mied ihren Blick, zog die Zigaretten aus der Tasche und bot ihr eine an.

Sie merkte, dass es ihm unangenehm war, aber sie würde das Fragen nicht bleiben lassen. Immerhin hatte sie ihn eben erst ihrer Familie vorgestellt; jetzt wollte sie mehr über seine erfahren.

Sie wandten einander das Gesicht zu, um die Zigaretten vor Wind und Regen zu schützen. Er legte seine Hand um ihre, und sie betrachtete seine langen, eleganten Finger, als er ein Streichholz anriss und ihr Feuer gab.

»Was meinst du mit *nirgendwo?*«, fragte sie und blies eine Rauchwolke aus.

»Meine Mutter kam nicht damit zurecht, sich allein um uns beide zu kümmern. Sie hat uns immer wieder zu Verwandten meines Vaters geschickt. Sie behauptete, dass sie auf der Suche nach einem neuen Vater für uns wäre, aber im Grunde genommen wollte sie einfach nicht, dass wir an ihrem Rockzipfel hängen.«

»Du gehst ganz schön streng mit ihr ins Gericht.«

Lewis bedachte sie mit einem derart kalten Blick, dass sie erschauderte. »Das würdest du nicht sagen, wenn du sie kennen würdest.«

»Mochtest du deine Verwandtschaft? Was für Leute waren das?«

»Meistens waren es alte, tattrige Tanten. Von manchen wurden wir total verwöhnt, manche waren aber auch böse. Onkel Howard war der Beste. Er war der Bruder meines Vaters, ich war unglaublich gern bei ihm.«

Sie schwiegen, als die Fähre aufs wogende Meer hinausfuhr und feine Spritzer ihre Gesichter trafen. Marnie beobachtete, wie die irische Küste im Dunst verschwand, und spürte ein wehmütiges Ziehen im Herzen wie jedes Mal, wenn sie ihre Heimat verließ. Sie liebte Irland, doch sie konnte dort nicht leben. Sie hatte Träume, die zu groß waren für das Land ihrer Herkunft.

Sie wandte sich Lewis zu, der ebenfalls in die Ferne blickte, aber seine Augenlider flatterten, und sie hatte den Eindruck, dass er weit weg war, in der Vergangenheit. Er hatte eine traurige Kindheit gehabt. Kein Vater, eine herzlose Mutter und eine labile jüngere Schwester, für die er sich verantwortlich fühlte. Marnie wollte ihm den Schmerz nehmen. Eva hatte sie vor Lewis gewarnt. Sie hielt ihn für einen Schürzenjäger, aber im Grunde vermutete Marnie, dass Eva voreingenommen war. Sie schien von keinem Mann besonders viel zu halten, noch nicht einmal von ihrem Ehemann, dem großen George Miller.

Marnie nahm Lewis' kalte Hand und drückte ihm einen warmen Kuss auf die Wange.

»Woran denkst du?«, flüsterte sie.

»Ich habe nie verstanden, warum Onkel Howard mich im Stich gelassen hat«, sagte er leise. »Ich habe nie herausgefunden, was *ich* falsch gemacht habe.«

Sein Gesichtsausdruck zerriss ihr das Herz. Nie zuvor hatte sie ihn so verletzlich erlebt. Sie legte die Hände um seine regennassen Wangen und küsste ihn fest auf die Lippen. Mit jenem flüchtigen Blick auf den kleinen Jungen in diesem Mann war Marnie Lewis Bell endgültig verfallen.

Acht
Relativität

Scottsdale, Karfreitag, 24. März 1989

Joy wusste genau, um welche Uhrzeit ihre Mutter das Haus verließ. Jedes Jahr ging sie am Karfreitag um zwölf in die alte Missionskirche im Zentrum von Scottsdale zur Kreuzwegandacht. Sie hatte sie nie versäumt, nicht einmal, als ihr Mann so krank gewesen war.

Joy stellte das Auto zwei Straßen von ihrem Elternhaus entfernt ab. Der alte Ford ihrer Mutter stand natürlich nicht in der Einfahrt. Sie ging um das Haus herum und hob das lose Stück der Fensterbank des rückwärtigen Badezimmers an. Der Schlüssel war da. Das Metall lag kalt in ihrer heißen Handfläche.

Sie schloss die Hintertür auf und schlüpfte ins Haus. Sie zog die Sandalen aus, die noch staubig von der Wüste waren, und durchquerte die Küche. Wo sollte sie anfangen?

Zuerst ging sie an den Schreibtisch aus Eichenholz ihres Vaters, der im Wohnzimmer stand. Er war unverschlossen, aber als sie in den Schubladen und Fächern wühlte, war ihr insgeheim klar, dass sie dort nichts finden würde. Es wäre ein viel zu leicht zu entdeckendes Versteck gewesen für das, wonach sie suchte.

Sie ging hinauf und sah in den Kleiderschrank ihrer Mutter. Eine Weile hielt sie den einen Anzug ihres Vaters in der Hand, den ihre Mutter aufgehoben hatte. Es war sein zweitbester Anzug, in seinem besten war er beerdigt worden. Sie strich über die Ärmel, roch daran und versuchte, sein Bild heraufzubeschwören. Warum hatte er sie verlassen? Sie war noch nicht bereit gewesen.

Sie riss sich von den Kleidern los und hinterließ alles genau so, wie sie es vorgefunden hatte. Dann sah sie in den Schminktisch und die Kommoden neben dem Bett. Nichts. Joy durchsuchte den Badezimmerschrank, die Kommode mit der sauberen Bettwäsche, sie wühlte sich durch die Gegenstände im Schrank ihres ehemaligen Kinderzimmers, aber sie fand nichts als ein paar Erinnerungsstücke aus der Kindheit, die sich wie kleine Dolche in ihr Herz bohrten.

Zurück im Erdgeschoss arbeitete sie sich durch jeden einzelnen Schrank und jede Schublade in der Küche. Sie sah in alten Auflaufformen nach und in einer verstaubten, gesprungenen Teekanne auf der Anrichte. Doch sie konnte nichts finden. War es tatsächlich möglich, dass nicht ein einziges Blatt Papier über ihre wahre Herkunft existierte? Keinerlei Dokument? Keine Geburtsurkunde? Als sie vor zwei Jahren einen Pass beantragt hatte, hatte Mom ihr eine Bescheinigung gegeben. Dabei zeigte sich, dass Joy erst nach dem Umzug nach Scottsdale offiziell registriert worden war. Erschrocken hatte Joy nachgefragt, doch ihre Mutter hatte erklärt, sie hätten es zuvor ganz einfach vergessen. Eigentlich hätte sie sich denken können, dass mehr dahintersteckte, aber die Vorstellung, adoptiert zu sein, war ihr überhaupt nicht in den Sinn gekommen.

Joy stand mitten in der Küche und starrte aus dem Fenster. Sie fühlte sich anders. Haltlos, verloren, aber immerhin etwas besser als in ihrem eigenen Zuhause. Die Nacht mit Lewis in der Wüste hatte etwas in ihrem Wesen verändert. Ihre Schenkel zitterten noch, und das Herz schlug in Kolibri-Frequenz. Sie fühlte sich offen und entblößt, als lägen alle Nervenenden außen am Körper und prickelten wie Antennen. Sie war nicht sie selbst. Sie war eine andere Joy von einem fremden Planeten. Wenn sie mit den Händen durchs Haar führe, würden winzige Sterne an den Fingern haften bleiben. Lewis hatte sie gerettet. Wer weiß, wo sie letzte Nacht gelandet wäre, wenn sie ihm nicht begegnet wäre. Sie war derart aufgebracht gewesen, dass sie noch den letzten Typen abgeschleppt hätte.

»Freunde«, flüsterte sie, als sie an das Versprechen dachte, das sie sich heute Morgen gegeben hatten.

»Nur Freunde«, ermahnte sie sich.

Es war erst wenige Tage her, dass Joy das letzte Mal bei ihrer Mutter gewesen war und den Seeigelkaktus im Garten eingepflanzt hatte, aber als sie jetzt hinaussah, bemerkte sie, dass die Orangen und Zitronenbäume übervoll mit Früchten hingen. Sie wusste, dass ihr Vater sie längst geerntet hätte.

Sie schlüpfte wieder in die Sandalen, öffnete die Türen zur Terrasse und trat hinaus in den Garten, der der ganze Stolz ihres Vaters gewesen war. Es war traurig, wie schnell im Klima von Arizona zu erkennen war, dass ein Garten nicht mehr geliebt wurde. Alles Lebende verkümmerte und verdorrte unter der grellen Sonne. Manchmal träumte Joy davon, an einem

Ort zu leben, wo es üppig wucherte, wo sie sich selbst an der Feuchtigkeit sättigen könnte und sich nicht um dürstende Pflanzen und den ausgebleichten, knochenharten Boden sorgen müsste. Nichtsdestotrotz war die Wüste ihre erste große Liebe. Hier, in der blutroten sandigen Erde, wohnte ihr Herz, und hier wurde ihre Seele von den sengenden Sonnenstrahlen bloßgelegt.

Joy sah zu dem ersten Orangenbaum auf. Schwer hingen die Früchte daran, und der Duft der Blüten war betörend. Sie atmete ihn tief ein.

»Hol eine Leiter und pflück die Orangen, Joy«, hörte sie ihren Dad sagen. »Du machst dir immer viel zu viele Gedanken, Kind.«

Die Leiter, die Harke und das Netz waren in Dads Garage. Sie musste auch einen von Dads alten Sonnenhüten heraussuchen, um ihr Gesicht zu schützen. Sie lief um das Haus, zog das Garagentor auf, und als sie hineintrat, schlug ihr ein Geruch entgegen, der sie zurück in die Kindheit versetzte – zu jenen Samstagnachmittagen, an denen sie ihrem Daddy im Garten geholfen hatte. Joy spürte, wie ihr die Tränen kamen. Sie wünschte sich so sehr, dass ihr Vater noch da wäre und sie mit ihm reden könnte. Würde er ihre leibliche Mutter ebenso sehr als Bedrohung wahrnehmen wie Mom? Sie glaubte es nicht. Immerhin hatte er ihr überhaupt erst davon erzählt. Aber warum nur hatte er damit gewartet, bis er im Sterben lag? Hatte er befürchtet, sie zu verlieren?

Joy setzte sich auf einen Sack mit Erde und holte Luft. In der Garage war es wunderbar kühl, und sie malte sich aus, dass ihr Dad neben ihr säße und den Arm um ihre Schultern legte. Sie betrachtete die vielen Regale voller Gläser und Töpfe und Krimskrams. Niemand hatte hier seit seinem Tod etwas angerührt, und es war nicht zu erwarten, dass es jemand tun würde. Keiner außer ihr interessierte sich für den Garten.

Auf dem obersten Regalbrett sah sie eine große Muschel, die ihr der Vater auf einem Flohmarkt gekauft hatte, als sie vielleicht zwölf gewesen war. Daneben stand die »besondere Kiste«, wie Dad sie immer genannt hatte, in der er alle Bilder aufhob, die sie in der Schule für ihn gemalt hatte.

Sie holte die Trittleiter und klappte sie auseinander, kletterte auf die oberste Stufe und holte die Muschel herunter. Jetzt erinnerte sie sich wieder an ihren Namen – es war eine Abalone. Sie hielt sie unter die nackte Glühbirne und sah, dass die Innenseite schillerte – in grünen, rosa und opalenen Wirbeln wie das Polarlicht. Eines Tages würde sie diese Muschel im Meer baden und den Himmel ins Wasser tauchen.

Noch einmal stieg Joy auf die Trittleiter, um die besondere Kiste ihres Vaters herunterzuholen. Sie stellte sie auf der Werkbank ab, klappte den Deckel auf und breitete alle Bilder aus, die sie als kleines Mädchen für ihren Dad gemalt hatte. Auf den meisten waren Blumen, geheime Gärten, Wälder. Joy musste darüber lächeln, dass sie schon als Kind so besessen von Pflanzen gewesen war. Sie holte alle Bilder heraus, was sie noch nie getan hatte, und besah sich den Fortschritt, den sie über die Jahre gemacht hatte. Die Bilder waren gut – kühn und fantasievoll – und mit Bedacht gestaltet, und trotzdem hatte sie seit der Schulzeit nicht mehr gemalt. Dieser Teil von ihr war verschüttet.

Sie wollte die Bilder zurücklegen, als sie einen braunen Umschlag auf dem Boden der Kiste entdeckte. Sie zog ihn heraus und starrte ihn lange an. Sie hatte ihn nie zuvor gesehen, doch sie wusste genau, was darin war.

Ihm drehte sich der Kopf, als er sich hinlegte. Lewis hatte das Gefühl, als hätte ihn ein Wind umgeweht – wie ein Baum, der dem Sturm zum Opfer fällt.

Mit der Hand hielt er Marnies Postkarte umklammert.

Er blickte an den Deckenventilator, der die heiße, trockene Luft im leeren Schlafzimmer herumwirbelte. Lewis fühlte sich wie ein Fremder im eigenen Leben. Wie war er nur hier gelandet?

Er schloss die Augen und war wieder einer der jungen Londoner des Jahres 1967, die hinausströmten, um sich zu amüsieren, die neue Musik zu hören, und die voller Tatkraft und Abenteuergeist steckten. Lewis hatte es genossen, Teil davon zu sein. Er hatte in diese strahlende, neue Welt gehört. Doch die Sechziger waren lange vorbei, tatsächlich waren sogar die Achtziger schon fast vorbei. Alles befand sich im Wandel. Der Eiserne Vorhang wurde niedergerissen, die Welt ordnete sich neu. Nichts schien so unabhängig und frei, wie es damals gewesen war.

Er versuchte, sich eine der vielen Partys ins Gedächtnis zu rufen, auf denen er gewesen war, die hübschen Mädchen mit den funkelnden Augen, das Pulsieren der Musik, die berauschenden Reisen in alle Winkel seiner Vorstellungswelt. Aber es gelang ihm nicht. Er sah nur Marnie vor sich, in ihrem dunkelgrünen Mantel, wie sie auf ihn einredete. Gleichzeitig aber fühlte er nichts als Joys Berührung, spürte, wie sie die Lippen auf seine presste, spürte ihren zarten Körper, ihre Weichheit, die ihn verzehrte. Ihm war bewusst, dass er drauf und dran war, seine Sehnsucht nach Marnie auf das Begehren, das er für Joy empfand, zu übertragen. Nicht anders, als er es mit Sammy gemacht hatte.

Mit offenen Augen setzte Lewis sich im Bett auf. Plötzlich

herrschte Klarheit in seinem Kopf. Es war offensichtlich, was er zu tun hatte.

Ein einzelnes Blatt Papier glitt aus dem braunen Umschlag auf die Werkbank.

Wie gelähmt und mit zitternden Händen stand Joy da und las. Sie begann ganz oben. Im Briefkopf stand als Absender das Ministerium für äußere Angelegenheiten und eine Adresse in Dublin. Die Schrift war grün, darunter war eine kleine grüne Harfe abgebildet. Der Brief war an ihre Eltern adressiert, Mr und Mrs Jack Porter, an eine ihr unbekannte Adresse in Brooklyn, New York. Datiert war er auf den 13. März 1953.

Wort für Wort las Joy den Brief durch, zwei Mal. Es war die offizielle Genehmigung, ein Kind aus Irland zu adoptieren. Der Brief forderte eine Bestätigung, dass ihre Eltern Katholiken waren und sie das Kind gemäß dem katholischen Glauben erziehen würden.

Sie legte den Brief hin und holte Luft. In der anderen Hand hielt sie immer noch den braunen Umschlag, und sie spürte, dass noch etwas darin war.

Sie griff hinein. Hier endlich war ihre Geburtsurkunde, schwarz auf weiß. Sie versuchte, langsam zu lesen, aber die Augen rasten über das Schriftstück.

Geburtsdatum: 26. April 1951
Geburtsort: Ballycastle, County Mayo
Name: Joyce Mary
Geschlecht: Weiblich
Name und Wohnort des Vaters: Richard Lawrence, Gloucester, Großbritannien

Name und Geburtsname der Mutter: Aoife Catharine Martell, geborene Martell
Berufsbezeichnung des Vaters: Soldat

Da war noch mehr. Ein altes Schwarz-Weiß-Foto. Sie nahm es in die Hand.

Ein Kleinkind mit dicken Bäckchen und pummeligen Beinen lächelte in die Kamera. Es trug ein weißes Kleid und hielt einen winzigen Strauß mit Blumen in der Hand, sie sahen aus wie Butterblumen. Joy betrachtete das Kindergesicht, und ihr wurde bewusst, dass sie noch nie ein Foto von sich als Baby gesehen hatte. Ihre Eltern hatten behauptet, dass sie bei einem Brand vor dem Umzug aus New York verloren gegangen waren. Aber auch das war eine Lüge gewesen.

Sie drehte das Foto um, und auf der Rückseite stand in der Handschrift ihres Dads: »Die kleine Joyce an dem Tag, als sie mich erwählte.«

Joyce. Joy. Das war sie.

Langsam drangen die Fakten zu ihr durch. Ihr echter Name war Joyce Mary Martell. Ihre Mutter hieß Aoife. Sie wusste nicht einmal genau, wie man das aussprach. Ihr Vater hieß Richard Lawrence und war ein Soldat aus England. Sie waren nicht verheiratet. Und Joy war kein Baby gewesen, als ihre Eltern sie adoptiert hatten. Auf der Geburtsurkunde hieß es, sie sei am 26. April 1951 geboren worden, aber die Genehmigung der Adoption stammte vom 13. März 1953. Das bedeutete, sie war fast zwei Jahre alt gewesen, als man sie nach Amerika geholt hatte. Ein Schrecken durchfuhr sie. Hatte sie in den ersten beiden Lebensjahren bei ihrer echten Mutter gelebt? Was war mit ihr, mit Aoife, geschehen?

Sie machte den Umschlag so weit auf wie möglich, hoffte auf

weitere Informationen. Ein Bild der Mutter, ein Brief, eine Adresse … Doch da war nichts.

Joy setzte sich auf einen Hocker, krümmte sich zusammen und legte die Hand auf ihr klopfendes Herz. Im ganzen letzten Jahr, seit sie wusste, dass sie adoptiert war, war Joy immer davon ausgegangen, dass sie als Neugeborenes abgegeben worden war. Aber sie war fast zwei Jahre alt gewesen, als ihre Eltern sie nach Amerika geholt hatten. Sie musste schon geredet haben, herumgerannt sein. Es musste doch Erinnerungen an ihre Mutter geben? Aber sie konnte sich nicht an die winzigste Kleinigkeit erinnern.

Joy stellte sich vor, was sie getan hätte, wenn jemand versucht hätte, ihr Ray oder Heather wegzunehmen, als sie Babys waren. Sie hätte für die Kinder getötet – das wusste sie ganz sicher.

Sie betrachtete das kleine Mädchen auf dem Foto, das sie gewesen war. Das offenherzige Babygesicht, das Geschenk, das sie ihrem neuen Vater gemacht hatte. Angesichts dieser reinen Unschuld hätte sie weinen mögen.

Gleichzeitig aber wollte sie ins Haus stürmen, auf ihre Mutter warten und sie mit all dem konfrontieren, wenn sie aus der Kirche kam. Sie wollte von ihr einfordern, dass sie ihr alles erzählte. Joy musste es wissen. Wo war Aoife Martell? Warum hatte sie ihr Baby weggegeben?

Trotz allem ertrug Joy die Vorstellung einer solchen Konfrontation nicht. Schon jetzt konnte sie sich Moms Tränen ausmalen, wusste, wie sie Joy ein schlechtes Gewissen machen würde, weil sie dieses Wissen einforderte. Wäre es nicht besser zu gehen?

Joy legte den Brief und das Foto zurück in den Umschlag und steckte ihn zusammen mit der Abalone-Muschel in die Tasche.

Sie räumte die Bilder zurück in die Kiste und stellte sie wieder ins oberste Regal. In diesem Augenblick überkam sie ein ganz neues Gefühl – es fühlte sich an wie ein Abschluss. Das Leben ihres Vaters war vorbei, ebenso wie die Fiktion ihrer Kindheit – und die Verletzlichkeit gegenüber der Mutter und deren Urteil.

Joy wusste, sie würde Mom nicht hassen und ihr auch keine Vorwürfe machen, dennoch hatte sich die Liebe zu der Mutter in ihrem Innern verkantet.

Fürs Erste würde sie jetzt gehen.

Auf dem Weg nach draußen nahm Joy einen Besen mit, schob ihn ins dichte Laub des Orangenbaums und rüttelte an den Ästen. Eine einzelne Orange fiel herab und landete in Joys ausgestreckter Hand. Sie schnupperte an der Frucht und atmete das süße, saftige Versprechen ein, dann ließ sie sie in ihre Tasche fallen.

Was aber, wenn Marnie ihn gar nicht mehr kennen wollte, wenn er ihr tatsächlich gegenüberstand?, dachte Lewis. Er war nicht der erfolgreiche Grafiker, der er einmal hatte werden wollen. Er war mittlerweile viel älter, ein abgehalfterter Setzer, der gerade erst von seiner Frau verlassen worden war. Er hatte Angst davor, dass Marnie ihm Fragen über sein Leben und den Katalog seines Scheiterns stellen würde.

Aber er hatte auch Fragen an sie. Warum hatte sie Pete Piper geheiratet? Warum war sie aus London weggegangen und zurück nach Irland gezogen? Vor allem aber: Warum hatte sie ihn nach all den Jahren ausgerechnet jetzt kontaktiert?

Lewis war klar, dass er es keinen Tag länger aushalten würde; er brauchte Antworten. Also rief er Doug an und erklärte seinem Schwiegervater, dass er nun doch seinen Osterurlaub in Irland verbringen würde. Er wäre voraussichtlich mindestens eine Woche fort.

Samantha erwähnte er nicht. Es war offensichtlich, dass ihre Eltern nicht wussten, dass sie ihn verlassen hatte, und Lewis war nicht in der Lage, sich ihrem Kummer, ihren Fragen und der wohlmeinenden Einmischung zu stellen.

Es war merkwürdig, wie wenig ihn die Trennung heute schmerzte. Gestern noch war er am Boden zerstört gewesen. Statt aber an seine Frau zu denken oder zu versuchen, sie zu kontaktieren, kehrten heute Vormittag seine Gedanken immer wieder zu der Nacht in der Wüste zurück. Ihm war bewusst, dass er sehr betrunken gewesen war, trotzdem war etwas Besonderes an Joy Sheldon gewesen, das ihn in seinen Bann gezogen hatte. Sie war nicht sein Typ, sie war zu bescheiden und sanft. Eine ganze andere Spezies als Marnie und Samantha, beides unerschrockene und selbstbewusste Frauen, nach denen sich die Männer – einschließlich Lewis – auf der Straße umdrehten. Joy hatte eine völlig andere Wirkung auf ihn. Mit ihr kam er zur Ruhe. Als er neben ihr lag, in ihr war, fand er Frieden.

»Nur Freunde«, flüsterte er und rief sich in Erinnerung, dass Joy vermutlich in ebendiesem Augenblick damit beschäftigt war, ihre Ehe wieder in Ordnung zu bringen.

Wertgeschätzt. Das war das Gefühl, das Joy ihm vermittelte.

Und ihm wurde bewusst, dass er nie zuvor einen echten Freund gehabt hatte.

Der Nachmittag war warm, aber nicht zu heiß. Eingehüllt in den Duft der Orangenblüten ging Joy zum Auto zurück. Es gab in ihrem Leben einen Anfang, der ihr verborgen geblieben war. All die unbekannten Gerüche, Geräusche und Gefühle, die sie mit ihrer leiblichen Mutter geteilt hatte, machten einen Teil ihres Wesens aus.

Die Tasche schlug schwer gegen ihre Hüfte. Alles, was sie brauchte, war im Kofferraum: der gepackte Koffer, der – bislang ungenutzte – Pass und das Buch über Irland aus der Bibliothek. Zu Hause hatte sie einen Brief für Heather hinterlassen. Sie hatte nicht gewusst, was sie Eddie schreiben sollte, also hatte sie am Ende gar nicht geschrieben. Für ihn fehlten ihr die Worte. Noch.

Als sie die Scottsdale Road entlangging, kam ihr eine Gestalt in einer rosa *Sugar-Bowl*-Uniform auf dem Fahrrad entgegen. Es war Carla.

Sobald das Mädchen Joy erkannte, bremste sie, und Joy musste lächeln, weil das Rad zu groß war und Carla auf den Zehenspitzen balancieren musste und ein bisschen hin- und herwackelte.

»Hi, Carla«, sagte sie. »Wie geht's?«

»Ganz gut«, antwortete das Mädchen ein bisschen unsicher. Sie war erhitzt, auf ihrer Oberlippe sammelten sich Schweißperlen.

»Ich habe gehört, du ziehst nach Kalifornien?«

»Ja, nach San Francisco. Ich werde dort kellnern, bis es im Herbst im College losgeht.« Ihre Augen waren dunkel und finster. »Ich kann's gar nicht erwarten, hier wegzukommen.«

»Ich auch nicht.«

Carla wischte sich mit dem Handrücken über die Lippen. »Fahren Sie weg, Mrs Sheldon?«

»Ja, das mache ich. Ich fliege nach Irland.«

»Irland?« Carla war verblüfft. »Wieso?«

»Das ist eine lange Geschichte. Aber, Carla, könntest du mir einen Gefallen tun?«

»Klar«, erwiderte sie zögerlich.

»Bevor du nach Kalifornien gehst, ruf bitte Heather an und sag ihr, dass sie mitkommen soll.«

Erstaunt riss Carla die Augen auf. »Ich verstehe nicht. Sie heiratet doch, oder?«

»Um ehrlich zu sein, wäre mir lieber, sie ließe es bleiben. Ich fände es besser, wenn sie auf ihr Herz hört.«

Mehr sagte Joy nicht, aber sie sah Carla fest in die Augen. Peinlich berührt senkte das Mädchen den Blick.

»In Ordnung. Wiedersehen.« Carla stieß sich ab, um weiterzufahren.

»Carla!«

Das Mädchen drehte sich auf dem Sattel um. Joy sah, dass ihre Augen sich mit Tränen gefüllt hatten und ihre Lippen bebten. Wie sehr einen die Liebe doch demütigen konnte, dachte Joy. Nichts schmerzte mehr, als zurückgewiesen zu werden. Carla tat ihr so leid.

»Gib Heather nicht auf«, rief Joy ihr hinterher, wobei sie sich fragte, ob ihre Tochter Carlas Liebe überhaupt verdient hatte.

Trotzdem hatte sie die Saat ausgebracht. Hätte ihre Mom damals versucht, sie von der Hochzeit mit Eddie abzuhalten, wäre sie wutentbrannt gewesen. Aber immerhin war sie verrückt nach Eddie gewesen, sie hatte ihn um jeden Preis heiraten wollen, und sie war schwanger. Bei Heather stellte es sich anders dar. Sie war verliebt, das schon, aber nicht in den Bräutigam.

Lewis wühlte im Kleiderschrank und warf all die Jeans, Chinos, Shorts und karierten Hemden auf die Seite, die in den letzten Jahren seine Uniform ausgemacht hatten. Er kramte ein paar Levi's hervor, die in Ordnung waren, und einige einfarbige Hemden. Aber er war auf der Suche nach etwas Bestimmtem. Endlich entdeckte er es, es hing hinter Samanthas alten Maxikleidern. Sein maßgeschneiderter italienischer Anzug. Er zog ihn hervor und hielt ihn ans Licht. Er war immer noch tiefschwarz, nicht eine Naht war aufgegangen. Genau genommen war der gerade Schnitt der Hosenbeine, im Jahr 1967 der letzte Schrei, eben erst wieder in Mode gekommen.

Überraschenderweise passte ihm die Hose noch. Ein wenig eng an der Taille vielleicht, aber immer noch bequem. Er nahm eines der weißen Hemden heraus und zog es an, dazu kam eine blaue Seidenkrawatte, die ihm seine Schwiegereltern einmal zu Weihnachten geschenkt hatten. Zum Schluss zog er die Anzugjacke über und betrachtete sich im Spiegel. Sein Anblick versetzte ihm einen Schock. Sein Gesicht wirkte älter, sein Haar war grau meliert, aber er war immer noch er selbst – ein Geist aus der Vergangenheit. Es war aufregend, diesen alten Lewis wiederzuentdecken, es schien, als wäre alles möglich. Er blinzelte, sah noch einmal hin. Erinnerungen blitzten im Spiegel auf. War er bereit für diese Reise zurück?

Diesen Anzug hatte er an seinem letzten Tag in London die ganze Nacht hindurch bis in den folgenden Vormittag getragen. Er steckte die Hände in die Taschen, ertastete etwas Festes in der rechten und zog es heraus. Es war sein Feuerzeug. Er drehte das Rädchen, und erstaunlicherweise zündete es, und eine Flamme schoss heraus. Nach all der Zeit kam noch immer ein Funke.

London, 13. April 1967, 19:32 Uhr

Herausgeputzt im besten Anzug und bereit für den großen Abend traf Lewis seinen Chef im *Hereford Arms*. Ahnte George überhaupt, dass seine Sekretärin gerade mal fünf Minuten von hier entfernt wohnte, ganz zu schweigen davon, dass sie vor einer halben Stunde nackt unter Lewis gelegen hatte? Hatte er nur die geringste Vorstellung davon, dass ebendiese Sekretärin hundertmal talentierter war als sein gesamtes Männerteam? Allerdings fragte sich Lewis, wie viel Marnie Eva Miller gegenüber vielleicht ausgeplaudert hatte. Wie auch immer, George wusste nichts. Marnies Name fiel überhaupt nicht, als er Lewis bat, ihm die Entwürfe für Phoenix International Airlines zu zeigen.

»Ich will Rex noch nichts vorlegen«, erklärte er Lewis. »Aber ich brauche eine Vorstellung von unserem Ansatz, damit ich ihm beim Abendessen eine Idee davon vermitteln kann.«

Lewis räumte den klapprigen Tisch frei, schob den überquellenden Aschenbecher und die leeren Biergläser zur Seite. Er nahm ein Taschentuch aus der Jackentasche und wischte über die Tischplatte, bevor er den Entwurf, für den er und Marnie sich schließlich entschieden hatten, ausbreitete. Es war der Phönix, in kräftigem Rot, den Kopf mit dem angriffslustigen Schnabel zur Seite geneigt und die Flügel in abstrakten Halbkreisen nach oben geschwungen. Die Schwanzfedern, die aus den blauen Flammen emporstiegen, bildeten einen Pfeil, der die Form der Flügel wieder aufgriff.

Mit undurchschaubarer Miene studierte George den Entwurf.

»Das ist das Logo für die Flugzeuge – es kommt auf das Seitenleitwerk hinten«, sagte Lewis. »Es soll als Wappen auf die Uniformen der Crews, die ebenfalls in Blau und Rot gehalten sind, und auf alle anderen Materialien.«

»Auf dem Flugzeug soll es also keine Schrift geben?«

»Nur PIA für Phoenix International Airlines – unter den Phönix.«

George holte seine Zigarren heraus, ohne Lewis eine anzubieten. Automatisch zog Lewis sein Feuerzeug aus der Tasche, schnippte den Deckel hoch und gab George Feuer. Der Chef zog ein paarmal gedankenverloren an seiner Zigarre. Lewis hatte Lust auf eine Zigarette, aber irgendwie fühlte er sich nicht imstande, sich vor George eine anzuzünden, weil es wie eine Replik auf den Geiz seines Chefs wirken würde.

»Bin mir nicht sicher, ob es ihnen gefällt, dass Feuer auf dem Flugzeug abgebildet wird«, sagte George schließlich.

»Aber der Vogel steigt aus den Flammen empor und schwingt sich triumphierend in die Lüfte. Es ist ein kraftvolles Bild für das Fliegen.«

»Ist wohl eine naheliegende Lösung für eine Fluglinie aus Phoenix«, meinte George und zog an der Zigarre. »Aber es gefällt mir. Doch. Und ich denke mal, unser Mann aus Phoenix wird es auch mögen. Die Farben sind kräftig und selbstbewusst.«

Erleichterung durchflutete Lewis.

»Hervorragende Arbeit, wenn man bedenkt, wie wenig Zeit Sie hatten. Gut gemacht, Junge.« Er klopfte Lewis auf die Schulter. »Laden Sie mich zur Feier des Tages auf ein Bier ein?«

Jetzt war der Augenblick gekommen. Als Lewis am Tresen stand und das Bier für sie bestellte, bereitete er sich innerlich darauf vor, das große Geheimnis zu lüften. Marnie und ihre Begabung. Er versuchte, sich die richtigen Sätze zurechtzulegen.

Die Arbeit stammt nicht nur von mir ... Marnie hat mir geholfen.

Nein, das war nicht genug.

Marnie und ich haben das gemeinsam entwickelt. Sie sollten ihr eine Chance geben. Sie ist gut.

Zu gut.

Er kehrte an den Tisch zurück und stellte behutsam die beiden Gläser ab, um nichts zu verschütten.

Er hätte schwören können, dass er drauf und dran war, George von Marnie zu erzählen, doch in dem Moment kam Eva herein. Alle Köpfe wandten sich nach ihr um, als sie sich elegant, gertenschlank und in einem schwarzen Minikleid, das mit silbernen Schnüren, Perlen und Pailletten bedeckt war, den Weg durch die Menge bahnte.

»Ist sie nicht ein Bild von einer Frau?«, meinte George und drückte die Zigarre aus.

Es stimmte – Evas Schönheit war atemberaubend. Ihr tiefschwarzes Haar glänzte wie poliert. Sie trug einen perfekten geometrischen Bob, seitlich hatte sie das Haar hinter die hübschen Ohren geschoben, was die größten Ohrringe zum Vorschein brachte, die Lewis je gesehen hatte – zwei silberne Kristalllüster, die auf beiden Seiten ihres glühenden Gesichts glitzerten. Sie musste einiges über dreißig sein, aber an Eva Miller war nichts, das nur im Entferntesten an die mittleren Jahre denken ließ. Ein Mann versuchte, sie anzusprechen, doch sie lächelte ihn bloß freundlich an, tätschelte ihm die Schulter und schwebte vorbei.

»Frauen, ha?« George zwinkerte Lewis zu.

Könnte er es jetzt loswerden? Ihm schnell von Marnie erzählen? Aber Eva war schon fast bei ihnen. Er musste es ihm später sagen, nach der erfolgreichen Präsentation für Phoenix Airlines. Dann wäre es einfacher. Lewis trank einen großen Schluck Bier. Ihm graute davor, er hatte ein hohles Gefühl im Magen. Er hatte keine Ahnung, wie George reagieren würde, wenn er es erfuhr.

»Hallo, meine Lieben«, sagte Eva und küsste George flüchtig auf die Wange. »Immer noch bei der Arbeit?«

Sie warf einen Blick auf die Mappe mit den Entwürfen, die Lewis wieder in seiner Aktentasche verstaute.

»Wir arbeiten nur die Präsentation für heute Abend aus«, erklärte George.

»Nichts als Arbeit.« Sie verzog das Gesicht zu einer Grimasse. »Wenn ich das gewusst hätte, wäre ich noch auf einen Sprung zu Marnie gegangen.«

Lewis spürte, wie sich ihm der Magen vor Angst zusammenzog. »Sie wissen, wo Marnie wohnt?«, fragte er.

»Natürlich.« Verschmitzt sah sie ihn an. »Sie etwa nicht?«

George bemerkte von all dem nichts, aber Lewis hatte die Warnung in Evas Augen durchaus wahrgenommen. Was genau hatte Marnie ihr erzählt?

»Ein Gin Tonic, Liebling?«, fragte George seine Frau.

»Das wäre wunderbar«, sagte sie und setzte sich hin, während George aufstand und an die Bar ging.

Lewis spürte Evas Blick auf sich. Die Umrandung mit schwarzem Kajal und der silberne Lidschatten ließen ihre Augen noch riesiger erscheinen als sonst. Unbehaglich rutschte er auf dem Hocker herum.

»George meint, dass er Sie zum Agenturpartner machen will.«

»Ja, sieht so aus.«

»Gratuliere zum Aufstieg.«

Sie lächelte ihn an, aber Lewis war sich nicht sicher, ob es sarkastisch gemeint war oder nicht. »Danke«, murmelte er.

»Wie sehen Ihre Pläne aus, jetzt, wo Sie dabei sind, sich zu etablieren?«

»Mein Plan ist, gute Arbeit für die Agentur zu liefern«, erwiderte er in defensivem Ton.

»Und wie sieht es mit einer Ehefrau aus?« Das Wort »Ehefrau« klang aalglatt aus ihrem Mund. »Haben Sie vor, sesshaft zu werden und eine Familie zu gründen? Reizt Sie die Vorstellung einer hübschen Doppelhaushälfte in Fulham?«

»Ich bin noch ein bisschen jung …«

»Unsinn«, unterbrach ihn Eva. »Ich war jünger als Sie, als ich geheiratet habe.«

Und, sind Sie glücklich? Er sprach es nicht aus, aber es war die Frage, die ihm durch den Kopf schoss, als er zusah, wie sein Chef sich mit dem Gin für Eva in der Hand zurück durchs Gedränge schob. Die Schönheit seiner Frau überstrahlte George völlig. Aber Lewis hatte miterlebt, mit welcher Herablassung George Eva behandelte, was auch die selbstbewussteste Frau niederdrücken musste. Wie ertrug sie es, mit einem solchen Chauvinisten und unverhohlenen Schürzenjäger verheiratet zu sein? Sie hatte ihm, als sie sich heute Mittag begegnet waren, selbst erzählt, dass sie Bescheid wusste über seine Affären. Warum ließ sie sich das gefallen?

»Lassen Sie das Mädchen nicht gehen, Lewis«, flüsterte Eva.

»Wie bitte?«, fragte er nach und spürte, wie er rot wurde.

»Sie wissen schon, von wem ich rede. Es wird Zeit, dass Sie die Sache offiziell machen. Sie sollten heiraten.«

»Ich weiß nicht, ob Sie das etwas angeht, Mrs Miller.«

Sie schwieg einen Augenblick und legte den Kopf schief.

»Wir Frauen müssen zusammenhalten. Ich sage Ihnen nur, dass Sie Anstand beweisen sollten.«

Ihre Stimme war sanft, aber in den Augen sah er das Feuer lodern. Es war aufrichtiger Zorn. Marnie hatte beteuert, dass sie keinem Menschen von ihren gemeinsamen Entwürfen erzählt hatte, und Lewis hatte immerhin das Gefühl, dass Eva in dieser Sache auch nicht Bescheid wusste, denn sie hätte ihn George gegenüber entlarvt, davon war Lewis überzeugt. Trotzdem war offensichtlich, dass Eva wütend auf ihn war. Lewis spürte geradezu körperlich, wie ihm ihre Wut entgegenschlug.

Neun

Licht

Sky Harbor, Phoenix, 24. März 1989

Joy ließ die Wüste hinter sich. Sie hatte Angst. Umgeben von den roten Felsen von Arizona hatte sie immer Trost und Sicherheit gefunden. Die Landschaft hatte ihr über den Verlust hinweggeholfen und ihr die Kraft gegeben, den Vater irgendwann gehen zu lassen. Hier konnte sie sich verstecken und ihr Leben weiterleben. Ihre Mutter und sie könnten in vordergründiger Eintracht weitermachen wie bisher. Und sie könnte die Sache mit Eddie in Ordnung bringen. In seinem Brief hatte er sie um Verzeihung gebeten und geschrieben, dass er sie liebte. Trotzdem, egal wie sehr sie es sich wünschte, sie konnte nicht in ihr altes Leben zurück.

Sie musste all das, was neu und unerwartet war, verarbeiten: die Affäre ihres Mannes, die heimliche Liebe ihrer Tochter, den langjährigen Betrug durch die Mutter. Und auch Lewis. Mit

Lewis zu schlafen. Sie versuchte, die vergangene Nacht beiseitezuschieben, aber durch ihren Kummer um Eddie brannte sich die Wüstenhitze. Diese Gefühle erfüllten sie mit purer Energie und bestärkten sie in ihrem Mut.

Die Abreise wurde von loderndem Abendrot begleitet. Sie stellte sich vor, dass die untergehende Sonne sie versengte und in Staubpartikel im Farbenspiel des Lichts am Himmel verwandelte. Der Wind würde sie nach Norden tragen, bis hinauf an den Grand Canyon, und sie den Geistern der Wildnis überlassen. Wie ihr Vater würde sie wieder zu Erde werden. Sie könnte sich bis an ihr Lebensende in der Wüste verstecken.

Doch gleichzeitig sehnte sie sich auch nach dem Unbekannten, dem Wahren. Wie das Schreien eines hungrigen Babys konnte diese Sehnsucht nur auf eine einzige Weise zum Schweigen gebracht werden.

Während das Taxi zum Flughafen raste, öffnete Joy ihre Handtasche und holte die Abalone-Muschel heraus, legte sie auf ihren Schoß und betrachtete das irisierende Innere, das in der hereinbrechenden Dämmerung schimmerte. Sekunde für Sekunde veränderte es sich. So musste es sein, wenn man aufs Meer hinaussah, dachte sie, der fortwährende Wandel, die nicht endende Bewegung, so ganz und gar im Gegensatz zur lähmenden, hitzeschwangeren Reglosigkeit der Wüste.

Im Flughafengebäude von Sky Harbor fühlte Joy sich verloren. Mehrmals lief sie den gemusterten Teppich vor den Schaltern auf und ab, bis sie den Mut aufbrachte, sich in der Schlange einzureihen. Nun gab es kein Zurück mehr.

Sie starrte auf den Rücken eines Mannes vor ihr in der Schlange. Er trug einen schicken schwarzen Anzug, für Arizonas Verhältnisse etwas übertrieben. Sein wirres dunkles Haar und seine Größe erinnerten sie ein bisschen an Lewis. Da drehte er sich zur Seite und bückte sich, um das Schloss an seinem Koffer zu kontrollieren, und beinahe hätte sie laut gekeucht. Joy spürte, wie ihr die Hitze ins Gesicht stieg. Wie war es möglich, dass Lewis Bell dasselbe Flugzeug nach New York nahm wie sie?

Lewis war heiß in seinem Anzug, doch er war fest entschlossen, das Jackett anzubehalten. Die Leute, insbesondere die Frauen, sahen ihn anders an. Endlich unternahm er etwas. Nach all den Jahren würde er Marnie ausfindig machen. Er hatte keine Ahnung, was er sagen würde, wenn er sie sah, außer wie leid es ihm tat. Das zumindest war er ihr schuldig.

Würde er danach überhaupt nach Arizona zurückkehren? Wieder kam ihm Joy in den Sinn, ihre denkwürdige Begegnung in der Wüste, die so betörend gewesen war und seine Sinne und Leidenschaft das erste Mal seit Jahren zum Leben erweckt hatte. Er fragte sich, wie es ihr ging und was mit ihrem untreuen Ehemann war. Lewis hoffte, dass sie ihm nicht verzieh. Seine neue Freundin hatte Besseres verdient.

Die junge Frau am Check-in-Schalter reichte ihm die Bordkarte, und er sah zu, wie sein Koffer auf dem Band davongetragen wurde. Nun war es geschehen. Er flog tatsächlich nach Irland.

Bei dem Gedanken klopfte ihm das Herz, und er erschrak, als er eine leichte Berührung am Ärmel spürte. Er drehte sich um, und zu seiner großen Überraschung stand Joy Sheldon vor ihm. Sie trug ein Kleid mit roten Rosen, ihre Wangen waren dunkelrot, und das pechschwarze Haar fiel ihr in lockeren Wellen ums Gesicht.

»Hallo«, sagte sie.

Lewis konnte nicht fassen, dass sie hier war. Erst als die Schlange sich nach vorn bewegte und Joy an den Schalter gerufen wurde, fand er die Sprache wieder.

»Bist du auch auf diesem Flug?«, fragte er.

»Ja ...«, murmelte sie und trat an den Tresen.

Mittlerweile leicht beunruhigt wartete er auf sie. Stellte Joy Sheldon ihm nach? Wollte sie sich an ihn hängen, nun, da ihr Mann sie wegen einer anderen verlassen hatte?

»Woher wusstest du, dass ich diesen Flug nehme?«, fragte er, als sie mit der Bordkarte in der Hand wieder zu ihm stieß.

»Ich wusste nicht, dass du in diesem Flugzeug sein würdest, Lewis«, verteidigte sie sich etwas befremdet von seiner Unterstellung.

Sofort bereute er, dass er so schlecht von ihr gedacht hatte. »Und warum fliegst du allein nach New York?«, fragte er und bemühte sich um einen freundlicheren Ton. »Was ist mit deinem Mann?«

Sie schüttelte den Kopf. »Ich fliege nicht nach New York. Ich steige am Flughafen JFK nur um«, sagte sie und umging den zweiten Teil seiner Frage. »Ich fliege nach Irland.«

»Mit Aer Lingus nach Dublin?«

Sie nickte. Ungläubig sah er sie an. »Nicht zu fassen. Ich auch.«

»Du willst also auf die Suche nach Marnie gehen?«, fragte sie so leise, dass er sie kaum hörte.

»Ja. Ich habe heute Morgen wieder eine Postkarte bekommen.« Er zog sie aus der Innentasche seines Jacketts und reichte sie ihr. »Damit stand mein Entschluss fest. Jetzt, wo Samantha mich verlassen hat, gibt es nichts mehr, was mich zurückhalten würde.«

»Es ist nicht deine Schuld«, las sie laut vor und sah dann zu ihm auf. »Was meint sie damit?«

Er seufzte. »Das ist eine lange Geschichte. Aber was ist mit dir? Wie kommt es, dass du plötzlich nach Irland reist? Gestern hast du nichts davon erwähnt.«

»Seit gestern ist eine Menge passiert.« Sie blickte ihn einen Moment lang nachdenklich an, dann öffnete sie die Handtasche und nahm ein Blatt Papier heraus.

»Ich habe heute Vormittag meine ursprüngliche Geburtsurkunde entdeckt – in Dads Garage.« Sie wedelte mit dem Blatt vor seinem Gesicht herum. »Darauf steht der Name meiner eigentlichen Mutter und wo ich geboren wurde. Für mich war klar, dass es ein Zeichen ist. Dass ich dorthin muss, und zwar jetzt.«

Sie schwiegen, und wieder fragte sich Joy, ob ein Name und eine Adresse genug waren – immerhin waren seitdem fast vierzig Jahre vergangen. War es überhaupt denkbar, dass ihre Mutter noch in Ballycastle lebte? Joy hatte versucht, sich einzureden, dass sie sich allein schon darüber freuen würde, den Ort selbst zu sehen und endlich in ihre Heimat zurückzukehren. Aber sie konnte nicht anders, sie hoffte so sehr, ihrer Mutter zu begegnen.

»Hast du mit deinem Mann geredet?«, fragte Lewis.

Sie schüttelte den Kopf, und ihre Augen füllten sich mit Tränen. »Ich kann ihm nicht gegenübertreten, Lewis«, sagte sie, und ihre Stimme war nur mehr ein heiseres Flüstern. »Ich bin total durcheinander. Ich dachte, wenn ich mich auf die Sache hier konzentriere und mir Zeit nehme, ein paar Antworten auf die Frage zu finden, wer ich wirklich bin, dann kann ich hinterher vielleicht meine Ehe wieder in Ordnung bringen.«

Sie war auf der Flucht. Er kannte diesen Impuls zu fliehen nur zu gut.

»Ich bin ziemlich aufgeregt«, sagte sie kurz darauf. »Ich bin noch nie so weit geflogen.«

»Wir könnten doch darum bitten, dass man unsere Plätze umtauscht und uns nebeneinandersetzt. Dann kann ich deine Hand halten«, bot er, ohne groß zu überlegen, an. »Wenn nötig«, fügte er lachend hinzu.

Hoffnungsvoll sah sie ihn an. »Macht dir das denn nichts aus?«

»Natürlich nicht«, sagte er. »Wir sind doch Freunde, oder?«

Er fragte sich, warum er ihr anbot, diese merkwürdige Reise nach Irland gemeinsam zu machen. Aber er wusste, dass er es wollte. Er war froh, dass sie hier war.

»Du siehst ganz anders aus heute«, meinte sie, als sie auf dem Weg zu den Flugsteigen waren. »Dein Anzug gefällt mir. Schön klassisch.«

»Er ist sehr alt«, sagte er. »Und er steckt voller Erinnerungen.«

London, 13. April 1967, 20:46 Uhr

Es wurde Zeit für eine Nacht der Verführung, wie George es nannte.

George, Eva und Lewis trafen die anderen im Dachrestaurant des Kaufhauses Bowen in Kensington, um ihr großes Abendessen und die Präsentation für den potenziellen Kunden abzuhalten.

Lewis war müde. Die Wirkung des Joints, den er mit Lizzie geraucht hatte, hatte sich längst verflüchtigt, und die Intensität der Stunde mit Marnie hatte ihn ausgelaugt. Er war gereizt und rastlos. Evas kühle Blicke machten ihn nervös, und er war in Sorge, wie der Vertreter von Phoenix Airlines auf ihre Vorschläge reagieren würde. Und nicht zuletzt musste er George von Marnie erzählen.

Das übrige Team von Studio M saß bereits am Tisch: Frankie mit seiner Frau Gina, und Pete und Marnie, die nebeneinandersaßen. Lewis dachte, dass es ein gutes Zeichen war, dass George auch Marnie dazu eingeladen hatte. Vielleicht war er ja gar kein so schlimmer Chauvinist. Als er allerdings sah, wie sich Eva auf den Stuhl neben Marnie setzte und unmittelbar mit ihr zu reden begann, ahnte er, dass die Einladung eher auf sie als auf George zurückging.

In ihrem schwarzen, im Nacken zusammengehaltenen Kleid, das üppige kastanienbraune Haar zu einem Knoten gebunden und die blauen Augen mit schiefergrauem Kajal verführerisch umschattet, sah Marnie umwerfend aus. Sie schenkte ihm ein winziges Lächeln, und in ihm regte sich sofort der Wunsch, sie zu küssen. Er musste an sich halten, um nicht hinzugehen und ihr Gesicht in die Hände zu nehmen. Du liebst diese Frau, sagte eine innere Stimme. Der Gedanke ließ ihn erbeben. Er nahm sich fest vor, dass am Ende dieses Abends nicht nur George über Marnies Entwürfe Bescheid wüsste, sondern dass sie den anderen auch sagen würden, dass sie ein Paar waren.

»Das wird ein wichtiger Abend, Jungs«, sagte George, nachdem er eine Runde Drinks bestellt und sich hingesetzt hatte. »Aber ich denke, wir kriegen den Auftrag, oder, Lewis?«

»Hoffen wir's.«

»Wir haben ein starkes Logo – so was mögen die Amerikaner, die wollen es nicht zu ausgefallen.«

»Ich wusste gar nicht, dass wir schon so weit sind, etwas zu präsentieren, George«, sagte Frankie.

Er lächelte, aber Lewis spürte, dass der Italiener sich darüber ärgerte, dass man ihn nicht mit einbezogen hatte.

»Na ja, das musste alles in letzter Minute passieren«, meinte George. »Ich habe Lewis einfach gebeten, heute Nachmittag schnell was zu skizzieren ... Das Logo ist ein roter Phönix – einfach, aber einprägsam.«

»Lasst doch mal sehen«, sagte Pete und wandte sich interessiert an Lewis.

Lewis spürte Marnies hitzigen Blick. Da diskutierten sie ihre Ideen und ihre Entwürfe, als habe sie nicht das Geringste damit zu tun.

»Ich weiß nicht, ob das eine so gute Idee ist. Womöglich kommen sie genau dann herein«, sagte Lewis mit einem Blick zu George.

»Lewis hat recht. Dafür bleibt uns später noch genug Zeit.«

Die Drinks wurden gebracht, und George hob das Glas. »Auf das Studio M und unsere zukunftsweisenden Designs.«

Lewis war beim zweiten Whisky, als ihr potenzieller Kunde Rex Leigh mit seiner Frau Meryl, einer klassischen blonden Schönheit, eintraf.

George schlüpfte sofort in seine professionelle Rolle und gab ganz den englischen Gentleman, um Meryl zu bezirzen.

Lewis stellte sich vor, er würde das Spektakel von oben betrachten. Die halb vollen Teller, Gläser mit Rot- und Weißwein, leere Cocktailgläser, der flackernde Kerzenschein, der mit den schillernden Kleidern der Frauen verschmolz. Die Männer: George, der ganz in seinem Element war, sich im Stuhl zurücklehnte und dem lauthals lachenden Rex einen Schwank aus seinem Leben erzählte. Frankie, der George an den Lippen hing. Und Pete. Wie immer der Stille unter ihnen. Der versuchte, seine Schüchternheit zu überwinden, und sich mit Gina, der Frau von Frankie, unterhielt.

Lewis spürte, wie etwas sein Knie streifte. Er blickte über den Tisch; ihm gegenüber saß Marnie und lächelte ihn an. Ihr Fuß war zwischen seinen Beinen, und ihre Zehen drückten an seinen Hoden. Er rutschte auf seinem Stuhl herum. Das sollte sie nicht tun, gleichzeitig aber erregte ihn ihre Unverfrorenheit. Sie starrten einander über das Durcheinander auf dem Tisch hinweg an. Er malte sich aus, wie er aufstand, mit der einen Hand sie packte und mit der anderen die Teller, Gläser und Kerzen zu Boden fegte. Dann würde er sie auf den Tisch zerren, ihr das lange Kleid vom Leib reißen und sie von hinten nehmen.

Er schlüpfte aus dem Schuh und streckte den Fuß unter dem Tisch aus, ließ die Zehen an ihrem Bein hinaufwandern und unter das Kleid gleiten, bis sie das Ende ihrer Oberschenkel erreichten. Fest sahen sie einander in die Augen, während er seinen Fuß weiter hinaufschob. Er beobachtete, wie ihre Wangen sich röteten, ihre Augen größer wurden und die Lippen sich öffneten. Sie war voller Lust, und er liebte sie dafür.

Ihr Fuß rieb an seinem Geschlecht. Es war so sündig, so verwegen – es war das Erregendste, was er jemals getan hatte.

Mit einem großen Schluck leerte er sein Whiskyglas und klimperte mit den Eiswürfeln. Er bemerkte Frankies Blick, der aussah, als wüsste er, was sie trieben.

George war gerade dabei, Drinks nachzubestellen, als der Kellner meldete, dass Lewis am Telefon verlangt wurde. Es gab nur eine Person, der er gesagt hatte, wo er heute Abend war. Still verfluchte er seine Schwester. Warum zum Teufel hatte er es ihr nur gesagt? Er zog seinen Fuß unter Marnies Kleid hervor, und auch sie nahm ihren Fuß weg und sah ihn mit einem fragenden Blick an.

»Entschuldigen Sie mich bitte.« Er erhob sich, fuhr sich mit der Serviette über den Schoß und hoffte, dass seine Erregung nicht sichtbar war. Dann bahnte er sich den Weg durch das Restaurant zur Rezeptionistin, die ihm mit ausgestreckter Hand den Hörer entgegenhielt. Und ohne es zu ahnen, marschierte er geradewegs in sein Verderben.

Zehn
Raum

New York, 25. März 1989

Joy lenkte Lewis von der Nervosität ab, die sich in ihm breitmachte, den Bedenken, die ihn an seinem Entschluss zweifeln ließen. Allein hätte er die lange Nacht am Flughafen JFK nicht durchgestanden, während sie auf den Weiterflug nach Dublin warteten. Ganz bestimmt wäre er umgekehrt und hätte den nächsten Flug zurück nach Phoenix bestiegen. Doch mit Joy an seiner Seite war das nicht möglich. Er musste jetzt nach Irland reisen – nicht nur um seiner selbst willen, sondern auch um ihretwillen.

Sie redete viel. Ihm wurde bewusst, dass sie zu den Menschen gehörte, die ins Plappern verfielen, wenn sie nervös waren, wohingegen er verstummte. Aber er hörte ihr gern zu, als sie ihm von ihrem kleinen Garten erzählte, den sie sich geschaffen hatte, und von dem Orangenbaum. Wie sehr sie diesen Baum und all die Wildblumen geliebt hatte, die sie so mühevoll gehegt und gepflegt hatte. Sie erzählte von dem Tag, als sie nach Hause gekommen war und ihr Mann alles herausgerissen und einen Teich angelegt hatte. Sie sagte, dass sie immer noch verletzt und wütend darüber sei.

»Er hat mich verraten«, sagte sie. »Er muss doch gewusst haben, wie sehr ich meinen Orangenbaum liebe, und dann hat er ihn hinter meinem Rücken zerstört.«

Lewis ahnte, dass sie nicht nur über den Baum sprach. »Du solltest einen neuen pflanzen«, meinte er. »Noch mal neu anfangen.«

»Ich weiß nicht, ob ich das noch will.«

Dann erzählte sie ihm von ihrer Tochter Heather und wie sehr sie hoffte, dass die Hochzeit abgesagt würde.

»Sie liebt jemand anders«, erklärte sie, führte das aber nicht weiter aus.

Wenn sie über ihren Sohn Ray sprach, dann begannen ihre Augen zu leuchten, und zu Lewis' eigener Überraschung schmerzte ihn dieser Anblick ein bisschen. Er glaubte nicht, dass seine eigene Mutter je so voller Stolz von ihm erzählt hatte.

Joys Stimme umgab ihn mit einem Wortgeplätscher, das ihn vor seiner inneren Unruhe beschützte. Was würde geschehen, wenn er den amerikanischen Boden verließ? Würde er sich in sein jüngeres Ich zurückverwandeln, mit all der Wut, den Qualen und der Verzweiflung? Es hatte mit jenem Telefonanruf im Restaurant begonnen. Diese eine lange Nacht hatte den gesamten Verlauf seines Lebens verändert, und wenn er sich selbst gegenüber ehrlich war, hatte er sich Tag für Tag in seine Routinearbeit als Setzer vergraben, weil ihn alles, was nur annähernd einer Herausforderung gleichkam, in Panik versetzte. Zwanzig Jahre lang hatte er sich hinter Samantha versteckt und sich in ihre Familie eingefügt, um irgendwie sein Versagen wiedergutzumachen. Und jetzt hatte Samantha ihm ein Geschenk gemacht, indem sie ihn verlassen hatte. Sie hatte ihn aufgeweckt. Er hatte eine neue Chance.

Joy schwirrte der Kopf, und ihr Herz klopfte wie wild. Sie wusste, dass sie zu viel redete. Lewis war bestimmt schon kurz davor durchzudrehen, aber sie konnte sich nicht bremsen. Erst das Rauschen des Meeres würde sie verstummen lassen.

Sie hatte versucht, durch das winzige Fenster einen Blick aufs Meer zu erhaschen, aber sie konnte nur ein paar ferne Lichter in der Nacht und die dunkle, sich verändernde Küstenlinie erkennen, als sie zum Landen ansetzten. Sie hatte die Hand von Lewis nehmen wollen, doch sie beherrschte sich. In ihrem Kopf wirbelte alles durcheinander, die Angst brodelte in ihr, der Schock der vergangenen vierundzwanzig Stunden – wie sie Eddie mit Erin gesehen hatte und die Wahrheit in einem einzigen schrecklichen Augenblick auf sie hereingebrochen war. Sie hatte keine Ahnung gehabt. Und doch hatte sie es immer gewusst. Denn je länger sie darüber nachdachte, desto mehr Erinnerungen stellten sich ein.

Die Blicke, die bei all den gemeinsamen Abendessen zwischen Eddie und Erin hin- und herschossen, die Tatsache, dass Erin ständig anrief, um Eddie wegen irgendeiner Reparatur in ihrem Haus zu fragen oder mit ihm über die Hochzeitsvorbereitungen zu sprechen. Joy hatte schweigend zugehört, wenn sie sich lang und breit darüber unterhielten, welchen Fotografen man nehmen oder ob man das Ereignis filmen sollte und welcher Caterer am besten war. Sie hatten sogar die

Kunstgalerie Langely für den Druck der Einladungskarten ausgewählt. Joy hatte man gerade noch zugestanden, die Bestellung aufzugeben. Sie mussten sich die ganze Zeit köstlich über sie amüsiert haben. Sie krümmte sich innerlich, als sie an den Abend mit Erin und ihren Freundinnen dachte. Wie konnte die Frau es wagen, sie einzuladen und derart zu demütigen? Das arme, verblendete Weibchen, das so naiv war zu glauben, dass es eine gute Ehe führte.

Und wie konnte Eddie ihr das antun? Fest packte Joy die Armlehnen und biss die Zähne zusammen. Sie hatte immer angenommen, dass sie daran zerbrechen würde, sollte sie jemals herausfinden, dass ihr Mann sie betrog. Aber sie war nicht zerbrochen. Stattdessen hatte sie es Eddie mit gleicher Münze heimgezahlt und mit Lewis geschlafen, und auch wenn der Schmerz sie zu der Sache mit Lewis getrieben hatte, bereute sie nichts – keinen einzigen Augenblick.

Plötzlich war ihr auf unangenehme Weise bewusst, dass Lewis neben ihr saß, dass sein Arm auf der Armstütze den ihren berührte, und sie spürte seine Körperwärme so dicht neben sich. In Gedanken malte sie sich aus, wie es sich anfühlen würde, wenn er sie wieder berührte, und sie gestand sich ein, dass sie jene Nacht unter dem Sternenhimmel noch einmal durchleben wollte.

Sie bemühte sich, den Gedanken zu vertreiben. Lewis hatte sich das Ziel gesetzt, die Frau seiner Träume wiederzufinden. Er hatte unmissverständlich erklärt, dass diese Marnie die Liebe seines Lebens war. Joy und er hingegen waren bloß Reisegefährten. Andererseits machte sie das Bewusstsein, dass Lewis kein Interesse an ihr hatte, viel unverkrampfter. Sie konnte einfach weiterquasseln, und es konnte ihr egal sein, ob er wie Eddie genervt davon war oder nicht. Sie erwartete, dass

Lewis sie anblaffte, aber es kam kein »Halt die Klappe«. Vielmehr schien er ernsthaft interessiert an dem, was sie sagte, und stellte ihr Fragen über Pflanzen. Sie erzählte ihm mehr von ihrem Traum mit der Gärtnerei und dass sie maßgeschneiderte Wüstengärten für ihre Kunden anlegen wollte.

»Das solltest du nach deiner Rückkehr wirklich angehen«, meinte er.

»Gibst du mir dann auch einen Auftrag?«, fragte sie kühn.

Sein Blick schien ihr auszuweichen. »Ich weiß nicht.«

»Klar«, sagte sie. »Wenn du Marnie gefunden hast, kehrst du nicht mehr nach Scottsdale zurück.«

»Das wird sich zeigen.«

Er sah sie an, und sie war sich nicht sicher, was sein Blick ihr sagen wollte.

London, 13. April 1967, 22:06 Uhr

Mit dem Telefonhörer in der Hand stand Lewis in der Lobby des Restaurants und sah durch die Glastüren nach draußen. Auf der anderen Seite der Mauern, die den Dachgarten umgaben, war die wirkliche Welt. Aber er befand sich so hoch oben, dass es ihm wie eine himmlische Oase erschien. Das Leben fand unterhalb statt, all der Schmutz und der Schmerz, alles, was mit Lizzie zu tun hatte. Dieses eine Mal wollte er nichts davon wissen. Heute Abend wollte er nicht der Babysitter seiner Schwester sein. Doch er hatte keine Wahl. Zwischen ihnen bestand ein Altersunterschied von weniger als einem Jahr, trotzdem hatte Lewis immer versucht, den toten Vater zu ersetzen.

»Lizzie, ich bin's, Lewis.«

»Hi.« Doch es war nicht die Stimme seiner Schwester. »Hier ist Sammy, Lizzies Freundin.«

»Ist meine Schwester da? Kann ich mit ihr reden?«

»Sie ist hier, aber sie kann nicht mit dir reden.« Sammys Stimme war zittrig. »Sie hat was genommen, und jetzt ist sie völlig am Durchdrehen.«

»Was hat sie genommen? Hat sie zu viel geraucht?«, flüsterte er, weil er sich des wachsamen Blicks der Rezeptionistin hinter sich nur zu bewusst war. In was für einem Zustand musste Lizzie sein, wenn sie noch nicht einmal mit ihm telefonieren konnte?

»Ich glaube schon. Und sie ist auch betrunken. Sie sagt ununterbrochen, dass sie dir etwas sagen muss. Dass es furchtbar wichtig ist.«

Lewis stöhnte. Auf die Masche würde er nicht noch einmal

hereinfallen. Das machte Lizzie immer, wenn sie zu viel getrunken hatte, vor allem dann, wenn er einen wichtigen beruflichen Termin hatte. Sammy dazu zu bringen, ihn anzurufen, war nur ein neuer Trick in diesem Theater.

»Es tut mir leid, Sammy, aber ich stecke mitten in einem wirklich wichtigen Arbeitsessen. Ich kann hier nicht weg.«

»Ich schaffe das nicht allein«, flehte Sammy ihn an.

»Was ist mit deinem Freund Jim? Ist der nicht auch bei euch?«

»Der macht alles nur noch schlimmer. Der ist keine Hilfe.«

»Okay, dann bring sie ins Bett … und sag ihr, dass ich komme, sobald es geht.«

»Sie wird sich nicht hinlegen … ich krieg das nicht hin …« Sammys Stimme wurde leicht hysterisch. »Du musst kommen!«

Die Amerikanerin war vermutlich in einem ähnlich üblen Zustand wie seine Schwester. Lewis biss sich auf die Lippen. Verfluchte Lizzie. Immer schlug sie Alarm, und am Ende war nichts. Er konnte nicht einfach hier weg. George würde ihn womöglich feuern. Mindestens aber zöge er das Angebot zurück, Lewis zum Partner zu machen. Sie hatten Rex noch nichts präsentiert. Aber er konnte seine Schwester auch nicht einfach im Stich lassen. Was, wenn sie diesmal ernsthaft in Schwierigkeiten steckte?

»Okay, ich komme so bald wie möglich.«

»Danke«, flüsterte Sammy und klang jetzt beschämt. »Es tut mir leid, dass ich dir das schicke Dinner ruiniert habe.«

»Schon okay. Versuch einfach, ihr etwas Kaffee einzuflößen. Es klingt, als könntest du selbst auch einen vertragen. Halt durch.«

Er reichte der Rezeptionistin den Hörer zurück, holte seine

Zigaretten heraus und steckte sich eine zwischen die Lippen. Er hatte keine Ahnung, was er tun sollte.

Er klappte den Deckel des Feuerzeugs auf und zündete die Zigarette an, während seine Gedanken sich überschlugen und er auf die Lichter von London hinunterblickte.

»Ist alles in Ordnung?« Es war Marnie. Sie berührte ihn am Arm. »Ist etwas passiert?«

»Meine Schwester.« Er zog an der Zigarette. »Sie steckt in Schwierigkeiten.«

Marnie hakte ihn unter und führte ihn ein Stück zur Seite, an den Eingang zum Restaurant, wo man sie vom Tisch aus nicht sehen konnte. Sie nahm ihm die Zigarette aus dem Mund und zog daran. Marnies Duft war berauschend. Er wollte sich in ihr vergraben und alles andere vergessen.

»Lizzie hat Drogen genommen, nichts Starkes, nur zu viel Marihuana. Eine Amerikanerin ist bei ihr, sie sagt, sie kommt nicht mehr klar. Ich weiß nicht, was ich machen soll.«

»Kannst du nicht einfach hinfahren?«

»Dann geht George an die Decke. Am Ende verliere ich deswegen noch meinen Job.«

Marnie wirkte nachdenklich. Sie zog ein letztes Mal an der Zigarette und drückte sie im Aschenbecher neben dem Empfangstresen aus.

»Ich wollte ihm heute Abend von dir erzählen«, sagte er und schnippte mit dem Zündstein an das Rädchen seines Feuerzeugs, sodass er an der Fingerspitze die kleine heiße Flamme spürte. »Ich dachte, wenn er ein paar Drinks intus hat, verkraftet er die Sache vielleicht besser.«

»Heute Abend?«

»Ja, sobald dieser Rex bestätigt, dass wir den Auftrag haben.« Lewis klappte das Feuerzeug zu und drehte es in der

Handfläche hin und her. »Meinst du nicht auch, dass der Moment ideal gewesen wäre? Wenn ich ihm gesagt hätte, dass du das Design richtig ausarbeiten solltest …?«

Marnies blaue Augen verdunkelten sich zu einem tiefen Indigo. Ihre Miene war blass und entschlossen.

»Du wolltest das heute Abend machen?«

»Ja. Aber jetzt weiß ich nicht, was ich tun soll.« Er nahm noch eine Zigarette heraus, schnippte das Feuerzeug auf und zündete sie an.

»Ich fahre hin.«

Langsam blies er den Rauch aus, ohne zu verstehen, wovon sie sprach.

»Ich hole deine Schwester ab und bringe sie zu mir nach Hause. Ich passe auf sie auf, bis du hier wegkannst.«

»Du würdest das wirklich für mich tun?«

»Natürlich.« Wieder schnappte sie sich seine Zigarette und nahm einen kurzen Zug, bevor sie sie ihm zurückgab.

Lewis zog Marnie an sich und küsste sie auf die Lippen.

»Ich liebe dich«, sagte er, dann legte er die Zigarette in einem Aschenbecher ab, holte ein Notizbuch aus der Jackentasche, riss ein Blatt heraus und schrieb die Adresse in Paddington auf, an der er Lizzie am frühen Abend abgesetzt hatte.

Marnie nahm ihm das Blatt aus der Hand. »Erzähl George von mir, Lewis. Mehr will ich nicht.«

Er begleitete sie zur Garderobe.

»Kannst du den anderen sagen, dass ich mich nicht wohlfühle? Und entschuldige mich bitte bei Eva. Ich weiß, dass sie auf mich gezählt hat, um diesen Abend durchzustehen.«

Er half ihr in den Mantel, und sie drehte sich auf den Absätzen hin und her, während er den Mantel für sie bis zum Kinn zuknöpfte. Die ganze Zeit blickte er ihr fest in die Augen.

»Bist du dir wirklich sicher, dass du das machen willst, Marnie? Meine Schwester kann ganz schön schwierig sein.«

Sie tippte ihm mit dem Finger an die Nase und hob die Augenbrauen.

»Ich bin ungebärdige jüngere Schwestern gewohnt«, meinte sie. »Ich habe drei davon. Wenn es ein Problem gibt, dann rufe ich im Restaurant an.«

»Und wenn ich hier aufbreche, rufe ich bei dir zu Hause an, damit du weißt, dass ich unterwegs bin. Ich denke, es wird nicht allzu spät werden.«

»In Ordnung.«

»Lizzie hat ein Problem mit Krankenhäusern. Da bekommt sie Panik. Also ruf bitte keinen Krankenwagen oder so, warte einfach ab und hindere sie daran, noch irgendwas zu nehmen. In ein, zwei Stunden bin ich da.«

Er hielt sie am Kragen fest, zog sie an sich. Er wollte sie nicht loslassen. Er musste gegen seinen Instinkt ankämpfen, der ihm sagte, dass er sie nicht gehen lassen durfte.

»Lewis?«

Er wünschte sich, dass sie ihm sagte, dass sie ihn liebte. Er musste die Worte hören.

»Sag es George. Vergiss es nicht.«

Mehr sagte sie nicht, dann küsste sie ihn flüchtig auf die Lippen und rannte hinaus, um ein Taxi anzuhalten. Er hatte den Impuls, ihr hinterherzulaufen, mit ihr ins Taxi zu springen und sie alle zum Teufel zu wünschen. Sie könnten Lizzie gemeinsam holen und würden nie mehr einen Fuß ins Studio M setzen. Sie würden neu anfangen, ihre eigene Agentur gründen, so wie er es in der ersten gemeinsamen Nacht vorgeschlagen hatte. Und dann würden sie beide gemeinsam glänzen.

Irland, 25. März 1989

ES IST NICHT DEINE SCHULD.

Still wiederholte Joy den Satz von Lewis' letzter Postkarte. Würde sie ihn zu ihrer leiblichen Mutter sagen, wenn sie ihr begegnete? Es ist nicht deine Schuld, dass dir dein Baby weggenommen wurde? Oder hatte ihre Mom recht und Aoife hatte sie freiwillig hergegeben?

Lewis beugte sich herüber und nahm ihr die Karte aus der Hand.

»Weißt du, genau in dieser Sache täuscht sich Marnie«, sagte er. »Es war meine Schuld. Ich hätte sie niemals allein hinschicken dürfen.«

»Wohin?«

Er schüttelte den Kopf und seufzte, aber er sagte nichts mehr, wandte sich ab und blickte aus dem Fenster. Das Flugzeug war im Sinkflug, und Joy hatte das Gefühl, dass ihr gleich die Ohren platzten. Sie nahm eine Tüte Bonbons aus der Tasche und bot sie Lewis an.

»Ich hasse Bonbons«, sagte er kopfschüttelnd. »Eine der Tanten meines Vaters hat mich so sehr mit alten sauren Bonbons traktiert, dass mir für immer die Lust darauf vergangen ist.«

Gemeinsam warteten sie an der Gepäckausgabe, und sie hätte ihn so gern gefragt, wohin er jetzt fahren wollte, aber sie war zu schüchtern. Bestimmt wollte er sich sofort auf die Suche nach Marnie machen.

»Hast du eine Unterkunft gebucht?«, fragte Lewis und half ihr, den großen Koffer vom Förderband zu ziehen.

»Nein, so weit voraus habe ich gar nicht gedacht, als ich mich auf den Weg zum Flughafen gemacht habe.«

Er hob ihren Koffer auf einen Gepäckwagen. »Und wie willst du nach Mayo kommen? Dort willst du doch hin, oder?«

»Ich denke, ich miete mir ein Auto.«

Er hievte seinen eigenen Koffer auf ihren und sah sie dann prüfend an. Sie spürte, wie sie rot wurde. Er musste sie für eine Närrin halten.

»Weißt du, was, Marnie ist in Sligo«, sagte er. »Das ist nicht weit vom County Mayo entfernt. Wollen wir zusammen hinfahren? Dann könnten wir uns den Mietwagen teilen.«

»Aber bin ich dir denn nicht im Weg?«

»Kein bisschen. Ich wäre ganz froh über Gesellschaft.«

Er schenkte ihr ein breites Lächeln, und Erleichterung durchflutete sie. Sie war sich nicht sicher, ob sie das allein durchziehen könnte.

»Aber zunächst einmal sollten wir uns eine Unterkunft für heute Nacht suchen. Es ist jetzt ohnehin zu spät, um nach Westen aufzubrechen. Was ist dir lieber? Ein Hotel oder ein Bed and Breakfast?«

»Egal.« Sie hielt inne, holte Luft. »Solange es in der Nähe des Meeres ist.«

Am Informationsschalter im Flughafen buchte er zwei Hotelzimmer in einer nahe gelegenen Stadt namens Skerries.

»Vom Hotel aus hat man einen Blick auf den Strand und die Irische See«, sagte er zu Joy. »Du wirst also gleich nach dem Aufwachen das Meer sehen.«

Sie machte beinahe einen Luftsprung vor Aufregung. »Ich weiß nicht, ob ich überhaupt schlafen kann.«

Ihre Vorfreude erinnerte an ein Kind, das Weihnachten kaum erwarten konnte.

Als sie das Flughafenterminal verließen, war Joy überrascht über die Kälte. Unwillkürlich zitterte sie in ihrer Lederjacke. Sie hatte angenommen, dass es halbwegs warm sein würde, immerhin war Frühling, und in Scottsdale trug sie diese Jacke in kalten Winternächten. Aber das hier war eine andere Art Kälte als zu Hause – sie war feucht und durchdrang alles, sodass Joy am ganzen Leib schlotterte.

»Geht es dir gut?«, fragte Lewis. »Du klapperst ja mit den Zähnen.«

»Es ist nur so kalt.«

Eine nasse Brise schlug ihr ins Gesicht, als ein grüner Doppeldeckerbus an ihnen vorbeischaukelte.

»Oh, ich dachte, die Busse hier sind rot«, sagte sie.

»In London sind sie das. Vergiss nicht, Irland ist ein unabhängiges Land.«

»Natürlich«, murmelte sie beschämt.

Warum nur war sie so dumm? Natürlich waren die Busse hier nicht rot. Er musste sie für die letzte Hinterwäldlerin halten. Wahrscheinlich sehnte er den Augenblick herbei, da er sie loswurde, damit er sich endlich auf die Suche nach seiner Marnie machen konnte. Aber sie war zu feige, um ihm zu sagen, dass sie auch allein zurechtkäme, denn es traf nicht zu.

»Da, nimm das.« Lewis schlüpfte aus der Anzugjacke und legte sie ihr um die Schultern.

»Das kann ich nicht annehmen. Du erfrierst noch.«

»Mir geht es gut«, erwiderte er und rieb sich die Hände. »Ich komme aus diesem Teil der Welt. Ich halte das schon aus.«

Sie warf ihm einen Blick zu, aber seine Miene war undurchschaubar, also hüllte sie sich in seine Jacke und atmete seinen Duft ein, der sie an ihre Nacht in der Wüste erinnerte. Er roch so ganz anders als Eddie. Es war ein tröstlicher, holziger Duft. Ihr Mann klatschte sich immer Unmengen teures Aftershave ins Gesicht, und jetzt war ihr klar, warum. Ihr kam der Gedanke, dass die Sache mit Erin womöglich nicht seine erste Affäre war. Ihr Magen zog sich zusammen. Mit wie vielen Frauen hatte Eddie wohl geschlafen, seit sie verheiratet waren? Es gab so viele spätabendliche Besichtigungstermine und Wochenenden auf irgendwelchen Maklertagungen. Was für ein Dummkopf war sie gewesen.

»Gut, da wären wir«, sagte Lewis und blieb neben einem roten Auto stehen.

»Lewis«, sagte sie, »das Auto ist ja winzig.«

»Es ist ein Fiat Panda«, erklärte er ihr. »Das ist schon gut so. Es muss klein sein, weil die Straßen hier ziemlich schmal sind. Du wirst schon sehen.«

Er schloss die Türen auf, und sie stopften ihr Gepäck in den Kofferraum.

»Weißt du, wohin wir müssen?«, fragte sie, als sie sich ins Auto setzten.

»Ich glaube schon. Die haben mir den Weg ganz gut erklärt.«

Obwohl sie so nah am Flughafen waren, waren die Straßen, wie Lewis vorhergesagt hatte, schmal und kurvig. Joy beunruhigte es, in so einem winzigen Gefährt zu sitzen – noch dazu auf der falschen Seite. Wann immer ihnen ein anderes Auto entgegenkam, zuckte sie zusammen. Schon bald bogen sie von der »Hauptstraße« ab und rumpelten über eine noch kleinere Straße ohne Straßenbeleuchtung. Sie spähte aus dem Autofenster in die Dunkelheit, die sie umgab. Sie spürte, dass da draußen das Meer war. Wie ein unhörbares Flüstern.

Kurz darauf fuhr Lewis in eine kleine Stadt. Alles war still und verschlossen. Sie sah eine einsame Katze über die Straße huschen und einen Mann, der einen Hund an der Leine führte. Es war Samstagabend, und trotzdem war der Ort verwaist.

»Ganz schön ruhig hier«, meinte Lewis, der ihre Gedanken zu lesen schien. »Irland ist anders als England. Hier gibt es kaum Arbeit. Die meisten jungen Leute sind weggezogen.«

»Das ist traurig.«

»Ja«, stimmte er ihr zu. »Ich habe gehört, dass es mehr Iren rund um den Globus gibt als in Irland selbst.«

Es war nicht schwer, das Hotel zu finden. Lewis fuhr auf den Parkplatz, und sobald Joy aus dem Auto gestiegen war, hörte sie das Meer. Es war Musik in ihren Ohren. Das Wogen der Wellen und das Rauschen der Brandung. Sie konnte sich nicht zurückhalten. Sie folgte dem Geräusch und ließ Lewis, das Auto und ihr Gepäck einfach stehen. Sie lief hinter das Haus und stellte fest, dass Lewis recht gehabt hatte. Das Hotel stand direkt am Strand.

Sie trat vom Asphalt auf den Sand, und sofort sanken ihre blauen Stiefel ein. Fasziniert blickte sie nach unten. In der Wüste hatte sie so oft auf Sandboden gestanden, aber der Sand dort war anders. Er war trocken und hart, durchsetzt von Gestrüpp und Sträuchern. Der Sand hier hingegen war fein wie Goldstaub, obwohl die Luft schwer und feucht war und durchdrungen vom Aroma des Ozeans.

Sie folgte dem Klang der Wellen hinaus auf den leeren Strand, und ihre Augen suchten das Wasser. Der Himmel war bewölkt und ohne Sterne, und es war kaum etwas zu erkennen, aber nach einer Weile gewöhnten sich ihre Augen an die Dunkelheit, und sie konnte Bewegungen ausmachen, die weiße Gischt einer kleinen Welle, ein winziger Willkommensgruß, und ihr Auftreffen auf dem Sand.

Sie rannte über den Strand, das Jackett von Lewis flatterte

und flankierte sie mit gespreizten Flügeln, ihr loses Haar wurde vom Wind herumgewirbelt, der von der See herwehte. Tief sog sie die Luft ein und schmeckte das Salz auf den Lippen. Instinktiv schoss ihr ein Satz durch den Kopf.

»Ich bin zu Hause.«

Sie war fort. Plötzlich rannte Joy wie ein wildes Kind über den Strand davon.

»Joy!«, brüllte er.

Doch sie hörte ihn nicht. Sein Schrei wurde vom Wind davongetragen. Er zitterte in der Kälte und konnte es nicht erwarten, ins Hotel zu kommen und sich aufzuwärmen, aber er folgte ihr trotzdem. Er machte sich Sorgen um sie. Womöglich rannte sie vor lauter Aufregung darüber, endlich am Meer zu sein, ins Wasser und ertrank.

Vermutlich wäre er selbst nicht weniger aufgeregt, wenn er das Meer nie zuvor gesehen hätte. Die Vorstellung, das ganze Leben nie aus Amerika herausgekommen zu sein! Er musste anerkennen, wie mutig es von Joy war, einfach so ihr Leben hinter sich zu lassen. Gleichzeitig aber war er besorgt und fühlte sich verantwortlich für sie. Sie wirkte so nervös. Wenn sie nun keine Spur ihrer leiblichen Mutter fand, würde sie diese Enttäuschung nach dem Betrug des Ehemannes endgültig verzweifeln lassen?

»Joy!«, rief er wieder.

Er sah sie am Wasser hin und her rennen wie ein durchgedrehter Hund, der seinem Schwanz hinterherjagt, und lief über den Strand zu ihr hinunter. Sie rannte auf ihn zu, packte ihn an den Händen und wirbelte ihn im Kreis herum. Er konnte gar nicht anders, ihr Enthusiasmus steckte ihn an, und er lachte mit ihr.

»Es ist unglaublich … einfach Wahnsinn!«

»Du hast es noch nicht einmal bei Tageslicht gesehen.«

»Aber ich höre es und schmecke es und rieche es!«, rief sie. »Lewis, mir kommt es so vor, als hätte ich einen Teil von mir gefunden. Er hat mein Leben lang gefehlt.«

»Ich weiß«, sagte er.

»Ich bin Irin. Ich bin verdammt noch mal Irin!«, brüllte sie in den Wind. »Das Meer gehört mir.«

Er zog sie über den Strand zurück zum Hotel. »Komm, Joy, du kriegst es morgen zu sehen. Es ist kalt und dunkel.«

Sie blickte ihn zerknirscht an. »Oh, es tut mir leid. Ich habe dein Jackett an – du erfrierst bestimmt gleich.«

»Schon gut.« Er lächelte sie an. »Lass uns einfach reingehen.«

Es war Ostersonntag, aber das Hotel schien trotzdem menschenleer, als wäre Nebensaison. Die schlaksige rothaarige Frau am Empfang musterte sie, als sie sie in ihre getrennten Zimmer eincheckte.

»Ich wünsche Ihnen einen angenehmen Aufenthalt, Mr Bell und Miss Sheldon«, sagte sie und reichte ihnen die Schlüssel.

»Mrs Sheldon«, stellte Joy richtig.

»Entschuldigen Sie bitte«, erwiderte die Frau sittsam, aber mit einem Funkeln in den Augen.

Ihre süffisante Miene ließ Lewis wünschen, dass er und Joy tatsächlich etwas Unanständiges im Schilde führten.

Auf dem Gang vor Joys Zimmer wünschten sie sich eine gute Nacht. Ihr Gesicht war vom Herumrennen am Strand gerötet, und er dachte nicht zum ersten Mal, dass sie für ihr Alter sehr jung aussah. Je besser er Joy kennenlernte, desto deutlicher wurde, wie sehr sie sich von Marnie und Samantha unterschied. Die beiden anderen Frauen wussten um die Macht ihrer Weiblichkeit, wohingegen Joy sich ihrer Schönheit überhaupt nicht bewusst schien. Immer wieder und unerwartet zeigte sich auf liebenswerte Weise, wie sehr ihr jegliche Eitelkeit abging. Nicht ein einziges Mal hatte er auf der Reise von Amerika nach Irland erlebt, dass sie sich im Spiegel der Puderdose gemustert, den Lippenstift nachgezogen oder sich das Haar frisiert hätte. Als Joy im Flugzeug die blauen Stiefel auszog, konnte er nicht umhin zu bemerken, dass sie zwei unterschiedliche Socken anhatte. Marnie und Samantha hätten so etwas niemals gemacht. Doch in gewisser Hinsicht gefiel es ihm, dass sie so ganz ohne Berechnung war.

Lewis setzte sich in seinem Zimmer aufs Bett und betrachtete die beigefarbenen Wände und das verblichene Aquarell einer Meeresansicht. Eigentlich müsste er müde sein. Sie waren mehr als vierundzwanzig Stunden unterwegs gewesen, trotzdem war er kein bisschen schläfrig. Er fühlte sich extrem aufgedreht. Sein Kopf hatte Mühe, hinterherzukommen und den Körper einzuholen. Er hatte es tatsächlich getan. Er hatte den Atlantik überquert, zwar nicht nach London, aber er war hier, in Marnies Heimat. Er war ihr so nah. Ein paar Stunden Autofahrt, und er würde sie wiedersehen. Er konnte nicht recht glauben, dass es wirklich wahr war.

Was sollte er sagen, wenn er ihr gegenüberstand?

Verzeih. Das war das Erste, was er sagen musste. Verzeih mir diese lange Nacht und das, was du wegen Lizzie durchgemacht haben musst. Er bereute, dass er mit Rex, George, Pete und Frankie zu viel Whisky getrunken hatte und so lange beim Essen geblieben war. Es tat ihm leid, dass er George nicht erzählt hatte, wie viel Arbeit sie in die Entwürfe gesteckt hatte und wie schnell sie mit den großartigen Ideen für das Phoenix-Logo aufgewartet hatte. Mehrmals hatte er versucht, mit George über Marnie und ihre Entwürfe zu sprechen, aber jedes Mal, wenn ihr Name fiel, machte sein Chef irgendeine halblaute Bemerkung zu den anwesenden Männern über die Größe von Marnies Brüsten oder sinnierte darüber, ob sie im Bett genauso tüchtig war wie im Büro.

Am meisten bereute Lewis, dass er nach dem Essen nicht zu Marnie gefahren war, sondern stattdessen eingewilligt hatte, noch in einen Club zu gehen, weil Rex verrückt war nach Jazz und George sich mit ihnen diesen neuen Jazzmusiker anhören wollte. Warum zum Teufel hatte er nicht daran gedacht, Marnie anzurufen, bevor sie das Restaurant verließen? Aber er hatte geglaubt, Marnie sei der Sache gewachsen, und hatte keinen Augenblick daran gezweifelt, dass sie mit Lizzie fertigwerden würde.

London, 14. April 1967, 0:10 Uhr

Hinter Frankie, dessen schmale Hüfte in einem Nadelstreifenanzug steckte, und seiner zierlichen Frau Gina im gepunkteten Kleid, die sich bei ihrem Mann eingehakt hatte, trat Lewis aus der kühlen Luft in Soho in den verrauchten Keller eines von Georges Lieblingsclubs.

Eigentlich hätte Lewis auf der Straße ein Taxi anhalten sollen. Er hätte längst auf dem Weg zu Lizzie und Marnie sein sollen.

Aber er konnte nicht weg. Es gehörte zum Geschäft. Man traf die Abmachungen nach dem Essen, nach Geplänkel und Präsentation in den frühen Morgenstunden in einer Kneipe oder einem Club, der pulsierte vor Zukunftsversprechen. In dieser Welt musste Lewis agieren. Der Grafiker musste sich auf alles zugleich verstehen: Er war Künstler, Verkäufer, Psychologe, Zauberer. Er war der Spiegel seiner Kunden, der das Bild zurückwarf, das sie sehen wollten. Beim Abendessen hatte Lewis die ganze Palette durchgespielt und Rex davon überzeugt, dass die Darstellung des aus den Flammen emporsteigenden Phönix nicht etwa ein Klischee aufgriff, sondern in dieser Umsetzung ein strahlendes Symbol für die dynamische Fluglinie war, die kraftvoll und kühn in die Zukunft wies. Und die Verkürzung von Phoenix International Airlines zu PIA gab ihnen ein einfaches, aber starkes Profil.

Er musste sich eingestehen, dass es ihn in Hochstimmung versetzte, ihre Ideen an den Firmenvertreter zu verkaufen. Er genoss den Augenblick, in dem Kreativität und Kommerz miteinander verschmolzen. Seine Schwester täuschte sich. Das hier war durchaus Kunst.

Die Runde schlängelte sich zwischen den Tischen dorthin durch, wo George am liebsten saß, eine behagliche Ecke links von der Bühne. Die Kellnerinnen behandelten ihn mit einer gewissen Ehrfurcht, da er ganz offensichtlich Stammgast war. Es spielte bereits eine Band, die aus einem Trompeter, einem Bassisten und einem Gitarristen bestand. Wie die Wendeltreppe, die sie ins rauchige Dunkel des Clubs hinuntergeführt hatte, wirbelte die Musik um sie herum.

Lewis nahm einen großen Schluck von seinem Scotch, wobei er einen Eiswürfel mit in den Mund spülte. Der Whisky brannte ihm in der Kehle, während das Eis um seine Zunge herumkullerte. Er biss hinein. Er konnte einfach nicht aufhören, an Lizzie zu denken. Das ungute Gefühl, das ihn schon den ganzen Abend quälte, wurde er nicht los, aber er musste so lange bleiben, bis der Kunde ging. So lautete die Regel.

»Was fehlt Marnie denn?«

Eva Miller beugte sich über den Tisch.

»Ihr war nicht gut.«

»Ja, aber inwiefern genau?«

»Na ja, ganz normal«, sagte Lewis und bemühte sich, seine Gereiztheit nicht zu zeigen. »Übelkeit halt.«

»Ihr war schlecht?«, fragte Eva und zog die Augenbrauen hoch.

»Ja«, antwortete er und wünschte, er könnte das Thema wechseln. Diese Fragerei machte seine Sorge um Lizzie nur noch schlimmer und verstärkte sein schlechtes Gewissen, dass er Marnie so lange mit ihr allein ließ.

»Hat sie Ihnen denn gesagt, warum ihr schlecht ist?«

»Nein, hat sie nicht«, blaffte Lewis. »Ist doch nicht so ungewöhnlich.«

Eva sah ihn neugierig an. »Lieben Sie Marnie?«, fragte sie.

»Das ist jetzt doch ein bisschen sehr persönlich«, erwiderte er. Er fühlte sich angegriffen, und kurz erinnerte ihn Eva an seine Mutter. Liebte sie George Miller wirklich? Bestimmt hatte sie ihre Schönheit und Jugend eingesetzt, damit er sie heiratete, weil sein Ansehen sie angezogen hatte – so wie seine Mutter bei ihrer Jagd nach einem neuen Mann.

»Lewis, tun Sie, was nötig ist, bevor es zu spät ist«, sagte Eva ernst.

Er spürte Panik in sich hochsteigen. Es konnte nicht anders sein, sie wusste Bescheid über Marnies Entwürfe. Er musste George davon erzählen, bevor Eva es tat. Andernfalls wären die Demütigung und der Verlust seiner Glaubwürdigkeit als Grafiker verheerend.

Er trank noch einen großen Schluck von seinem neuen Whisky und spürte, wie der Alkohol sich in seinen Gehirnwindungen ausbreitete und seinen Geist umnebelte. Vielleicht bildete er sich Evas Drohung ja auch nur ein. Das, was sie gesagt hatte, hing möglicherweise gar nicht mit den Entwürfen zusammen. Sie wollte bloß, dass er Marnie heiratete. Vermutlich wollten verheiratete Frauen ihre unverheirateten Freundinnen immer unter die Haube bringen. Marnie hatte geschworen, dass sie niemandem von ihrer gemeinsamen Arbeit erzählt hatte, und er vertraute ihr. Aber konnte sie *ihm* vertrauen? Im selben Maße, wie der Drink ihn entspannte, nahm seine Entschlossenheit ab.

Er sog die Atmosphäre im Club in sich auf. Wer hätte gedacht, dass Lewis Bell, der Außenseiter, der Junge mit den aufgeschlagenen Knien, Lieblingsopfer auf dem Schulhof, sich unter die bessere Gesellschaft mischen würde? Er bewegte sich im Kreis der angesagten Leute – junge Schauspielerinnen mit Rehaugen und Bubikopf, schlecht rasierte Musiker, Brillen tragende Filmemacher. Die Gesichter kamen ihm bekannt vor, auch wenn er sich nicht an ihre Namen erinnerte.

Er sollte jetzt gehen. Er musste zu Lizzie. Aber diese Welt hier verlockte ihn, länger zu bleiben, und George erwartete auch von ihm, dass er länger blieb, also rührte Lewis sich nicht. Er zündete sich eine weitere Zigarette an, schlug die Beine übereinander und lauschte dem Geplänkel. Das Leben war schön, oder nicht? Man würde ihn zum Partner einer der wichtigsten Agenturen in London machen. Er hatte eine wunderschöne Freundin. Was wollte er mehr?

Marnie. Ihr Name flatterte wie ein eingesperrter Vogel in seinem Kopf umher. Wenn er sie liebte, dann sollte er tun, worum sie ihn gebeten hatte. Er musste jetzt mit George reden. Das Gespräch war kurz ins Stocken geraten, also ergriff Lewis die Gelegenheit.

»Und, läuft alles wie erhofft?«, fragte er George.

»Der Abend läuft hervorragend«, sagte George mit glänzenden Augen. »Ohne Sie hätte ich das nicht hingekriegt, Lewis. Sie sind unschlagbar.«

»Danke, Sir.«

»Was soll dieses Sir? Nennen Sie mich George!«

»Ihnen gefallen die Entwürfe?«

»Die sind erstklassig, Junge – Sie haben mich wirklich beeindruckt. Wir sind auf dem direkten Weg nach oben.« Er klopfte Lewis auf die Schulter.

»Ich wollte Sie was fragen, Sie um einen Gefallen bitten«, hob Lewis an.

»Nur zu, ich weiß zwar nicht, ob ich Ihnen helfen kann, aber schießen Sie los!« George sah ihm fest in die Augen, und Lewis versuchte, seinem Blick standzuhalten, aber es gelang ihm nicht. Stattdessen griff er nach seinem Glas und betrachtete die goldene Flüssigkeit darin.

»Könnten Sie sich vorstellen, Marnie zu befördern?«, brachte er schließlich heraus.

»Marnie?«, rief George. »Welche Stelle soll ich ihr denn geben? Büromanagerin? Ich meine, sie ist doch die einzige Sekretärin, die wir haben, wie soll ich sie da befördern? Lewis, ich habe schon gemerkt, dass Sie sie mögen – das haben wir alle, außer Pete vielleicht, der lebt ja ohnehin in seiner eigenen Welt …«

»Nein, was ich meine, ist eine Stelle als Grafikerin«, unterbrach Lewis ihn. Er hatte es von hinten aufgezäumt. Eigentlich hatte er George zuerst von Marnies Anteil an den Entwürfen erzählen und ihn dann bitten wollen, sie zu befördern. Er blickte in das überraschte Gesicht seines Chefs.

»Aber warum sollte ich unserer Sekretärin eine Stelle als Grafikerin geben?« George zog die Augenbrauen zusammen, und sein Blick wurde hart. In diesem Blick gab es keine Nachsicht, das sah Lewis deutlich. Sein Fall käme schnell und wäre unumkehrbar.

»Na ja, sie sagt immer, dass sie sich auch für solche Sachen interessiert.«

»Lewis, das ist lachhaft. Wir können das Mädchen doch nicht ein bisschen herumspielen und hübsche kleine Bildchen für uns malen lassen. Studio M ist eine Spitzenagentur, Lewis, wir sind ein Team aus Profis. Das muss Ihnen doch klar sein. Die Liebe hat Ihren Geist ein bisschen verwirrt, junger Mann.«

»Es tut mir leid, George, ich hatte ihr bloß versprochen, dass ich mit Ihnen rede.«

»Das war wirklich nett von Ihnen, Junge, aber die Idee ist völlig indiskutabel. Sie ist eine tolle kleine Sekretärin. Ich sehe durchaus, dass sie ihre Sache gut macht, und Eva scheint ganz vernarrt in sie zu sein, ebenso wie unsere Jungs, also kann ich ihr auf jeden Fall eine Lohnerhöhung geben. Wie wäre das?«

»Das ist ausgesprochen freundlich von Ihnen, George ...«

»Und wenn Sie beide sich zusammentun, dann profitiert Marnie auch von Ihrem Erfolg. Junger Mann, Ihr Stern geht gerade auf. Vertrauen Sie mir! Das, was ich heute gesehen habe, zeigt mir, dass aus Ihnen ein herausragender Grafiker werden wird. Und glauben Sie mir, mit Lob gehe ich im Allgemeinen sparsam um.«

»Ich glaube Ihnen. Danke, Sir.«

»George!« Er schlug Lewis auf den Rücken. »Aber jetzt müssen Sie den Mund halten, denn der Grund, warum ich Sie in diesen schäbigen Club geführt habe, betritt eben die Bühne.«

Es war der letzte Auftritt des Abends, und Lewis war überrascht zu sehen, dass es nur ein einzelner Gitarrist war. George tippte Rex an den Arm.

»Amancio D'Silva ist gerade erst aus Goa nach London gekommen. Er macht unglaubliche Musik«, begeisterte sich George. »Eine Mischung aus modernem Jazz und traditioneller indischer Musik.«

D'Silva begab sich in die Mitte der Bühne. Seine Bewegungen waren voller Anmut, er schien ganz und gar nicht in einen verrauchten Jazzclub in Soho zu gehören. Lewis stellte sich vor, wie er im Schneidersitz im Sand saß, über sich den nächtlichen Sternenhimmel. Und jeder Stern ein Funkeln in der kristallklaren Luft.

Er begann zu spielen, und Lewis schloss die Augen. Die Musik trug ihn davon, fort von seinen Schuldgefühlen Marnie gegenüber und seiner Sorge um Lizzie. Das alles war gestern gewesen, und gestern war vorbei. Doch selbst mit geschlossenen Augen, das Denken ausgeschaltet, war er noch nicht vollständig über die Schwelle ins Morgen getreten. Vielmehr wanderte er zurück, im Takt der vibrierenden Akkorde, durch diesen Tag, das vergangene Jahr und alle Jahre seines Lebens. Er war ein kleiner Junge, hielt seine Schwester an der Hand, und zusammen gingen sie eine Treppe hinunter, in einem Haus, das er vor langer Zeit vergessen hatte. Diese großen Stufen, das Geländer, an das er sich klammerte, die unsicheren Schritte seiner Schwester, die in ihrer Windel vorwärtstappte. Als er jetzt aber die Rosentapete vor sich sah, das Möbelwachs am glänzenden Treppengeländer roch und auf dem türkischen Läufer im Hauseingang ausrutschte, wusste er genau, wo er war. Es war sein Zuhause, wo seine Mutter und sein Vater gelebt hatten, wo er und seine Schwester zur Welt gekommen waren. Er war drei Jahre alt, und Lizzie war zwei, aber er sah das alles plötzlich mit dem Bewusstsein von heute vor sich. Seine Schwester, die sich so sehr nach Liebe sehnte wie er selbst auch.

Sie rannten durch den Flur, zwei kleine Engel, übersprudelnd vor Aufregung, weil ihr Daddy nach Hause gekommen war. Die Haustür stand offen, der Regen fiel auf die Fußmatte, und ihr Vater kniete sich hin, sein Trenchcoat schwang weit auf, die Offiziersmütze saß ihm schief auf dem Kopf, und er breitete die Arme für sie aus. Da kam die Sonne heraus, und über seinem Kopf wölbte sich ein Regenbogen. Daddy war zu Hause!

Lewis keuchte, als hätte sein Herz ausgesetzt. Er machte die Augen auf. Jeder Mensch brauchte einen Vater und ganz besonders Lizzie.

Unverwandt blickten die anderen am Tisch Amancio D'Silva

an, verzaubert von seiner Musik, die auch sie in ihre ganz eigenen Erinnerungen zu tragen schien. Als er aufhörte zu spielen, herrschte ein paar Sekunden lang absolute Stille, als hielte der ganze Raum die Luft an. Dann brach donnernder Applaus los. Der junge Mann nickte knapp zum Dank und trat ohne Aufhebens von der Bühne, die Gitarre in seiner Hand wirkte wie ein verlängerter Teil seines Körpers.

Sie blickten einander an, als sähen sie sich zum ersten Mal.

Rex Leigh fand als Erster die Sprache wieder. »Ich denk mal, das war der perfekte Abschluss eines großartigen Abends.«

Lewis, Pete, Frankie und Gina stiegen gemeinsam die Treppe hinauf. Als sie auf die Straße traten, bemerkte Lewis, dass der Himmel mit blassen, gelben Streifen und ausgewaschenem Grau durchzogen war. Dämmerte tatsächlich schon der Morgen? War er so lange dort unten im Club gewesen?

Rex und Meryl Leigh und George und Eva Miller schienen in eine andere Richtung verschwunden zu sein. Gemeinsam gingen die Übrigen durch Soho. Nach dem Gedränge im Club wirkte die Straße mit den verriegelten Geschäften wie ein Totenhaus; weder Busse noch Autos waren unterwegs. Laut klackerten Ginas Absätze über das nasse Pflaster, und als Frankie sich eine Zigarette anzündete, schien das Geräusch wie durch Lautsprecher verstärkt.

»Was für eine lange, lange Nacht«, sagte Frankie. »Meinen Sie, wir haben den Auftrag?«

»Das will ich stark hoffen«, brummte Lewis. »Der Mann ist ein elender Langweiler.«

Beinahe wäre er mit der roten Telefonzelle kollidiert, die vor ihm aufragte.

»Ich muss kurz telefonieren. Gehen Sie nur weiter. Ich komme gleich nach.«

Er ging in die Zelle und gab acht, die Tür hinter sich ganz zuzuziehen. Frankie und Gina schlenderten weiter, aber Pete wartete auf ihn, weil es ihm unangenehm war, sich an das Ehepaar zu hängen. Lewis winkte ihn fort, bevor er Marnies Nummer wählte. Er war überrascht, dass der Hörer beinahe im selben Augenblick abgenommen wurde, in dem er die Münze in den Schlitz steckte.

»Hallo?«

»Lewis, bist du's?«

»Ich wollte mich nur melden, um mich nach Lizzie zu erkundigen und mich zu bedanken. Ich weiß gar nicht, was ich ohne dich tun würde.«

»Lewis, wo bist du bloß gewesen?«

Der irische Akzent war ausgeprägter als sonst, und etwas schwang in ihrer Stimme mit. Im Nu war die Wirkung des Whiskys verflogen, so als hätte jemand einen Eimer kaltes Wasser über ihm ausgekippt.

»Es ist doch alles in Ordnung, oder?«

»Lewis ...« Marnies Stimme war nicht mehr als ein heiseres Flüstern. »Deine Schwester ...«

In seinem Kopf hallte das unaufhörliche Ticken der Telefonleitung wider.

»Was ist passiert?«

»Sie wacht einfach nicht auf ... Ich weiß nicht, was ich machen soll ... Soll ich einen Krankenwagen rufen?«

Die Worte schienen aus dem Innern der Telefonzelle zu kommen und nicht aus seinem eigenen Mund. Dieser Satz konnte unmöglich von ihm stammen und seine Schwester betreffen. »Atmet sie noch?«

»Ja, aber ich kriege sie nicht wach. Lewis, wo bist du?«

»Ich komme sofort. Fünf Minuten.«

Er knallte den Hörer auf die Gabel, stürmte aus der Telefonzelle und rannte ans Ende der Straße, wo die anderen auf ihn warteten.

»Was ist los?«, fragte Pete.

»Mit meiner Schwester stimmt was nicht. Ich muss zu ihr.«

Er spürte Panik in sich hochsteigen. Er unterdrückte sie, denn er musste sich beherrschen und die Ruhe bewahren.

»Ich kann Sie fahren«, bot Pete an. »Mein Auto steht gleich hier um die Ecke, und ich hatte nur zwei Bier.« Er spürte Petes Hand auf seiner Schulter. »Es wird schon gut gehen, mein Freund.«

Petes Zuspruch half ihm, sich zu beruhigen. Alles würde gut werden. So wie immer. Das war bestimmt nur wieder eines von Lizzies üblichen Dramen. Marnie reagierte eben übertrieben ängstlich.

Doch als er und Pete zum Auto eilten, wusste Lewis, dass es anders war als die vorangegangenen Male. Er hatte schon den ganzen Tag diese ungute Ahnung gehabt, und jetzt wusste er auch, warum.

Elf

Zeit

Skerries, County Dublin, 25. März 1989

»Lust auf ein Gläschen vor dem Einschlafen?« Lewis stand im Türrahmen, in der Hand eine Flasche Whisky.

»Eigentlich trinke ich keine harten Sachen«, erwiderte Joy.

Sie war verlegen, denn sie trug bereits ihren Schlafanzug und war sich ihres abgeschminkten Gesichts nur zu bewusst.

»Zur Feier des Tages.« Er lächelte sie an, doch seine Augen wirkten dunkel und bekümmert. »Heute ist für uns beide ein besonderer Tag. Lass uns auf den ersten Abend unserer irischen Nachforschungen trinken.«

Sie machte die Zimmertür weit auf. »Okay«, meinte sie. »Aber nur einen.«

Sie holte zwei Plastikbecher aus dem kleinen Badezimmer, und er setzte sich auf ihr Bett und streckte die langen Beine aus.

Es gab keine andere Sitzmöglichkeit als das Bett, also krabbelte sie auch hinauf und setzte sich ein wenig umständlich neben ihn.

»Dein Schlafanzug gefällt mir«, sagte er. »Noch mehr Blumen.«

Sie errötete, als sie ihm den Becher hinstreckte, und er schenkte ihr Whisky ein. »Ich hatte nicht mit Besuch gerechnet.«

»Im Ernst, ich finde ihn schön. Du trägst immer Blumen.«

»Wirklich?«

»Als du in die Galerie gekommen bist, um die Hochzeitseinladungen zu bestellen, hattest du eine Bluse mit lauter roten Blümchen an.«

»Ach, das alte Ding.« Sie versuchte, ungezwungen zu klingen, aber es rührte sie, dass er sich daran erinnerte.

»Ich fand sie hübsch. Und auch an dem Tag in der Gärtnerei hast du ein Hemd mit Blumenmuster getragen.«

»Das ist das Hemd, das ich zur Gartenarbeit anziehe.«

»Und als du ins *Rusty Spur* gekommen bist, hattest du ein Sommerkleid mit weißen Gänseblümchen an.«

»Oh, ja.« Sie spürte, wie sie rot wurde, weil sie an den Augenblick denken musste, als er ihr draußen in der Wüste die Träger ebenjenen Kleides von der Schulter gestreift hatte.

»Und heute hattest du ein Kleid mit roten Rosen an«, sagte er. »Du bist eine Blumenfrau!«

»Und du bist ein Mann mit einem ausgesprochen guten Gedächtnis«, sagte sie. Sie war überrascht, dass er sich daran erinnerte, was sie bei ihren Begegnungen jeweils getragen hatte.

»Ein gutes visuelles Gedächtnis«, schränkte er ein. »Ich kann mich bis ins kleinste Detail an Bilder erinnern, daran, was ich gesehen habe. Liegt vermutlich an meinem Beruf. Aber das, was tatsächlich geschehen ist, ist weit nebulöser, und an Worte kann ich mich gar nicht erinnern.«

»Das trifft aber nicht auf die Worte von Marnies Postkarten zu. An die erinnerst du dich.«

»Das liegt daran, dass sie im Zusammenhang mit Bildern aus der Vergangenheit stehen. Ich weiß noch, wie Marnie ausgesehen hat, als diese Worte gefallen sind, was sie getragen hat, wo wir waren. Ich weiß aber nicht mehr, was sonst noch gesagt wurde oder was danach passiert ist, und auch nicht, wie ich mich zu dem Zeitpunkt gefühlt habe.«

Joy trank einen Schluck Whisky. Er brannte ihr in der Kehle, aber er wärmte sie auch. Im Zimmer war es schrecklich kalt, obwohl die Heizung lief.

Sie bedeutete Lewis nicht so viel wie Marnie. Natürlich.

»Bestimmt erinnerst du dich daran«, sagte sie. »Deswegen bist du doch hier.«

»Vielleicht stecke ich einfach in der Midlife-Crisis. Meine Frau verlässt mich, und ich begebe mich auf die aussichtslose Suche nach einem Hirngespinst.«

»Aber sie ist kein Hirngespinst. Da sind doch die Postkarten«, ermutigte sie ihn.

»Ich weiß einfach nicht, warum mich Marnie jetzt, nach so vielen Jahren, kontaktiert hat.« Er blickte sie an, als habe sie eine Erklärung.

Joy wusste auch nicht, wie das zu erklären war.

»Ich vermute mal, morgen wirst du es erfahren.«

»Ich habe ihr nicht mal gesagt, dass ich komme. Es kommt mir so unwirklich vor, dass ich sie wiedersehen werde. Und gleichzeitig habe ich manchmal das Gefühl, dass es erst gestern war, dass wir uns das letzte Mal gesehen haben.«

»Was für ein Mensch war Marnie?«, fragte sie, und als seine

Augen zu leuchten begannen, durchfuhr sie so etwas wie Eifersucht.

»Sie war etwas ganz Besonderes, Joy. Ein umwerfend schönes Mädchen – und klug. Sie war eine unglaublich begabte Grafikerin. Mir war klar, dass sie es schaffen würde, ob mit mir oder ohne mich.«

Joy trank noch einen Schluck. Der Whisky entspannte sie, machte sie großmütig. Sie wollte die Geschichte von Lewis und Marnie hören. Es würde dabei helfen, sich einzugestehen, dass Lewis für sie nicht mehr war als ein Freund.

»Ich habe sie enttäuscht«, sagte Lewis. »Wir haben zusammengearbeitet, weißt du? Ich hatte es Marnie zu verdanken, dass man mir anbot, Partner in der Agentur zu werden, und ich wollte meinem Chef von ihr erzählen. Ich habe es versucht ... Aber ich war zu feige. Sie hat so großartige Grafiken entworfen, und ich habe so getan, als seien sie von mir.«

»Ich kann gar nicht glauben, dass du so etwas getan hast, Lewis«, meinte Joy.

»Aber ich habe es getan. Ich war ein egoistischer, ehrgeiziger junger Mann.«

Sie sah zu, wie er sich mit den Händen durch das dichte Haar fuhr, und sie wollte ihn berühren, ihn trösten. Sie wollte ihm sagen, dass jeder Mensch Fehler macht, wenn er jung ist.

»Wirklich, ich wollte meinem Chef von Marnie erzählen. Ich habe es versucht«, fuhr Lewis fort. »Er war ein schrecklicher Chauvinist, und Marnie war unser tüchtiges Mädchen für alles. Er wollte nicht, dass sie sich mit der künstlerischen Seite unserer Arbeit befasste ...«

»Hast du es ihm irgendwann gesagt?«

»Ich hab's versucht. An diesem letzten Abend waren wir alle

so betrunken, und ich habe das Ganze völlig falsch aufgezogen. Und dann ist etwas passiert …«

Lewis brach ab. Er nahm die Whiskyflasche und schenkte ihnen nach. Sie hielt ihn nicht davon ab. Sie wollte wissen, was damals passiert war.

»Habt ihr beide euch deshalb zerstritten?«, fragte sie. »Weil du eurem Chef nichts von ihr erzählt hast?«

»Nein.« Seine Stimme war bleiern.

Er stand auf, trat ans Fenster und zog die Vorhänge zur Seite. Draußen war nichts zu erkennen, da war nichts als Dunkelheit mit ein paar wenigen flackernden Lichtern. Doch sie konnte das Rauschen der Brandung hören, das leise durch das geschlossene Fenster zu ihr sprach.

»Du solltest die Vorhänge offen lassen, dann siehst du morgen früh gleich das Meer«, sagte er, während er mit dem Rücken zu ihr am Fenster stand.

Sie trank einen Schluck und wartete darauf, dass er noch etwas sagte, aber er schwieg. Nach einigen Minuten drehte er sich um und entdeckte die Abalone-Muschel oben auf ihrem Koffer. Er ging in die Hocke und nahm sie in die Hand.

»Ist die von dir?«, fragte er und blickte sie an.

»Ja. Ich habe sie von meinem Dad bekommen. Es ist vermutlich das einzige Stück Meer, das ich je besessen – oder gesehen – habe.«

Lewis wirkte belustigt. »Also hast du beschlossen, sie bis nach Irland mitzunehmen?«

»Ich wollte sie nicht zurücklassen … bei Eddie.«

Er richtete sich auf und legte die Muschel auf ihren Nachttisch. »Sie ist tatsächlich sehr schön«, meinte er. »Ich vermute mal, solche Muscheln findest du am Strand von Skerries nicht.«

»Darf ich dich was fragen, Lewis?« Die beiden Whiskys hatten sie mutig gemacht.

»Klar.« Er kam zurück und setzte sich wieder aufs Bett.

»Hast du deine Frau schon einmal betrogen?«

»Nein«, erwiderte er. »Nie.« Er hielt inne. »Zumindest nicht, wenn man Donnerstagnacht nicht dazuzählt, mit dir, aber da hatte sie mich streng genommen schon verlassen.«

Er sah ihr in die Augen, aber sie konnte seinen Blick nicht deuten.

»Ich glaube, dass mich Eddie schon seit Jahren betrügt.« Ihre Stimme war leise. Sie fühlte sich ängstlich und verletzt und spürte, wie sich ihr Herz zusammenzog.

Er sagte nichts, sondern beugte sich zu ihr und legte ihr die Hand aufs Knie.

»Bestimmt liebt er mich gar nicht.«

»Das muss nicht sein«, meinte Lewis. »Jeder Mann ist anders. Nur weil ein Mann fremdgeht, heißt das noch nicht, dass er seine Frau nicht liebt.«

»Aber wie kann das sein?«

»Nichts ist bloß schwarz oder weiß, Joy. Vielleicht wollte Eddie mehr Beachtung. Er hat seine Seitensprünge nicht besonders geheim gehalten, oder?«

»Glaubst du, dass Samantha auch bloß mehr Beachtung von dir wollte?«

Er schüttelte den Kopf. »Nein. Im Grunde hat Samantha gemacht, was aufrichtig war. Ich kann ihr das nicht übel nehmen. Unsere Ehe war schon seit Jahren am Ende. Aber du und Eddie, ihr zwei seid anders. Das hast du mir erzählt, weißt du noch? Als wir uns das allererste Mal unterhalten haben, hast du gesagt, dass ihr zwei zusammengehört und er die Liebe deines Lebens ist.«

»Vom ersten Augenblick an, als er mich gefragt hat, ob wir zusammen ausgehen, wusste ich, dass er der Richtige ist. Ich dachte: Das ist er.«

»Also denkt er im tiefsten Innern bestimmt dasselbe. Ihr zwei werdet euch wieder versöhnen«, sagte Lewis sanft.

Sie dachte darüber nach. Noch vor wenigen Wochen war sie sich der Liebe zwischen Eddie und ihr so sicher gewesen, und plötzlich gab es keinerlei Gewissheiten mehr. Außerdem verwirrte sie die Art, wie Lewis in ihr Leben getreten war. Sie hatten in der Hitze des Gefechts miteinander geschlafen, es war ein Fehler gewesen, und ihr war klar, dass sie sich von ihm fernhalten sollte. Aber ihre junge Freundschaft war ihr schon jetzt wichtig geworden.

»Ich weiß nicht«, sagte sie. »Vielleicht gibt es das gar nicht, die eine große Liebe, vielleicht kann man auch andere Leute lieben. Wenn man sehr jung heiratet, dann kommt wohl der Punkt, an dem man sich gemeinsam verändert oder sich voneinander löst.«

»Wahrscheinlich ist genau das bei Samantha und mir passiert.«

Joy nahm die Flasche und schenkte sich noch ein Glas ein. Zum ersten Mal in ihrem Leben begann sie die Möglichkeit in Betracht zu ziehen, dass sie ohne Eddie existieren könnte.

»Mein Mann ist ein elender Betrüger«, sagte sie und hob das Glas.

Lewis stieß mit ihr an, und beide tranken das Glas in einem Zug leer.

»Warum finden denn nie die netten Menschen zueinander?«, fragte sie.

Er zuckte die Achseln und schenkte ihr ein schiefes Lächeln.

Der Drang, seine Wange zu berühren, überkam sie, ihm mit der Hand durch sein verstrubbeltes Haar zu fahren.

»Deine Frau ist ein Dummkopf«, sagte sie, und sie merkte, dass sie betrunken war, konnte sich aber nicht bremsen. »Und Marnie ist dumm, weil sie dich vor all den Jahren hat gehen lassen. Ich würde dich niemals gehen lassen. Ich finde dich wunderbar.«

»Ich finde dich auch wunderbar, Joy.«

Ihr Herz schwoll an, und bevor sie es sich anders überlegen konnte, rutschte sie zu ihm hinüber, legte ihm die Arme um den Hals und küsste ihn. Einen Augenblick lang spürte sie, wie er zögerte, dann erwiderte er den Kuss.

Es fühlte sich wunderbar an, seine Lippen zu küssen, seinen Duft so dicht einzuatmen, zu spüren, wie er die Arme um sie schlang und sich an ihr dünnes Schlafanzugoberteil presste. Sie wollte nicht nachdenken, sie wollte nur fühlen. Sie ließ sich in ihr Empfinden fallen, und es war unendlich befreiend, ganz sie selbst zu sein. In all den Jahren mit Eddie hatte sie immer versucht, die Frau zu sein, die er sich wünschte. Jetzt war ihr Begehren freigesetzt, und sie dachte an nichts außer den Kuss, spürte nichts als seine Berührung an ihrem Körper. Sie sehnte sich danach, wieder mit ihm zu schlafen.

Ohne sich aus der Umarmung zu lösen, legte sie sich auf ihn und küsste ihn leidenschaftlich. Sie berührte seine Wange mit ihrer, spürte, wie ihr Herz klopfte, als sie sich an seine Brust schmiegte. Alles an diesem Augenblick fühlte sich richtig und natürlich an, so als habe er ihr ganzes Leben nur darauf gewartet, sich zu erfüllen. Langsam knöpfte Joy ihr Oberteil auf. Doch zu ihrer Überraschung legte Lewis seine Hand auf die ihre, sodass sie nicht weitermachen konnte. Sie hörte auf, ihn zu küssen, und öffnete die Augen. Er sah sie an, seine Pupillen waren groß und dunkel, seine braunen Augen zogen sie in die Tiefe.

»Wir sind betrunken«, flüsterte er.

»Ich weiß«, erwiderte sie. »Aber das ist mir egal.«

Sie beugte sich hinunter, um ihn wieder zu küssen, aber er legte ihr die Finger auf die Lippen.

»Joy, wir sollten das nicht machen.« Seine Stimme war sanft, aber entschlossen.

Sie war am Boden zerstört. Sie spürte, wie ihr die Röte ins Gesicht stieg, und Scham überflutete sie.

»Warum nicht?«, flüsterte sie.

»Weil es nicht richtig ist. Du musst die Sache mit Eddie in Ordnung bringen, und ich bin hier, weil ich auf der Suche nach Marnie bin. So machen wir unsere Freundschaft noch kaputt.«

Gedemütigt kletterte sie von ihm herunter.

»Es ... es ... tut mir leid«, stotterte sie. »Du hast recht. Ich weiß gar nicht, was in mich gefahren ist. Ich bin Whisky nicht gewöhnt.«

Er erhob sich und stand verlegen vor ihr. »Nein, es war meine Schuld.« Er machte einen Schritt Richtung Tür. »Verzeih mir.«

Bevor sie etwas darauf erwidern konnte, war er aus dem Zimmer gestürzt.

Einen Augenblick starrte sie nur auf die geschlossene Tür, an der das Plakat mit den Notfallmaßnahmen hing und an deren Griff das Bitte-nicht-stören-Schild pendelte. Sie fühlte sich leer, da war nicht einmal mehr Scham.

Erschüttert legte sie sich ins Bett und zog das kalte Laken bis hinauf ans Kinn. Was machte sie hier eigentlich, so weit weg von ihrem vertrauten Leben? Was sollte sie tun, wenn sie ihre leibliche Mutter nicht finden konnte oder, schlimmer noch, die Frau sie ein zweites Mal zurückwies? Würde sie das aushalten?

Erst als sie das Licht ausgeschaltet hatte und im Grabesdunkel des Hotelzimmers lag, begann sie zu weinen. Stumm liefen ihr die Tränen über die Wangen. Sie war eine doppelte Idiotin. Nicht nur, dass ihr Mann sie betrogen hatte, nun hatte sie sich auch noch Gefühle für einen Mann erlaubt, der offensichtlich eine andere liebte.

Wie ein an Land gespülter Fisch lag Lewis auf seinem Bett. Ein bleischweres Gewicht lastete auf seiner Brust, er war kurzatmig, und sein Körper war hart vor Erregung. Er schloss die Augen und stellte sich Joys Lippen auf den seinen vor, stellte sich vor, wie gut es sich angefühlt hatte. Wir sehr sehnte er sich danach, mit ihr zu schlafen. Nur mit Mühe konnte er sich zurückhalten, über den Hotelkorridor zurück in ihr Zimmer zu stürmen.

Doch es durfte nicht sein.

Er musste Marnie finden.

Zweiundzwanzig Jahre lang hatte er auf diesen Tag gewartet. Er konnte es sich jetzt unmöglich anders überlegen.

Joy war betrunken. Wenn er heute Nacht mit ihr schlief, dann nutzte er das aus.

Aber warum überkam ihn dieser dringende Wunsch, sie in den Armen zu halten, wieder in ihr zu sein? Sie hatten sich darauf verständigt, dass die eine Nacht eine einmalige Sache gewesen war, Trost-Sex. Sie waren Freunde, mehr nicht, und er war in Irland, um die Liebe seines Lebens zu finden. Warum sollte er das aufgeben für eine leidenschaftliche Nacht mit einer Frau, die sich an ihrem Mann rächen wollte? Es würde ihre Freundschaft kaputt machen. Dafür war Joy ihm zu wichtig.

Er legte die Hand auf die Brust und spürte das heftige Schlagen seines Herzens. Er bemühte sich, regelmäßig und langsam zu atmen, sich auf Marnie zu konzentrieren und nicht mehr an Joy in ihrem geblümten Pyjama zu denken. Wieder sah er Marnie in dem grünen Trenchcoat vor sich, der Kragen war hochgeschlagen, auf dem unbedeckten kastanienbraunen Haar glitzerten Regentropfen, und ihr Blick war von Kummer getränkt.

London, 14. April 1967, 5:19 Uhr

Lewis nannte Marnies Adresse in South Kensington.

»Thurloe Square«, wiederholte Pete erstaunt. »Wohnt da nicht Marnie?«

»Ja, da müssen wir hin. Deswegen ist sie nach dem Telefonanruf beim Essen aufgebrochen. Sie hat sich um meine Schwester gekümmert.«

Von der Seite warf Pete ihm einen Blick zu, aber Lewis vermied es, ihn anzusehen. Jetzt war nicht der Augenblick für Erklärungen. Was würde er in Marnies Wohnung vorfinden? Bestimmt übertrieb Marnie die ganze Sache. Lizzie liebte das Drama.

Er versuchte, sich einzureden, dass seine Schwester wie immer Theater spielte.

Pete fuhr schnell, er holte mehr Tempo aus dem alten Morris Minor, als Lewis für möglich gehalten hätte. Die Straßen waren leer, abgesehen von vereinzelten Fußgängern, die von der Nacht nach Hause zurückkehrten oder in aller Frühe unterwegs zur Arbeit waren. Lewis kam es so vor, als seinen sie gar kein Teil der wirklichen Welt. Sie fuhren durch die dunkle Wahrheit ihrer Stadt, in jenen Stunden der Morgendämmerung, in denen Londons schwarze Nähte sichtbar wurden: der Beton, der Asphalt, die Ziegel und der Schmutz, die Menschen und ihre Abscheulichkeiten – denn mehr war London nicht.

In die tiefen Schatten unter Marnies Augen mischten sich Kajalflecken, ihre helle Haut wirkte beinahe durchsichtig, das Haar hatte sie sich nach hinten gestrichen. Nie zuvor hatte er sie so gesehen. Sie sah so jung aus – so aufgelöst.

»Wo bist du gewesen? Wo bist du gewesen?«, wiederholte sie immer wieder, als er in die Wohnung stürmte.

»Es tut mir so leid.« Er ergriff ihre Hände, als wolle er sie um Verzeihung bitten. »Wo ist sie?«

Mit einem Kopfnicken deutete Marnie aufs Schlafzimmer. Lewis ließ ihre Hände los und rannte hinein. Erst gestern Morgen hatte er auf diesem Bett mit Marnie geschlafen. Jetzt lag seine Schwester hier, das rote Haar ausgebreitet auf dem Kissen, die Haut schweißnass. Sie wirkte wie ein blasses Meeresgeschöpf, das an den Strand gespült worden war, eine verletzte Meerjungfrau. Er berührte ihre Hand, sie war warm. Auch ihren Puls konnte er ertasten, wenngleich er sehr schwach war.

»Ich wusste nicht, was ich tun soll«, sagte Marnie hinter ihm. »Die Amerikanerin hat gesagt, dass sie zu viel Gras geraucht hat, aber das kann nicht alles sein. Ich war kurz davor, den Notarzt zu rufen.«

Lewis beugte sich über Lizzie und schlug ihr ins Gesicht, aber sie rührte sich nicht. »Lizzie!«, schrie er. »Lizzie!«

Er versuchte, sie aufzusetzen und zu schütteln, aber sie sackte einfach zusammen, als besitze sie kein Rückgrat, das sie aufrecht hielt.

»Himmel«, sagte Lewis. »Warum hast du denn nicht den Krankenwagen gerufen?«

»Du hast gesagt, das soll ich nicht«, entgegnete Marnie aufgebracht. »Weißt du noch? Du hast gesagt, egal was passiert, ruf keinen Krankenwagen. Ich bin davon ausgegangen, dass sie zu viel geraucht hat und langsam wieder nüchtern wird. Ich habe ständig damit gerechnet, dass du gleich herkommst. Ich habe auf dich gewartet.«

»Ja, aber ich bin davon ausgegangen, dass du deinen gesunden Menschenverstand gebrauchst«, blaffte er.

»Lewis, hören Sie auf«, unterbrach ihn Pete. »Es ist nicht Marnies Schuld.«

Trotzdem konnte Lewis nicht anders: Es war Marnies Schuld. Sie hätte mehr Vernunft beweisen sollen. Sie hätte sich seiner Anweisung widersetzen und einen Arzt rufen sollen. Doch er hielt sich zurück.

»Entschuldigung«, sagte er. »Es wird schon alles gut werden.«

»Ich dachte, dass sie in Ordnung ist, dass sie sich nur ausruhen muss, aber jetzt wacht sie einfach nicht mehr auf. Sie wacht nicht auf.«

Pete beugte sich über das Bett. Er nahm eine von Lizzies schlaffen Händen und versuchte, mit seinen Fingern ihre Augenlider zu öffnen.

»Sie müssen sie schnellstens ins Krankenhaus schaffen«, meinte er. »Ich vermute, sie hat eine Überdosis.«

»Aber sie nimmt nie zu viel. Am Ende ist immer alles okay«, widersprach Lewis. »Das macht sie nur, weil sie die Aufmerksamkeit braucht. Meinen Sie nicht, dass wir sie dazu bringen könnten, sich zu übergeben? Oder wir zwingen sie, Kaffee zu trinken?«

Er beugte sich über seine Schwester und brüllte sie an, und Spucke landete auf ihrer Stirn, ihren Wangen und Lippen. »Elizabeth Bell! Wach sofort auf!«

Seine Schwester rührte sich nicht. Diesmal schien wirklich etwas nicht zu stimmen. Sie war so reglos. Panik kroch an seinem Körper hoch, und er begann unwillkürlich zu zittern. Pete hatte recht. Sie mussten Lizzie ins Krankenhaus bringen.

Er trug seine Schwester aus dem Schlafzimmer, aus Marnies Wohnung und die Treppe hinunter. Sie war leicht wie ein Kind.

Er hielt es nicht aus, ihr ins Gesicht zu sehen, das so verschlossen und verloren war.

»Ich fahre Sie«, bot Pete wieder an.

»Nein, ich nehme den Roadster«, meinte Lewis. »Damit sind wir schneller.«

Was er eigentlich wollte, war, mit Lizzie allein sein. Ohne Pete und Marnie mit ihren verzweifelten Gesichtern.

Sein MG war direkt vor Marnies Haustür geparkt, wo er ihn gestern abgestellt hatte. Jener goldene, herrliche Abend schien in einem anderen Zeitalter stattgefunden zu haben. Lewis war voll ehrgeiziger Träume gewesen und voll Begehren für Marnie. Nun war all das zerstört und lag in Trümmern.

Marnie schloss das Auto für ihn auf, und behutsam setzte er Lizzie auf den Beifahrersitz.

»Wir fahren in Petes Auto hinterher«, sagte Marnie und reichte ihm die Autoschlüssel.

»Nein.« Er scheuchte sie fort. »Du hast schon genug Schaden angerichtet.«

Seine Worte waren brutal, und sie trat einen Schritt zurück, als hätte er sie geschlagen. Pete wirkte schockiert. Aber das kümmerte Lewis nicht. Er musste Lizzie retten. Alles andere war egal.

Als er davonraste, sah Lewis noch, wie Marnies Gesicht in sich zusammenfiel. Diesen Anblick würde er nie vergessen. Marnie schlug die Hände vor das Gesicht, Tränen rannen darüber; sie versteckte sich vor Lewis' grausamen Worten und wandte sich zu Pete. Schuldgefühle brandeten in ihm hoch. Warum machte er Marnie verantwortlich? Das alles war seine Schuld, nicht ihre.

Wie ein Wahnsinniger raste er durch Kensington, neben sich in dem kleinen Auto seine zusammengesackte, reglose Schwester.

»Lizzie«, flehte er. »Lizzie, es tut mir leid. Bitte, wach auf!«

Er versprach, dass er sie nie wieder im Stich lassen werde. Er versprach, dass sie ihn anrufen könne, wann immer sie wolle, und er wäre immer für sie da. Er würde sie nicht auslachen, sich nicht über ihre Gemälde lustig machen und sie nicht herabsetzen. Sie sollte nur überleben. Er versprach ihr die ganze weite Welt, solange sie nur überlebte.

Aber es war zu spät. Niemand konnte seine Schwester retten. Lewis brüllte die Ärzte an, die Pfleger, schrie, sie sollten etwas tun, aber Lizzie kam nicht mehr zu Bewusstsein. Die Minuten vergingen, ihr Körper stellte nach und nach seine Funktionen ein, und sie konnten nur zusehen, wie ihr Herz schließlich aufhörte zu schlagen. Die offizielle Todesursache war ein Infarkt, der auf die tödliche Kombination von Antidepressiva und Amphetaminen zurückzuführen war. Ein Unfall. Nach all den Selbstmordversuchen hatte Lizzie schließlich jenes Medikament das Leben gekostet, das ihre Selbstmordgedanken bekämpfen sollte. Lizzie starb am Freitag, dem 14. April 1967, um 9:18 Uhr. Sie war vierundzwanzig Jahre alt.

Lewis war an ihrer Seite, als sie den letzten Atemzug tat. Er bürstete ihr das Haar, bis es wie poliertes Kupfer glänzte. Im Tod sah sie aus wie Dornröschen, das darauf wartete, wachgeküsst zu werden. Aber für Lizzie gab es keinen Prinzen. Es hatte nie einen gegeben.

Es war seine Schuld, das wusste Lewis. Er hätte Lizzie nicht nach Paddington fahren dürfen, wo sie die Drogen bekommen hatte. Er hätte sie nicht dort zurücklassen und zu dem Arbeitsessen gehen dürfen. Er hätte Marnie nicht bitten dürfen, sie zu holen. Er hätte selbst hinfahren müssen. Er hätte früher den Jazzclub verlassen und direkt zu Marnie gehen müssen. Er hätte Marnie gleich bei seinem Anruf sagen müssen, dass sie den Krankenwagen rufen sollte. Er hätte Lizzie dazu bringen müssen, sich zu übergeben, als er in die Wohnung kam. All das bereute er, all das stürzte auf ihn ein, während er Lizzies Hand hielt und spürte, wie die Wärme daraus entwich. Er war wie betäubt, konnte sie nicht gehen lassen.

Als der Arzt schließlich erklärte, dass sie tot sei, und ihn überreden wollte, Lizzies Hand loszulassen, wachte Lewis aus seiner Schockstarre auf. Als hätten ihn tausend Wespen gleichzeitig gestochen, heulte er vor Schmerz auf wie ein durchgedrehter Stier. Die ganze Wut, die sich seit der Kindheit angestaut hatte, wallte in ihm hoch, und er griff nach dem wackligen Holzstuhl, auf dem er gesessen hatte, und warf ihn an die Wand. Er zerbrach in tausend Stücke. Zwei junge Assistenzärzte hielten ihn fest, während Lizzies Arzt ihm ein Beruhigungsmittel verabreichte.

»Das wird Sie beruhigen«, erklärte er. »Sie haben einen schweren Schock erlitten.«

Lewis tauchte ein in eine Unterwasserwelt. Die Geräusche im Krankenhaus wurden zum Hintergrundrauschen, und er sah nichts von dem, was um ihn herum geschah: weder das Tageslicht, das durch die Milchglasscheiben der Fenster hereinfiel, noch die Reinigungskräfte, die den Linoleumboden wischten, und auch nicht die hübschen Schwestern, die vorbeigingen und den verzweifelten jungen Mann betrachteten, der den Kopf in die Hände stützte. Er saß auf einem orangefarbenen Plastikstuhl vor Lizzies Zimmer. Er war nicht in der Lage hineinzugehen. Er war nicht in der Lage wegzugehen. Er fühlte sich schuldig wie ein Mörder.

Irgendwann kämpfte sich Lewis vom Stuhl hoch und stolperte über den Flur zu einem der öffentlichen Telefone. Er rief seine Mutter an und sagte ihr ohne Umschweife, dass ihre

Tochter tot sei. Er hörte den Schock, ihr Schreien am anderen Ende der Leitung, doch er empfand keinerlei Mitleid mit ihr. Er befand sich außerhalb der Unterhaltung, als beobachte er sich selbst während des Gesprächs.

»Was ist denn passiert? Was ist denn passiert?«, kreischte seine Mutter. »Warum hast du mich nicht früher angerufen? Warum hast du nicht auf sie aufgepasst?«

Langsam brach sich die Wut in ihm Bahn. »Tu bloß nicht so, als kümmerte dich das plötzlich, Mutter«, fauchte er.

»Wie kannst du so was sagen?«, schluchzte sie.

Er knallte den Hörer auf. Er hasste seine Mutter, aber noch mehr hasste er sich selbst. Er war nicht anders als Sylvia Bell – er war so vom eigenen Leben besessen gewesen, dass er nicht auf seine kleine Schwester aufgepasst hatte. Er sank auf einen Stuhl neben dem Telefon und starrte auf den rissigen Krankenhausboden.

Noch bevor er sie sah, hörte er ihre Schritte. Die hohen Absätze ihrer schwarzen Stiefel rückten ins Blickfeld, danach der grüne Mantelsaum. Er sah auf. Vor ihm stand Marnie. Anfangs brachte er kein Wort heraus. Seine Stimme hatte sich in seinem Innern verloren. Er konnte nur den schweren Kopf schütteln, bis die Worte kamen.

»Sie ist tot«, flüsterte er schließlich. »Es ist meine Schuld. Sie ist tot.«

»Nein, Lewis, es ist nicht deine Schuld.« Marnie kniete sich neben ihm hin und rückte mit ihrem tränenüberströmten Gesicht nahe an seines.

»Ich hätte auf sie aufpassen müssen«, flüsterte er.

»Sie hätte professionelle Hilfe gebraucht. Nach allem, was mit deiner Mutter war und der Sache mit Onkel Howard ... Lizzie war sehr unglücklich.«

Wovon sprach Marnie? Was hatte Onkel Howard mit all dem zu tun? Plötzlich loderte Wut in ihm hoch, weil Marnie ihn so ungeschützt und verletzlich sah. »Was redest du da?«

»Auf dem Weg in meine Wohnung hat sie viel geredet … darüber, was passiert ist. Sie ist nie darüber hinweggekommen.« Marnie streckte die Hand nach seiner aus. »Es ist nicht deine Schuld.«

Was wollte sie ihm damit sagen? Dass sie seine Schwester besser kannte als er selbst?

Er riss seine Hand fort. »Geh weg! Lass mich in Ruhe!« Seine Stimme platzte mit solcher Heftigkeit heraus, dass Marnie auf den Hacken nach hinten kippelte.

»Lewis, bitte, ich will dir helfen.«

»Ich brauche deine Hilfe nicht«, fauchte er. »Ohne dich wäre meine Schwester noch am Leben.«

»Es war ein Unfall«, sagte Marnie. Aus ihrem Gesicht war alle Farbe gewichen. Sie war so blass, dass es aussah, als würde sie gleich ohnmächtig werden. »Lewis, bitte, du weißt, dass ich dich liebe.«

Er nahm diese kostbaren Worte entgegen und schleuderte sie geradewegs zurück. »Das ist mir egal«, sagte er. »Ich kann dir nicht verzeihen. Niemals. Geh weg.«

Lewis merkte, dass sie die Tränen zurückhielt. Aber er konnte nicht aufhören, ihr wehzutun, weil es ihn von seinem eigenen Schmerz ablenkte.

»Du solltest jetzt nicht allein sein«, meinte sie.

»Ich kann schon selbst entscheiden, was ich brauche. Hau einfach ab. Lass mich in Frieden.«

Er hatte die Stimme erhoben, die Leute sahen zu ihnen herüber. Auf Marnies Wangen waren rote Flecken. Er wusste nicht genau, was sie bedeuteten: Beschämung, Kränkung, Wut?

»Du weißt, wo du mich findest, Lewis, wenn du mich brauchst.«

Sie sah ihn lange an, und ihre blauen Augen waren voller Kummer. Dann wandte sie sich um und ging in ihrem grünen Mantel durch die Schwingtür hinaus in den Londoner Platzregen, der sie umfing und von ihm forttrug.

Er sah sie nie wieder.

Von Skerries nach Mayo, Ostersonntag, 26. März 1989

Er hörte den Regen noch heute auf die Vortreppe des Krankenhauses prasseln, mit einer Heftigkeit, als hätte sich Lizzies ganze Wut darin entladen. Er schlug das Laken zurück und stand aus dem Bett auf, trat ans Fenster und schob die Vorhänge zur Seite. Durch die grauen Schleier des Regens blickte er hinunter auf den vom Wind gepeitschten Strand. Wellen schlugen auf den feuchten Sand. Es war ein Bild der Verlassenheit, nur eine einsame Gestalt ging am Wasser entlang. Er sah zu, wie sie über den Strand zurück zum Hotel ging, wie das dunkle Haar um ihren Kopf wirbelte und sie nach vorn gebeugt gegen den nassen Wind ankämpfte. Sie musste völlig durchnässt sein, aber es schien sie nicht zu kümmern. Sie war voller Entschlossenheit. Manchmal waren die Menschen anders, als es den Anschein hatte. In seiner Erinnerung war Marnie eine starke Frau mit unerschöpflicher Energie, die gesagt hatte, dass sie ihn liebte. Trotzdem war sie an jenem Tag im Krankenhaus nicht bei ihm geblieben. Was hätte er auch anderes erwarten sollen, nachdem er sie für Lizzies Tod verantwortlich gemacht hatte?

Während Lewis beobachtete, wie Joy über den Strand stapfte, gegen den Regen, gegen den Wind, am anderen Ende der Welt dem Unbekannten entgegen, fragte er sich, ob Joy dasselbe getan hätte wie Marnie. Wäre sie an jenem Tag weggegangen, oder wäre sie bei ihm im Krankenhaus geblieben und hätte seine Vorwürfe und seinen Zorn ertragen?

Joy hatte schlecht geschlafen. Der Whisky hatte sie unruhig gemacht, und das bisschen Schlaf, das sie bekam, war durchsetzt von Albträumen. Sie träumte, ihr Vater sei noch am Leben, aber an Krebs erkrankt. Sie musste ein Heilmittel finden, die Zeit wurde knapp. Sie wusste nicht, was sie tun sollte, und das Bewusstsein ihres Scheiterns überwältigte sie.

Als sie aufwachte und ihr klar wurde, dass es ein Traum gewesen und ihr Vater bereits tot war, war sie am Boden zerstört. Sie war zu spät dran.

Sie hatte Angst, wieder einzuschlafen und denselben Traum weiterzuträumen, also lag sie wach und sah zu, wie die Stunden vergingen und sich das Licht im Zimmer von schwarzer Dunkelheit in eine düstere, hoffnungslose Dämmerung verwandelte.

Joy starrte aus dem Fenster, vor dem Lewis die Vorhänge aufgezogen hatte, und beobachtete den Flecken Himmel, der sich in einer Vielzahl von Grauschattierungen wandelte. Sie hörte, wie der Wind gegen das Hotel peitschte und der Regen an die Scheiben prasselte. Sie zitterte unter der Bettdecke und wusste nicht, wie es weitergehen sollte.

Im nüchternen Morgenlicht empfand sie tiefe Beschämung über ihr zudringliches Verhalten vom Vorabend. Wie sollte sie Lewis gegenübertreten, nachdem sie sich ihm derart an den Hals geworfen hatte? Sie war eine verzweifelte Frau, ein jämmerliches Geschöpf, das vom Ehemann betrogen und von anderen Männern zurückgewiesen wurde. Sie überlegte, ob sie aufbrechen sollte, bevor er aufstand. Sie hatte keine Ahnung, wie sie nach Ballycastle im County Mayo kommen sollte, aber sie konnte an der Rezeption fragen, ob es einen Bus gab oder einen Zug, der sie aus diesem kleinen Städtchen am Meer wegbrachte. Lewis hatte versprochen, dass er sie fahren würde, und sie sehnte sich immer noch danach, ihn ein letztes Mal zu sehen, auch wenn es peinlich werden würde. Bevor sie ihn geküsst hatte, hatte sie sich auf die gemeinsame Autoreise gefreut. Jetzt hatte sie alles kaputt gemacht. Was hatte sie sich nur dabei gedacht, sich so an ihn ranzuschmeißen?

Sie krümmte sich innerlich bei der Erinnerung daran, wie er sie gebremst hatte, als sie anfing, ihr Schlafanzugoberteil aufzuknöpfen. Ihre Nacht in der Wüste war eine einmalige Sache gewesen. Darauf hatten sie sich verständigt. Er liebte eine andere, und sie selbst sollte eigentlich ihren Ehemann lieben.

Bedeutete das Wissen um Eddies Betrug auch gleich, dass sie ihn nicht mehr liebte? Man konnte die Liebe doch nicht einfach ausschalten. Man musste versuchen, sich zusammenzuraufen und die Ehe zu retten. Sie konnte doch nicht all die gemeinsamen Jahre nachträglich für null und nichtig erklären? Sie musste ihre Liebe wiederbeleben.

Wenn ihr Verdacht nun aber stimmte und Eddie sie tatsächlich schon viele Male hintergangen hatte, was dann? Wie sollte ihre Liebe einen derartigen Treuebruch überstehen? Immer wenn sie an Eddie dachte, erinnerte sie sich auch an die Nacht mit Lewis in der Wüste. Sie war wie im Rausch gewesen. Sie beide waren in einem Kokon der Sinnlichkeit gewesen, hatten einander Lust bereiten wollen ohne jede Erwartung an den anderen. Eddie hatte ihr nie dieses Gefühl gegeben, und sie wollte es wieder erleben, auch wenn ihr Begehren jeder Vernunft und Logik widersprach.

Sie ertrug es nicht länger, im Bett zu liegen, also stand sie auf und ging ans Fenster. Trotz des Hämmerns in ihrem Kopf und ihres verwirrten Herzens war der Anblick erhebend. Tosend wogte das Meer an die Küste. Sie presste die Handflächen an die kalte, angelaufene Scheibe, hinterließ Abdrücke darauf und sog das Bild in sich auf. Es kümmerte sie nicht, dass es eiskalt war und ein Sturm wütete, sie musste hinaus ans Wasser.

Im Hotel herrschte Totenstille, als sie die Treppe hinunterging. Sie fragte sich, ob außer ihr und Lewis überhaupt noch andere Gäste da waren. An der Rezeption saß ein junger Mann mit rötlichem Haar und las Zeitung. Er blickte auf und lächelte. »Ich fürchte, es gibt noch kein Frühstück«, sagte er. »Erst ab sieben.«

»Ich wollte vorher einen Spaziergang machen«, antwortete sie.

Überrascht sah er sie an. »Bei dem schrecklichen Wetter?«

»Ja«, erwiderte sie entschlossen. »Gibt es eine Tür direkt zum Strand?«

Er erhob sich und kam um den Tresen herum. »Kommen Sie aus Amerika?«, fragte er.

»Ja, aus Arizona.«

»Die gefallen mir«, meinte er und deutete auf ihre blauen Cowboystiefel. »Aber für dieses Wetter sind sie nicht besonders gut geeignet.«

»Das geht schon.«

»Die werden das nicht überstehen«, sagte er grinsend. »Wenn Sie wirklich rausgehen wollen, dann borge ich Ihnen ein Paar Gummistiefel und ein Regencape. Ich denke mal, Sie haben die gleiche Größe wie meine Mom.«

»Oh, das ist aber nett.«

»Kein Problem. Wenn Sie sich nichts Ordentliches anziehen, werden Sie klatschnass. Das Hotel hier gehört meinen Eltern. In der Garderobe neben der Küche findet sich immer irgendwas.«

Der Wind kam von hinten, als sie über den Strand spazierte.

Sie spürte, wie er sie nach vorn schob, wie ein Vater, der sein Kind mit der Hand am Rücken vorwärtsdirigierte. Trotz des eiskalten Regens und der Attacken durch den Wind fühlte sie sich auf beglückende Weise erleichtert. Sie war am Meer, sie hatte es geschafft. Was auch immer in ihrem weiteren Leben geschah, so weit hatte sie es immerhin gebracht.

Nun war es kaum noch wichtig, wie es weitergehen würde. Sie konnte nicht über den bevorstehenden Tag hinausdenken, und vielleicht war das ja gut so. Sie lief am Strand entlang, begutachtete den Sand und bestaunte die vielfarbigen Körner und die unzähligen Muscheln, die unter ihren Schuhen glitzerten. Alle paar Minuten musste sie stehen bleiben, eine davon aufheben und in die Tasche stecken. Die meisten waren Miesmuscheln, deren tiefblaue Ovale ins Indigo übergingen und perlmuttartig schillerten wie ihre Abalone.

Der graue Himmel wurde heller, bis er fast weiß war, aber es regnete noch immer. Sie kehrte um, zurück zum Hotel, und der nasse Wind klatschte ihr an die kalten Wangen. Sie schützte ihr Gesicht, so gut es ging, mit dem Halstuch und band sich die Kapuze des Regencapes fest ums Kinn. Jetzt war sie froh um die Gummistiefel, die ihr der freundliche junge Mann geliehen hatte und die tief im nassen Sand versanken.

Sie lief bis ans Wasser in die schaumige Gischt und ließ die kleinen Wellen die Gummistiefel überspülen. Fast fiel es ihr schwer, nicht weiter hineinzugehen.

Sie dachte an Eddies Treuebruch. Könnte sie ihm tatsächlich verzeihen und ihre Liebe zu neuem Leben erwecken? Sie hatte keine Ahnung, was das bedeuten würde und ob sie überhaupt darauf zählen konnte, dass er sich noch zu ihr bekannte. Der Schock des Anblicks von ihm und Erin war noch nicht verklungen. In diesem Moment war sie sich wie ein Eindringling vorgekommen, als sei sie die ungebetene Dritte. Das war es, was sie am meisten erschütterte.

Was war mit Eddie und ihr geschehen? Sie erinnerte sich an die Leidenschaft der ersten Jahre. Wie er sie hochhob und im Kreis herumwirbelte. Wie er lachte und sich an ihr freute, wenn sie sich liebten. Jetzt aber wusste sie nicht mehr, wann sie das letzte Mal miteinander gelacht hatten, und ihr wurde klar, dass in ihrer Beziehung immer etwas gefehlt hatte. Seit Jahren war er gereizt und distanziert. War es ihre Schuld? Sie hatte geglaubt, dass zwischen Eddie und ihr eine besondere Verbindung bestand, etwas Zeitloses, aber vielleicht hatte sie sich Illusionen gemacht und die Wahrheit nicht erkennen wollen.

Wäre sie in der Lage, allein zu leben? Würde ihr Mann zu Erin ziehen – zur Schwiegermutter seiner Tochter? Joy drehte sich der Kopf bei dieser schrecklichen Vorstellung. Die Erinnerung an Erins Gerede über ihren Liebhaber bei jenem widerlichen Abendessen mit den gemeinen Freundinnen verursachte Joy Übelkeit. Die Frau hatte über Eddie geredet – und alle ihre Freundinnen hatten es gewusst! Joy konnte nicht fassen, wie man derart grausam sein konnte. Was hatte sie Erin bloß getan?

Der Wind stieß sie zurück, und Joy wollte sich auf den Sand fallen und davontragen lassen, sich von den Böen ins Meer fegen lassen. Die Wellen sollten sie verschlingen und nach unten ziehen; sie könnte loslassen, aufgeben. Aber ihr Körper ging weiter. Als wüsste er es besser.

Sie stemmte sich gegen den Wind und kämpfte sich vorwärts, die Arme dicht am Körper. Jeder Schritt bedurfte ihrer Entschlossenheit. Der Regen vermischte sich mit den Tränen und der salzigen Gischt, sodass ihre Wangen brannten.

»Du gehst jetzt einfach ins Hotel, Joy«, redete sie sich zu. »Denk nicht an morgen. Ein Schritt nach dem anderen.«

Sie war nach Irland gekommen, weil sie sich eine Aufgabe gestellt hatte, und die musste sie jetzt zu Ende bringen.

Lewis saß schon beim Frühstücken, als sie ins Esszimmer kam. Sie waren die einzigen Gäste. Er hatte einen Tisch direkt am Fenster mit Blick über den Strand gewählt.

»Guten Morgen. Frohe Ostern«, sagte sie und setzte sich ihm gegenüber hin. Sie konnte ihm nicht in die Augen sehen, weil sie sich zu sehr genierte.

»Du hast nasses Haar«, sagte er.

Sie befühlte es mit der klammen Hand. »Im Zimmer gibt es keinen Föhn. Ich war am Strand spazieren.«

»Ich weiß, ich habe dich gesehen«, sagte er. Er klang entspannt, so als wäre am Abend zuvor gar nichts vorgefallen. »Ich habe mich schon gefragt, wer die Verrückte da draußen in dem Orkan ist. Dann habe ich dich erkannt.«

Heimlich warf sie ihm einen Blick zu und sah, dass er sie anlächelte. Er hat Mitleid, dachte sie, und der Mut verließ sie. Ich bin jemand, den man bemitleidet.

Das Frühstück wurde auf großen Tellern gebracht, beide dekoriert mit einem flaumigen, fedrigen Küken und einem kleinen Schokoladenosterei. Joy tunkte den Toast ins Eigelb und trank zwei Tassen schwachen Kaffee. Schon jetzt war sie erschöpft, dabei hatte der Tag – einer der wichtigsten ihres Lebens – gerade erst begonnen.

»Macht es dir wirklich nichts aus, mich bis nach Mayo zu bringen?«, fragte sie und schenkte sich Kaffee nach.

»Nein, wirklich nicht«, meinte er. »So weit ist es von da gar nicht nach Sligo, es ist nur ein kleiner Umweg.«

Im gleichen Moment wie Lewis griff sie nach dem Milchkännchen, und unbeabsichtigt verschränkten sich ihre Finger. Schnell zog sie die Hand zurück und warf dabei das Kännchen um.

»Oh, tut mir leid. Ich bin so blöd!« Sie spürte, wie sich neue Tränen sammelten, und gab sich die größte Mühe, sie zu unterdrücken.

»Ist doch nicht so schlimm«, sagte Lewis und wischte mit seiner Serviette die verschüttete Milch auf. »War genauso mein Fehler.« Doch seine wohlmeinenden Worte glitten an ihr ab. Sie fühlte sich tollpatschig, wertlos und unerwünscht.

Als sie sich auf den Weg machten, hatte der Regen nachgelassen, und aus dem Platzregen war ein leichter Nieselregen geworden. Ihre Kleider waren klamm und kalt auf der Haut. Sie trug eine Bluse mit lauter winzigen Veilchen darauf, ihre Jeans und die Cowboystiefel, dazu eine Lederjacke. Trotzdem war ihr nicht warm. Zitternd saß sie auf dem Beifahrersitz. Die Hand am Zündschlüssel warf Lewis ihr einen Blick zu.

»Du siehst so aus, als ob du frierst. Deine Nase ist ganz blau.«

»Nein, das geht schon«, log sie.

»Das kommt mir nicht so vor.«

Er stieg aus und öffnete den Kofferraum. Im Rückspiegel beobachtete sie ihn. Er schien zur Landschaft zu passen. Er trug nicht mehr seinen schicken schwarzen Anzug, sondern eine alte Levi's und einen dunkelroten Pullover. Sein wirres Haar war durch den Wind noch wilder geworden. Er wirkte rau und robust, eins mit der Umgebung.

»Da«, sagte er und reichte ihr einen himmelblauen Pullover.

Sie merkte, dass sie rot wurde. »Nein, wirklich, das geht schon.«

Wie hatte sie so dumm sein können, keine warme Kleidung mit auf die Reise zu nehmen? Sie war beim Packen so in Eile gewesen.

»Zieh das an«, befahl er ihr.

»Danke«, murmelte sie und zog sich den Pullover über die Bluse. Er war aus reiner Wolle, unglaublich weich, und roch nach Holz, so wie Lewis. Dann zog sie die Lederjacke wieder an und machte den Reißverschluss zu.

Er lächelte sie an.

»Was ist?«

»Dein Haar ist ganz lockig vom Regen«, sagte er. »Das ist hübsch.«

»Hat Marnie Locken?« Sie hätte sich am liebsten geohrfeigt. Warum musste sie auf Marnie zu sprechen kommen, wenn Lewis *ihr* ein Kompliment machte?

Sein Lächeln verschwand. »Nein, Marnie hat glattes Haar.«

Mit gerunzelter Stirn ließ er das Auto an und fuhr vom Parkplatz.

Die nächste halbe Stunde schwiegen sie. Schwer hingen die unausgesprochenen Fragen zwischen ihnen. Sie wollte ihn fragen: Warum hast du meinen Kuss erwidert? Warum hast du aufgehört, mich zu küssen? Was wird sein, wenn du Marnie findest? Wirst du noch an mich denken? Sind wir wirklich Freunde?

Und mit jeder Meile, während sie ihrem Ziel näher kamen, wurde das Reden schwieriger. Die Spannung zwischen ihnen war mit Händen zu greifen, das war nicht zu leugnen. Dass sie seinen Pullover trug, machte es noch schlimmer. Sein Duft hüllte sie ein, und sie sehnte sich so danach, Lewis zu berühren und von ihm berührt zu werden. Sie öffnete die Handtasche und kramte darin herum auf der Suche nach etwas, das sie ablenkte. Sie stieß auf die Kassette, die Ray ihr zuletzt geschickt hatte. Es war ihre Lieblingskassette, von einer Sängerin namens Tracy Chapman.

»Soll ich Musik einlegen?«, fragte sie.

»Klar.«

Sie steckte die Kassette in den Rekorder. »Bei diesem Lied muss ich immer an die erste Zeit mit Eddie denken«, sagte sie, als das Stück *Fast Car* begann. »Nicht, dass es unsere Geschichte ist oder so … er war einfach so aufregend, als ich ihn kennengelernt habe.«

»Hat er dich in einem schnellen Auto herumkutschiert?«

»Ja, in einem Plymouth Satellite. Alle Mädchen in der Schule fanden ihn wahnsinnig cool. Eddie Sheldon war ein echter Fang.«

»Du warst bestimmt auch ein echter Fang.«

»Nein.« Sie schüttelte den Kopf. »Überhaupt nicht. Alle waren total überrascht, dass er mit mir ausgegangen ist.«

»Das kann ich mir nicht vorstellen«, meinte er. »Du musst doch sehr begehrt gewesen sein. Du bist eine ausgesprochen schöne Frau, Joy.«

Sie spürte, wie ihr die Röte von der Brust über den Hals kroch und ihre Wangen heiß wurden. Warum sagte er so etwas?

»Nein«, widersprach sie heftig. »Ich war pummelig und hatte eine fürchterliche Frisur. Du weißt schon, mit so einem stumpfen, ganz geraden Pony. Eddie hätte wirklich jede kriegen können. Ich weiß gar nicht, was er an mir fand.«

»Ich denke, dein Mann kann sich glücklich schätzen.« Er sah sie an, und kurz begegneten sich ihre Blicke, bevor er sich wieder der Straße zuwandte. »Und außerdem ist er ein Idiot.«

Sie erwiderte nichts, denn sie wusste nicht, was sie sagen sollte. Stattdessen gab Tracy Chapman die Antwort. Auch wenn sie in einem Fiat Panda dahinholperten, schien der Liedtext doch zu passen. Joy wollte, dass sie schneller und schneller fuhren.

Sie wünschte, sie könnte mit Lewis davonfliegen.

Sie umfuhren die Schlaglöcher auf den gewundenen kleinen irischen Straßen und zuckelten hinter Traktoren her, bis sie sie zwischen zwei Haarnadelkurven überholen konnten. Auf beiden Seiten hatten sich die Felder zu einem grünen Meer ausgewachsen, gesprenkelt mit Inselgrüppchen aus Kühen oder Schafen. Sie fuhren durch kleine Städte, die aussahen, als seien sie in den Fünfzigern stecken geblieben. Lewis zählte ihre Namen auf, als würde er mit den Holzkugeln eines Abakus rechnen – Maynooth, Enfield, Kinnegad. Jede Stadt führte sie einen Schritt näher ans Ziel ihrer jeweiligen Suche. Er hatte das Gefühl, dass er eine Zeitreise rückwärts machte, durch sein altes Londoner Leben bis in die Kindheit, in der Lizzie und er, in jeder Hinsicht verwaist, sich in kleinen englischen Dörfern verloren hatten, die nicht viel anders waren als dieses ländliche Irland der Achtziger. Er hätte besser auf Lizzie achtgeben müssen. Er hätte sie mehr lieben sollen. Sie hatte niemanden als ihn gehabt.

Auf der Fahrt wechselten er und Joy kaum ein Wort. Er spürte, dass sie den Kopf voller Gedanken hatte, und er fragte sich, worüber sie nachdachte. Über ihre unbekannte Mutter? Über Eddie? Über ihn?

Er lauschte der Musik von Joy, und jedes Lied schien ihm eine Botschaft zu übermitteln – wie die Postkarten. Es waren Lieder über Liebeskummer und Fehler, über Reue, aber auch über Hoffnungen, darüber, im Jetzt zu leben und für die Liebe ein Risiko einzugehen. Er fragte sich, was diese Texte für Joy bedeuteten. Leise sang sie sie neben ihm mit, aber es störte ihn nicht. Tracy Chapman verlangte, dass man ihren Worten Beachtung schenkte. Sie erklärte ihm, was er Marnie bei ihrem Wiedersehen sagen sollte: dass es ihm leidtat, dass er sie um Verzeihung bat, dass er sie liebte. In ihrer beider Leben gab es keinen Raum mehr für Animositäten oder Reue. So einfach war das.

Doch sosehr er Marnie auch wiederfinden wollte, so wenig drängte es ihn, sich von Joy zu trennen. Er wollte nicht, dass dieser Tag verging.

Als er die Abzweigung ins Zentrum von Mullingar nahm, war aus dem Nieselregen wieder ein heftiger Guss geworden. Der Regen fiel schräg herab und nahm ihm die Sicht auf die Straße. Er fuhr an einigen schmalen Backsteinhäusern vorbei und stellte das Auto vor einem Pub in der Hauptstraße ab, der *The Greville Arms* hieß. Er sah genauso gut aus wie jeder andere. Sie rannten durch den Regen, die Jacken über den Köpfen, in den Eingang des Hotels mit seinen Holzbalken, und als Lewis die Regentropfen abschüttelte, wurde er in die Vergangenheit zurückkatapultiert. Mit seinen dicken roten Teppichen und der dunklen Holzverkleidung schien das *Greville Arms* aus einem früheren Leben zu stammen, und die Bar mit der gedämpften Atmosphäre erinnerte ihn an manche der Pubs, in denen er als junger Mann in England unterwegs gewesen war.

Sie bestellten sich Fischsuppe und Guinness bei dem ältlichen Barkeeper, der einen prächtigen weißen Haarschopf und dazu passende zusammengewachsene Augenbrauen hatte und ein akkurat gebügeltes weißes Hemd und eine dunkle Hose trug.

»Machen Sie Urlaub?«, fragte der alte Mann.

»Ja«, antwortete Lewis knapp. Er hatte keine Lust, sich in ein Gespräch verwickeln zu lassen.

»Nicht gerade das beste Wetter dafür«, sagte der Mann unbeeindruckt von Lewis' brüskem Ton. »Aber ab morgen Nachmittag soll es eine Schönwetterphase geben. Vielleicht kriegen Sie dann doch noch ein bisschen Sonne ab.«

Sie setzten sich in die Nähe des Kamins. Joy rieb sich die Hände. Trotz seines Pullovers schien sie immer noch zu frieren.

»Ich mag es, wie der Mann spricht«, sagte Joy. »Es ist so ein schöner Singsang.«

»Ich hoffe, du magst auch das Guinness«, meinte Lewis. »Man muss das wenigstens einmal probiert haben.«

»Ganz bestimmt«, antwortete sie. »Immerhin habe ich irisches Blut. Wenn ich mir vorstelle, dass ich meine ersten beiden Lebensjahre so gesprochen habe wie der Mann. Meine ersten Worte waren irisch.«

Immer noch vor Kälte zitternd starrte sie aus dem Fenster.

»Geht es dir gut?«, fragte er.

Ihr Haar war so lockig geworden, seit sie in Irland waren. In hypnotisierenden Spiralen wand es sich um ihre porzellanhelle Haut, eine üppige schwarze Lockenmähne.

Sie nickte, aber als sie ihm das Gesicht zuwandte, waren ihre Augen geweitet und von einem unvergleichlichen Blau.

»Ich habe Angst, Lewis. Was ist, wenn sie gar nicht mehr in Ballycastle wohnt und ich sie nicht finden kann? Oder schlimmer noch, wenn ich sie finde und sie mich nicht sehen will?«

»Na ja, Letzteres wird nicht passieren, da bin ich mir sicher«, erwiderte er. »Du hast mir im Flugzeug erzählt, dass sie dich zwei Jahre lang behalten hat. Man hat sie bestimmt gezwungen, dich herzugeben. Natürlich wird sie dich sehen wollen.«

»Aber wenn sie weg ist und ich sie nicht finden kann?« Sie öffnete die Handtasche, zog den Reißverschluss der Innentasche auf und holte ein Foto heraus, das sie ihm reichte.

»Eigentlich heiße ich Joyce. Das da bin ich an dem Tag, als meine Eltern mich abgeholt haben.«

Er betrachtete das Schwarz-Weiß-Foto des kleinen Mädchens, das seinen Arm ausstreckte, in der pummeligen Hand ein Sträußchen Butterblumen. Erstaunlicherweise rührte ihn dieses Bild sehr. Es war bezaubernd, ein Bild von Joy als Kind zu sehen.

»Schon damals hast du also Blumen geliebt«, sagte er und gab ihr das Foto zurück.

Das Essen kam, und Joy trank einen Schluck Guinness.

»Oh, das schmeckt gut«, sagte sie und nahm einen zweiten Schluck.

Lewis tat es ihr nach. Weich rann das dunkle Bier seine Kehle hinunter. Er hatte ganz vergessen, wie köstlich so ein Glas Guinness sein konnte. Schon jetzt fühlte er sich gestärkt.

»Worüber freust du dich so?«, fragte Joy schüchtern.

»Darüber, wie sehr mir dieses Bier schmeckt und dass du einen kleinen weißen Schnurrbart hast.«

Sie errötete und wischte sich den Mund mit der Serviette ab. »Ich kriege es anscheinend nicht hin, mich anständig zu benehmen.«

»Gott sei Dank«, sagte Lewis. »Ich mag dich genau so, wie du bist.«

Eine verlegene Pause trat ein, als habe er etwas Unangemessenes gesagt, aber sicher hatte er die Bemerkung ganz harmlos gemeint.

»Lewis, es ist unglaublich nett von dir, mich zu fahren, aber ich sollte nicht so viel von deiner Zeit vergeuden. Du musst doch nach Sligo und Marnie suchen. Ich halte dich auf.« Ihre Miene war besorgt.

»Ich kann dich doch nicht hier in der irischen Wildnis allein lassen«, sagte er, und er meinte es so. Er hatte keinerlei Absicht, Joy das alles allein durchstehen zu lassen. »Wir schauen mal, was wir in Ballycastle herausfinden können, und überlegen dann weiter, in Ordnung?«

»In Ordnung«, sagte sie und tauchte den Löffel in die Suppe.

»Ich sollte dich aber mal beim Fahren ablösen«, schlug sie vor. »Obwohl ich seit der Fahrprüfung nicht mehr mit Handschaltung gefahren bin.«

Nachdem sie die Stadt etwa zehn Minuten hinter sich gelassen hatten, fuhr er an einer einsamen Strecke an den Straßenrand und erklärte ihr noch einmal, wie man die Gangschaltung benutzte. Sie saß auf dem Fahrersitz und biss sich auf die Lippe, während er seine Hand auf ihre legte und mit ihr die Gangwechsel durchging. Ihre Hand war kühl unter seiner, und es gefiel ihm, sie auf dem Schaltknüppel festzuhalten.

»Denk dran, dass du, wenn du den Gang wechselst, auch die Kupplung treten musst.«

Das Auto ruckelte, als sie anfuhren.

»O mein Gott.« Sie biss sich so fest auf die Unterlippe, dass sich ein kleiner Blutstropfen darauf bildete. »Ich weiß nicht, ob ich das hinbekomme.«

»Natürlich bekommst du das hin. Da ist doch nichts dabei. Ich helfe dir schon.«

Er behielt die Hand am Schaltknüppel, auf ihrer, und erinnerte sie daran, die Kupplung zu treten, immer wenn sie den Gang wechselte.

»Erster Gang, zweiter Gang, dritter Gang, jetzt der vierte. Siehst du, geht doch gut.«

Er ließ seine Hand auf ihrer liegen, als sie durch Longford fuhren. Ihm war bewusst, dass er sie viel länger dabehielt als nötig. Aber sie sagte nichts.

Sie hielt Ausschau nach der gewohnten Weite des Himmels, aber die gab es nicht. Dieses Land bestand nur aus Nischen und Wolken. Die gewundenen Straßen machten sie schwindlig. Sie hatte das Gefühl, dass man hinter ihnen her war, als sie in diesem winzigen Auto über den nassen Asphalt kurvten. Ihr Herz raste im Rhythmus des Kolibris.

Und dazu auch noch die üppige Natur, die sie links und rechts der schmalen Straßen bedrängte. Grün, grün – grelles, taubedecktes, funkelndes Grün. Sie wünschte, sie könnte ihrem Vater davon erzählen. Von den zerzausten Gräsern und Wildblumen am Straßenrand, von denen sie manche erkannte – die Butterblumen, den Löwenzahn, die Schwertlilien, den gelben Ginster und den Wiesenkerbel, die sich in den Regenböen wiegten. Und dahinter all die unterschiedlichen Bäume. Vor ihnen tauchte eine riesige Eiche mit ausladenden Ästen auf, deren Pracht sie mit Ehrfurcht erfüllte. Sie musste stehen bleiben und aussteigen, stand auf dem Bankett und sog das Grün in sich auf. Am liebsten hätte sie sich darin gewälzt und sich mit dem weichen Moos zugedeckt. Lewis stand neben ihr und hielt ihre Hand. Er sagte nichts, und sie wusste nicht, was die Geste bedeutete.

Strokestown, Frenchpark – die Städtchen trugen Namen, die eher in alte englische Romane zu gehören schienen als in diesen verborgenen Teil im Innern Irlands. Es folgte Ballaghaderreen, ein Name, über den sie stolperte, dann kamen sie nach Swinford, das klang wie aus dem finstersten Mittelalter, wo Lewis wieder das Steuer übernahm.

Nach den menschenleeren, trostlosen Städten, nach den grünen Feldern fuhren sie jetzt durch eine andere Landschaft. Offen, baumlos, es war eine Art Wüste aus schwarzen, feuchten Erdschollen.

»Das ist Moor«, erklärte Lewis. »Torf.«

Es gefiel ihr nicht. So leicht der Wüstenstaub war, so schwer war diese Erde. Der Anblick drückte sie nieder, die Landschaft wirkte zerstört und öde – beinahe geschändet.

»Hier wird von den Einheimischen Torf abgebaut, den sie als Brennstoff verwenden«, erzählte ihr Lewis.

»Das sieht viel zu feucht aus, um zu brennen.«

»Sie lagern den Torf, bis er trocken ist«, sagte Lewis. »Es riecht wunderbar, wenn er brennt, daran erinnere ich mich.«

Er war mit Marnie hier gewesen. Lewis kannte das alles. Diese Landschaft war eine zum Leben erweckte Erinnerung an eine Vergangenheit, in die er zurückkehren wollte. Aber auch für Joy galt das, ein Teil ihrer selbst lag hier in Irland verborgen. Sie konnte sich nur nicht erinnern. Nichts davon erschien ihr vertraut.

Sie fuhren ins Zentrum von Ballina und parkten an der Hauptstraße. Er holte die Landkarte aus dem Handschuhfach und schlug sie auf.

»Das hier ist die letzte Station vor Ballycastle«, sagte er, während er die Karte auf dem Armaturenbrett ausbreitete. Mit dem Finger tippte er auf den Ort Ballina. »Von hier aus gibt es zwei Möglichkeiten nach Ballycastle. Die kürzere Strecke führt durchs Landesinnere, die längere an der Küste entlang.«

Sie betrachtete die Landkarte, und ihr Herz fing wieder an zu galoppieren, als sie sah, wie nah sie dem Meer waren. Zwischen Ballina und Ballycastle wölbte sich das Land in den blauen Ozean hinaus. Sie wusste genau, welchen Weg sie nehmen wollte.

Es war bereits später Nachmittag, als sie in einem kleinen Tearoom Pause machten.

»Wenn wir nach Ballycastle kommen«, meinte Lewis, während er seinen Scone dick mit Butter bestrich, »sollten wir am besten in einem Pub nachfragen, ob irgendwer deine Mutter kennt und ob sie noch in der Gegend lebt.« Mit dem Löffel verteilte er Himbeermarmelade auf der Butter. »Der Ort ist klein, irgendjemand wird schon Bescheid wissen.«

»Ich kann noch gar nicht glauben, dass ich sie finden werde«, sagte Joy, pulte die Rosinen aus ihrem Brötchen und steckte sie sich einzeln in den Mund.

»Was hast du vor?«, fragte Lewis. »Sollen wir nach einer Unterkunft für die Nacht suchen?« Er biss in seinen Scone, und sie war hypnotisiert von dem Anblick, wie er sich die Marmelade von den Lippen leckte.

»Darüber habe ich gar nicht nachgedacht ...« Sie setzte den Scone auf dem Teller ab und zwirbelte die Serviette auf ihrem Schoß. Sie war zu schüchtern, um ihm ins Gesicht zu sehen. »Glaubst du, dort gibt es ein Hotel?«

»Ballycastle ist klein«, antwortete er. »Wahrscheinlich kommen wir eher in einem Bed and Breakfast unter. Wenn wir da sind, kann ich im Pub nachfragen.«

»Aber ... Lewis ...« Sie zwang sich, den Blick zu heben und entschlossen zu wirken. »Du musst nach Sligo und Marnie finden. Ich halte dich auf.«

»Ich habe dir schon gesagt, dass ich dich nicht im Stich lasse. Es geht doch nur um einen Tag. Was macht das schon für einen Unterschied?«

Sie konnte sich nicht erklären, warum dieser Mann ihr so

entschlossen zur Seite stand. Letzte Nacht hatte er klargestellt, dass zwischen ihnen beiden nichts mehr vorfallen würde. Sie waren Freunde. Mehr nicht. Und doch meinte sie etwas in seinen Augen zu erkennen, wenn er sie ansah. Sie wagte nicht, darauf zu hoffen, aber war vielleicht doch denkbar, dass auch er tiefere Gefühle für sie hatte?

Er nahm die Küstenstraße von Killala nach Ballycastle. Anfangs konnten sie das Meer nicht sehen. Aber er spürte es am Geschmack auf den Lippen, am Rascheln im Gebüsch, das durch das offene Seitenfenster hereindrang, am Schreien einer Möwe. Sie fuhren in eine scharfe Kurve, passierten eine Steinmauer, nahmen eine weitere Kehre, und da lag der große blaue Ozean vor ihnen ausgebreitet.

»Oh, Lewis! Sieh mal!«, rief Joy auf dem Beifahrersitz.

Was für ein Gefühl mochte es sein, dieses Bild das erste Mal im Leben vor Augen zu haben, fragte er sich. Ihn selbst erschütterte der Anblick des Atlantiks bis ins Innerste seiner Seele. Vor ihnen lag das Ufer mit seinem vollkommenen, glatten, goldenen Sand. In der Ferne die Landspitze, deren Gesteinsschichten von den Algen dunkel und glitschig waren; die obere Seite der Klippe war mit einer satten grünen Glasur überzogen. Der Himmel war ausgepolstert mit niedrig hängenden hellgrauen Wolken, die sich auf den silbern schillernden Horizont legten. Vor allem aber war da das blaue Meer, das sich bis in die Unendlichkeit erstreckte. Ein Anblick, der Sehnsucht in ihm weckte.

Er stellte das Auto ab, und sie stiegen aus. Am Strand war keine Menschenseele. Er gehörte ihnen allein.

Eine leichte Brise wehte ihr das Haar aus dem Gesicht und

zeigte sie, und wieder hatte er den Eindruck, Joy schon immer zu kennen. Rasch lief sie über die Wiese mit den strohigen Grasbüscheln bis auf den Sandstrand. Er folgte ihr.

Er war hinter ihr und beobachtete, wie sie sich vor das Meer hinstellte. Regungslos stand sie da. Er konnte sehen, wie sie alles in sich aufnahm und versuchte, die Sehnsucht nach ihren Wurzeln zu stillen. Er trat neben sie, und schweigend blieben sie eine Weile so stehen.

»Schau – dort, wo der Himmel und das Meer aufeinandertreffen, ist das Blau am reinsten«, sagte sie. »Ich habe das Gefühl, dass ich bis in die Ewigkeit schauen kann. Als gäbe es keine Zeit mehr.«

Sie wandte sich ihm zu, und ihre Augen waren so blau wie der Ozean. Er blinzelte. Joy war von innen erleuchtet. Nie hatte er eine Frau gesehen, die derart gestrahlt hatte.

»Das hier ist mir nicht völlig fremd, Lewis«, sagte sie leise. »Etwas an diesem Ort rührt mich an. Auch wenn ich mich an nichts Spezielles erinnere, fühle ich es doch. Ich bin hier schon einmal gewesen.«

Langsam ging sie am Strand entlang, und er hielt mit ihr Schritt. Sie wurde immer schneller und rannte schließlich auf die Dünen zu. Am Fuß der Dünen setzte sie zum Spurt an und lachte, als sie knietief im Sand versank und stecken blieb. Er holte sie ein, zog sie aus dem Sand, und sie zerrten sich gegenseitig die Düne hinauf. Außer Atem ließen sie sich oben hinfallen und blieben mit ausgestreckten Gliedern auf dem Rücken liegen.

»Egal was passiert, die Freude, die ich in diesem Moment erlebe, kann durch nichts zunichtegemacht werden«, sagte sie.

Joy. Freude.

Es war ein Geschenk, das sie ihm anbot. Er hätte niemals gedacht, dass es so etwas geben kann.

Sie ist verheiratet, sagte er sich. Sie ist die Art Frau, die ihrem Mann verzeiht. Sie ist zu weich und gutherzig.

Außerdem war er hier, um Marnie zu finden und die Geister der Vergangenheit endlich zur Ruhe zu betten. Was auch immer zwischen Marnie und ihm geschehen war, er musste die Sache abschließen. Das schuldete er ihr.

Auf seiner Wange landete ein Wassertropfen, dann noch einer und noch einer.

»Es regnet«, sagte Joy und setzte sich auf.

Der Himmel, der eben noch aus hellen, silbernen Wolken bestanden hatte, hatte sich in schweres Schiefergrau verwandelt. Donner grollte, und ein Blitz leuchtete über dem Wasser auf, das vom sich zusammenbrauenden Sturm aufgewühlt war.

»Komm«, sagte er und nahm sie an der Hand.

Gemeinsam rutschten sie die Düne hinab. Er hörte sie neben sich lachen, und auch er war aufgedreht. Sie rannten über den Sand, der Regen prasselte auf sie ein, und bis sie am Auto waren, waren sie völlig durchnässt. Sie zwängten sich in den winzigen Fiat und saßen dann da und betrachteten durch die Windschutzscheibe die Blitze über dem Strand.

Sie waren nicht nur Zeugen des Sturms, sondern ein Teil davon. Die Wildheit der Natur hatte von ihnen Besitz ergriffen, und es fiel ihm schwer, nicht die Hand nach Joy auszustrecken und sie zu berühren.

Er blickte zu ihr hinüber. Sie zitterte und war tropfnass, ihre Zähne klapperten, doch ihre Wangen glühten.

»Du frierst«, meinte er. »Wir sollten uns lieber umziehen.«

Sie drehte sich zu ihm, das Wasser lief ihr über das Gesicht, und ihre Lippen glänzten. Tief im Innern durchfuhr ihn ein

Ruck. Gegen seinen Willen zog es ihn zu ihr. In ihren Augen erkannte er das Verlangen, und er konnte sich nicht länger zurückhalten.

Nass und nackt erforschten sie einander. Es war anders als das erste Mal in der Wüste. Es war bewusster, weniger impulsiv. Auf der winzigen Rückbank des Fiat schmiegten sie sich aneinander, die beschlagenen Fenster verbargen ihre Leidenschaft vor der Außenwelt. Joy wurde zu dem Mädchen, das sie einmal gewesen war. Mit Lewis fühlte sie sich wieder jung.

Seine Hände umfassten zärtlich ihre Brüste, und er streckte sich nackt auf ihr aus. Seine Lippen wanderten an ihrem Körper hinab. Er küsste jeden Zentimeter von den Brüsten über den Bauch bis zu den Hüften und noch weiter. Sie schob die Hände in sein dichtes Haar, sodass seine Locken sich um ihre Finger kringelten, und legte den Kopf zurück. Durch die beschlagene Rückscheibe sah sie, wie die blaue See ihr entgegenwogte und der Himmel nach dem Sturm wieder aufklarte, genau in dem Moment, als Lewis' Zunge eine Stelle erreichte, die so empfindlich war, dass sie unwillkürlich aufseufzte. Sie hatte nie zugelassen, dass Eddie das machte. Die Vorstellung hatte sie zu verlegen gemacht, sie war überzeugt gewesen, dass ihr Mann es nicht genießen würde. Mit Lewis aber war sie unbesorgt. Sie spürte, dass ihm ihre Lust Vergnügen bereitete, und dieses Bewusstsein steigerte ihr Begehren. Ein Teil ihrer selbst, der jahrelang verschüttet gewesen war, der am Wegesrand ihrer Rolle als Mutter und Ehefrau liegen geblieben war, erwachte aufs Neue. Sie begann, ein wenig zu verstehen, warum ihr Mann sie betrogen hatte. Sie hatte ihn abgewiesen. Sie hatte das Interesse verloren und angenommen, dass es allen

Paaren mit der Zeit so erging. Wenn sie und Eddie sich liebten, dann hatte sie es wie in Trance erledigt. So nachlässig wie das Zähneputzen vor dem Schlafengehen. Jetzt aber war sie zu neuem Leben erwacht, und in ihr toste das Begehren.

Lewis hob den Kopf und sah sie sehr lange an. Sie hatte keine Ahnung, was er dachte. Sie wollte nicht an die Folgen ihres Tuns denken. Stattdessen schob sie sich, erhitzt von ihrer Leidenschaft, noch weiter an ihn heran, sodass sie beinahe im Fußraum des Autos lagen. Sie presste ihr Becken an seines, zog ihn an sich. Sie wollte, dass er sie erschütterte, tief, bis ins Innerste ihres Seins.

Zwölf

Schwerkraft

Ballycastle, County Mayo, Ostersonntag, 26. März 1989

Was hatte er getan? Schuldgefühle überkamen ihn, als er das Auto durch die Kurven der schmalen Küstenstraße steuerte. Er konzentrierte sich auf die Straße. Er konnte Joy nicht ansehen. Er wusste nicht, was er sagen sollte. Er war Tracy Chapman dankbar, die darüber sang, was sie für ihren Geliebten tun wollte. Waren sie beide das? Geliebte? Das, was gerade geschehen war, hatte ihn ganz aus dem Moment heraus ereilt. Er konnte sich nicht einreden, dass es reiner Trost-Sex gewesen war. Er hatte Joy mit purem, heftigem, entschiedenem Verlangen begehrt – und noch mehr hatte er ihr etwas geben wollen, hatte sie vor Lust erbeben lassen wollen. Was war der Ursprung dieser Leidenschaft?

Sie fuhren eine kleine Anhöhe hinauf, und das Auto mühte sich ab. Er schaltete einen Gang herunter. Sie schienen immer höher zu kommen; im Rückspiegel sah er die Landschaft zu ihrem Strand hin abfallen, der von hier aus ein zerbrechlicher Halbmond aus Gold auf blauem Untergrund war.

Schließlich hielt er es nicht mehr aus und warf Joy einen schnellen Blick zu. Tief in Gedanken versunken starrte sie geradeaus; ihr Blick war verschleiert, die Locken waren noch feucht, und ihre Wangen glühten. Wieder spürte er, wie sehr sie ihn anzog.

War das alles ein Hirngespinst, spielte ihm sein Verstand einen Streich? Genauso wie vor vielen Jahren in London, als er sich in ähnlicher Weise zu Sammy hingezogen gefühlt hatte? Es war keine echte Liebe gewesen. Zwischen ihnen hatte eine sexuelle Anziehung geherrscht, und dann war eine Art Kameradschaft daraus entstanden – zwei Seelen, die der Zufall zusammengeführt hatte. Er hatte die falsche Frau geheiratet. Er hätte die ganze Zeit bei Marnie in London sein sollen, wo sie ihre eigene Grafikagentur gehabt hätten. Würde er zulassen, dass das Verlangen nach Joy ihn ein weiteres Mal daran hinderte, dem Ruf seines Herzens zu folgen?

Vor ihm tauchte das Land auf wie ein grüner Streifen, der über dem schäumenden Atlantik schwebte. Er sah die zerfranste Silhouette, hörte das ferne Brechen der Wellen. Teile des Festlandes waren abgebrochen; insbesondere eine Formation hob sich ab, ein großer, aus vielen Schichten bestehender Fels, der hartnäckig der Schwerkraft widerstand.

Es war Marnies Land. Seine Wildheit, die rauen, gnadenlosen Kanten, die satten Felder; das dunkle Innere, vergraben im Moor, sein heimlicher Wesenskern. All das hatte jenes Mädchen ausgemacht, das er einmal gekannt hatte. Das Mädchen, von dem er gedacht hatte, dass er es niemals zurückgewinnen könnte. Das Mädchen, zu dem er jetzt zurückkehrte.

Und dennoch war Irland im Grunde genommen auch Joy. Hier war sie geboren worden.

Als er Joy das erste Mal begegnet war, hatte sie in seiner Vorstellung Arizona perfekt verkörpert. Eine ganz und gar amerikanische Frau in Jeans und blauen Cowboystiefeln. Sie war ebenso zart und scheu wie die seltenen Wüstenblumen, die sie so liebte. Und dann hatte sie ihn in der Nacht in die Wüste geführt. Sie hatte ihn dazu gebracht, nach oben zu blicken. Sie hatte ihn dazu gebracht zu staunen. Nie würde er den Anblick des Himmels vergessen. Er hatte die Tätigkeit des Universums erkannt, er hatte verstanden, dass ein Stern ebenso lebte, wie ein Mensch es tat, und dass seine Träume nicht unerreichbar waren.

Lewis fuhr durch die Hauptstraße von Ballycastle und blieb schließlich neben einem getünchten Haus stehen, über dessen Tür in blauen Buchstaben im Fünfzigerjahrestil »Polke's« stand. Er holte Atem und drehte sich zu Joy. »Sollen wir da drin fragen?«

Sie nickte und sah ihn immer noch nicht an.

»Sag mir noch mal, wie deine Mutter heißt.«

»Der Nachname ist Martell«, antwortete Joy und wandte ihm endlich das Gesicht zu, das bleich und ernst war. »Ihr Vorname ist wohl irisch. A-o-i-f-e. Ich habe keine Ahnung, wie man das ausspricht.«

»Ich auch nicht. Wir können ihn auf einen Zettel schreiben und herumzeigen.« Er musterte sie. Sie wirkte klein und verängstigt auf ihrem Sitz.

»Es wird schon gut gehen«, sagte er und nahm ihre Hand.

»Kannst du für mich fragen, Lewis?«, flüsterte sie.

Sie gingen durch ein menschenleeres Geschäft in einen kleinen, dunklen Pub im Hinterzimmer. Vereinzelt saßen ein paar Männer an der Bar auf der rechten Seite, einer hatte einen Collie neben den schlammigen Stiefeln liegen. Alle Blicke wandten sich ihnen zu, als Joy links auf einer gepolsterten Bank Platz nahm.

Lewis trat an die Bar. Mit kummervollen Augen sah der Hund zu ihm auf, und er bemerkte, dass das Fell voller Kletten war. Er beugte sich hinunter und tätschelte ihm den Kopf. Der Hund dankte es ihm, indem er seinen Handrücken mit der rauen Zunge ableckte.

»Guten Abend«, begrüßte ihn der Mann hinter dem Tresen. Aus der Nähe konnte Lewis erkennen, dass er noch jung war, höchstens halb so alt wie die Kerle, die um die Bar herum saßen. Sein Gesicht wirkte sauber geschrubbt und glänzte im Schummerlicht.

»Was darf's denn sein?«, fragte er mit einem freundlichen Lächeln.

»Zwei Guinness bitte«, antwortete Lewis.

»Gern.«

Lewis sah zu, wie der Barkeeper das umständliche Ritual vollzog, mit dem ein Guinness gezapft wird, doch im Rücken spürte er Joys Augen auf sich, ihre Anspannung. Er musste jetzt gleich nach ihrer Mutter fragen. Er räusperte sich, und der Barkeeper blickte ihn an.

»Kennen Sie zufällig eine Familie mit dem Namen Martell, die in Ballycastle wohnt?«

Der Mann runzelte die Stirn und schüttelte den Kopf. »Ich habe noch von keinen Martells gehört, aber ich bin auch noch nicht so lange hier. Ich habe ein Mädchen aus dem Ort geheiratet und bin erst vor einem Jahr aus dem County Meath hierhergezogen. Am besten fragen Sie einen der Jungs da drüben.«

Bevor Lewis dazu kam, es selbst zu tun, stützte sich der junge Mann auf den Tresen, beugte sich vor und sprach die Männer an. »Weiß jemand von euch etwas über die Martells aus Ballycastle?«

»Na klar haben wir von denen gehört«, kam eine Stimme vom Ende des Tresens. Es war der Besitzer des Collies. »Warum suchen Sie die?«

Sein Gesicht war rot, er hatte drahtiges graues Haar und kluge blaue Augen.

»Genau genommen suchen wir jemand ganz Bestimmtes«, sagte Lewis, zog den Zettel aus der Tasche, den Joy ihm gegeben hatte, und reichte ihn dem Hundebesitzer. »Ich weiß nicht, wie man den Vornamen ausspricht«, fügte er zur Erklärung hinzu.

»I-fa«, las der alte Mann vor. »So spricht man ihn aus.« Er nahm sein Glas und trank langsam einen Schluck. Niemand sagte ein Wort. Lewis spürte, wie Joy hinter ihm die Luft anhielt.

»Kennen Sie sie?«, bohrte er nach.

»Die Martells waren anders als wir«, sagte der Mann. »Ich habe von Aoife Martell gehört, aber sie nicht selbst gekannt.«

Joy stand auf und trat zu Lewis an die Bar. »Lebt sie noch hier in Ballycastle?«, fragte sie den Mann mit angehaltenem Atem.

Einen Augenblick lang schwieg der Mann. Lange und fest sah er Joy an. An seinem Blick konnte Lewis erkennen, dass der Mann genau wusste, warum Joy hier war. Aber er ließ sich nichts anmerken.

»Es tut mir leid, meine Liebe.« Seine Stimme war sanft und

melodiös. »Sie ist schon lange nicht mehr da. Die Martells sind alle nicht mehr da.«

»Sie haben Land besessen«, sagte eine Stimme vom anderen Ende des Tresens. Einer der Männer rutschte von seinem Hocker hinunter und kam auf sie zu. Er war jünger als der Mann mit dem Collie, sein blondes Haar war schütter und sein Gesicht zerfurcht. »Meine Ma war bei ihnen angestellt, hat gekocht und so. Aber Paddy hat schon recht, die sind alle weg.« Er neigte den Kopf und musterte Joy. »Aoife Martell ist vor vielen Jahren nach London gegangen, seither hat niemand mehr von ihr gehört. Sie hatte keine Geschwister. Ihre Eltern Walter und Kathleen Martell sind gestorben, irgendeine Cousine in Amerika hat das Haus geerbt. Es steht leer und ist verfallen. Eine Schande, denn es ist ein wunderschöner Ort.«

»Es gibt ein Haus?«, fragte Joy nach.

»O ja, ein großes altes Haus mit Grundstück. Gleich am Ende der Straße«, sagte der Mann mit dem zerfurchten Gesicht.

»Ich kann's Ihnen zeigen, Sie können meinem Traktor hinterherfahren«, bot der Hundebesitzer an. »Sobald Sie ausgetrunken haben.«

Lewis spürte, wie Joy seine Hand nahm und fest drückte. Sie musste kein Wort sagen, er hörte genau, was sie dachte.

Endlich zu Hause.

Er wollte sie in den Arm nehmen und ihr sagen, dass alles gut werden würde. Dass sie eines Tages herausfinden würden, wo ihre Mutter war. Aber er hielt sich zurück. Alle Blicke in dem kleinen Pub waren auf sie gerichtet, aber vor allen Dingen hatte er keinerlei Recht, Joy ein solches Versprechen zu geben. Ihre Lebensläufe hatten sie vorübergehend zusammengeführt, sie stützten einander wie zwei Schiffbrüchige. Ein sitzen gelassener Ehemann und eine sitzen gelassene Ehefrau. Bald würden sie wieder getrennte Wege gehen. Denn seine Bestimmung war zweifellos Marnie und ihre war Eddie.

Joy stand vor dem alten Haus. Ein Schauer fuhr ihr über den Rücken. Es hatte aufgehört zu regnen, und die Sonne war durch die Wolkendecke gebrochen und hatte dem Himmel die bleierne Schwere genommen; aber auch das trug nicht dazu bei, dass das Haus einen besseren Eindruck auf sie machte.

»Ich glaube, das nennt man Neogotik«, erklärte Lewis. Er deutete auf die vergitterten Fenster mit den spitz zulaufenden Bögen. »Vermutlich frühes neunzehntes Jahrhundert.«

»Es sieht aus, als spukt es darin«, flüsterte sie.

»Es steht einfach schon sehr lange leer.« Er hielt inne. »Gehen wir rein?«

Er ging voran, und sie folgte ihm. Sie stiegen die Stufen hinauf und standen einen Augenblick vor dem Eingang mit einem Torbogen, dessen Türsturz und Seiten mit Ranken verziert waren. Das Haus musste einmal sehr prächtig gewesen sein. Ihre Familie war wohl reich. Es war ganz anders, als sie erwartet hatte. Sie war davon ausgegangen, dass sie einem armen Zuhause entstammte, einem Bauernhaus am Rande der Klippen, die Mutter selbst fast noch ein Kind, von der Armut gezwungen, sie herzugeben. Aber dieses Haus erzählte eine ganz andere Geschichte. Aoife Martell stammte aus einer privilegierten Familie. Vielleicht war sie nicht das Opfer, für das Joy sie gehalten hatte.

Lewis drückte die Tür auf, etwas stob aufgeregt auf, und sie schrie, als ein Vogel an ihr vorbeiflatterte. Vor Angst schlug ihr das Herz bis zum Hals bei der Vorstellung, das Haus zu betreten. Bislang erkannte sie nichts. Weder die grünen Felder, die das Haus umgaben und bis zum blau schimmernden Ozean hinunterreichten, noch das beeindruckende alte Haus selbst, dessen graue Granitmauern sich unter der weißen Kalkfarbe abzeichneten. Es war von Efeu überwuchert, das Schieferdach eingedrückt und die Schornsteine voller Vogelnester.

Sie durchquerten den heruntergekommenen Hausflur, in dem die Luft stickig war von den durchdringenden Ausdünstungen jahrelanger Feuchtigkeit, und betraten ein großes Zimmer auf der linken Seite. Die dunkelrote Velourstapete löste sich von den Wänden. Im Haus herrschte Eiseskälte. Wieder erschauderte Joy.

Bevor Paddy und sein Collie im Traktor davongefahren waren, hatte ihnen der alte Bauer erzählt, dass Walter Martell vor etwa acht Jahren gestorben war und das Haus seither leer stand. Kathleen war ungefähr zwanzig Jahre vor ihrem Mann gestorben, und die Tochter Aoife war vor gut fünfunddreißig Jahren verschwunden.

»Wissen Sie irgendwas über sie?«, hatte Joy ihn gefragt, begierig nach jeder kleinsten Information. Immerhin war hier jemand, der ihre Mutter gesehen, womöglich sogar mit ihr gesprochen hatte.

»Na ja, wie gesagt, ich habe sie eigentlich gar nicht gekannt«, antwortete er. »Sonntags habe ich sie in der Kirche gesehen, aber im Vergleich zu uns war die Familie sehr reich. Sie ging in England zur Schule. Mit Leuten wie mir hätte sie sich niemals abgegeben.«

»Wie hat sie ausgesehen?«

»Ein bisschen so wie Sie, meine Liebe«, erwiderte er und schenkte ihr ein schiefes Lächeln. Sie spürte, wie ihr die Röte ins Gesicht stieg. War es so offensichtlich, wer sie war? Brachte sie Schande über ihre Mutter, indem sie nach ihr suchte? Sie war peinlich berührt gewesen, froh, dass der Hund aus der Führerkabine des Traktors sein Herrchen anbellte, als wolle er ihm sagen, dass er sich um seine eigenen Angelegenheiten kümmern und weiterfahren sollte.

Nun stand sie in diesem Haus, in dem sie fast zwei Jahre ihres Lebens gewohnt haben musste, und dennoch weckte es keinerlei Erinnerungen, als sie von einem dunklen, verwaisten Zimmer ins nächste ging. Sie stieg die Treppe hinauf, mied die zerbrochenen Stufen, darauf bedacht, sich nicht zu schwer auf das wacklige Geländer zu stützen. Von jedem Zimmer aus, das sie betrat, durch jedes der gesprungenen, stockfleckigen Fenster konnte sie das Meer erkennen. Von allen Seiten des Hauses aus schien man einen Blick aufs Meer zu haben, als hätte ihre Familie auf ihrer ganz eigenen Halbinsel gewohnt.

Im letzten Zimmer aber war etwas anders. Sie merkte es sofort. Es war das kleinste Zimmer im Obergeschoss, und an den Wänden konnte sie Reste einer farbenfrohen Blumentapete erkennen. Das Blumenmuster war verblasst, aber im Geiste begann sie, die Blüten mit Farbe auszumalen. Sie erinnerte sich an diese Blumen. Die gekrümmten Stiele der roten Rosen, die lila Veilchen, die Sträuße mit dem blauen Vergissmeinnicht. Hier in diesem Zimmer hörte sie eine Stimme. Es war ihre eigene, und dennoch klang sie anders. Es war nicht mehr der Ruf des Kindes, das sich nach der Liebe der Mutter sehnte, sondern eine Stimme voller Selbstvertrauen. Ihr erwachsenes Ich.

Das ist dein Zimmer.

Sie fühlte es, sie stellte sich vor, wie ihre Mutter die Arme um sie legte, sie nahm ihren Duft wahr, den Klang eines sanften Wiegenlieds. Es war kein Hirngespinst. Sie wusste, dass sie geliebt worden war, gehalten worden war, dass man sich um sie gekümmert hatte. Warum also hatte Aoife Martell ihr Baby hergegeben und war nach London geflohen?

Joy spürte, wie Lewis seine Hand in ihre schob. Die Wärme seiner Finger breitete sich in ihrer Handfläche aus, wanderte die Handgelenke hinauf in ihre Arme und bis ins Herz. Es schmerzte sie. Wäre sie bloß in der Lage, ihre Hand wegzuziehen. In diesem Augenblick aber würde sie noch das kleinste Zeichen der Zuneigung von ihm annehmen. Die Berührung verhinderte, dass sie zusammenbrach.

»Wollen wir einen kleinen Spaziergang machen?«, schlug er behutsam vor.

Sie gingen die Treppe hinunter und traten durch die Tür ins Licht. Gierig atmete sie die frische Seeluft ein.

»Ich habe die ersten beiden Lebensjahre hier verbracht und erinnere mich trotzdem an so wenig«, sagte sie. »Von diesem einen kleinen Zimmer oben abgesehen – da habe ich etwas gespürt. Aber ich kann mich nicht an meine Mutter erinnern.«

»Natürlich nicht, Joy. Du warst ein Kleinkind. Niemand würde sich da erinnern.«

»In mir fehlt etwas.« Ihre Stimme war heiser, belegt. »Das habe ich immer gespürt.«

»Jeder hat Geheimnisse, die aus der Kindheit stammen«, meinte Lewis. »Von manchen wissen wir, andere wiederum liegen so tief in unserem Unterbewusstsein vergraben, dass nur unser Instinkt sie offenbart.«

»So wie meine Überzeugung, dass meine Mutter mich geliebt hat«, sagte Joy.

»Du siehst so aus wie sie, Joy. Das hat der Bauer gesagt. Du hast dich verändert, seit wir hier sind.«

»Wirklich?« Sie konnte nicht aufhören, ihn anzusehen. Mit

den Augen fuhr sie die Linie seiner Nase nach, das Profil seines Kinns, versuchte, sie sich einzuprägen. Nach dem morgigen Tag würde sie ihn nie wiedersehen.

»Ja, irgendwie … Ich kann mir dich gar nicht mehr in Arizona vorstellen.«

Sie lächelte. »Nicht einmal mit meinen Cowboystiefeln?«

»Okay, vielleicht sind diese famosen Stiefel das einzig Amerikanische an dir.«

»Ich kann meine Eltern nicht verleugnen. Sie haben mich großgezogen.«

»Natürlich nicht«, sagte Lewis. »Aber warum glaubst du, hat dein Vater dir erzählt, dass du adoptiert wurdest? Er wollte, dass du deine Wurzeln findest.«

»Es war sein letzter Wunsch.«

Lewis drückte ihre Hand. Sie sehnte sich so sehr danach, von ihm in den Arm genommen zu werden. Das Verlangen brannte in ihr.

Sie spazierten durch einen überwucherten Garten vor dem Haus. Das Gras reichte ihr fast bis an die Hüfte. Es streifte sie, fühlte sich gleichzeitig seidig und rau an. Lewis führte sie um ein paar Brennnesseln herum, vorbei an riesigen Rhododendren, die den Blick aufs Wasser verdeckten. Sie spürte, wie der Boden unter ihren Füßen abfiel, als sie in ein Wäldchen traten. Da hörte sie ein lautes Gurren, einen unermüdlichen Ruf, der beinahe klang, als wolle ein Mensch ihre Aufmerksamkeit erregen.

»Was ist das für ein Geräusch?«, fragte sie.

»Das ist eine Ringeltaube«, erklärte Lewis. »Hast du die noch nie gehört?«

»Ich glaube nicht, dass es die in Arizona gibt, oder? Aber ich kenne das Geräusch … ich habe das schon gehört.«

»Das muss damals gewesen sein, als du hier gelebt hast, Joy. Als du ein Baby warst.«

Wieder schenkte er ihr ein unsicheres Lächeln. Seine Augen hatten ein warmes helles Braun, in den Augenwinkeln waren Lachfalten.

»Also erinnere ich mich ja doch noch an etwas.« Die Vorstellung machte sie glücklich. Schon merkte sie, wie ihr das Herz leichter wurde. »Glaubst du denn, dass meine Mutter mich geliebt hat?«

»Daran habe ich nicht den geringsten Zweifel, Joy«, sagte Lewis, ohne zu zögern.

Sie wollte ihn berühren, sein schmales Gesicht mit den Händen streicheln, sich auf die Zehenspitzen stellen und ihn küssen. Jede Faser ihres Körpers wollte bei ihm sein.

Das Schweigen hing schwer und quälend zwischen ihnen. Sie beobachtete seine Miene, versuchte, sie zu deuten. Betrachtete er sie mit Mitleid, oder war da mehr? Es musste doch mehr sein, nach allem, was sie vorhin im Auto am Strand von seinen Augen hatte ablesen können.

Wieder gurrte die Ringeltaube, und dann begann es, um sie herum zu prasseln. Kurz wusste sie nicht, was es war, doch dann fiel der erste Regentropfen auf ihre Wange. Schon wieder regnete es, und auf den Blättern über ihren Köpfen sammelte sich das Wasser. Noch schien die Sonne, und der Regen sah aus, als fielen Kristallpfeile vom Himmel.

»Bestimmt gibt es einen Regenbogen.« Er führte sie durch den Wald, und sie gingen über die Wiese und blickten über das grüne Tal bis zum Meer. Vor ihnen lag ein Feld aus göttlichem Gold. Sie wusste, dass es Narzissen waren, und der Anblick ließ sie erbeben. Darüber wölbte sich ein makelloser Regenbogen, jede einzelne Farbe rein und vollkommen.

»Oh, das ist wunderschön«, schwärmte sie.

»Da hätten wir also unseren ersten Regenbogen«, sagte er, wandte sich zu ihr und küsste sie auf die Stirn. Der Kuss war innig, aber väterlich, so als wolle er ihr seinen Segen geben. Trotz der Zärtlichkeit, die darin lag, enttäuschte und verwirrte er sie.

Vor dem Haus ihrer Ahnen saßen sie in dem kleinen Fiat. Es war nur schwer vorstellbar, dass ihr Leben hier begonnen hatte. Was wäre aus ihr geworden, wenn sie nie adoptiert worden und nach Amerika gekommen wäre? Würde sie immer noch in Ballycastle leben, in ebendiesem Haus?

»Was hast du jetzt vor?«, fragte Lewis und ließ den Motor an.

Sie dachte an das Tohuwabohu, das sie zu Hause in Scottsdale zurückgelassen hatte. Würde die Hochzeit von Heather und Darrell stattfinden? Wie ging es ihrer Mutter? War Eddie inzwischen zu Erin gezogen? Es war wie ein Stoß mitten ins Herz – die Vorstellung, dass Erin Winters in Joys Sessel saß, aus Joys Lieblingstasse Kaffee trank und neben Eddie in Joys Bett lag. Dem konnte sie sich nicht stellen.

»Ich weiß nicht«, sagte sie.

»Vielleicht sollten wir einfach noch ein, zwei Tage hierbleiben«, meinte Lewis. »Suchen uns ein kleines Bed and Breakfast. Bestimmt machen wir irgendwen ausfindig, der deine Mutter kannte.«

Wir? Wollte Lewis damit vorschlagen, dass sie zusammenblieben? Aber was war mit Marnie? Und was würde geschehen, wenn sie heute Nacht ein Zimmer teilten? Würden sie sich wieder lieben? Sie war ohnehin schon aufgewühlt genug.

»Lewis, du kannst nicht hierbleiben«, sagte sie leise. »Du musst Marnie finden.«

»Aber ich kann dich jetzt nicht im Stich lassen. Wir müssen mehr über deine Mutter herausfinden.«

»Du bist von so weit her gereist, um Marnie wiederzusehen«, wandte Joy ein, auch wenn sie damit entgegen ihren wahren Wünschen argumentierte. »Denk an die Postkarten.«

Sie sahen einander an. Sie hätte es nie für möglich gehalten, dass man in den Augen eines anderen Menschen so dringend nach Antworten suchen konnte und sie doch unergründlich blieben.

»Ich will dich nicht zurücklassen«, sagte er schließlich sehr leise.

In Ballycastle machten sie ein Bed and Breakfast am Stadtrand ausfindig. Eine Mrs McIntyre führte es, die ununterbrochen beansprucht schien durch die fünfköpfige Schar blonder Kinder. Es gab nur ein Doppelzimmer. Sie mieteten sich als Mr und Mrs Bell ein. Immerhin trugen sie beide noch ihren Ehering. Hier gab es niemanden, der sie kannte. Sie konnten problemlos Mann und Frau sein.

Joy Bell.

Es klang wie ein Blumenname, nicht wie der Name eines Menschen. Welche Farbe hätte eine Joybell wohl? War sie gelb? Rosa? Violett? Nein – sie wäre rot, die kräftigste Farbe, nach der ein Kolibri suchen würde.

Joyce Bell wiederum hatte mehr Substanz. Joyce. Sie flüsterte ihren Namen. In gewisser Weise wirkte eine Joyce wie ein völlig anderer Mensch als eine Joy. Mehr noch, die beiden zusätzlichen Buchstaben am Ende erdeten die Leichtigkeit von Joy, gaben dem schlichten kindlichen Namen mehr Komplexität.

Nachdem sie das Gepäck ins Zimmer gebracht hatten, spazierten sie zurück in die Stadt, um bei *Polke's* etwas zu essen. Lewis schlug vor, mit dem jüngeren Mann mit dem zerfurchten Gesicht zu sprechen, den sie vorhin dort getroffen hatten. Immerhin hatte seine Mutter für die Martells gearbeitet. Vielleicht wusste sie ja, wo Aoife heute war.

»Ich gehe schnell den Fünfpfundschein wechseln und rufe Heather an«, sagte Joy, als sie an einer Telefonzelle vorbeikamen. »Ich will nur hören, ob es ihr gut geht.«

Lewis streifte leicht über ihre Hand. »Wir sehen uns bei *Polke's*.«

In ihrem Magen flatterte es, als sie ihm nachsah. Was würde heute Nacht passieren? Wenn sie die ganze Nacht in einem Doppelbett in den Armen von Lewis verbrachte, gäbe es definitiv keine Rückkehr in ihr altes Leben mit Eddie, das wusste sie.

Die Türglocke bimmelte, als sie in den Laden trat. Er war leer, wenn man von dem alten Mann hinter der Theke absah, der Pfeife rauchte und einen selbst gestrickten Pullover trug, der aussah, als sollte er einen Fischer warm halten.

»Guten Abend, meine Liebe«, sagte er.

»Hallo«, erwiderte sie, darum bemüht, ihren Akzent so wenig wie möglich durchscheinen zu lassen.

Sie spazierte durch den Laden. Er erinnerte sie an die alten Geschäfte in Scottsdale, in die sie als Kind gegangen war. Die spärliche Auswahl an Lebensmitteln in den Regalen, dazwischen eine willkürliche Palette an Haushaltsgegenständen, ein durchgesessener Sessel in der Ecke, auf dem eine große schwarze Katze schlief, und ein paar verstaubte Bücher auf einem Tisch im hinteren Bereich. Sie sah die Bücher durch und war überrascht, dass es hauptsächlich Gedichtbände waren. Sie hatte sich nie besonders mit Gedichten beschäftigt, aber sie dachte daran, dass ihr Vater gerne Wordsworth gelesen hatte. Sie nahm einen schmalen Band des englischen Dichters William Blake in die Hand und las die Seite, an der sie das Buch zufällig aufschlug.

Wer eine Freude an sich fesseln möchte,
stutzt dem Leben die Flügel;
wer aber die Freude küsst, wie sie ihm zufliegt,
lebt im Sonnenaufgang der Unendlichkeit.

Bei dem Wort »joy«, Freude, hatte William Blake natürlich den Zustand im Sinn gehabt, aber Joy konnte nicht umhin, das Gedicht auf sich selbst zu beziehen. Sie dachte über ihre Gefühlslage nach. Das, was sie immer für das Richtige gehalten hatte, nämlich an denjenigen gebunden zu sein, den man liebte, schien nun nicht mehr die einzig wahre Lebensweise zu sein.

Wieder hörte sie die Türglocke, als jemand in den Laden kam. Sie hoffte, dass Lewis ihr gefolgt war. Sie wollte ihm das Buch zeigen.

»Joy!«

Schockiert erstarrte sie. Denn auf der Türschwelle des Geschäfts stand nicht etwa Lewis, sondern Eddie. Er sah aus, als habe er seit ihrer Abreise nicht geschlafen. Unter den Augen zeichneten sich dunkle Ringe ab, und sein Haar war wild zerzaust. Er durchquerte den Laden und schloss sie unter den interessierten Blicken des alten Mannes an der Theke in die Arme.

»O Joy! Ich hab dich gefunden, Gott sei Dank hab ich dich gefunden …«

Er zog sie an sich, doch sie brachte kein Wort heraus. Regungslos stand sie da. Ihr Herz, das eben noch ungestüm und voller Leben pulsiert hatte, zog sich zusammen.

Endlich ließ er sie los, und sie sahen einander an. Sie konnte nur an Lewis denken. Was würde Eddie sagen, wenn er herausfand, dass sie mit Lewis unterwegs war?

Schließlich fand sie die Sprache wieder. »Wie hast du mich gefunden?«

Eddie grinste. Selbst unter der Müdigkeit begann sein unerbittlicher Charme durchzuscheinen. »Deine Mom«, sagte er.

»Aber ich habe Mom doch gar nicht gesagt, wohin ich fahre«, erwiderte Joy stirnrunzelnd.

»Heather und ich haben aus der Nachricht, die du hinterlassen hast, geschlossen, dass du auf die Suche nach deiner leiblichen Mutter gegangen bist. Also bin ich zu deiner Mom und hab sie um Hilfe gebeten.«

Immer noch hielt Joy den Gedichtband von William Blake in der schlaffen Hand. Sie hatte die Geburtsurkunde in der Kiste ihres Vaters in der Garage entdeckt, aber sie hatte sich nicht endgültig eingestanden, dass ihre Mutter genau gewusst hatte, woher sie stammte, und ihr auch auf ihre drängenden Fragen nichts hatte sagen wollen. Jetzt aber hatte Mom es Eddie gegenüber offen ausgesprochen. Es war wie ein weiterer Vertrauensbruch ihrer Mutter.

»Sobald sie mir den Ort Ballycastle im County Mayo genannt hatte, habe ich einen Flug nach Irland gebucht«, fuhr Eddie fort. »Ich bin heute in Dublin angekommen, habe ein Auto gemietet – und da bin ich …«

Trotz seines Charmes wirkte ihr Mann anders als sonst. Ein bisschen kleinlaut, weniger selbstsicher. Sie sah, dass seine Hand zitterte, als er sich das blonde Haar aus der Stirn strich.

»Joy … es tut mir leid …«, setzte er an.

»Nicht hier«, unterbrach sie ihn schnell, nahm das Buch mit an die Theke und bezahlte es.

Draußen auf der Straße bugsierte sie Eddie weg vom *Polke's Pub* – und von Lewis. Sie gingen in der anderen Richtung einen kleinen Hügel hinauf.

»Lass uns hier reingehen«, sagte sie und betrat einen dunklen, kühlen Pub in einem Steinhaus mit dem Namen *Heany's*. Glücklicherweise war er leer. Es war noch früh. Sie setzte sich in eine Ecke, während Eddie ihr einen Whisky vom Tresen holte.

»Gott sei Dank hab ich dich gefunden!«, sagte er wieder, als er sich neben sie setzte.

Es fühlte sich so falsch an. Fast ihr ganzes Leben lang war sie mit diesem Mann verbunden gewesen, doch jetzt war es ihr unangenehm, dass sich ihre Beine unter dem Tisch berührten.

Eddie nahm ihre Hand. Ihre Finger waren trocken und kalt, und sie fühlte sich von seinem Griff eingeengt.

»Joy, es tut mir so leid.« Flehentlich blickte er sie an. »Ich erwarte nicht, dass du mir verzeihst, aber ich bitte dich, es zu versuchen.«

Erin. Wieder hatte sie das Bild vor Augen, jenen Moment voller Leidenschaft zwischen ihrem Mann und dieser Frau. Sie zog die Hand fort. Doch erstaunlicherweise war sie nicht mehr wütend.

»Ich weiß, es entschuldigt nichts, aber sie hat mich angebaggert, und …« Eddie seufzte und fuhr sich erneut durchs Haar. »Ich war so im Stress, so viel Geld wie möglich für die Hochzeit zu verdienen, und unser Liebesleben war in letzter Zeit nicht so wahnsinnig aufregend. Ich war frustriert … na ja … wir sind halt schon so lange zusammen.«

»Aber das ist doch keine Entschuldigung dafür, mich zu

betrügen«, erwiderte sie. »Du hättest mir sagen können, wie es dir geht. Wir hätten etwas deswegen unternehmen können.«

»Joy, als wir geheiratet haben, waren wir Kinder. Ich habe irgendwie Panik gekriegt bei der Vorstellung, dass ich niemals wissen würde, wie es ist, eine andere Frau … du weißt schon … intim kennenzulernen.«

Joy schüttelte den Kopf. »Eddie, wir sind verheiratet. Glaubst du denn nicht an unser Ehegelübde?«

Noch während sie die Worte aussprach, wurde ihr bewusst, was für eine Heuchlerin sie war. Seit sie mit Lewis geschlafen hatte, hatte sie kein einziges Mal an ihr Ehegelübde gedacht. Trotzdem: Hatte Eddie ihr das nicht zuerst angetan?

»Ich weiß. Es tut mir leid, Joy, aber in den vergangenen paar Tagen, als du plötzlich weg warst, bin ich aufgewacht.«

Er hielt inne, und sie musterte das Gesicht ihres Mannes. Sie kannte es so gut, und trotzdem sah er aus wie ein anderer. Nie hätte sie damit gerechnet, dass er sie so betrügen könnte, wie er es mit Erin getan hatte. Ihr wurde bewusst, dass sie ihn nicht wirklich kannte.

»Ist es denn nicht in allen Ehen so, dass man irgendwann eine Krise durchmacht? Wir erleben jetzt eben unsere«, meinte er. »Wir können alles aufgeben, oder wir können darum kämpfen, unsere Ehe zu retten.«

Wieder nahm Eddie ihre Hände.

»Joy, ich kann ohne dich nicht leben. Du bist immer die Frau für mich gewesen. Du wirst immer die Frau für mich sein. Wir gehören zusammen.«

Sie war sich ihrer Sache so sicher gewesen. Noch vor wenigen Wochen hätte sie geschworen, dass sie und Eddie füreinander die Liebe ihres Lebens waren. Eines jener seltenen

Paare, die beinahe so eine Art Naturgewalt waren. Daran hatte sie geglaubt, bevor sie Lewis begegnet war. Aber womöglich war die Anziehung, die Lewis auf sie ausübte, ja nur ein Symptom ihrer Ehekrise und würde dazu beitragen, sie letztendlich zu Eddie zurückzuführen?

»Ich weiß nicht«, sagte sie mit zittriger Stimme.

»Baby, bitte komm nach Hause«, bat Eddie. »Ich mache alles, was du willst, du musst mir nur verzeihen. Ich nehme Urlaub und wir machen eine Reise nach Hawaii ...«

»Ich muss meine leibliche Mutter finden, Eddie.«

»Liebling«, Eddie nahm ihre Hände zwischen die seinen, »meinst du nicht, es ist besser, du kommst zurück nach Hause, nach Scottsdale? Dort ist deine echte Mom. Dein Ausflug hierher bricht ihr das Herz.«

Joy hob die Hand und legte ihm die Finger auf die Lippen, um ihn zum Schweigen zu bringen. »Hör auf«, flüsterte sie.

Wie kam es, dass Eddie sich plötzlich solche Sorgen um ihre Mom machte? Die beiden hatten sich nie verstanden.

Er küsste ihre Fingerspitzen, und schnell zog sie die Hand zurück.

»Aber da ist deine echte Familie, Liebling, nicht hier in dieser deprimierenden Stadt am Ende der Welt, wo es ununterbrochen regnet. Es hat keine Minute aufgehört, seit ich hier bin. Du bist der Sonnenschein, Joy. Da gehörst du hin.«

»Aber ich fange an, mich an manche Sachen zu erinnern, Eddie. Es ist wichtig ...«

»Aber noch wichtiger ist, dass ich ohne dich nicht leben kann. Und außerdem braucht Heather dich.«

Bei der Erwähnung ihrer Tochter durchzuckte sie ein banges Gefühl. »Was ist mit Heather?«

»Sie hat die Hochzeit abgesagt. Hat verkündet, dass sie mit

ihrer durchgeknallten Freundin Carla nach San Francisco geht. Du musst sie wieder zur Vernunft bringen.«

»Sie liebt Darrell nicht.«

»Die beiden sind total verliebt«, widersprach Eddie und zog die Brauen zusammen. »Außerdem habe ich ein Vermögen für die Hochzeit ausgegeben.«

»Sie lieben sich nicht, Eddie, zumindest nicht so, wie wir beide es getan haben. Und überhaupt ... denkst du nicht, dass es vielleicht besser ist, wenn es keine verwandtschaftliche Beziehung gibt zu ...«

Sie konnte Erins Namen nicht aussprechen. Er war wie ätzende Säure in ihrer Kehle. »Zu ihr ... du weißt schon, Darrells Mutter.«

Eddie schoss das Blut ins Gesicht. Vermutlich war es das erste Mal, dass sie ihren Ehemann, diesen coolen Cowboy, erröten sah.

»Ja«, murmelte er und sah auf die Tischplatte. »Das wäre wohl besser. Ich kann mir nur nicht erklären, was in Heather gefahren ist.«

»Sie ist erwachsen, Eddie. Sie will sich selbst treu bleiben.«

Nachdenklich nickte er. Sie sah, dass er tatsächlich zuhörte.

»Vermutlich hast du recht.« Er blickte auf und schenkte ihr ein flehentliches Lächeln. »Ich habe dich so vermisst, Joy. Viel zu lange habe ich dich einfach als eine Selbstverständlichkeit betrachtet, aber ich will es wiedergutmachen, Schatz. Versprochen. Ich will dich nie wieder verlieren.«

Sie ließ die Worte über sich ergehen, ohne dass sie in ihrem Herzen ankamen. Dabei waren es die Sätze, die sie sich seit Jahren von ihrem Mann gewünscht hatte.

»Schon gut«, sagte sie leise.

»Verzeihst du mir?«, fragte er mit hoffnungsvollem Blick.

»Hol mir bitte einfach noch einen Whisky.«

Er stand auf und gab ihr einen feuchten Kuss auf die Wange, bevor er zum Bestellen an die Bar ging. Sie sah zu, wie er mit dem Barkeeper plauderte und dann nach hinten zu den Toiletten ging. Unverkennbar war sein Selbstvertrauen zurückgekehrt, während sie selbst noch völlig unter Schock stand. Sie musste aufstehen und gehen. Lewis fragte sich inzwischen bestimmt, wo sie war. Schon seit dreißig Minuten saß sie hier mit Eddie. Doch sie war wie festgeschweißt auf dem Stuhl. Die Wut auf Eddie überkam sie in Wogen.

Gerade als Joy sich daranmachen wollte, aufzustehen und zu gehen, solange Eddie auf der Toilette war, ging die Tür zum Pub auf und Lewis selbst kam herein. Bei seinem Anblick biss sie sich auf die Lippe. Sie schmeckte Blut, Angst und gleichzeitig Verlangen.

Wie anziehend Lewis in diesem Moment auf sie wirkte! Sein Haar war voller Regentropfen, die aussahen wie winzige Diamanten, und seine dunklen Augen waren so unergründlich wie die schwarzen Torfmoore, an denen sie heute vorübergefahren waren.

»He, da bist du ja!«, sagte er. »Ich habe dich in der ganzen Stadt gesucht. Was machst du hier drin?«

»Lewis ... ich ...«

Hinter ihm sah sie Eddie aus der Toilette kommen. Sie geriet in Panik.

»Lewis ... es ist etwas passiert ... ich ...« Sie wusste nicht, wie sie anfangen sollte, und bevor sie die Gelegenheit hatte, etwas zu erklären, stand Eddie am Tisch, in der Hand ihren Whisky.

»Kann ich Ihnen helfen?«, wandte er sich an Lewis. Seine Stimme war feindselig, seine ganze Haltung eine Drohgebärde.

»Das ist mein Mann Eddie«, sagte sie eilig zu Lewis, und mit ihrem Blick versuchte sie, ihn um Verzeihung zu bitten.

Sie wandte sich Eddie zu, weil sie den Anblick von Lewis' fassungsloser Miene nicht länger ertragen konnte.

»Eddie, das ist ein Freund von mir – Lewis. Er ist aus Scottsdale.«

Eddie zog die Augenbrauen zusammen.

»Er besucht mit seiner Frau Samantha Verwandte im Westen von Irland.« Die Lüge platzte einfach so aus ihr heraus. »Sie haben mich in ihrem Mietauto mit hierhergenommen.«

»Wo ist Ihre Frau denn?«, wandte sich Eddie argwöhnisch an Lewis.

»Im Bed and Breakfast«, fuhr Joy dazwischen. »Sie hat einen schlimmen Jetlag. Stimmt's?«

Lewis drehte sich zu Joy. Langsam gewann er die Fassung wieder, wenngleich sein Gesicht immer noch fahl war.

»Ja«, bestätigte er tonlos.

»Wollen Sie was trinken?«, fragte Eddie und legte besitzergreifend die Hand auf Joys Schulter.

»Nein.« Lewis schüttelte den Kopf. »Ich muss los.«

»Fahren Sie schon?«, fragte Joy, darum bemüht, unbefangen zu klingen, während die Angst ihr die Klauen ins Herz schlug. Trotz allem wollte sie nicht, dass Lewis sie zurückließ. Dieser Wunsch war völlig verrückt, wo ihr Mann doch direkt neben ihr saß. Eddie war den weiten Weg aus Arizona hergereist, um sie nach Hause zu holen.

»Ich fahre jetzt nach Sligo«, sagte Lewis.

»Mit Ihrer Frau?«, bohrte Eddie nach.

»Ja, mit meiner Frau«, erwiderte Lewis kurz angebunden. »Wir besuchen Verwandte. Heute Abend.«

»Na ja, war nett, Sie kennenzulernen. Vielleicht machen wir ja mal was aus, wenn wir wieder in Scottsdale sind«, schlug Eddie vor, als sei er gänzlich ahnungslos.

»Ja«, antwortete Lewis schwach, während er Joy immer noch in die Augen sah.

Eddie zog eine Packung Zigaretten aus der Tasche und steckte sich eine zwischen die Lippen. Er suchte nach einem Feuerzeug.

»Haben Sie vielleicht Feuer?«, fragte er Lewis.

»Nein, leider nicht.«

»Bin gleich wieder da.« Eddie stand auf und ging an die Bar.

»Ist alles in Ordnung, Joy?«, flüsterte Lewis ihr zu.

Sie nickte und schluckte die Tränen herunter. War das nun der Abschied von Lewis? »Ja, alles gut. Danke.«

Lewis blickte kurz zu Eddie hinüber, der mit dem Barkeeper plauderte, während dieser ihm ein Feuerzeug hinhielt. Sie merkte, dass Lewis mit sich rang. Er wollte Joy nicht in Schwierigkeiten bringen, gleichzeitig aber war offensichtlich, dass er sich Sorgen machte.

»Geht es dir wirklich gut?«, fragte er noch einmal.

»Ja«, flüsterte sie zurück. »Es ist besser so. Du musst hier weg und Marnie suchen. Du kannst das doch nicht ungeklärt lassen ...«

Sie wurde von Eddie unterbrochen, der an den Tisch zurückkam.

»Na dann, auf Wiedersehen«, sagte Lewis und streckte ihr die Hand entgegen.

»Auf Wiedersehen und vielen Dank«, murmelte sie, während sie mühsam die Tränen zurückhielt.

Sie nahm seine Hand, spürte seine bloße Haut an ihrer. Sie würde diesen Mann nie wieder berühren.

Einen Augenblick später war er fort. Sie war wieder genau da, wo sie immer gewesen war. Mrs Joy Sheldon. Ehefrau und Mutter. Niemandes Geliebte.

Sie dachte, dass es vielleicht am besten so war. Denn selbst wenn Eddie nicht aufgetaucht wäre, und nur für den unwahrscheinlichen Fall, dass sie und Lewis es miteinander versucht hätten – es hätte niemals funktionieren können. Zwischen ihnen hätte immer Marnie gestanden.

London, 14. April 1967, 10:31 Uhr

Marnie war fort. Er hatte sie weggejagt. Lewis setzte sich auf eine feuchte Bank vor dem Krankenhaus und wartete auf die Ankunft seiner Mutter. In einer der Platanen sang ein Vogel. Er blickte auf, aber die Äste waren vom frischen Laub verdeckt. Er rückte hin und her auf der Bank, um den Vogel zu entdecken, aber der war wie ein Phantom, unsichtbar für das Auge. Lewis gab auf, betrachtete seine gefalteten Hände im Schoß, die Fingerknöchel, die sich weiß abzeichneten. Er lauschte dem Lied des Vogels. Er stellte sich vor, dass die hohen Pfeiftöne ihm galten, dass der Vogel mit ihm sprach.

Ich will, dass du mit mir kommst.

Ein unaufhörliches Tschilpen, unablässig rief der Vogel nach ihm.

Mit mir. Mit mir. Mit mir.

Er dachte daran, dass Tante Celia ihm als Kind erzählt hatte, dass immer dann, wenn jemand in der Familie starb, Vögel auftauchten. Eine ganze Reihe höhnisch keckernder Elstern saß an jenem Morgen, als ihr geliebter Mann Ralph das Zeitliche segnete, auf der Gartenmauer. Zwei Jahre zuvor, als ihre Schwester starb, hatte eine Gans, die ihren Schwarm verloren hatte, über dem Haus gekreist. Ein Rotkehlchen hatte mit seinen wachsamen Augen durchs Fenster geblickt, als sie im Krieg ihren allerliebsten Neffen Philip verloren hatte – den Vater von Lewis. Er fragte sich, ob das hier nun Lizzies Vogel war. Natürlich erkannte er den Gesang. Es war eine Amsel.

Onkel Howard hatte ihm beigebracht, die Stimmen der in Berkshire heimischen Vögel zu unterscheiden. Lewis erinnerte sich gut an die morgendlichen Konzerte der Singvögel, wenn Onkel Howard ihn noch in der Dunkelheit wachrüttelte und er sich bemühte, ganz leise die Hose anzuziehen, um Lizzie nicht zu wecken. Auf Zehenspitzen schlich er sich an seiner schlafenden Schwester vorbei. Immer hatte sie völlig reglos im Bett gelegen wie eine Tote, und er hatte sich oft gefragt, ob sie eigentlich wach war und die Luft anhielt, um ihn zu täuschen. Hatte seine Schwester ihn im Dämmerlicht beobachtet, wie er aus dem Schlafanzug stolperte und sich anzog? Hatte sie sich insgeheim über seine jugendliche Unbeholfenheit lustig gemacht, seine schlaksigen Glieder und den mondbeschienenen Hintern? Oder hatte sie ihn stillschweigend beneidet? Lewis und Onkel Howard standen in gutem Einvernehmen miteinander, was Lizzie so nie erfahren hatte.

Er erinnerte sich daran, wie er im hohen Gras am Fluss gelegen und Vögel beobachtet hatte. Weder Alfie, der Irish Setter, noch Lizzie waren dabei, denn beide hätten die Vögel gestört. Nur Howard und er selbst, der Mann und der Junge, dort unten am Fluss, in der Hand ein Fernglas, durch das sie die emsig flatternden Vögel im ersten Tageslicht beobachteten. Natur im besten Sinne. Nicht jenes schläfrige Bild, das ein Städter vom Land hatte, sondern die Natur in ihrer ganzen Intensität – das wilde Durcheinander hin und her schießender Vögel, die mit erstaunlicher Präzision jeden Zusammenstoß vermieden.

Flugs, flugs, sangen sie einander zu, *nur keine Zeit verlieren. Wir müssen Nester bauen, Eier legen, das Rad von Leben und Tod am Laufen halten, jetzt, jetzt und nicht morgen, heute, genau jetzt.*

Onkel Howard hatte Lewis auf die unterschiedlichen Arten hingewiesen.

»Hörst du das?«, fragte er ihn. »Es klingt wie ein quietschender Reifen mit Platten.« Lewis hatte genickt. »Das ist ein Sumpfhuhn.«

Der dreizehnjährige Lewis hatte dem Klangchaos gelauscht. Die Vögel waren so winzig wie beispielsweise der Zaunkönig, doch ihr Gesang war laut und nachdrücklich und forderte Aufmerksamkeit ein. Er hatte sich gefragt, ob sie die Botschaft in den Liedern der anderen verstanden. Hatte das Sumpfhuhn den Zaunkönig zur Kenntnis genommen? Hatte die Drossel den Ruf der Feldlerche gehört? Ganz besonders hatte er die Ringeltauben gemocht, die vom anderen Ufer herübergurrten – es war ein tröstlicher Klang wie der einer Mutter, die ihre Kinder nach Hause rief.

Der Gesang eines Vogels aber hatte immer über die anderen dominiert – ein beharrliches Zwitschern.

»Das ist eine Amsel«, erklärte Onkel Howard kichernd. »O Mann, der sucht verzweifelt ein Weibchen.«

Diese fernen frühen Sommertage waren so herrlich gewesen. Wie sie am morastigen Flussufer saßen, während der Dunst sich langsam über das Wasser erhob, sich im Sonnenlicht kringelte und schließlich verflüchtigte. Lewis hatte gerochen, wie der Saft von der Erde aufstieg, wie der Fluss sie mit seinem reichen sumpfigen Bett nährte. Er hatte den Vögeln gelauscht, die sich das Herz aus dem Leibe schrien, und danach zugesehen, wie die Fische zum Leben erwachten. Auf der Wasseroberfläche waren Luftbläschen zerplatzt. Aufmerksam beobachtete Lewis jede Regung im Wasser und konnte manchmal einen silbernen Pfeil ausmachen. Wenn ihnen ein heißer Tag bevorstand, hatte er es an den Eintagsfliegen erkannt, die über die braune Wasseroberfläche flitzten, den strahlend blauen Wasserjungfern, die hin und her schossen, ab und an einem stattlichen Schmetterling und dem Flackern der Libellen. Ihm war es so vorgekommen, als sei die Themse ein heiliger Fluss. Wie ein Gott hatte er flüssiges Licht ausgestrahlt.

Dann hatte Onkel Howard den Verschluss der Thermoskanne aufgeschraubt, und sie hatten sich eine Tasse Tee geteilt. Aus beiden Jackentaschen hatte er jeweils eine dicke Scheibe Weißbrot gezogen. Nie hatte trockenes Brot derart gut geschmeckt. Lewis hatte es in den Tee getunkt, während Onkel Howard sich Notizen gemacht hatte.

In schweigendem Einverständnis hatten sie so dagesessen, bis der Tag endgültig den Schlaf abgeschüttelt hatte und der Fluss im strahlenden Sonnenlicht lag. Jetzt konnte Lewis bis auf den Grund sehen, die Schlammwolken, die von den Fischen aufgewirbelt wurden, und die langen Strähnen Flusskraut, die flussabwärts trieben. Gemeinsam waren sie dann zum Haus zurückgegangen, Onkel Howards Hand auf seiner Schulter, und wenn sie sich die Stiefel auszogen und ihre Ferngläser aufhängten, sagte Onkel Howard jedes Mal dasselbe.

»Denk dran, Lewis, die dunkelste Stunde ist die vor dem Morgengrauen.« Er fuhr seinem Neffen durchs Haar, aber aus seinen Augen war das Lächeln verschwunden, und Lewis fragte sich immer, was genau Onkel Howard damit sagen wollte.

Mit mir. Mit mir. Mit mir.

Welches wäre der Vogel von Onkel Howard? Er hatte keine Ahnung, ob sein Onkel noch am Leben war oder nicht. Seit der Nacht, in der Lizzie sein Haus angezündet hatte und sie es mit Schimpf und Schande verlassen hatten, hatte er nie wieder von ihm gehört.

Lewis stand auf und stellte sich auf die nassen Holzlatten der Bank, stierte in das Geäst über seinem Kopf und achtete nicht auf die neugierigen Blicke der Vorübergehenden. Er musste die singende Amsel finden und sich vergewissern, dass es kein

Symptom des Beruhigungsmittels war, das ihn so benommen machte. Er musste sichergehen, dass Lizzie nicht endgültig fort war.

Er streckte die Hände nach oben und schob die Äste beiseite, die schwer waren vom frischen grünen Laub, und nun endlich sah er den Vogel, dessen schwarze, glänzende Federn im Morgenlicht erstrahlten. Das kugelrunde Auge blickte ihn an, und der Vogel sperrte den Schnabel weit auf. Lewis konnte das Trällern an der Kehle des Vogels verfolgen. Die Amsel sang ein Requiem auf seine Schwester, mit dem Gesang klang Lizzies kurzes Leben aus.

Er packte den Ast und rüttelte daran, wollte den Vogel aus dem Baum verscheuchen, doch die Amsel krallte sich fest, starrte ihm geradewegs ins Auge und rief ihn unablässig weiter zu sich.

Lizzie war gestorben, weil er sie nicht beschützt hatte.

Es hätte nicht passieren dürfen.

Sie war seine kleine Schwester, sie war alles, was er an Familie besaß – die Mutter zählte nicht. Niemand kannte ihn so gut wie Lizzie. Wie sollte er ohne sie weiterleben?

Lewis sank zurück auf die Bank, legte die Hände über die Ohren und versuchte, den Ruf der Amsel auszublenden.

Marnie hatte gesagt, es sei nicht seine Schuld. Er hatte ihr Vorwürfe gemacht, aber wessen Schuld war es wirklich, dass seine Schwester nun tot war?

Er ließ die Hände sinken. Plötzlich war sein Kopf völlig klar. Er wusste genau, wen er verantwortlich machen wollte.

Der Vogel hatte aufgehört zu singen. Lewis blickte nach oben und sah noch, wie er davonflog. Dann stand er auf, strich seine Hose glatt. Mit einem Mal war er ganz ruhig, denn er hatte einen Vorsatz gefasst. Er würde nicht hier warten, bis seine

Mutter kam. In der Stunde der Not würde er sie im Stich lassen, genauso wie sie Lizzie und ihn im Verlauf ihrer gesamten Kindheit im Stich gelassen hatte. Etwas anderes hatte seine Mutter nicht verdient, sie sollte beide Kinder an einem Tag verlieren.

Sein Körper war angespannt vor Wut, steif und unnachgiebig wie die Klinge eines Messers. Er wollte Rache.

Dreizehn

Synthese

Von Mayo nach Sligo, Ostersonntag, 26. März 1989

Das Tageslicht wurde schwächer, und das Meer war jetzt ein grimmiges Grau. Erneut begannen sich Gewitterwolken am Horizont aufzutürmen. Lewis fuhr dem Regen entgegen, aber er wollte nicht weiter. Es zog ihn zurück zu Joy. Doch es gab kein Zurück. Sie hatte sich für ihren Mann entschieden.

Und das war auch richtig so. Er und Joy hatten ein paar wenige Tage miteinander geteilt, einen kurzen Augenblick ihres gesamten Lebens. Die Erinnerung daran würde verblassen. Wahre Liebe hatte tiefe Wurzeln, so wie Joys Ehe mit Eddie, so wie die Gefühle, die er für Marnie hatte. In diese Beziehungen hatten sie ihr Leben investiert. Auf sie kam es an. Er musste die Vergangenheit ans Licht holen und sich ihr stellen.

Eine Krähe schoss im Sturzflug direkt vor dem Auto herab. Lewis fühlte sich unwohl, während sich verschwommene Bilder einer alten Erinnerung in sein Bewusstsein schoben. Er wollte sie auslöschen, aber sie baute sich immer aufs Neue vor ihm auf. Diese schwarze Krähe, ihre schimmernden schwarzen Federn und Onkel Howards schwarzes Haar, das mit Haarwachs glatt zurückgekämmt war wie ein geschmeidiger Helm. Die Krähe war Onkel Howards Vogel.

Er sah die glänzend glatten Krähenfedern in einem Mondstrahl in seinem und Lizzies damaligen Schlafzimmer. Er war begeistert, Onkel Howard im Zimmer zu sehen. Wollte er ihn wecken? Wollten sie zusammen dem Vogelkonzert lauschen? Doch der Onkel war nicht in seine Nähe gekommen, und aus irgendeinem Grund hatte Lewis sich nicht anmerken lassen, dass er wach war. Stattdessen hatte er beobachtet, wie sich der dunkle Schatten über Lizzies Bett gebeugt hatte und er eine Hand nach vorn streckte. Sein Onkel war plötzlich kein Mensch mehr, er war zu etwas anderem geworden.

Plötzlich wurde Lewis von Übelkeit überwältigt. In der Abenddämmerung verschwamm die Straße vor seinen Augen, seine Hände krampften sich um das Lenkrad, und mit rasendem Herzklopfen brachte er das Auto am Straßenrand zum Stehen. Was war los? Hatte er eine Art Panikattacke?

Er schloss die Augen, doch die Bilder blieben. Wie auf diesem Gemälde von Füssli – *Nachtmahr* – hockte Onkel Howard als Inkubus auf seiner Schwester. Er hatte zu Lewis' Bett hinübergestarrt, ohne ihn zu sehen. Es war der pure Schrecken, für immer in der Kindheit verankert. Warum hatte Lizzie ihm das nie erzählt?

Er beugte sich über das Lenkrad und stierte hinaus auf die Gewitterwolken, die kurz davor waren aufzubrechen. O Gott, natürlich hatte Lizzie ihm davon erzählt, er hatte nur nicht zugehört. Sie hatte versucht, es ihm in jener Nacht zu erzählen, als sie das Haus von Onkel Howard angezündet hatte. Sie hatte versucht, es ihm zu erzählen, als sie das erste Mal Marihuana geraucht hatte. Sie hatte versucht, es ihm zu erzählen, als sie ihm ihre schrecklichen Gemälde zeigte. Sogar in der letzten Nacht ihres Lebens hatte Lizzie über Marnie versucht, es ihm zu erzählen. Ihr gesamtes kurzes Leben lang hatte sie versucht, es Lewis zu erzählen.

Lizzie musste sich ihrer Mutter anvertraut haben. Deswegen hatte man sie nicht zurück zu Onkel Howard geschickt. Ihre Mutter hatte Lizzie schützen wollen, aber es hatte nicht genügt.

Warum hatte er nicht damals schon die Wahrheit anerkennen können? Warum hatte er Marnie so rabiat zurückgestoßen, als sie ihm davon erzählen wollte?

Er stützte den Kopf auf das Lenkrad, und endlich kamen die Tränen, die er um seine Schwester nie geweint hatte. Er begann zu ahnen, dass er es immer gewusst hatte, aber der Wahrheit nicht ins Gesicht hatte sehen wollen. Es war zu schwer gewesen, es zuzulassen und mit klarem Blick anzuerkennen. Er hatte Onkel Howard geliebt, und diese Liebe hatte dazu geführt, dass er seine Schwester verraten hatte. Er hatte Schuld an ihrem Tod.

Er schaltete den Motor ab, öffnete die Tür und stieg aus dem Auto. Er stand in einer Parkbucht voller öliger Pfützen und aufgeplatztem Lehm. Auf beiden Seiten der Straße waren satte grüne Felder mit Grüppchen von Schafen, und dahinter erhob sich ein stattlicher Buchenwald. Es waren weder Häuser noch Menschen zu sehen. Er trat an das metallene Gatter und stützte sich darauf. Der dräuende Regen drückte ihn nieder. Die Luft um ihn herum war schwer.

Wie hatte er derart blind sein können?

Er blickte zum Himmel auf, der sich wie eine Unheil verkündende schwarz-lila Decke über ihn breitete.

»Verzeih mir, Lizzie«, flüsterte er.

Er spürte, wie ihm ein Windhauch über den Nacken strich, in den Buchen regte sich etwas, und die Vögel fingen an, in Schwärmen daraus emporzusteigen. Die Luft war voll mit ihrem Gezwitscher, und Hunderte von Vögeln schienen den Himmel zu bedecken, im ersten Moment noch ungeordnet, doch im nächsten schon fanden sie sich zusammen und bildeten eine sich windende Schlangenbewegung. Es waren Stare, die zunächst nach links, dann nach rechts schwenkten und schließlich direkt über seinem Kopf eine feste Formation annahmen. In diesem schreienden Schwarm steckten die ganze Angst, die Wut, die Schuld und die Reue der Beziehung zu seiner Schwester. Während er den Vögeln nachsah, die vor dem Sturm flohen, zwang er sich, endlich loszulassen. Es war viel, viel zu spät, um das alles wiedergutzumachen.

Es drängte ihn, zurück nach Ballycastle zu fahren, weil er das Gefühl hatte, dass es ihm guttäte, allein schon Joys Gesicht zu sehen. Doch er musste weiter, zu Marnie. Er durfte nicht länger davonrennen.

Zweiundzwanzig Jahre. Was konnte er Marnie nach all der Zeit noch sagen? Die meiste Zeit seines Lebens war sie eine beinahe mythische Gestalt gewesen. Ein unerreichbarer Traum. Jetzt aber war sie gerade mal eine einstündige Autofahrt entfernt. Er wischte die Angst beiseite, dass sie ihn nicht würde sehen wollen. Immerhin hatte sie ihm die Postkarten geschickt, redete er sich wieder und wieder Mut zu.

Gerade als er zurück ins Auto stieg, öffnete der Himmel seine Schleusen. Wie ein Schrei aus dem Jenseits prasselte der Regen herab. Innerhalb von Sekunden war der Straßengraben überflutet und das Auto eingehüllt in einen Kokon aus Wasser.

Vor seinem inneren Auge blitzte ein Bild aus London auf wie von einer dieser altmodischen Laufbildkameras in Zeitlupe. Es war der Ausschnitt eines bewegten Bildes, klein wie eine Briefmarke. Er sah sich und Marnie in Schwarz-Weiß über den Kensington Square gehen. Er hatte sie an der Hand genommen und zog sie schwungvoll an sich. Sie küssten sich mitten am Tag, in aller Öffentlichkeit. Die atemberaubende Selbstvergessenheit dieses Augenblicks war ihm deutlich in Erinnerung, so als wäre es erst gestern gewesen. Er hatte sich immer sein altes Leben zurückgewünscht. Sollte er Marnie bitten, mit ihm nach London zu gehen? Sie waren noch nicht zu alt für einen Neuanfang. Jetzt endlich könnten sie gemeinsam ihre eigene Grafikagentur gründen. Was sprach dagegen?

Eine weiteres kleines Erinnerungsbild kam an die Oberfläche, und diesmal war es in Farbe. Joy, an jenem Tag im Botanischen Garten in Scottsdale. Sie hatte die Rotstern-Akelei in der Hand, ihre Augen hatten dieselbe Farbe wie das veilchenblaue T-Shirt, das sie trug, und auf ihrer blassen nordländischen Haut lag eine zarte Röte. Um sie herum schwirrten winzige Kolibris und tranken den Nektar der Hängepflanze.

Er schüttelte den Kopf, um das Bild zu vertreiben. Er musste Joy vergessen.

Als der Regen nachließ, stellte er den Motor an und fuhr wieder auf die Straße.

Eine Stunde später war Lewis auf der Küstenstraße Richtung Strandhill. Obwohl er nur ein einziges Mal hier gewesen war, vor so vielen Jahren, hatte er das Panorama, das sich ihm bot, nicht vergessen. Rechter Hand zeichnete sich die unverwechselbare Silhouette des Ben Bulben mit seinem flachen Plateau ab, der beinahe senkrecht ins Meer abstürzte, das unendlich und einschüchternd wirkte mit seiner wilden, gefährlichen Brandung.

Lewis fuhr durch das Städtchen Strandhill und machte auf einem Parkplatz halt, von dem aus man das Meer überblicken konnte. Es regnete nicht mehr, und der Himmel hatte aufgeklart. Die Sonne ging allmählich unter und übersprühte den Ozean mit einem zartrosa Licht, das so ganz anders war als die spektakulären Sonnenuntergänge in Scottsdale. Es war ein unwirkliches Licht.

Er saß im Auto und beobachtete zwei mutige Surfer, die sich auf den Wellen zu halten versuchten. Sein Mund war trocken, die Hände verschwitzt und klebrig. Er war am Ziel angekommen. Er zog die Postkarten aus der Innentasche seiner Jacke und blätterte sie wieder durch, um sich zu vergewissern, dass er sich das alles nicht eingebildet hatte. Diese Karten kamen aus Irland, und Marnie hatte sie ihm geschickt. Kein anderer Mensch hätte die Bedeutung dessen gekannt, was hier in fein säuberlichen schwarzen Großbuchstaben geschrieben stand.

Er stieg aus. Er wusste noch, dass das Haus ganz nah am Wasser stand, nur ein wenig die Straße hinauf, am Pub vorbei auf der gegenüberliegenden Straßenseite.

Als er darauf zuging, dämmerte ihm, dass Marnie womöglich gar nicht in diesem Haus lebte. Es hatte ihren Eltern gehört, und die mochten längst gestorben sein. Andererseits wusste er, wie es in irischen Orten zuging. Es war anzunehmen, dass jemand in Strandhill wusste, wo Marnie Regan jetzt lebte.

Abrupt blieb er stehen, das Herz klopfte ihm im Hals. Da war es. Er konnte sich an die merkwürdige Palme im Vorgarten erinnern, die mittlerweile viel größer war, an das vergitterte

Erkerfenster auf der Vorderseite und an das Gässchen daneben mit der Holzpforte. Es war das Haus der Regans.

Er trat an die Haustür. Ihm war heiß und kalt zugleich. In seinem ganzen Leben war er nie derart nervös gewesen. Was würde er zu Marnie sagen, wenn sie ihm die Tür aufmachte?

Bevor er es sich anders überlegen konnte, drückte er auf die Klingel. Eine Weile lang geschah gar nichts. Vielleicht war niemand zu Hause. Dunkelheit senkte sich herab, mittlerweile war die Sonne am Horizont verschwunden. Er erschauderte, als die feuchte Abendluft durch seine Kleider drang. Er dachte daran, dass Joy ihm den blauen Pullover nicht zurückgegeben hatte. Warum wünschte er sich gerade jetzt, dass sie an seiner Seite wäre, warm eingepackt in seinen Pullover? Der Gedanke war absurd.

Er wollte schon umdrehen, als er sah, wie hinter dem kleinen Glasfenster in der Tür Licht im Korridor anging und eine Silhouette auf ihn zukam. In Habtachtstellung stand er da, als stünde er vor Gericht, und die Tür ging auf.

Ballycastle, County Mayo, Ostersonntag, 26. März 1989

Eddie war wieder ganz der Charmeur. Sein Selbstvertrauen erstaunte Joy. Wie leicht es ihm fiel, mit Fremden zu plaudern. Sie machte sich unsichtbar, während er plapperte, schlüpfte wieder in die Rolle der nicht wahrgenommenen Ehefrau.

Während Eddie sich sein viertes Guinness gönnte und mit seinen neuen irischen Freunden an der Bar Witze riss, entschuldigte sich Joy unter dem Vorwand, dass sie Heather anrufen wolle, verließ den Pub und rannte zurück ins Bed and Breakfast von Mrs McIntyre. Sie musste ihre Sachen holen und eine neue Unterkunft suchen, denn sie durfte nicht riskieren, dass man sie vor Eddie als Mrs Bell ansprach.

Natürlich waren die Sachen von Lewis aus dem Zimmer verschwunden. Sie holte Luft. Er war also wirklich weg. Ihr war klar, dass er nie nach Arizona zurückkehren würde, wenn er und Marnie wieder zusammenkamen. Sie würde ihn niemals wiedersehen.

Über dem Stuhl neben dem Bett hing sein blauer Pullover. Sie nahm ihn in die Hand, drückte ihn ans Gesicht und atmete tief ein. Sein Duft war gerade eben wahrnehmbar. Sie legte ihn zusammen und packte ihn in den Koffer. In dem Moment entdeckte sie drei Zehnpfundscheine und zwei zusammengefaltete Papiere auf dem Nachttischchen. Sie nahm eines und faltete es auseinander. Es war eine Zeichnung, die abstrakte Darstellung eines Kolibris, der über ihrem Namen schwebte. Darunter stand in Großbuchstaben:

GÄRTNEREI KOLIBRI
JOY SHELDON
SCHAFFEN SIE SICH IHRE EIGENE WÜSTENOASE

Ihr blieb der Atem weg, sie traute ihren Augen kaum, als sie auf das Bild mit dem Kolibri starrte. Es war perfekt. Sie nahm das zweite Blatt und faltete auch dieses auseinander. Sie hatte Lewis' Handschrift noch nicht gesehen. Sie wirkte fein, es war die Handschrift eines Künstlers, kultiviert. Mit zitternden Händen las sie den Brief.

Liebe Joy,
eigentlich wollte ich Dir diese Zeichnung schon früher geben. Es ist nur ein Versuch. Nichts Besonderes, vielleicht gefällt es Dir ja gar nicht. Wenn doch, dann wende Dich an Doug in der Galerie – der kann Dir ein paar Visitenkarten damit machen. Bezahlt ist es schon.
Ich habe Dir auch das Geld für das Zimmer dagelassen, das Du Mrs McIntyre geben kannst.
Danke für alles. Ich werde Dich vermissen.
Lewis

Wider Willen war sie enttäuscht von der Förmlichkeit seines Briefs. Kein Wort über die Vertrautheit, die sie miteinander erlebt hatten, noch nicht einmal ein »X« hinter dem Namen. Andererseits war ihr auch klar, dass er ihr keine solche Nachricht hatte hinterlassen können. Immerhin war sie jetzt wieder bei ihrem Mann.

Noch einmal nahm sie Lewis' Grafik in die Hand und las den Text mit ihrem Namen. Das hier schien ihr wie ein Beispiel für einen Moment, in dem Taten mächtiger als Worte waren.

»Es ist wunderbar«, flüsterte sie und fuhr mit den Fingern die Silhouette des Kolibris nach. Es war ihr Talisman.

Genau so hätte sie es sich gewünscht. Dieses Geschenk von Lewis zeigte ihr, dass er an sie glaubte, dass er sie verstand.

Mit schwerem Herzen setzte sie sich aufs Bett. Eddie hatte sich das erste Mal seit Jahren geöffnet. Joy hatte die Chance, ihre Ehe zu retten, und doch konnte sie an nichts anderes denken als daran, wie Lewis in dem kleinen roten Auto davonfuhr. Er hatte geschrieben, dass er sie vermissen würde, und sie konnte sich kaum vorstellen, wie sehr sie ihn vermissen würde.

Weil sie sich nicht in der Lage fühlte, sich Mrs McIntyre und irgendwelchen Fragen zu stellen, legte Joy das Geld von Lewis und eine kurze Nachricht, dass sie unerwartet abreisen müssten, auf die Kommode im Flur. Ihr war klar, dass es nicht lange dauern würde, bis ihrer Zimmerwirtin zu Ohren käme, dass eine Amerikanerin mit ihrem amerikanischen Mann in einem anderen Bed and Breakfast am Ort untergekommen war, aber im Augenblick blieb ihr keine Wahl. Das Wichtigste war, dass Eddie nichts davon erfuhr.

Als Joy in den Pub zurückkam, hatte sich Eddie mit seinen neuen Freunden bereits aufs Singen verlegt. Abwechselnd sangen sie Lieder von irischen Aufständischen und Cowboylieder aus Arizona. Joy setzte sich an den Kamin, nippte am Whisky und beobachtete Eddie. Es war lange her, dass sie ihn hatte singen hören. All die alten Lieder kamen wieder zum Vorschein, die Rex-Allen-Stücke, die ihr Mann so geliebt hatte: *Riding All Day* und *Arizona Cowboy*. Ihr wurde bewusst, dass Eddie im falschen Zeitalter lebte. Eigentlich gehörte er in jene Zeit, in der man als Cowboy ein wunderbares Leben führen konnte. Sie sah den jungen Cowboy durchschimmern, den sie gekannt hatte, den Jungen, in den sie sich verliebt hatte. Vielleicht hatte ja auch Eddie dieses Leben nie so führen wollen, das sie gehabt hatten? Was für Träume hatte er für sie aufgegeben?

Beim Singen ließ Eddie sie nicht aus den Augen. Er wollte sie an sich binden, er warf ihr Kusshände zu, wenn die Lieder zu Ende waren und die Anwesenden applaudierten. Aber unter all dem Draufgängertum entging ihr nicht, dass er Angst hatte.

Lange nach Mitternacht machten sie sich auf den Weg zu einer Unterkunft, die ihnen der Besitzer des Pubs vermittelt hatte. Das Bed and Breakfast gehörte seiner Schwester, einer Mrs Coffey.

»Langsam fang ich an, dieses Land zu mögen«, lallte Eddie. »Das sind echt nette Kerle.«

»Du bist betrunken, Eddie«, sagte sie leise.

»Und wenn schon«, erwiderte er. »Ich habe die schlimmsten Tage meines Lebens hinter mir. Ich dachte, ich verliere dich für immer, Joy Teresa Sheldon.«

Sie blieb stehen und wandte ihm im zinnernen Licht des Mondes das Gesicht zu. »Eddie, ich weiß nicht, ob ich dir verzeihen kann.«

Mit dem Finger fuhr er ihr über die Wange. »Liebling, bitte gib mir eine Chance. Ich tu dir so was nie wieder an, versprochen.«

Als sie im Zimmer waren, fing Eddie an, sie zu küssen.

»Joy, Baby, ich habe dich so vermisst. Ich will dich so sehr.«

Sie suchte nach den Gefühlen, die sie all die Jahre für Eddie gehabt hatte. Wie konnten die so einfach verschwunden sein?

»Ich will dich jetzt«, stöhnte er.

Er drückte sie an die Wand, legte die Hände um ihre Hüfte und drehte sie herum. Ihre Wange wurde an die gerillte Tapete gepresst, und Eddie drückte seinen Körper an ihren. An ihrem Kreuz spürte sie seine Erektion. Es fühlte sich falsch an, aber immerhin war er ihr Mann. Vielleicht konnte sie ihre Gefühle ja wieder zum Leben erwecken, indem sie mit ihm schlief.

Eddie machte sich an ihrer Jeans zu schaffen. Doch statt Verlangen spürte sie heiße Wut in sich aufsteigen. Er hatte sie betrogen. Wollte sie ihm wirklich erlauben, sie einfach so zu vögeln? Was war denn da los mit ihr?

»Nein!« Sie legte ihre Hand auf die von Eddie, um ihn zu bremsen.

»Bitte, Baby, ich will es wiedergutmachen.«

»Ich brauche Zeit«, sagte sie, schob ihn fort und machte den Gürtel wieder zu.

»Okay.« Er küsste sie auf die Wange und suchte ihre Lippen.

»Ich habe Nein gesagt«, stieß sie mit zusammengebissenen Zähnen hervor. Sie hatte Angst, ihrer Wut und dem Gefühl der Ohnmacht freien Lauf zu lassen, denn wenn sie einmal anfing, wo würde es enden?

Sie war froh, dass es dunkel war im Zimmer und er ihre Tränen nicht sah. Er würde glauben, dass sie seinetwegen weinte. Aber das war es nicht. Sie weinte um sich. Sie trauerte um das, was sie verloren hatte.

Sie ging an ihrem Mann vorbei und verkroch sich im Badezimmer, bis sie hörte, dass er eingeschlafen war. Dann schlich sie leise zurück, kauerte sich in einen Sessel in der Zimmerecke, hob immer wieder den Vorhang an und wartete darauf, dass der Tag über dem silbrig glitzernden Atlantik anbrach. Sie holte den Entwurf mit dem Kolibri heraus, den Lewis für sie gezeichnet hatte, betrachtete ihn und fragte sich, was sich in seinem Leben gerade tat. War er bei Marnie?

Strandhill, County Sligo, Ostersonntag, 26. März 1989

Auf der Türschwelle stand eine junge rothaarige Frau. Sie war vielleicht zwanzig und sah aus wie ein Straßenpunk: lila Doc Martens, hautenge, zerrissene Jeans und ein langer, gestreifter Pullover, der an den Bündchen und am Ausschnitt ausgefranst war. Sie hatte eine helle Haut, auf den Wangen zeichneten sich ein paar versprengte Sommersprossen ab, und die dunkelgrünen Augen waren mit schwarzem Kajal umrandet. Sie wirkte merkwürdig vertraut. Nicht so, wie Marnie in seiner Erinnerung gewesen war, sondern eher wie das Echo eines anderen Menschen.

Sie starrte ihn an. Er mochte sie nicht kennen, dieses Mädchen aber schien genau zu wissen, wer er war.

»Sie sind es tatsächlich?« Sie sprach wie eine Engländerin, doch da klang auch eine sanfte irische Melodie durch.

Er antwortete nicht auf ihre Frage, da er nicht wusste, was sie damit meinte.

»Ich bin auf der Suche nach Marnie Regan … Entschuldigung, ich meine Marnie Piper. Wohnt sie hier?«

»Das ist meine Mom«, sagte das Mädchen, und ihre Miene verfinsterte sich.

»Es tut mir leid, falls das jetzt ungünstig ist«, sagte er und trat einen Schritt zurück. »Ich kann auch später wiederkommen, wenn sie jetzt nicht zu Hause ist.«

Das Mädchen schüttelte den Kopf und schien die Fassung wiederzugewinnen. »Nein, das passt schon. Ich habe nur nicht damit gerechnet, dass Sie wirklich kommen. Ich bin ein bisschen geschockt. Ich bin Caitlin Piper.«

Also hatten Pete und Marnie eine Tochter, vielleicht ja auch noch weitere Kinder. Lewis schmerzte der Gedanke, dass Marnie ohne ihn Kinder gehabt hatte. Das war etwas, was er niemals haben würde.

»Mein Name ist Lewis Bell«, sagte er. »Ich bin ein alter Freund Ihrer Mutter und bin auf der Durchreise ...« Er hielt inne und schluckte. Seine Kehle war wie ausgetrocknet. »Ich hatte gehofft, sie zu sehen ...«, stotterte er.

»Kommen Sie lieber herein«, sagte sie.

Er folgte ihr durch den schmalen Flur. Durch die offen stehende Tür zum Wohnzimmer dröhnte ihm laute Musik entgegen. Der äußere Anschein des Hauses war ganz und gar irreführend. Von außen wirkte es konventionell, ein durchschnittliches Vororthäuschen mit je zwei Zimmern im Erd- und Obergeschoss. Im Innern aber war überall Marnies Handschrift zu erkennen: das offene Wohn- und Esszimmer, die reinweißen Wände, die moderne Ledercouch, der Egg Chair, jener zum Klassiker gewordene Ei-Sessel aus den Sechzigern, die abstrakten Drucke an den Wänden und die mit Kunstbänden vollgestopften Regale. In einer Zimmerecke standen ein paar Kartons, und rundherum stapelten sich Schallplatten.

Caitlin deutete auf den Egg Chair. »Bitte nehmen Sie Platz. Möchten Sie einen Tee?«

Die Musik war so laut, dass er sie kaum verstehen konnte. Eine Frauenstimme kreischte einen unverständlichen Text.

»Nein, danke«, sagte er. »Ich bin eigentlich hier, um Ihre Mutter zu sehen. Kommt sie denn bald nach Hause?«

Er bemerkte, dass die Hände des Mädchens zitterten und sie sie ineinander verkrallte. Sie wirkte nervös. Obwohl er sich hingesetzt hatte, blieb sie stehen. Sie ging zum Plattenspieler und hob die Nadel von der Schallplatte.

»Ich muss Ihnen was sagen«, begann sie.

»Aber wann kommt Ihre Mutter denn?« Er fühlte sich unwohl. Er wollte nicht mit Caitlin allein bleiben, während er auf Marnie wartete. Was wusste sie über ihn? An der Haustür hatte sie so gewirkt, als wisse sie, wer er war. Hatte Marnie also von ihm erzählt? Was mochte sie über ihn gesagt haben?

Caitlin setzte sich ihm gegenüber auf die Ledercouch. Sie starrte ihn unverhohlen an, ihre Augen waren grün wie geschliffenes Strandglas und glitzerten im Schein der Lampe.

»Wissen Sie, ich war sehr wütend, als ich die Wahrheit erfahren habe«, sagte sie.

Lewis sah sie so verwirrt an, dass ihm keinerlei Erwiderung einfiel.

»Sie hat es mir nie erzählt«, fuhr Caitlin fort.

»Was erzählt?«

»Wissen Sie, wann ich geboren wurde?«

Er schüttelte den Kopf, und sein Magen zog sich zusammen.

»Am 5. November 1967.«

Sprachlos starrte er sie an. Die Rechnung war nicht schwer. Wenn dieses Mädchen am 5. November zur Welt gekommen war, bedeutete es, dass sie irgendwann im März 1967 gezeugt worden war, während seiner Affäre mit Marnie.

Caitlin stand wieder auf, und er spürte die Wut, die von ihr ausging. Ihre Bewegungen, die nervöse Energie erinnerten deutlich an seine verstorbene Schwester Lizzie. Diese Erkenntnis schockierte ihn so sehr, dass er immer noch kein Wort herausbrachte.

»Meiner Berechnung nach heißt das«, sagte Caitlin mit leiser, bedeutungsschwerer Stimme, »dass ich Ihre Tochter bin.«

Sein Herz klopfte derart wild, dass er meinte, es müsste

gleich stehen bleiben. Das konnte doch nicht wahr sein! So etwas passierte doch im wirklichen Leben nicht.

»Nein, ich ... das kann nicht ...«

»Wollen Sie es leugnen?«, griff ihn das Mädchen an. »Wollen Sie mich genauso anlügen, wie es meine Mutter und mein Vater getan haben?«

Voll Ehrfurcht blickte er Caitlin an. Dieses großartige, wütende Geschöpf war seine Tochter.

»Nein, natürlich nicht. Sie ähneln meiner Schwester ein bisschen«, flüsterte er. »Aber ich wusste nichts davon. Warum hat Marnie nichts gesagt?«

»Vielleicht, weil Sie sie sitzen gelassen haben?«, blaffte Caitlin und lief im Zimmer auf und ab. »Mom hatte ihren Stolz. Sie hat sich nie zum Opfer machen lassen.«

Etwas an dem, was Caitlin sagte, weckte Angst in ihm.

»Wann hat sie es Ihnen erzählt? Warum hat sie mich nicht früher kontaktiert? Denn sie hat mich ja am Ende gefunden.« Er zog die Postkarten aus der Tasche und legte sie auf den Tisch. »Die hat sie mir nach Amerika geschickt. Deswegen bin ich hier.«

Caitlin beugte sich hinunter und nahm die Postkarten in die Hand. Sie blätterte sie durch.

»Ich habe sie Ihnen geschickt«, sagte sie leise.

Stumm und verständnislos sah er sie an.

»Ich verstehe nicht«, sagte er, als er endlich die Sprache wiederfand. »Was ist mit den Botschaften auf der Karte? Woher wussten Sie von diesen persönlichen Dingen, die zwischen mir und Ihrer Mutter vorgefallen sind?«

»Mom hat mir nie etwas von Ihnen erzählt. Ich habe ihre Tagebücher gelesen. Sie hatte diese Sätze, die zwischen Ihnen gefallen sind, unterstrichen. Sie hat die ganze Affäre ausführlich beschrieben.«

Hitze kroch ihm von der Brust den Hals hinauf bis ins Gesicht.

»Alles hat sie aufgeschrieben, nur nicht, warum Sie sie verlassen haben.«

Er hatte den Eindruck, dass der Sessel unter ihm in Bewegung geriet, als befände er sich auf stürmischer See.

»Ich habe Ihnen diese Sachen geschickt, weil ich Sie kennenlernen wollte, und ich habe mich nicht getraut, allein nach Arizona zu reisen. Ich wollte wissen, ob Sie bereit wären herzukommen. Ich hatte Angst, dass Sie mich zurückweisen.«

Lewis war schlecht. Sein ganzes Weltbild, alles, was er für wahr gehalten hatte, war auf den Kopf gestellt. Er hatte eine Tochter, und sie hatte nach ihm gesucht. Aber was war mit Marnie?

»Ich habe meine Mom geliebt, aber sie hat mich mein ganzes Leben lang belogen, weil Sie sie verlassen haben«, sagte Caitlin.

Die Worte bohrten sich wie Messer in sein Herz. Ein angstvoller Schauder wanderte über seinen Rücken.

In Caitlins Augen sammelten sich Tränen. Er konnte sehen, dass sie um Fassung rang, aber die Gefühle waren zu schmerzlich.

»Meine Mom ist tot. Sie ist vor etwas mehr als einem halben Jahr gestorben.«

Seine Hände krallten sich um die Armlehnen.

»Sie hatte Krebs. Man konnte nichts mehr für sie tun. Sie ist einfach so gestorben, es hat nicht einmal ein Jahr gedauert.«

Caitlin wischte sich die Tränen aus den Augen. Er merkte, wie sehr sie darum rang, Haltung zu wahren.

»Ich habe erst nach ihrem Tod von Ihnen erfahren. Das war,

als ich ihr Tagebuch entdeckt habe. Es stammt aus dem Jahr meiner Geburt.«

Wieder wischte sie sich mit dem Handrücken die Tränen aus dem Gesicht.

»Nichts ist, wie es schien. Mein Dad war nicht mein Dad. Sie sind mein Vater, und ich weiß nichts über Sie.«

Caitlin konnte nicht weitersprechen. Die Wut schien sie verlassen zu haben. Sie bedeckte das Gesicht mit den Händen und schluchzte. Schockiert sah ihr Lewis dabei zu. Ihr Schmerz war wie ein Stich in seinem eigenen Herzen. Diese Fremde war sein Fleisch und Blut, seine Tochter. Instinktiv erhob er sich aus dem Sessel und nahm sie in den Arm. Sie schob ihn nicht fort, sondern schmiegte sich an seine Brust.

Ballycastle, County Mayo, Ostermontag, 27. März 1989

Als der Tag angebrochen war, kroch Joy zur reglosen Gestalt ihres Ehemannes ins Bett. Unruhig döste sie und gab schließlich den Versuch auf einzuschlafen.

Sie setzte sich im Bett auf und betrachtete Eddie. Er schlief immer noch tief und fest und bekam nichts von ihr mit. Joy war froh darum. Sie schlüpfte aus dem Bett und ging in das kleine Badezimmer. Aus dem Duschkopf tropfte nur ein magerer Wasserstrahl, also ließ sie sich stattdessen ein Bad ein.

Das heiße Wasser entspannte und beruhigte sie. Sie versuchte, sich einzureden, dass Eddie recht hatte – dass es an der Zeit war, in ihr altes Leben in Arizona zurückzukehren. Sie hatte gesehen, woher sie stammte: die üppigen grünen Wiesen, das endlose blaue Meer, das zerfallene alte Haus. Wenn ihre Mutter damals nach London geflohen war, dann hatte Joy keine Chance, sie in dieser riesigen Stadt zu finden. Noch dazu hatte sie höchstwahrscheinlich geheiratet und einen anderen Namen angenommen. Es wäre das Beste, jetzt aufzugeben. Wie sollte sie sich auch allein durchschlagen, ohne Eddie? Sie hatte kein Geld, keinen Ort, wohin sie gehen konnte, keinen Job. Sie hatte ihr ganzes Leben der Familie gewidmet. Das konnte sie doch nicht einfach so wegwerfen, auch wenn ihr die Vorstellung, dass Eddie sie wieder berühren würde, Übelkeit verursachte. Sie war so wütend auf ihn. Wie sollte sie ihm jemals verzeihen?

Joy war der einzige Gast in dem kleinen Wintergarten, der als Esszimmer diente. Die Fenster, die zum Meer hinausgingen, waren beschlagen, und überall auf den Fensterbänken standen

Töpfe voll wuchernder Grünlilien. Es war ein windiger Tag. Tief nahm sie den Anblick der Wellen mit ihren weißen Schaumkronen in sich auf, die an die schroffen Klippen schlugen. Sie rief sich in Erinnerung, dass sie ein paar Fotos machen sollte. Sie wollte diesen wilden Ozean niemals vergessen.

»Möchten Sie ein irisches Frühstück?«, fragte die Wirtin Mrs Coffey.

»Ja, gern«, antwortete sie, ohne zu wissen, worum es sich dabei handelte.

Sie arbeitete sich gerade durch das Frühstück, das aus Spiegeleiern, Bacon, Würstchen, Bohnen und Toast bestand und selbst nach amerikanischen Maßstäben groß war, als Mrs Coffey noch einmal ins Esszimmer kam.

»Entschuldigen Sie die Störung, Mrs Sheldon, aber da ist jemand, der Sie sehen möchte. Ist Ihnen das recht?«

Joy nickte, und Aufregung stieg in ihr auf. Das musste Lewis sein. Er war zurückgekommen. So musste es sein.

Doch er war es nicht. Stattdessen kam eine alte Frau mit schneeweißem Haar und einem Gehstock an ihren Tisch geschlurft.

»Guten Morgen, meine Liebe. Mein Name ist Josie Whelan«, sagte die alte Frau und nahm Joy gegenüber Platz. »Mein Sohn hat Sie und Ihren Mann gestern im *Polke's Pub* getroffen.«

Josie drehte die vor ihr stehende leere Tasse auf der Untertasse um. »Meinen Sie, ich könnte eine Tasse von Ihrem Tee bekommen?«

»Natürlich.« Joy nahm die Kanne und schenkte der Frau ein.

»Danke – ich bin kurz vorm Verdursten. Ich habe mich nämlich beeilt, wissen Sie? Wollte Sie unbedingt erwischen, bevor Sie abreisen.«

Sie kippte etwas Milch in den Tee und nahm einen Schluck. »Wunderbar«, sagte sie und lächelte Joy an. »Also, Sie sehen wirklich so aus wie sie. Da gibt's nichts dran zu rütteln.«

Joys Herz zog sich zusammen. »Sie haben meine Mutter gekannt?«

»Aber klar. Ich habe viele Jahre dort oben im Haus für ihre Eltern gearbeitet. Ich war die Haushälterin.«

»Und wussten Sie auch von mir?«, flüsterte Joy.

»Aber natürlich wusste ich von Ihnen, Mädchen.« Die alte Frau lächelte. »Sie waren ein niedliches Baby. Ich habe mich doch in Ihrem ersten Lebensjahr mit um Sie gekümmert.«

Joy starrte Josie an, musterte die faltigen Wangen, die kieselgrauen Augen, das gewellte weiße Haar, doch sie hatte keinerlei Erinnerung an sie.

»Es tut mir leid«, sagte sie. »Ich erinnere mich nicht an Sie.«

»Aber natürlich nicht«, erwiderte Josie und fasste nach dem goldenen Kreuz, das um ihren Hals hing. »Es ist ein Wunder, dass Sie überhaupt nach Ballycastle gefunden haben. Das ist ein Wink des Schicksals.«

»Können Sie mir erzählen, was meiner Mutter passiert ist?«, brachte Joy mühsam heraus; die Worte schienen ihr in der Kehle stecken zu bleiben. Sie hatte Angst vor der Wahrheit, aber sie musste es wissen: Hatte ihre Mutter sie geliebt?

Josie seufzte und blies die Backen auf. »Es hätte alles ganz anders kommen sollen. Sie müssen wissen: Ihre Mutter hat sich nie für Sie geschämt. Sie ist selbstbewusst und mit hocherhobenem Kopf mit dem Kinderwagen durch Ballycastle stolziert. Wenn irgendwer auch nur dumm guckte, dann hat sie ihm den Verlobungsring entgegengestreckt. Dass die Familie Geld hatte, hat es leichter gemacht. Niemand, noch nicht einmal der Pfarrer, hat sich getraut, etwas zu sagen.«

»Aber warum hat sie mich dann weggegeben?«, fragte Joy mit zittriger Stimme.

»Aoifes Vater Walter Martell war ganz und gar nicht glücklich über die Sache, aber er hat sich abgefunden, weil er dachte, dass Ihr Vater ein ehrenhafter Mann sei und Aoife nach seiner Rückkehr heiraten würde.«

»Wissen Sie irgendwas über meinen Vater?«, fragte Joy ein wenig widerwillig. »Auf meiner Geburtsurkunde steht, dass er Soldat war.« Zwar wollte sie unbedingt mehr über ihre leibliche Mutter herausfinden, an Richard Lawrence aber hatte sie weniger Interesse. Es kam ihr wie Verrat vor an ihrem verstorbenen Dad Jack Porter.

»Aoife hat Richard Lawrence in Gloucestershire kennengelernt, als sie in den Schulferien bei einer Tante war. Sie ist nämlich in England zur Schule gegangen.«

Josie trank noch einen Schluck.

»Richard war beim Militär. Aoife und er haben sich verliebt, als er Urlaub hatte. Schon zwei Wochen nachdem sie sich kennengelernt hatten, verlobten sie sich. Ich fand ja immer, dass sie es ein bisschen eilig damit hatten.« Josie rümpfte die Nase. »Ich denke mal, er hat Aoife einen Antrag gemacht, damit sie ihn rangelassen hat, bevor er in den Koreakrieg ziehen musste.«

Sie seufzte. »Aoife war selig vor Glück, als sie nach Hause kam. Ich weiß noch, wie sie mir den Ring gezeigt hat. In meinen Augen war sie zu jung, sie war erst siebzehn, aber Kathleen Martell war begeistert, und selbst der alte Herr schien zufrieden.«

Joy nahm die Teekanne und schenkte ihnen beiden Tee nach.

»Was ist denn mit Richard passiert?«, fragte Joy. »Ist er gefallen?«

»Nein, so heldenhaft war es nicht.« Josies Miene war streng. »Ein paar Wochen nachdem man sein Regiment nach Korea geschickt hatte, stellte Aoife fest, dass sie schwanger war. Sie schrieb ihm und bat ihn zurückzukommen. Aber er sagte, dass er dort nicht wegkönne. Er bat sie um Geduld. Er versprach ihr, dass sie noch vor der Geburt des Babys heiraten würden.«

»Aber er kam nicht zurück?«, fragte Joy.

»Mir haben sie erzählt, dass sein Regiment in ein schlimmes Gefecht mit den Chinesen verwickelt worden war. Richard wurde verwundet und verbrachte Wochen in einem Feldlazarett. Es hieß, seine Verwundung sei schwerwiegend, aber nicht lebensbedrohlich. Monatelang hörte Aoife gar nichts. Sie musste ihren Eltern erzählen, dass sie schwanger war. Herr im Himmel, wie der alte Martell tobte!«

Josie zog ein Taschentuch heraus und tupfte sich den Mund ab.

»Ich hatte schon die ganze Zeit ein ungutes Gefühl. Aber ich habe nichts gesagt. Die ganze Familie hoffte inständig, dass Richard sich erholt und in die Heimat zurückkehrt, um Aoife zu heiraten. Damals war es ein schrecklicher Skandal, ein uneheliches Kind zu bekommen. Ganz besonders hier.«

»Das kann ich mir gut vorstellen«, sagte Joy.

»Wir warteten und warteten. Aoife brachte Sie zur Welt. Ihr Vater wollte, dass sie in ein Mütterheim ging – das waren ganz furchtbare Orte –, aber Mrs Martell, Gott hab sie selig, hat es nicht zugelassen. Ab und an hörten wir von Richard. Man schickte ihn zur Genesung zurück nach England, aber es schien ewig zu dauern. Fast zwei Jahre lang. Es war kaum noch glaubhaft, dass er zu krank war, um Aoife zu heiraten. Irgendwann fuhr Mr Martell zu Richards Familie nach England. Er verlangte, dass ihr Sohn endlich eine ehrbare Frau aus seiner Tochter machte. Und da kam alles heraus.«

In der Faust auf ihrem Schoß umklammerte Josie das Taschentuch und beugte sich über den Tisch.

»Richard hatte geheiratet. Offenbar hatte er sich in England in die Krankenschwester im Sanatorium verliebt, in das man ihn geschickt hatte. An Aoife verschwendete er keinen Gedanken mehr. Und an Sie auch nicht.«

Joy schob den Teller mit dem Frühstück weg; sie hatte das Gefühl, sich übergeben zu müssen.

»Es gab Zeter und Mordio!« Josie lehnte sich zurück und schien die Rolle der Erzählerin beinahe zu genießen. »Mr Martell ließ seine ganze Wut über die Schande an Aoife aus. Er verlangte von ihr, Sie zur Adoption freizugeben, weil sie mit Kind niemals einen Mann finden würde. Er nahm sich vor, sie zu Verwandten in Frankreich zu schicken, wo niemand von ihrer schmachvollen Vergangenheit erfahren würde. Dort könnte sie neu anfangen.«

»Und ist es so gekommen? Ist meine Mutter nach Frankreich gegangen?«

»Das war der Plan. Mr Martell kontaktierte irgendwelche Cousinen in New York, die eine Familie in Amerika finden sollten, die Sie adoptieren würde. Er wollte möglichst viel Abstand zwischen Ihnen und Aoife schaffen.« Josie schüttelte kummervoll den Kopf. »Oh, ich werde das Geschrei nie vergessen. Aoife und Mrs Martell flehten ihn an, es sich anders zu überlegen, und ich war völlig hin- und hergerissen. Wir hatten alle einen Narren an Ihnen gefressen, meine Liebe«, sagte sie und tätschelte Joy die Hand.

Joy blinzelte. Es schien ihr unvorstellbar, dass diese fremde

Frau sie als Baby gebadet, ihr vorgesungen und sie in den Schlaf gewiegt hatte.

»Ich erkannte den Trotz in Aoifes Augen, und es machte mir Angst. Aoife würde Sie nicht so einfach hergeben. In der Nacht, bevor das amerikanische Ehepaar Sie abholen sollte, hat sie sich aufs Pferd gesetzt und ist mit Ihnen auf und davon.«

Joy sah es vor sich. Eine mondlose, stürmische Nacht in Mayo, ein nervöser schwarzer Hengst, Aoife, die sich abmüht, aufs Pferd zu steigen, während das Baby sich in ihren Armen windet. Eine verzweifelte junge Frau, die sich nirgendwohin wenden kann.

»Ich weiß wirklich nicht, was sie sich dabei gedacht hat«, meinte Josie. »Sie konnte ja nirgends hin. Sie hatte kein Geld, kein Leben anderswo. Wie sollte sie sich um Sie kümmern, wenn ihr eigener Vater sich weigerte, ihr zu helfen?« Josie hielt inne. »Trotzdem glaube ich nicht, was die Leute sagen.«

Josie stützte die Ellbogen auf den Tisch und sah Joy geradewegs ins Gesicht. »Deshalb bin ich heute hier und erzähle Ihnen die wahre Geschichte. Ich wollte nicht, dass Ihnen irgendjemand etwas anderes erzählt.«

»Danke«, flüsterte Joy. »Aber was sagen die Leute denn?«

Wieder tauchte ein Bild ihrer Mutter vor ihr auf, ein gesichtsloser Geist auf einem großen schwarzen Hengst. Sie erschauderte, als die tief sitzende Angst vor Pferden in ihr hochstieg.

»Man sagt, sie sei besessen gewesen, dass sie Sie vor sich auf das Pferd gesetzt hat und direkt auf die Klippen zugeritten ist. Die Leute sagen, sie wollte das Pferd in den Abgrund treiben und sie beide mitreißen. Aber ich glaube nicht, dass Aoife so etwas getan hätte.«

Joy hörte die tosende See gegen die Felsen krachen. Der Ruf des Ozeans, den ihre Mutter gehört haben musste.

»Wie auch immer, das Pferd bäumte sich auf und warf Sie beide ab, bevor Sie an der Klippe waren. Als man Sie gefunden hat, hielt Aoife Sie im Arm, sie war außer sich vor Angst, dass sie Ihnen Schaden zugefügt hätte. Aber es ging Ihnen gut, Sie waren kerngesund. Zäh wie alle Martells.«

Josie lächelte sie an, tätschelte ihr erneut den Handrücken und legte die Finger um Joys Hand.

»Am nächsten Tag kam das amerikanische Paar. Aoife wollte noch nicht einmal aus dem Zimmer kommen, um sich von Ihnen zu verabschieden. Sie war ein gebrochener Mensch. Wissen Sie, Joyce, ich denke, Aoife war der Meinung, dass Sie ohne sie besser dran wären.«

Joyce. Ihr eigentlicher Name. Es ließ sie innerlich erbeben, dass jemand sie damit ansprach.

»In der Nacht darauf verschwand Aoife. Wir haben nie wieder etwas von ihr gehört. Ihrer Mutter brach es das Herz.« Josie seufzte. »Einige Zeit später starb Kathleen, und auch Mr Martell brach es das Herz, aber er verlor nie wieder ein Wort über Aoife oder über Sie.«

Joy lehnte sich zurück. Das also war die Geschichte ihrer ersten Lebensjahre. Sie waren voller Dramatik, es war wie eine Fiktion, ein Abenteuer aus vergangenen Zeiten. Sie konnte gar nicht recht daran glauben.

»Haben Sie das amerikanische Ehepaar kennengelernt, das mich zu sich genommen hat?«, fragte sie Josie nach einer kurzen Pause.

»Ja. Sie waren ein reizendes Paar«, sagte Josie. »Deshalb wusste ich auch, dass es Ihnen gut gehen würde. An den Mann kann ich mich besonders gut erinnern. Wir haben uns nett über die Blumen im Garten unterhalten. Ich weiß noch, wie Sie ihm einen Strauß Butterblumen gegeben haben. Für mich sah es aus wie Liebe auf den ersten Blick.«

Joy nickte und spürte, wie ihr die Tränen in die Augen traten. Wie sehr wünschte sie, dass ihr Vater jetzt bei ihr wäre.

»Sagen Sie, Joyce, hatten Sie eine glückliche Kindheit?«, fragte Josie.

»Ja, die hatte ich.«

»Würden Sie mir von Ihrem Leben in Amerika erzählen? Sie würden eine alte Frau, die Sie einmal sehr geliebt hat, glücklich machen.«

Und so erzählte Joy der alten Frau, wie es gewesen war, in Scottsdale aufzuwachsen. Sie beschrieb ihre Kindheit, erzählte von der jährlichen Rosenparade, an der sie mit der Kirchengemeinde teilgenommen hatte, darüber, wie ihre Mom an ihrem Kleid und der Frisur herumgemacht hatte, bis alles ganz genau passte, erzählte von den Wanderungen mit ihrem Dad und den Wildblumen, davon, wie sie Eddie begegnet war und sich in ihn verliebt hatte und ihre zwei Kinder Ray und Heather zur Welt gebracht hatte. Und es erfüllte sie tatsächlich mit Stolz. Immer hatte sie sich für eine Versagerin gehalten, für einen Niemand, aber in Josies Augen konnte sie erkennen, dass sie in ihrem Leben durchaus etwas erreicht hatte.

Am Ende, als sie die Teekanne endgültig geleert hatten, wischte sich Josie mit dem Taschentuch über die Augen und zog dann ein gefaltetes Papier aus der Tasche.

»Jetzt muss ich Ihnen noch etwas sagen: Letztes Jahr kam eine Frau vorbei«, begann Josie. »Sie sagte, dass sie in London viele Jahre mit Aoife zu tun gehabt hatte und dass Aoife sehr gut zu ihr gewesen war. Aoife hatte ihr die Geschichte anvertraut und ihr von dem kleinen Mädchen erzählt, das sie verloren hatte. Die Frau gab mir Aoifes Adresse und sagte, falls Sie jemals nach Ihrer Mutter suchen sollten, sollte ich sie Ihnen unbedingt geben. Und genau das will ich hiermit tun.«

Mit zitternden Händen faltete Joy das Papier auseinander. Darauf stand in akkurater schwarzer Handschrift eine Londoner Adresse.

»Und da lebt meine Mutter?«

»Das hat die Frau zumindest behauptet«, erwiderte Josie. »Aber ich habe ihren Namen nie erfahren. Sie war Irin, aus Sligo, glaube ich.«

Strandhill, County Sligo, Ostersonntag, 26. März 1989

Der Mond schien durchs Fenster herein, als die Nacht über Marnies Haus in Strandhill hereinbrach. Lewis und Caitlin – oder Cait, wie er sie nennen sollte – hatten stundenlang geredet. Das alles kam ihm völlig unwirklich vor, doch jedes Mal, wenn er Cait ansah, bemerkte er die auffallende Ähnlichkeit mit Lizzie, und wieder traf es ihn wie ein Schlag. Er hatte eine Tochter. Er stellte sich vor, wie seine Schwester darüber gelacht hätte, wie sie belustigt gesagt hätte: »Na, das hat dich jetzt eiskalt erwischt, Lewis!«

Mit dem Schock und der Verzagtheit und der Freude kam auch der Kummer. Er hatte versäumt, Cait aufwachsen zu sehen, und jetzt war sie bereits eine junge Frau an der Schwelle zum Erwachsenenleben. Er hatte sie gerade noch rechtzeitig erwischt. Sie war dabei, die Sachen ihrer Mutter durchzugehen, und wollte das Haus in Strandhill zum Verkauf anbieten. Morgen wollte sie zurück nach London, wo sie mittlerweile lebte. Sie war kurz davor, bei ihrem Freund einzuziehen, und würde den Sommer über kellnern. Für den Herbst hatte sie einen Studienplatz an der Goldsmiths Kunstakademie – den Studienbeginn hatte sie um ein Jahr verschoben, als ihre Mutter krank geworden war.

Seine Tochter wollte Künstlerin werden, genau wie ihre Mutter. Es überraschte ihn nicht.

Cait machte eine Flasche Rotwein auf und lud ihn ein, mit ihr zu Abend zu essen, doch er war unsicher, ob er überhaupt etwas zu sich nehmen könnte. Schließlich beschränkten sie sich darauf, Käse und Kekse zum Wein zu knabbern. Das Essen und

Trinken beruhigte sein pochendes Herz ein wenig. Immer wieder durchfuhr ihn ein heftiger Schmerz, wenn er daran dachte, dass Marnie tot war. Er konnte nicht fassen, dass er hierhergekommen war, um zu erfahren, dass sie nicht mehr lebte.

»Wie hast du herausgefunden, dass ich in Arizona bin?«, fragte er Cait.

»Deine Adresse stand in einem alten Adressbuch von Mom. Offensichtlich hatte sie sie vor Jahren aufgeschrieben. Ich weiß nicht, woher sie sie hatte.«

»Sie hat sich nie mit mir in Verbindung gesetzt«, sagte Lewis. »Du musst mir glauben, dass ich keine Ahnung hatte, dass es dich gibt, Cait.«

»Meinst du denn, dass du hergekommen wärst, wenn du von mir gewusst hättest?« Argwöhnisch sah sie ihn an.

»Natürlich«, sagte er.

»Obwohl Mom meinen Dad geheiratet hat … ich meine Pete?«

»Ich hätte mein Kind kennenlernen wollen. Meine Tochter.«

Cait warf ihm einen unnachgiebigen Blick zu. »Das lässt sich im Nachhinein leicht sagen, aber du kannst es nicht sicher wissen. Ich meine, du hast doch deine eigene Familie in Arizona, oder?«

»Ich war verheiratet, aber das ist vorbei«, erwiderte er.

»Keine Kinder?«

»Nein.«

Er dachte an Samantha, die so weit weg war, an die Jahre, die sie gemeinsam durchs Leben gegangen waren. Die Erkenntnis, dass sie sich aus Einsamkeit aneinandergeklammert hatten, machte ihn traurig. Doch sie hatte ihn in ihre Familie aufgenommen, und dafür würde er ihr ewig dankbar sein.

»Dann bin ich dein einziges Kind?« Cait blickte ihn mit ihren funkelnden grünen Augen an.

»Ja, es gibt nur dich.«

»Verflucht, ich hatte auf ein paar Geschwister gehofft.« Sie grinste ihn schelmisch an, bevor ihre Miene wieder ernst wurde.

»Wusstest du von Moms Tagebuch?«

»Nein, ich hatte keine Ahnung.«

»Sie hat es in den ersten Londoner Jahren geführt, bis 1967. Danach hat sie einfach aufgehört. Vermutlich hatte sie zu viel anderes zu tun mit der Arbeit und dem Baby.«

Er dachte an Marnies kleine Wohnung in South Kensington. Er forschte in seinem Gedächtnis nach, rief sich das Schlafzimmer in Erinnerung, das zerwühlte Bett, die sonnenblumengelben Vorhänge, die sich in der Frühlingsbrise bauschten, und Marnies Kleider – in allen Farben des Regenbogens – im vollgestopften Kleiderschrank, dessen Türen offen standen. Er sah den Nachttisch vor sich. Bildete er es sich nur ein, oder lag da tatsächlich manchmal ein Notizbuch und obendrauf griffbereit ein Füller?

»Nachdem Mom gestorben war, musste ich all ihre Sachen durchsehen. Das Tagebuch von 1967 hat mich neugierig gemacht«, sagte Cait. »Immerhin war es das Jahr meiner Geburt. Ich hatte keine Ahnung, was mich erwartete.« Sie seufzte und zupfte an ihrem wilden Haarschopf. »Es war merkwürdig, dass sie nur bis zum 14. April geschrieben hat. Danach kommen nur noch leere Seiten.«

»Das war der Tag, an dem ich deine Mutter das letzte Mal gesehen habe.«

»Was ist denn zwischen dir und Mom vorgefallen?«, fragte Cait. »Warum hast du sie damals verlassen?«

Lewis schüttelte den Kopf. »Das ist eine komplizierte Geschichte.« Er hörte das Zittern in seiner Stimme.

Einen Augenblick lang betrachtete ihn Cait, als warte sie darauf, dass er es weiter ausführte. Aber er wusste nicht, wo er anfangen sollte. Er hatte Lizzie im Stich gelassen, und er hatte Marnie im Stich gelassen. Was würde seine neu entdeckte Tochter von ihm halten, wenn sie die ganze Geschichte erfuhr?

»Willst du wissen, was das Letzte war, was meine Mom aufgeschrieben hat?«, fragte Cait, stand vom Sofa auf und ging zu ihrer Handtasche, die an der Tür hing. Sie holte sie herunter und zog den Reißverschluss auf.

»Ich trage das Tagebuch ständig mit mir herum«, erklärte sie. »Ich mag es, ab und zu darin zu lesen. Mike hält mich für besessen, aber ich kann einfach nicht anders.«

Lewis sah zu, wie sie ein ledergebundenes Notizbuch herauszog, das von einer Schnur zusammengehalten wurde. Im selben Moment durchfuhr ihn die Erkenntnis. Er hatte das Tagebuch gesehen. Es hatte auf Marnies Küchentisch gelegen, als er das letzte Mal in der Wohnung gewesen war, aber er hatte immer angenommen, dass es ein Skizzenbuch für die Arbeit war.

Cait blätterte darin, bis sie die Seite fand, die sie suchte. Unsicher sah sie Lewis an. »Soll ich es dir vorlesen?«

»Ja, mach nur.« Seine Stimme war kaum mehr als ein Flüstern.

Cait strich sich das rote Haar aus dem Gesicht, blickte auf das Tagebuch ihrer Mutter und begann zu lesen. »Ich bin ins Krankenhaus gefahren, und dort war Lewis …«

Sie schlug das Buch zu. »Tut mir leid. Ich schaff das nicht«, sagte sie und reichte ihm das Tagebuch. »Du kannst es nachher selbst lesen.«

Sie griff nach der Weinflasche und schenkte ihnen beiden nach. »Wenn du das liest, wirst du verstehen, warum ich dachte, dass sie dir von der Schwangerschaft erzählt hat und du sie daraufhin hast sitzen lassen.«

Marnie war jetzt bei ihnen in diesem Zimmer. Lewis sah sie in ihrem grünen Mantel vor sich. »Das letzte Mal haben wir uns im Krankenhaus gesehen, an dem Vormittag, als meine Schwester starb.«

»Ich nehme an, du warst sehr verzweifelt?«

»Ja. Lizzie war gerade mal vierundzwanzig, als sie starb. Nicht viel älter als du.«

»Was war passiert?«

»Sie hat Drogen genommen, obwohl sie auf Antidepressiva war, und hatte einen Infarkt ... Sie war ein sehr unglücklicher Mensch, im Grunde war sie eine arme, verlorene Seele.«

Im Flur läutete das Telefon, aber Cait rührte sich nicht vom Fleck.

»Willst du nicht drangehen?«, fragte Lewis.

»Das ist Mike. Er hat gesagt, dass er um Mitternacht anruft. Ich rufe ihn später zurück.«

»Ich wünschte, ich hätte von Marnies Schwangerschaft gewusst«, meinte Lewis. »Unser Leben wäre ganz anders verlaufen.«

»Wärst du dann hiergeblieben und hättest sie geheiratet?«

»Ja, Cait. Ich wollte sie heiraten. Ich war einfach zu feige, sie zu fragen«, sagte Lewis.

Darauf antwortete seine Tochter nicht. Ihm war klar, dass es mehr als seine Worte in dieser einen Nacht brauchte, damit sie ihm glauben konnte.

»Es ist schon spät«, sagte sie, »und ich muss morgen früh aufstehen und den Zug nach Dublin nehmen.«

»Klar.« Er nickte und stand unbeholfen auf. »Schaust du noch bei irgendwelchen Familienmitgliedern vorbei?«

»Nein, ich habe Cousins in Sligo, aber wir haben uns schon verabschiedet. Meine Großeltern leben nicht mehr.«

»Das tut mir leid.«

Sie zuckte die Schultern. »Ich bin es gewöhnt, allein zu sein. Jahrelang gab es nur mich und Mom, nachdem mein Dad – ich meine Pete – gestorben war. Ich habe nur noch eine Patentante. Bei der habe ich in London die vergangenen sechs Monate mehr oder weniger gelebt.«

»Cait, du brauchst nicht aufzuhören, Pete deinen Dad zu nennen. Er hat dich großgezogen. Er war dein Dad.«

»Ja, und ich habe ihn geliebt, auch wenn er schon so lange nicht mehr da ist. Ich war zwölf, als er starb.«

»Es tut mir leid. Ich habe Pete gekannt, er war ein guter Kerl.«

Es schmerzte Lewis, das zu sagen, aber es war die Wahrheit. Pete hatte Marnie vor der Schande bewahrt, die es im Jahr 1967 bedeutete, ein uneheliches Kind auf die Welt zu bringen. Und Lewis musste froh sein, dass Marnie und ihre Tochter an den sanftmütigen Pete geraten waren, nicht an jemanden wie George oder Frankie.

»Wohin gehst du jetzt?«, fragte Cait, als er seine Jacke nahm.

»Um ehrlich zu sein, habe ich keine Ahnung.«

»Ich denke, wir haben zu viel getrunken. Du solltest besser nicht mehr Auto fahren. Möchtest du hier übernachten?«

Putney, London, 30. Juni 1974

Wenn Marnie ihre Tochter betrachtete, erinnerte sie sie manchmal an Lewis. Da war Caits unerschütterliche Konzentration, wenn sie mit den Buntstiften malte und ihre Zungenspitze zwischen den Lippen hervorlugte, wenn die Augenbrauen sich unwillig zusammenzogen, weil sie mit ihrem Werk unzufrieden war. Äußerlich hingegen, mit dem roten Haar und den lebhaften grünen Augen, ähnelte sie Lewis' Schwester Lizzie. Es gab Zeiten, da beunruhigte Marnie diese Ähnlichkeit, aber sie wusste doch, dass das Schicksal ihrer Tochter glücklicher sein würde als das ihrer verstorbenen, ungekannten Tante.

Es fiel Marnie immer noch schwer, zu begreifen, dass sie Lewis im Korridor des Krankenhauses, direkt nach Lizzies Tod, tatsächlich zum letzten Mal gesehen hatte. Hätte sie damals gewusst, dass er nie wieder vor ihrer Tür stehen würde, wäre sie dann auch so schnell fortgegangen? Sie hatte geglaubt, ihn zu lieben. Sie hatte sich gewünscht, dass er sie heiratete. Mittlerweile war Marnie bewusst, dass es ein großer Fehler gewesen wäre.

Sie hatte Glück gehabt. Als klar gewesen war, dass Lewis nicht wiederkäme, und ihr gedämmert hatte, dass sie ein uneheliches Kind erwartete, hatte eines festgestanden: Es war unmöglich, zurück nach Irland zu gehen. Die Schande, die Stigmatisierung hätte ihre Eltern umgebracht. Womöglich hätte man sie in eines dieser schrecklichen Mütterheime geschickt und sie gezwungen, das Kind zur Adoption freizugeben. Sie hatte nicht die Absicht, ihr Kind herzugeben. Eva war ihre Rettung gewesen. Eva hatte ihr versprochen, dass sie und George sich um sie kümmern würden, und Marnie war ihrer guten Freundin ewig dankbar für ihre großzügige Hilfsbereitschaft. Wie oft hatte Eva ihren Mann belogen und behauptet, dass sie Marnies Hilfe mit den Jungen brauche, damit Marnie zu ihnen kommen und sich auf der Couch von der morgendlichen Übelkeit erholen konnte.

Außerdem hatte Eva alle Hebel in Bewegung gesetzt, um Lewis aufzuspüren, doch das hatte zu nichts geführt. Offenbar hatte auch seine Mutter keine Ahnung, wo er war. Er war am Morgen von Lizzies Tod verschwunden. Noch nicht einmal auf der Beerdigung war er aufgetaucht. Im Büro hatte George getobt. Er hatte Lewis als undankbar beschimpft, hatte geschworen, dass er als Grafiker nie mehr einen Fuß auf den Boden bekäme, und war völlig paranoid gewesen in seiner Angst, dass Lewis eine eigene Agentur aufmachen und ihm die Kunden wegnehmen würde. Doch keiner von ihnen hatte jemals wieder von dem Grafiker Lewis Bell gehört. Er hatte sich in Luft aufgelöst.

In den ersten paar Tagen nach seinem Verschwinden hatte Marnie befürchtet, er habe sich aus Verzweiflung über Lizzies Tod etwas angetan, aber eine Woche später hatte man sein Auto am Flughafen Heathrow entdeckt. Lewis hatte sich aus dem Staub gemacht, und dafür hasste ihn Marnie. Zugegeben, er hatte nichts von der Schwangerschaft gewusst, aber sie hatte geglaubt, dass sie sich liebten. Wie hatte er sie ohne ein Wort einfach so sitzen lassen können?

Nun aber, sieben Jahre später, war Marnie klar geworden, dass es nicht wirklich Liebe gewesen war zwischen Lewis und ihr. Ihre Beziehung war voller Leidenschaft gewesen, sie war berauschend und überwältigend, aber auf Dauer hätte sie nicht funktioniert. Die Liebe zwischen Pete und ihr hingegen würde

Bestand haben, denn sie gründete auf gegenseitigem Verstehen, Respekt und Aufrichtigkeit.

Pete war die ganze Zeit da gewesen, direkt vor ihrer Nase, und doch hatte Marnie erst erkannt, was ihn ausmachte, als Lewis fortgegangen war.

Ihr Mann war stark. Groß und dünn, wie er war, sah man es ihm nicht an; mit den kleinen runden Brillengläsern wirkte er sogar verletzlich, doch er hatte ein Rückgrat aus Stahl. Er war ihr starker Fels in der Brandung.

Eva hatte sie ermutigt, mit Pete auszugehen, ein paar Wochen nach dem Verschwinden von Lewis, aber noch bevor ihre Schwangerschaft sichtbar gewesen war.

»Ich sehe doch, wie er dich anschaut, Marnie«, hatte sie gesagt. »Dieser Mann würde alles für dich tun.«

Marnie hatte es auch bemerkt. Pete himmelte sie an. Aber sie hatte ihn nicht ausnutzen wollen. Sie war untröstlich und am Boden zerstört wegen Lewis und wollte sich nicht am nächstbesten Rettungsring festklammern, der vorbeitrieb. Doch Pete hatte sie überrascht. Beim dritten Date hatte Marnie angefangen, mit ihm über Design zu reden, und es schien ihm zu gefallen, dass sie sich so gut auskannte. Stundenlang hatten sie sich unterhalten, und Marnie hatte ihm gestanden, dass sie Lewis bei den Entwürfen geholfen hatte.

Auf Petes Bitte hin hatte Marnie am nächsten Tag ihre Zeichenmappe mit ins Studio M gebracht. Es war unübersehbar, wie groß ihr Anteil bei der Rasiererwerbung für Macht, bei Dalliance Shoes und der Präsentation für Phoenix International Airlines gewesen war. Pete hatte Marnie über sein Zeichenbrett hinweg angesehen, mit diesen ruhigen haselnussbraunen Augen direkt in ihr Herz geblickt und hatte ihr jene entscheidende Frage gestellt.

»Marnie, warst du diejenige, die all die Designs und das neue Image für Phoenix Airlines entworfen hat, und nicht Lewis?«

»Wir haben das zusammen gemacht.« Sie wusste gar nicht, warum sie Lewis immer noch in Schutz nahm. Er war schon mehr als einen Monat verschwunden, und es war offensichtlich, dass er nicht mehr wiederkäme.

»Marnie, bitte sag die Wahrheit – mehr will ich gar nicht«, bat Pete. »Wir müssen ehrlich zueinander sein.«

Marnie hatte an das Baby gedacht, das sie in sich trug, das Kind von Lewis, und dass sie Pete nichts davon erzählt hatte. »Ja«, gab sie schließlich zu. »Das stammt alles von mir.«

»Du liebe Güte«, hatte er schockiert erwidert. »Warum hat Lewis George denn nichts davon erzählt? Wir müssen es ihm sofort sagen.«

Marnie hatte es mit der Angst zu tun gekriegt. »Nein, Pete, es wird ihn furchtbar wütend machen. Er hält doch nichts von weiblichen Grafikern.«

»Was redest du dir da bloß ein?« Er starrte sie mit von der Brille riesenhaft vergrößerten Augen an. »Er dreht gerade durch, weil wir wegen Lewis' Verschwinden drauf und dran sind, den Auftrag für Phoenix Airlines zu verlieren. Wenn du das an seiner Stelle machen kannst, hilfst du ihm aus der Patsche. Da spielt dein Geschlecht ziemlich sicher keine Rolle.«

Pete Piper war auf der Stelle in Georges Zimmer marschiert und hatte ihm die ganze Geschichte erzählt. So einfach war das gewesen. Lewis' wochen- und monatelanges Zögern war völlig unnötig gewesen. Am Ende desselben Tages hatte Marnie eine Stelle als Grafikerin.

Mit dem, was Pete für sie getan hatte, war Marnie seinem Charme erlegen. Er war ihr Held, er hatte erkannt, wer sie tatsächlich war. Er liebte Marnie nicht nur, weil sie eine schöne Frau war, er liebte ihre Begabung. Und Marnie hatte sich seiner Bewunderung nicht länger entziehen können. Ihr war bewusst gewesen, dass sie ihn nicht länger belügen durfte. Am folgenden Abend, als sie ihren Erfolg mit einem Abendessen feierten, hatte sie ihm gesagt, dass sie schwanger war. Er hatte nicht einmal mit der Wimper gezuckt.

»Marnie, vielleicht hat Lewis dich ja verlassen«, sagte er. »Aber ich werde das niemals tun. Ich habe dich vom ersten Tag an geliebt, und ich werde niemals aufhören, dich zu lieben.«

Er hatte sie noch an Ort und Stelle gebeten, seine Frau zu werden.

Pete hatte Wort gehalten. Im August diesen Jahres wären sie sieben Jahre verheiratet, und es waren die glücklichsten Jahre ihres Lebens. Marnies Liebe war langsam gewachsen, wie ein Faden, der straff um ihr Herz gezurrt war und sich nach und nach abwickelte. Pete war der treueste Vater, den sie sich für Cait nur wünschen konnte. Sie hatten auf weitere Kinder gehofft, doch Pete hatte nie ein Wort darüber verlauten lassen, dass es ihm wichtig sei, der leibliche Vater eines Kindes zu sein. »Cait ist das Glück meines Lebens«, hatte er Marnie erklärt. Er vergötterte sie. Deshalb konnte sich Marnie auch nicht recht erklären, was Pete gestern getan hatte. Es musste mit Petes fester Überzeugung zu tun haben, dass man grundsätzlich aufrichtig sein und nichts unter den Teppich kehren sollte.

Gestern Abend hatten sie und Pete in ihrem winzigen Garten in Putney gesessen, ein Glas gekühlten Weißwein getrunken und sich von einem harten Arbeitstag im Studio M erholt. Ihr Mann hatte ihr ein Stück Papier in die Hand gedrückt.

»Ich weiß, wo Lewis ist«, hatte er gesagt, und dieses eine Mal wirkte er unbeholfen. »Hier ist seine Adresse.«

»Lewis Bell?«

Seit Jahren hatten sie seinen Namen nicht mehr erwähnt, auch wenn Cait täglich und leibhaftig an ihn erinnerte.

»Meine Freunde Dylan und Rachel haben Urlaub in Arizona gemacht und sind ihm zufällig über den Weg gelaufen.«

»Lewis lebt in Arizona?«, hatte Marnie erschüttert zurückgefragt. Im amerikanischen Westen hätte sie ihn nie vermutet. Sie hätte erwartet, dass er, wenn schon in Amerika, am ehesten in einer Großstadt wie New York oder Chicago gelandet wäre.

»Er arbeitet in einer Kunstgalerie. Dylan hat mir von einem Engländer namens Lewis erzählt, der ihm beim Aussuchen eines Bildes geholfen hat. Sie haben sich über Design unterhalten, und er hat erzählt, dass er in den späten Sechzigern als Grafiker in London gearbeitet hat. Das hat meine Neugier geweckt, also habe ich ein bisschen recherchiert und herausgefunden, dass es tatsächlich einen Lewis Bell gibt, der in Scottsdale, Arizona, in einer Galerie arbeitet.«

»Wozu erzählst du mir das, Pete? Ich will ihn nie wiedersehen.«

»Das hoffe ich.« Pete hatte sich zu ihr hinübergebeugt und Marnie zärtlich auf die Wange geküsst. »Er ist übrigens verheiratet. Seine Frau heißt Samantha.«

»Wie schön für ihn«, hatte Marnie geantwortet und das Weinglas geleert. »Aber Lewis Bell kümmert mich einen feuchten Kehricht.«

Sie war aufgestanden. Sie ärgerte sich nur selten über ihren Mann, aber warum musste er diese alten Geschichten aufrühren?

»Marnie«, hatte er leise gesagt und die Hand nach ihr ausgestreckt. Widerwillig hatte sie sich von ihm auf den Schoß ziehen lassen. »Liebling, ich gebe dir die Adresse nicht für dich selbst, sondern für Cait. Vielleicht will sie eines Tages wissen, wer ihr echter Vater ist und wo er lebt.«

»Nein«, erwiderte Marnie. »Du bist ihr Dad. Ich will nicht, dass sie jemals die Wahrheit erfährt.«

»Bist du dir da ganz sicher?«, fragte er. »Denk daran, was du immer sagst – dass die Wahrheit irgendwann ans Licht kommt.«

»In diesem Fall nicht«, hatte Marnie im Brustton der Überzeugung gesagt. »Nur du, Eva und ich kennen die Wahrheit. Und keiner von uns wird Cait jemals davon erzählen.«

Marnie hatte angefangen, den Zettel mit der Adresse zu zerknüllen, aber Pete hatte seine Hand auf ihre gelegt, um sie zu bremsen.

»Leg sie einfach in dein Adressbuch. Man kann nie wissen.«

Strandhill, County Sligo, Ostermontag, 27. März 1989

Lewis wachte in den frühen Morgenstunden auf. Sein T-Shirt war schweißgetränkt und sein Mund so trocken, dass es ihm beinahe den Atem nahm. Wo zum Teufel war er?

Er trank einen Schluck Wasser aus dem Glas am Bett, und als seine Augen sich an die Dunkelheit gewöhnt hatten, konnte er gegenüber einen Kleiderschrank und zahllose vollgestellte Bücherregale ausmachen. Die Erinnerung an den vorangegangenen Abend kehrte zurück. Er legte sich eine Hand auf das Herz, als ihm einfiel, dass er sich in Marnies Haus befand. Es war ein Schock, hier zu sein. Dass in dem Zimmer auf der andere Seite des Gangs eine junge Frau lag, die seine Tochter war. Sein ganzes Leben, so wie er es bisher gekannt hatte, war hinfällig. Der insgeheim gehegte Traum von Marnie, an den er sich all die Jahre geklammert hatte, war ausgeträumt.

Er lag im Bett und versuchte, sein stürmisch pochendes Herz zu beruhigen. Vom Rauschen des Meeres abgesehen herrschte absolute Stille. Mondlicht fiel durch eine Lücke im Vorhang herein und erleuchtete das Fußende des Betts, sodass der Rest des Zimmers in noch tieferem Schatten lag.

Er hatte Marnie nicht mehr rechtzeitig gefunden. Lewis schloss die Augen, und in bitterer Reue zog sich sein Herz zusammen. Wie würde Marnie heute aussehen? Er wusste, dass sie schön gealtert wäre und immer noch bildhübsch.

Gestern Abend hatte er nicht einschlafen können, und so hatte er stundenlang in Marnies Tagebuch gelesen. Marnie hatte geschrieben, dass sie ihn heiraten wollte. Aber er war davongelaufen, und seine Flucht hatte so lange gedauert wie Marnies gesamtes restliches Leben.

Er schaltete die Leselampe an, nahm das Tagebuch und las noch einmal, was sie geschrieben hatte.

Ich wünsche mir, dass er mir einen Antrag macht, aber nicht etwa, weil ich schwanger bin oder weil er Mitleid mit mir hat, sondern weil er begreift, was wir füreinander sind. Eva meint, ich soll ihm unverblümt sagen, dass ich ein Kind von ihm erwarte. Sie sagt, ich soll ihn zwingen, mich zu heiraten. Ich weiß schon, dass sie nur das Beste für mich will, aber ich will nicht, dass Lewis sich gezwungen fühlt. Ich will kein Mitleid. Eva sagt immer, dass die Liebe eine ernste Angelegenheit ist. Sie ist der Meinung, dass ungeplante Schwangerschaften eine Folge der Schwerkraft der Liebe sind. Ein ernüchternder Schlag angesichts der Leidenschaft. Aber wenn sie von der Schwerkraft spricht, stelle ich mir darunter eine mächtige Energie vor, eine Kraft, die man nicht verleugnen kann. Ich will auf die Natur – oder die Wissenschaft – vertrauen. Wenn wir füreinander bestimmt sind, dann wird uns die Schwerkraft unserer Liebe zusammenbringen.

Ich wünschte, wir wären wieder in Irland. Die gemeinsame Zeit dort war wie verzaubert. Kein Wunder, dass wir ein Kind gezeugt haben. Wenn er nur erkennt, was uns beide ausmacht und was wir gemeinsam sein könnten. Es bricht mir das Herz. Deshalb will ich auch, dass er George von mir erzählt. Wenn er in der Lage ist, mich über sein eigenes Interesse zu stellen, dann weiß ich, dass er mich liebt.

Das Tagebuch glitt ihm aus der Hand, als der Kummer wie eine Klinge durch seinen Körper fuhr. Lewis erbebte, und über seine Wange rollte eine Träne. Marnie war tot. Und er hatte Joy verloren. Sein Leben folgte der immer selben grausamen Gesetzmäßigkeit.

So wie er vom Krankenhaus zu Marnie hätte gehen müssen, um sich dem Trost ihrer Liebe anzuvertrauen, so hätte er auch in Ballycastle bleiben und sich Joys Ehemann stellen sollen. Er hätte um Joy kämpfen müssen.

Andererseits wäre er nicht nach Strandhill gekommen und hätte seine Tochter niemals gefunden, wenn er dort geblieben wäre.

Er dachte über die merkwürdige Symmetrie nach, von der er und Joy Teil waren. Er und seine verlorene Tochter. Sie und die verlorene Mutter. Irgendwie schien das alles noch nicht zu Ende zu sein.

London, 14. April 1967, 11:21 Uhr

Wie ein Wahnsinniger jagte Lewis den MG Roadster durch die morgendlichen Straßen. Er stand in Flammen, London war zum Fegefeuer geworden. Es war immer Lizzies und seine Stadt gewesen. Hier hatten sie ein eigenes Zuhause gefunden. Endlich mussten sie nicht mehr am Tisch eines Verwandten ihres Vaters um Almosen betteln. In London waren sie frei, weil sie keine Kinder mehr waren. Sie konnten tun, was immer sie wollten. Aber seine Schwester hatte es zu weit getrieben – so weit, dass es sie umgebracht hatte.

Quietschend kam er an der Ampel in der Bayswater Road zum Stehen. Er betrachtete sich im Rückspiegel und erschrak über sein Spiegelbild. Ohne sein ungezwungenes Lächeln sah er vollkommen verändert aus. Nicht so attraktiv, gleichzeitig aber gewichtiger. Sein Gesicht war weiß vor Raserei, die braunen Augen beinahe schwarz, weil die Pupillen die Iris zu verschlucken schienen. Er hatte einen metallenen Geschmack im Mund.

Ohne Probleme fand er die Straße, in der Jim wohnte – sein Zorn leitete ihn. Am Ende der Straße stellte er den Wagen ab und ging zu Fuß weiter. All die Leute, irgendwohin unterwegs, wie eine vorwärts wogende Flutwelle – allein trat er der ganzen Welt entgegen. Niemand ging in seine Richtung.

Vor ihm ragte das Haus auf, ein monumentaler Vorbau mit weißen Säulen, ein schwarzes Eisengeländer und große Schiebefenster. Die Vorhänge waren noch zugezogen und die frischen Milchflaschen vor der Tür noch nicht hereingeholt. Er nahm eine Flasche Vollmilch, drückte die Goldfolie mit dem Finger durch und trank einen großen Schluck Milch und Rahm.

Er war ein Krieger, der sich vor der Schlacht mit Blut stärkte. Lewis war nie ein kämpferischer Mensch gewesen, er hatte diesen Teil des Mannseins nie verinnerlicht. Er gehörte zu jener Generation junger Männer, die der Überzeugung waren, dass es in einem neuen Krieg nicht mehr darum gehen würde, Mann gegen Mann zu kämpfen. Ein Krieg wäre in wenigen Minuten vorüber, ganz London von einer Atombombe ausgelöscht. Lizzie hatte oft darüber geredet.

Lizzie.

In diesem großen weißen Haus hatte er sie zurückgelassen. Hier hatten sie das letzte Mal miteinander geredet. Er ballte die Fäuste, biss die Kiefer aufeinander und schlug donnernd an die Tür.

Er wartete einen Moment, klopfte erneut, aber niemand kam an die Tür. Dann flatterte ein Vorhang. Jemand war im Haus, beobachtete ihn und hoffte darauf, dass er fortging. Er trat zurück auf den Gehsteig und starrte an der Fassade hinauf. Wieder sah er eine Bewegung hinter einem Vorhang im ersten Stock, aber die Tür blieb zu.

Das Haus stand an einer Ecke, also lief er um das Gebäude herum. Mit der Hand fuhr er die rote Ziegelmauer entlang, die an die Seitenstraße grenzte. Er stellte sich auf die Zehenspitzen und blickte über die Mauer. Dahinter konnte er einen verwilderten Garten erkennen und die Rückseite des Hauses. Er sah sich um, vergewisserte sich, dass niemand in der Nähe war, und kletterte über die Mauer.

Durch das hohe Gras schlich eine Katze, deren schwarzes Fell vor dem smaragdgrünen Dickicht schillerte. Sie folgte ihm, als er mit bloßen Händen einen wuchernden Brombeerstrauch zur Seite schob, ohne sich um die blutigen Dornenstiche zu kümmern. Daraufhin sprang sie auf den Deckel einer

Tonne und starrte ihn an, als wüsste sie genau, was Lewis vorhatte. Er stieg ein paar zerbrochene Steinstufen hinauf und drückte den Griff der Hintertür hinunter. Sie öffnete sich.

Er trat in die Küche. In der Luft hing der Geruch nach gebratenen Zwiebeln, und in der Spüle stapelte sich schmutziges Geschirr. Auf dem winzigen Resopaltisch standen halb leere Teetassen und ein überquellender Aschenbecher, eine übrig gebliebene Toastrinde, und ein Häufchen Eierschalen lagen herum. Für ein so prächtiges Haus war die Küche ziemlich heruntergekommen.

Er ging in den Hausflur. Durch das Fenster über der Haustür fiel ein Streifen Licht herein, der ihm den Weg wies. Am Fuß der Treppe hielt er inne, während seine Hand das Geländer umklammerte, dann durchquerte er den Flur und schob vorsichtig eine Tür auf. Die Vorhänge waren zugezogen, und das Zimmer lag im Dunkeln. Im Kamin glimmten Aschereste, und im Zimmer war es heiß und stickig. Es roch intensiv nach abgestandenem Zigarettenrauch und Cannabis.

Er stierte in die Finsternis. Es war durchaus möglich, dass hier jemand zugedröhnt am Boden lag, aber als sich seine Augen an das Dämmerlicht gewöhnt hatten, sah er, dass niemand im Zimmer war. Er schaltete die Deckenlampe an, die das unaufgeräumte Zimmer in ein unvorteilhaftes Licht rückte. Es sah aus wie in einer Opiumhöhle. Auf einem niedrigen Couchtisch lagen Zigarettenpapierchen und loser Tabak verstreut. Eine exotische Shisha stand in der Mitte des Tischs, deren Pfeife sich um den Fuß kringelte. Es gab keinerlei Sofas oder Sessel in diesem Wohnzimmer, stattdessen lagen überall auf dem Boden Kissen in verschiedenen Farben und Größen herum. Es gab kleine Halterungen mit Räucherstäbchen, einen riesigen Perserteppich und schwere Mahagonimöbel. Auf einem Tischchen neben dem Kamin stand eine große Holzschale, daneben lag ein antikes silbernes Zigarettenetui.

Der Besitzer des Hauses hatte offenbar mehr Geld als Geschmack, jedenfalls widersprach alles an diesem Zimmer dem modernistischen Stilempfinden von Lewis. Am schlimmsten war das Gemälde, das direkt vor ihm an der Wand hing. Unwillkürlich schrie er auf. Es war grauenhaft, seine Schwester in dieser Pose zu sehen; nackt lächelte sie ihm entgegen.

Er rannte durchs Zimmer, rutschte auf den Kissen aus, reckte sich und holte das Bild herunter. Er boxte mit der Hand durch die Leinwand, geradewegs durch Lizzies Bauch, und zerriss das Bild in seiner gesamten Länge, durchtrennte die bloßen Schenkel bis zu den Zehen.

»Hey, was machst du denn da?«

Kampfbereit wirbelte Lewis herum, doch hinter ihm stand das Mädchen, dem er gestern begegnet war – Sammy. Er hatte gar nicht gehört, wie sie hereingekommen war. Sie war so gut wie nackt, von einem knappen weißen T-Shirt abgesehen, das gerade noch ihren Po bedeckte. Wild hing ihr das Haar ins Gesicht, und ihr Blick wirkte trüb und unfokussiert.

»Kennen wir uns?«, fragte sie in ihrem weichen Amerikanisch und schien völlig unbeeindruckt von Lewis' wilder Attacke auf das Gemälde.

»Ich bin Lewis, der Bruder von Lizzie.« Wieder stieß er mit der Faust durch die Leinwand und machte sich daran, Lizzies Oberkörper zu zerstören.

»Meinst du Elizabeth?«, fragte das Mädchen.

»Wir haben uns gestern gesehen. Wahrscheinlich bist du zu bekifft, um dich zu erinnern.«

»Jetzt weiß ich es wieder.« Das Mädchen machte einen Schritt nach vorn und stellte sich direkt neben Lewis.

»Soll ich die Fetzen ins Feuer werfen?«, fragte sie.

Kurz unterbrach er seine Aktion. Sammy lächelte ihn an. Ihm war klar, dass sie völlig weggetreten war, aber er war trotzdem froh, dass sie sich mit ihm solidarisierte.

»Klar«, antwortete er.

Sammy kniete sich vor den Kamin und begann, die Bildfetzen von Lizzie hineinzulegen. Anfangs schwelten sie nur schwach, plötzlich aber flackerte eine Flamme auf.

Mittlerweile war er beim Gesicht seiner Schwester angelangt, doch jetzt wusste er nicht mehr weiter. Er konnte es nicht zerfetzen. Ohne den nackten Körper wirkte ihre Miene fröhlich. Vorsichtig riss er die Leinwand kreisförmig um Lizzies Kopf herum ab. Dann faltete er das restliche Stück zusammen und steckte es in die Tasche.

»Verflucht noch mal, was machst du da?«, dröhnte es hinter ihm.

Lewis drehte sich um. In ihm rangen Angst und Wut miteinander, als er Jim gegenüberstand, dem Mann, der seiner Schwester das Bild abgekauft hatte – und der ihr die Drogen gegeben hatte. Er war derjenige, den Lewis für den Tod seiner Schwester verantwortlich machen wollte.

In einem blutroten Bademantel stand Jim vor ihm. Er war nicht besonders groß, doch er war muskulös und stämmig und hatte ein ramponiertes Gesicht. Dem äußeren Anschein nach war er vielleicht doppelt so alt wie Lewis.

»Das ist der Bruder von Elizabeth«, meldete sich Sammy vom Kamin her zu Wort.

»Mir ist scheißegal, wer du bist, aber wie zum Teufel kommst du dazu, in meinem Haus mein Eigentum kaputt zu machen?«

»Sie ist meine Schwester«, brach es aus Lewis heraus. »Und die kriegst du nicht.«

Er hob den Rahmen des zerstörten Bildes auf und schmiss ihn auf den Boden.

»Hey, ich habe dafür bezahlt«, schrie Jim ihn an. »Das hat mich Geld gekostet. Du kannst nicht einfach hier reinkommen und fremdes Eigentum zerstören!«

Lewis trat auf den Amerikaner zu, sodass sie sich Auge in Auge gegenüberstanden. »Und warum nicht?«, widersprach er. »Du hast meine Schwester zerstört.«

»Hey, Mann, ich habe nichts getan. Deine Schwester ist eine Junkie-Schlampe. Das war ich nicht.«

»Nimm das zurück!«, schrie Lewis, und seine Spucke landete im höhnisch grinsenden Gesicht des Mannes.

»Nein. Sie hat mich immer angebettelt, dass ich ihr was gebe. Sie hat mit mir gevögelt, damit sie mehr Dope bekommt. Sogar das Bild habe ich zum Teil mit Drogen bezahlt.«

Lewis konnte sich nicht länger zurückhalten. Mit beiden Händen packte er Jim am Bademantel und versuchte, ihn zu schütteln. Doch der Mann blieb reglos wie ein Klotz vor ihm stehen.

»Du hast sie umgebracht!«, brüllte Lewis. »Lizzie ist heute Morgen gestorben, und du hast sie umgebracht.«

»Fick dich, du Arschloch.« Jim holte aus und schlug Lewis ins Gesicht. Der wurde nach hinten geschleudert, ein Blutstrahl schoss in einem Bogen aus seiner Nase und spritzte durchs Zimmer, und Lewis landete auf dem Rücken. Ihm war klar, dass er diesen Kampf nicht gewinnen konnte. Der Amerikaner war zäher und stärker als er, doch Lewis rappelte sich trotzdem auf und warf sich auf den Mann, als handle es sich um ein Gedränge beim Rugby. Er packte Jim an der Hüfte und versuchte, ihn zu Boden zu ziehen, doch der Amerikaner versetzte ihm einen Schlag auf die Schulter, und Lewis sackte einfach zusammen.

Er wollte wieder aufstehen, aber mit einem Tritt stieß Jim ihn zurück. »Jämmerlicher Waschlappen.«

Er hörte Jim lachen, und dann spürte Lewis eine seiner Rippen knacken, während Jim immer weiter auf ihn eintrat. Heißer Schmerz durchfuhr ihn, doch es tat gut, diesen Schmerz zu fühlen. Er setzte sich für Lizzie ein.

Während er zusammengerollt auf dem Boden lag und Jim auf ihn eindrosch, schloss er die Augen und wartete darauf, dass Lizzie ihn holen kam. Sie machten doch immer alles gemeinsam, auf jeder neuen Türschwelle standen sie zu zweit. Doch Lizzie kam nicht. Stattdessen vernahm er einen Schrei, auf den ein lautes Krachen folgte, und dann hörten die Tritte auf.

Lewis öffnete die Augen. Über ihm taumelte Jim, Blut lief ihm über das Gesicht, und gleich darauf stürzte er mit einem dumpfen Schlag neben ihm zu Boden. Daneben stand Sammy mit einer schweren Holzschale in den erhobenen Händen. Tränen liefen ihr über das zugedröhnte Gesicht. Sie sagte irgendetwas, aber es war nicht zu verstehen.

Mühsam sortierte Lewis seine ramponierten Gliedmaßen, kam zunächst auf die Knie und dann stolpernd auf die Füße. Er blickte auf Jim hinab. Der Mann war bewusstlos, aber am Leben. Lewis sah, dass sein Brustkorb sich hob und senkte.

»Du hättest ihn umbringen können.« Seine Stimme war nur ein heiseres Flüstern.

Wankend stand sie mit erhobenen Armen da, die schwere Schale immer noch in den Händen. Lewis nahm ihr die Schale ab und stellte sie auf den Tisch, und Sammy starrte ihn verständnislos an, während ihr weiter die Tränen über die Wangen liefen.

»Elizabeth«, flüsterte sie mit brüchiger Stimme.

Dann fing sie an zu zittern. Er legte ihr den Arm um die

Schultern und führte sie aus dem Zimmer. Im dunklen Hausflur klammerte sie sich an ihn, krallte sich in sein Hemd. Ihr Gesicht war so dicht an seinem, dass er ihre nassen Tränen am Hals spürte.

»Alles wird gut«, sagte er, aber er war sich nicht so sicher. Die Wut, die ihn den ganzen Morgen angetrieben hatte, hatte sich verflüchtigt. Hätte Sammy ihn nicht aufgehalten, dann hätte Jim ihn totgetreten.

Sammy steckte ihre Hände in seine Hosentaschen und lehnte sich schwer an ihn.

Sie presste ihren Mund an seine Brust, aber er hörte die gedämpfte Stimme trotzdem. »Jim hat Elizabeth getötet.«

»Er hat sie nicht buchstäblich getötet.«

Sie neigte den Kopf nach hinten. »Er hat ihr Speed gegeben. Sie hat gesagt, dass sie das wegen der Medikamente nicht nehmen darf, aber er hat es ihr aufgedrängt.« Sammy zupfte Lewis am Ärmel. »Ich hab ihm gesagt, er soll das sein lassen, aber er hat mich nur ausgelacht.«

Lewis versuchte, sich aus ihrem Griff zu befreien, aber das amerikanische Mädchen klebte an ihm wie Honig. Als er auf ihr strähniges blondes Haar, das gebräunte Gesicht, das vor Angst kreidebleich war, und die großen dunklen Augen hinabsah, kam es ihm so vor, als sei es Lizzie, die ihn ein letztes Mal um Hilfe anflehte.

»Lass mich hier nicht allein«, sagte sie. »Nimm mich mit.«

Er führte sie aus dem dunklen Flur in die Küche. Die Sonne knallte durchs Fenster herein und beleuchtete den verdreckten Raum. Er setzte sie auf einen Stuhl. Sie zitterte unkontrolliert, und ihre Zähne schlugen aufeinander. Er nahm eine Strickjacke, die an einem der Stühle hing, und legte sie ihr um die Schultern.

»Du musst dir was anziehen, und dann sollten wir hier weg, bevor Jim aufwacht.«

Sammy wankte zum Küchentresen und zog eine Schublade auf. Sie fing an, massenweise Schwarz-Weiß-Fotografien herauszuzerren und auf dem Tisch zu stapeln.

»Die müssen wir mitnehmen«, sagte sie mit klappernden Zähnen.

Lewis zog eines der Fotos aus dem Haufen, und das, was er erblickte, verursachte ihm einen augenblicklichen Brechreiz. Auf dem Foto waren Sammy und Lizzie zu sehen, beide waren nackt, in lasziven Posen, und um den Hals trugen sie Hundehalsbänder. Er zerknüllte es in der Faust.

»Jim hat uns gezwungen«, meinte Sammy. »Er hat gesagt, wir sind seine Tölen.«

Sie zitterte beim Sprechen.

»Hättest du ihn doch umgebracht.« Lewis' Stimme war derart kalt, dass es ihn selbst erschreckte.

Er fuhr Sammy zu ihrer Wohnung in Camden, und wie zwei Betrunkene stolperten sie die Treppe hinauf. Sein ganzer Körper schmerzte von Jims Prügeln. Während Sammy aufs Bett sank, taumelte er ins Badezimmer und betrachtete sich im Spiegel über dem Waschbecken. Seine Nase war gebrochen, die Lippe aufgeschlagen, doch davon abgesehen war sein Gesicht nicht allzu sehr in Mitleidenschaft gezogen. Als er aber das Hemd auszog, sah er, dass seine Brust von Prellungen übersät war. Vorsichtig betastete er sie. In diesem Moment ging die Tür auf. Sammy stand da und musterte seinen lädierten Körper.

»Ich dachte, du schläfst«, meinte er.

»Ich kann nicht schlafen«, erwiderte sie. »Es geht mir

schon besser, aber sieh dich nur an ...« Mit der Fingerspitze berührte sie seine Brust. Vor Schmerz zuckte er zurück.

»Entschuldige«, sagte sie. »Komm, ich denke, es ist besser, wenn ich dir helfe.«

Sie forderte ihn auf, sich auf den Badewannenrand zu setzen, und holte Watte und ein Antiseptikum aus dem Badezimmerschrank.

»Kann sein, dass eine Rippe gebrochen ist«, meinte sie.

»Ich muss zurück ins Krankenhaus«, sagte er und kniff die Augen zu. »Lizzie.«

»Ich kann nicht glauben, dass sie tot ist«, flüsterte Sammy.

Er sollte längst auf dem Weg sein, um seine Mutter zu treffen. Er musste das Begräbnis seiner Schwester organisieren.

»O Gott. Lizzie«, hörte er sich schluchzen, überwältigt vom Schmerz über den Verlust.

»Ganz ruhig«, sagte Sammy und drückte seinen Kopf zärtlich an ihre Brust. »Du kannst so lange hierbleiben, wie du willst.«

Er war nicht ins Krankenhaus zurückgekehrt. Irgendwie hatten die Umstände von Lizzies Tod Lewis und Sammy in der Wohnung in Camden festgehalten. Stattdessen hatten sie einen Tee nach dem anderen getrunken, und Sammy hatte ihm die Entstehungsgeschichte der pornografischen Bilder von Lizzie und sich selbst erzählt. Sie beschrieb ihm die Orgien, die in dem Londoner Haus stattgefunden hatten. All die Dinge, die Lizzie und sie hatten tun müssen. Warum hatte Lizzie ihm nichts davon erzählt?

Irgendwann in diesen Stunden in Sammys Wohnung hatte Lewis beschlossen, dass es das Beste wäre, das amerikanische Mädchen nach Hause zu ihrer Familie zu bringen. Er musste sie retten. Bei seiner Schwester hatte er versagt, Sammy aber konnte er noch helfen. Er würde ihre Eltern anrufen und sie bitten, Geld für die Flugtickets zu schicken. Ihnen sagen, dass ihre Tochter Hilfe brauchte. Es klang so, als seien sie nette Menschen. Es war offensichtlich, dass Sammy zu zerbrechlich war, um allein zu reisen. Außerdem brauchte auch er selbst Abstand zu allem.

Ich komme wieder, hatte er sich eingeredet, als sie in Heathrow das Flugzeug bestiegen. Ich bringe Samantha nach Hause, und dann kehre ich nach London zurück, zu Marnie, und bitte sie um Verzeihung. Und auch die Sache mit George werde ich in Ordnung bringen.

Aber natürlich hatte Lewis das nie getan.

Von Mayo nach Dublin, Ostermontag, 27. März 1989

Joy lief durch das kleine Städtchen Ballycastle, das an diesem Ostermontag noch verschlafen war, ohne einem einzigen Menschen zu begegnen. Sie ging den Hügel hinunter und wandte sich nach rechts. Ihr Ziel war das Meer. Sie kam an kleinen Bauernhäusern vorbei, vor denen Traktoren standen und struppige Hunde sie anbellten. Auf manchen der Felder, an denen sie vorüberkam, stand das Gras hoch und wiegte sich im Wind; andere waren gepflügt, die Erde dunkel und satt; dann wieder passierte sie Hecken aus dichtem, gelb blühendem Ginster. Sie bog von der Straße ab, kletterte über kleine Steinmauern, quetschte sich durch rostigen Stacheldraht und überquerte lehmige Äcker. Sie hielt erst inne, als sie das Meer erreicht hatte.

Und da war sie nun, stand auf einer nassen Felsplatte, die salzige Gischt spritzte ihr ins Gesicht, das Haar wirbelte herum. Sie hatte die Hände tief in die Taschen gesteckt und umklammerte den Zettel mit der Adresse ihrer Mutter. Endlich hatte sie eine Geschichte.

Es war einmal ein Mädchen mit rabenschwarzem Haar und dunkelblauen Augen; sie hatte ein Kind, das ganz war wie sie. Die böse Welt aber sagte, dass sie ihr Kind nicht behalten dürfe …

War ihre Mutter in jener Nacht mit der Absicht auf die Klippen zugeritten, sie beide umzubringen? War es für sie so unerträglich, dass man ihr die Tochter nahm, dass sie sogar bereit war, ihr eigenes Kind zu töten?

Tief im Innern verspürte Joy Trauer. Egal wie verrückt das Verhalten von Aoife Martell gewesen war, Joy konnte doch nicht umhin, Mitleid für sie zu empfinden. Sie wünschte, sie könnte ihre Geschichte Lewis erzählen. Ihr Abschied gestern war in jeder Hinsicht unvollendet geblieben.

Sie trat auf eine andere Felsplatte und ging bis an den Rand. Der Puls des Meeres floss spürbar durch ihren Körper. Sie holte die Abalone-Muschel aus der Tasche, kniete sich hin und hielt sie unter die eiskalte Wasseroberfläche. Das schillernde Leuchten war jetzt noch prächtiger. Es sah aus wie das verflüssigte Mondlicht der vergangenen Nacht, in das sich das Altrosa, Lila und Gold eines Sonnenuntergangs in Arizona gemischt hatte. Sie sah zu, wie sich das Wasser über der Muschel kräuselte, dann ließ sie los. Die Muschel wurde von den Wellen hin- und hergeworfen und sank schließlich langsam hinunter in die klaren Tiefen des Ozeans. Sollte das Meer sie tragen, wohin auch immer es wollte.

Joy richtete sich auf. Ihre Fingerspitzen kribbelten von der Berührung mit dem Wasser. Sie wollte hinein ins Meer, aber sie wusste, es wäre Irrsinn. Sie widerstand dem Drang, und im selben Augenblick hörte sie Eddie rufen.

»Ist es nicht ein bisschen gefährlich, so dicht an der Kante zu stehen?«, sagte er, als er neben sie trat. »Mach einen Schritt zurück.«

Beschützend legte er ihr eine Hand auf den Arm, und sie ließ sich von ihm zurückziehen.

»Was machst du hier?«, fragte er. »Wir müssen los. Ich habe uns für heute Abend einen Rückflug von Dublin aus gebucht.«

»Heute Abend?« Sie konnte ihre Enttäuschung nicht verbergen. »Können wir nicht noch ein bisschen in Irland bleiben?«

»Tut mir leid, Baby. Ich muss zurück nach Hause. Ich war eigentlich gerade dabei, ein großes Geschäft abzuschließen, als ich dir hinterhergereist bin. Wir brauchen das Geld.« Er legte den Arm um sie und küsste sie auf die Wange. Sie spürte, wie sie zurückwich. »Denk dran, in ein paar Wochen fliegen wir nach Hawaii. Da können wir das Meer nicht nur anschauen, da ist es warm genug, um drin zu schwimmen.«

»Ich wollte eigentlich noch nach London«, sagte sie und mied seinen Blick.

»Ray besuchen?«

»Ja, aber nicht nur.«

Sie erzählte Eddie von der Besucherin beim Frühstück, davon, was Josie Whelan über ihre ersten Jahre in Ballycastle erzählt hatte, und über die Tragödie, die ihre Mutter durchlitten hatte.

»Also«, sagte Eddie, während sie sich über die Felder zurück Richtung Straße aufmachten. »Wenn ich das recht verstehe, dann hat irgendeine unbekannte Frau dieser Josie eine Londoner Adresse gegeben, wo deine leibliche Mutter angeblich wohnen soll?«

»Ja. Ich will dorthin, vielleicht ist sie ja noch da.«

»Aber warum denn, Joy?«, fragte Eddie. »Deine leibliche Mutter hat nie den Kontakt zu dir gesucht. So schwer wäre das nicht gewesen, wenn du über Cousinen in New York vermittelt worden bist.«

»Aber sie hat mich auf die Welt gebracht, Eddie ... Sie war so jung ...«

»Liebling, ich glaube, du machst dir da falsche Hoffnungen. Es klingt doch so, als wäre diese Frau geistig verwirrt. Immerhin hat sie versucht, dich umzubringen, als du ein Baby warst!«

»Josie glaubt nicht, dass sie das vorhatte«, widersprach Joy.

»Für mich sieht das ziemlich eindeutig aus«, meinte Eddie.

Er blickte sie an und seufzte, und Joy hörte, dass sich in seine Ratlosigkeit leiser Ärger mischte.

»Baby, bitte, lass es sein. Mir zuliebe. Ich will mit dir nach Hause fahren. Neu anfangen. Findest du nicht, dass unsere Ehe wichtiger ist als das alles?«

Sie fragte sich, was Lewis ihr wohl raten würde. Sie bemühte sich, nicht an ihn zu denken, aber es half nichts. In jedem einzelnen Augenblick pulsierte ihr Körper in der Erinnerung an seine Berührung.

Lewis träumte, er sei beim Wandern mit Samantha in der roten Steinwüste von Sedona. Der Pfad war staubig und trocken und durchsetzt von feuerrotem Felsgestein. Sie bahnten sich ihren Weg durch Feigenkakteen, Bittereschen und sternförmige Wüstenblumen. Lewis drehte sich um, um sicherzugehen, dass Samantha noch hinter ihm war, doch zu seiner Überraschung stieg an ihrer Stelle Marnie hinter ihm den Pfad hinauf. Er wartete ab, damit sie ihn einholen konnte, doch sie fiel zurück und zwang ihn, sich wieder umzudrehen und den Weg fortzusetzen.

Im sandigen Boden erkannte er die Fährte eines Rotluchses, Spuren eines Raubtiers, ein Schatten seiner selbst. Immer höher stieg er hinauf, und die ganze Zeit spürte er hinter sich die Anwesenheit seiner einzig wahren Liebe, die ihn dem Himmel entgegentrieb. Zu seiner Rechten lag der Thunder Mountain; er befand sich jetzt auf einem hohen, zerklüfteten Plateau, einem fingerförmigen Felsen, der in den Himmel ragte. Er setzte sich an den Felsvorsprung und ließ die Beine über die Kante baumeln. Er merkte, wie sie langsam näher kam; einem scheuen Tier gleich kroch sie herauf, also wandte er sich nicht nach ihr um. Er wollte sie nicht verschrecken.

Die Sonne brannte unerbittlich. Sie setzte sich neben ihn auf den Felsvorsprung, und die Sonne prallte auf sie beide herab, doch die Hitze fühlte sich gut an, als wasche sie ihn von der Vergangenheit rein. Sie betrachteten das Panorama, das sich vor ihnen ausbreitete: das Tal aus roten Felsen in den unterschiedlichsten Formen, Größen und Höhen.

»Jeder erkennt etwas anderes in den Felsformationen«, sagte sie.

Ihre Stimme war verändert. Er wandte sich ihr zu und sah, dass nicht Marnie neben ihm saß, sondern Joy. Sie war seine Traumgefährtin. Er nahm ihre Hand und hielt sie fest. Sie war kühl, ihre weiche Haut tröstlich und wohltuend. Er blickte wieder auf die Natur vor sich.

Doch Lewis erkannte keine Dinge in den Formen der Felsen. Vielmehr betrachtete er die Lücken zwischen den Felsen, die tief herausgeschnitzten V aus blauem Himmel. Sie erschienen ihm wie der Raum zwischen Buchstaben, der diesen Halt gab; ebenso waren die Felsen in den sie umgebenden Raum eingebettet. Es war, als würde er die unausgesprochenen Stellen in seinem Leben, all das Schweigen ausfüllen. Ihm wurde klar, dass man die Wahrheit manchmal nicht sofort erkannte – so wie seine Liebe zu Joy.

In seinem Traum küsste er Joy unter dem heißen blauen Himmel der Wüste Arizonas. Er schmeckte ihre süße Salzigkeit, umfing sie mit den Armen und vereinigte sich mit ihr. Nie zuvor hatte er sich so sehr als Teil einer Frau gefühlt, nie hatte er sich so vollständig gefühlt.

Ein Sturm brach los, und Regen ergoss sich über die Wüste, jenes älteste Bett des Meeres. Es lief voll und wurde zum Ozean. Joy nahm ihn an der Hand, und gemeinsam schwammen sie und gaben sich den Wellen hin. Sie nahm sein Herz in die Hände, als wäre es die Abalone-Muschel, die sie so liebte, und hielt es sich ans Ohr, um ihm zu lauschen.

Als Lewis aufwachte, war alle Angst von ihm gewichen. Hier war er, in Marnies Haus, er hatte sie für immer verloren. Doch sie hatte ihm etwas zurückgegeben. Nicht nur die Tochter, sondern auch die Wahrheit. All die Jahre hatte er sich an ein Fantasiebild von Marnie geklammert. Damit hatte er seine unglückliche Ehe mit Samantha gerechtfertigt, das Gefühl, dass er die falsche Frau geheiratet hatte. Doch seine Marnie war ein Ideal, das es nie gegeben hatte – und Joy … Joy existierte im Hier und Jetzt.

Sobald sie Ballycastle hinter sich gelassen hatten, begann es zu regnen. Obwohl Eddie die Heizung im Mietwagen voll aufgedreht hatte, fror Joy. Fest zog sie sich die Jacke um den Oberkörper und wünschte, sie könnte Lewis' Pullover anziehen, aber natürlich würde es Fragen geben, also saß sie zitternd und zähneklappernd da und sah zu, wie die Straße, die Lewis und sie nach Westen genommen hatten, sich in umgekehrter Richtung abspulte.

Nie zuvor hatte sie so viel Regen gesehen. Es kam ihr vor, als hätte jemand den Himmel aufgestemmt, so unnatürlich schnell stürzte das Wasser auf sie nieder. Die Dichte des Regens setzte die Landschaft unter Hochspannung, durch die sich das Auto seinen Weg bahnen musste.

»Du lieber Himmel, was für ein elendes Land.« Eddie beugte sich über das Lenkrad und spähte angestrengt durch die Windschutzscheibe. »Ich kann kaum was sehen. Wie hält man es bloß aus, in so einem Klima zu leben?«

»Gestern Abend hat es dir hier noch gefallen«, erwiderte Joy. »Da hast du im Pub mit deinen Freunden Lieder gesungen.«

»Ich war betrunken, Joy«, blaffte er sie an. »Jetzt bin ich nüchtern, und ich kann es kaum erwarten, hier wegzukommen.«

Der Regen jagte sie aus Mayo hinaus und weiter durch Roscommon. In Longford ließ er endlich nach, und Eddie trat aufs Gas. Joy wollte an ihrer Vergangenheit festhalten, an dem, was sie herausgefunden hatte, doch ihr Mann führte sie unerbittlich fort.

Kurz vor Kinnegad hielten sie, um zu tanken. Während Eddie zum Zahlen hineinging, suchte sie die Toilette auf.

Sie betrachtete sich in dem zerbrochenen Spiegel. Lewis hatte recht. Das lockige Haar verlieh ihr ein anderes Aussehen. Sie versuchte, es glatt zu streichen, aber es kräuselte sich sofort wieder. Sie legte etwas Lipgloss auf und kniff sich in die Wangen, doch sie sah immer noch müde und abgeschlagen aus. Ihr Funke war verloschen.

Eddie tätschelte ihr das Knie, als sie sich wieder auf den Beifahrersitz setzte. »Alles in Ordnung?«, fragte er.

»Klar«, sagte sie.

Verblüfft beobachtete sie, wie sich die grauen Wolken lichteten und strahlender Sonnenschein den Himmel blau leuchten ließ; die einzige Erinnerung an den Platzregen, den sie gerade erlebt hatten, waren ein paar vereinzelte bauschige weiße Wölkchen. Die Sonnenstrahlen fielen durch die Windschutzscheibe herein und blendeten sie. Eddie holte seine Sonnenbrille heraus, und sie machte die Handtasche auf, um nach ihrer zu suchen. Dabei ließ sie die Tasche fallen, und der gesamte Inhalt purzelte in den Fußraum des Autos.

»Ungeschickt wie eh und je«, neckte Eddie sie und beugte sich hinüber, um ihr beim Aufsammeln zu helfen.

»He, was ist das?« Zwischen dem Sitz und der Gangschaltung fischte er das Blatt mit der Kolibri-Zeichnung heraus, die Lewis für sie angefertigt hatte.

»Gärtnerei Kolibri. Joy Sheldon«, las er vor. »Schaffen Sie sich Ihre eigene Wüstenoase.« Er kicherte. »Willst du ein Geschäft aufmachen, Baby?« Er grinste. Es kam ihr vor, als mache er sich lustig.

»Nein, das hat ein Freund für mich entworfen. Falls ich mal etwas in der Art machen will.«

»Gärtnerei Kolibri?« Wieder hörte sie in seiner Stimme die übliche Herablassung. »Wie willst du denn ein Geschäft führen?«

Eddie und sein gönnerhaftes Feixen. Joy blickte durch das Grinsen hindurch – in sein Inneres. Und plötzlich war sie wie wachgerüttelt, weil ihr klar wurde, dass sie sich nicht mehr angezogen fühlte von ihrem Mann. In diesem Augenblick wurde ihr bewusst, dass der junge, furchtlose Cowboy, in den sie sich verliebt hatte, für immer der Vergangenheit angehörte.

»Du musst so was doch nicht machen. Ich sage dir dauernd, dass alles okay ist. Ich kümmere mich um dich. Du brauchst nicht zu arbeiten«, fuhr Eddie fort.

»Es geht nicht nur ums Arbeiten, Eddie«, sagte sie, darum bemüht, sich ihre Gefühle nicht anmerken zu lassen. »Das ist etwas, wovon ich immer schon geträumt habe.«

»Ich bitte dich, Joy! Blumen? Eine Wüstenoase?« Er lachte, tätschelte ihr noch einmal das Knie, ließ den Motor an und fuhr aus der Tankstelle heraus.

Am Dubliner Flughafen überließ sie ihrem Mann die Führung. Er mochte es, das Sagen zu haben, auch wenn sie sah, dass ihn das Reisen nervös machte und er sich wie ein Fremdkörper fühlen würde, bis er wieder auf heimatlichem Boden stünde. Er bat die Angestellten am Schalter um Sitzplätze über dem Flügel (das seien die sichersten Plätze, erklärte er ihr) und besorgte Bonbons, damit sie keinen Druck auf den Ohren bekamen, irische Chips und ein paar Flaschen Guinness im Duty-free-Shop, um sie den Freunden zu Hause vorzusetzen. Sie wollte gar nichts kaufen. Nicht einmal einen flauschigen grünen Schlüsselanhänger in Form eines Kleeblatts oder eine Keksdose mit Kimberleys oder auch nur eine Postkarte der Grünen Insel.

Als sie die Postkarten betrachtete, musste sie an Lewis denken – und an Marnie. Sie sich zusammen vorzustellen schmerzte sie, auch wenn sie der Frau nie begegnet war. Sie hatte kein Recht, eifersüchtig zu sein. Trotzdem verknotete sich alles in ihrem Innern, wenn sie an Lewis dachte.

Natürlich achtete Eddie darauf, dass sie überpünktlich am Gate waren. Er hatte eine *Irish Times* besorgt und las, während sie aufgewühlt neben ihm saß und die Zeitschrift, die er für sie gekauft hatte, noch nicht einmal aufschlagen konnte.

»Was für ein deprimierendes Land«, murmelte Eddie. »Es gibt keine Arbeit, alle ziehen weg.«

Sie hatte das Gefühl, dass sie Irland eigentlich verteidigen müsste. Immerhin war es das Land, in dem sie geboren wurde. Doch sie war zu müde, um sich zu streiten. Und was hätte sie auch sagen können? Sie hatte keine Ahnung von Arbeitsplätzen oder Auswanderung.

Ihr Flug wurde aufgerufen, und Eddie sprang auf, darauf bedacht, als einer der Ersten an Bord zu gehen. Plötzlich jedoch wurde Joy von starken Bauchschmerzen erfasst. In Wellen überkam sie Übelkeit. »Ich muss kurz zur Toilette. Bin gleich wieder da.« Sie berührte Eddies Hand.

»Jetzt?«, sagte Eddie verärgert. »Aber wir steigen doch jetzt ein. Kannst du nicht so lange warten?«

»Nein.« Sie schüttelte den Kopf. »Geh du voraus und steig schon mal ein. Da stehen doch ganz viele Leute an. Ich brauche nicht lange. Schau«, sie deutete auf die Damentoilette. »Es ist gleich da drüben.«

»Okay.« Er zuckte die Achseln. »Dann bis gleich.«

Sie hastete zur Toilette, aber sobald sie in dem gekachelten Raum stand, ließ der Brechreiz nach. Sie beugte sich über das Waschbecken und spritzte sich Wasser ins Gesicht, holte ein Taschentuch aus der Handtasche und tupfte sich damit die Wangen ab. Sie betrachtete ihr trauriges Gesicht im Spiegel, dann zog sie die Zeichnung heraus, die Lewis für sie gemacht hatte. Mit dem Finger fuhr sie die Silhouette des winzigen Kolibris nach, stellte sich vor, wie Lewis ihn gezeichnet hatte, wie er sich die Worte ausgedacht hatte, die ihr Geschäft beschrieben. Wie er über sie und ihren Traum nachgedacht hatte. Sie merkte, wie sich ihre Augen mit Tränen füllten. Doch sie durfte nicht weinen. Nicht jetzt, wo sie ins Flugzeug steigen und die nächsten sieben Stunden neben ihrem Mann verbringen musste. Aber es tat weh, sich die Wahrheit einzugestehen. Sie liebte Lewis. Sie liebte ihn, doch sie würde ihn niemals wiedersehen.

Sie wischte sich über die Augen, faltete die Zeichnung zusammen und steckte sie zurück in die Handtasche, dann zog sie den Lippenstift heraus. Sie versuchte, ihrem fahlen Gesicht Farbe zu verleihen. Als sie den Lippenstift zurück in die Tasche fallen ließ, sah sie den Zettel, den Josie Whelan ihr heute Morgen gegeben hatte. Sie nahm ihn heraus und las noch einmal die Londoner Adresse ihrer Mutter.

Ihr Flug wurde zum letzten Mal aufgerufen, trotzdem rührte sich Joy nicht von der Stelle. Ihre Hand umklammerte das kleine Stück Papier, als wäre es eine Schatzkarte. Sie durfte es niemals verlieren. Sie spürte, wie ihr Herzschlag auf Kolibri-Frequenz beschleunigte, und ihre Wangen brannten schon bei der Vorstellung zu rebellieren. Konnte sie das wirklich machen? Bis zu diesem Augenblick war es ihr noch nicht einmal in den Sinn gekommen, aber jetzt war es völlig klar: Keinesfalls würde sie dieses Flugzeug nach Amerika besteigen.

Lewis wachte von einem lauten Klopfen an der Zimmertür auf. Mühsam riss er sich aus seinem Traum los. Wo war er? Während er die Umgebung registrierte – die Kunstbände, die Drucke an den Wänden, das geschmackvolle, minimalistische Mobiliar –, setzte er die Ereignisse des Vorabends wieder zusammen.

Erneut klopfte es.

»Komm rein.« Seine Stimme klang schroff. Es war keine Absicht, er war einfach noch im Halbschlaf.

Caits roter Haarschopf tauchte im Türrahmen auf, darauf folgten die grünen Augen. »Tut mir leid, dass ich dich wecken muss«, sagte sie. »Aber ich muss los. In einer halben Stunde geht mein Zug nach Dublin.«

Das war seine Tochter. Diese wunderschöne junge Frau, dieses Wunder, war mit ihm verwandt. Es nahm ihm den Atem, und einen Augenblick lang brachte er kein Wort heraus.

»Du kannst hier nicht bleiben. Du musst gehen.« Sie klang etwas barsch.

»Natürlich«, antwortete Lewis und setzte sich auf. »Aber ich kann dich nach Dublin fahren. Ich fahre doch sowieso in die Richtung.«

Cait war überrascht. »Sicher?«

»Ich würde mich über die Gelegenheit freuen, dich besser kennenzulernen.«

Sie zuckte die Schultern. »Okay.« Er sah, dass sie sich freute, auch wenn sie ganz lässig tat.

»Cait, du bist alles, was ich an Familie habe.«

»Du für mich auch, wie es aussieht.«

Einen Moment lang blickten sie sich an, und es war beinahe mit Händen zu greifen, wie der Abstand zwischen ihnen ein wenig schrumpfte – wie die Flut, die sich langsam den Strand heraufschiebt. Sie brauchten Zeit. Aber sie war sein Kind. Sie würden unweigerlich zueinanderfinden.

»Ich möchte allerdings auf der Fahrt noch einen kleinen Umweg machen, wenn dir das recht ist«, sagte er. »Wann geht dein Flug nach London?«

»Erst heute Abend«, sagte sie. »Wir haben den ganzen Tag Zeit.«

»Es gibt da jemanden, mit dem ich reden muss«, erklärte er.

Er musste es einfach tun, auch wenn er ahnte, dass es ein Fehler war. Joy und ihr Mann hatten sich wahrscheinlich längst versöhnt. Und das wäre auch gut so, versuchte er sich einzureden. Er konnte doch nicht wollen, dass Joy ihre Ehe aufgab und einundzwanzig Jahre ihres Lebens einfach wegwarf.

Andererseits hatte ihm Joys Ehemann nicht gefallen. Über die Jahre waren ihm eine Menge derartiger Kerle in Arizona über den Weg gelaufen – Machotypen in Cowboymanier, die ihre Frauen bevormundeten und sie heimlich betrogen. Er redete sich ein, dass er Joy dieses Elend ersparen wollte. Wenn er sich selbst gegenüber allerdings ehrlich war, dann wollte er sie ganz einfach nicht gehen lassen, nicht jetzt, wo ihm klar geworden war, dass seine eigene Ehe gescheitert war. Er hatte an dem Traum von Marnie festgehalten, weil es erklärt hatte, warum Samantha und er so viele Jahre unglücklich gewesen waren, und gleichzeitig hatte es ihm eine Ausrede dafür geliefert, nichts dagegen zu unternehmen. Marnie war unerreichbar gewesen. Natürlich hatte er sie einmal geliebt. Aber sie waren noch so jung gewesen. Er würde niemals wissen, ob es mit ihnen beiden funktioniert hätte, aber letztendlich spielte es keine Rolle, denn sie war nicht die Frau, die er wirklich wollte, sie war es nie gewesen. Mit überraschender Klarheit wusste er jetzt, dass Joy die Frau war, die er liebte. Im tiefsten Innern hatte er es vom ersten Augenblick an gewusst, damals, als sie in die Galerie gekommen war. Er hatte eine Anziehungskraft gespürt, die so natürlich und eindeutig war, als wären sie zwei Magnete. Anders konnte er es nicht erklären.

Auf der Fahrt von Strandhill nach Ballycastle erzählte Lewis Cait ein wenig von Joys Suche nach ihrer leiblichen Mutter, wobei er darum bemüht war, seine eigenen Gefühle herauszulassen.

»Ich will nur wissen, ob es ihr gut geht«, sagte er. »Vielleicht braucht sie ja auch eine Mitfahrgelegenheit nach Dublin.«

»Es ist fast ein bisschen so wie bei mir«, meinte Cait. »Sie sucht nach ihrer Mom, und ich habe nach meinem Dad gesucht.«

»Und du hast ihn gefunden …«

»Na ja, du hast mich gefunden.«

»Du hast die Postkarten geschickt, Cait.«

Lewis sah zu seiner Tochter hinüber. Sie fläzte auf dem Beifahrersitz, die Füße in den Stiefeln hatte sie auf die Armatur gestellt. Er sagte nicht, dass sie die Beine herunternehmen sollte. Eigentlich gefiel ihm die provokative Haltung, ihr punkiges Aussehen, von den lila Doc Martens über die schwarze Lackhose und die lederne Motorradjacke bis hin zu den dunkel umrandeten Katzenaugen und den schwarz lackierten Fingernägeln. Wäre Lizzie heutzutage jung, würde sie sich ganz genau so anziehen. Seine Tochter war alles andere als spießig, und das freute ihn.

Als sie Ballycastle erreichten, fing es wieder an zu regnen. Er fuhr die Hauptstraße hinunter bis vor das Bed and Breakfast von Mrs McIntyre, blieb dort stehen, und sie warteten ab, dass der Guss nachließ. Cait bot ihm einen Kaugummi an, doch er lehnte ab. Seine Nerven waren zum Zerreißen gespannt. Was genau sollte er Joy sagen, insbesondere wenn ihr Ehemann danebenstand? Möglicherweise war er kurz davor, sich gründlich zu blamieren. Er ballte die Fäuste. Nein, er musste seinem Instinkt gehorchen. Joy empfand etwas für ihn, dessen war er sich sicher.

»Was soll's!«, brummte er, und Cait warf ihm einen neugierigen Blick zu.

»Dauert nicht lange«, sagte er, machte die Tür auf und stürzte sich in den Regenguss. Er rannte den Weg zum Haus hinauf und klopfte an die Tür.

Doch er war zu spät dran. Mrs McIntyre sagte ihm, dass die Amerikaner bei den Coffeys übernachtet hätten, doch als er dort ankam, erfuhr er, dass sie keine halbe Stunde zuvor aufgebrochen waren.

»Der Mann hat gesagt, dass sie heute Abend nach Amerika zurückfliegen«, erzählte Mrs Coffey.

Er hatte seine Chance verpasst. Er kämpfte gegen die Enttäuschung in seinem Herzen an. Besser so, redete er sich ein. Was genau hätte er Joy eigentlich sagen wollen, damit sie ihren Mann verließ? Womöglich hätte es eine Prügelei gegeben. Und wenn man ihren Mann betrachtete – der kleiner, aber kräftiger war als er selbst –, dann hätte Lewis dabei den Kürzeren gezogen. Außerdem hätte er nicht gewollt, dass Caits erster Eindruck wäre, dass ihr Vater ein Raufbold war, der Ehen zerstörte.

Würde er Joy Sheldon nun niemals wiedersehen? Es schien falsch und unvorstellbar. Doch er hatte keinerlei Absichten, jemals nach Arizona zurückzukehren. Wie also sollten sich ihre Wege je wieder kreuzen?

»Ist deine Freundin schon weg?«, fragte Cait, als er wieder ins Auto einstieg. Der Regen hämmerte auf das metallene Wagendach, als wolle er Tausende Nägel einschlagen.

»Ja, ich habe sie verpasst«, antwortete er und wischte sich mit einem Taschentuch über das regennasse Gesicht.

»Das tut mir leid«, sagte Cait.

Er zuckte die Achseln. »Ist wohl Schicksal. Meins hat sich besonders hervorgetan mit schlechtem Timing.«

»Weißt du, wenn ihr füreinander bestimmt seid, dann wird euch das Universum schon zusammenbringen.«

Überrascht blickte Lewis zu seiner Tochter. Woher wusste sie von seinen Gefühlen für Joy?

»Du weißt schon, dass das Unfug ist«, meinte er. »Außerdem sind Joy und ich bloß gute Freunde …«

»Das glaube ich nicht«, unterbrach ihn Cait mit hochgezogenen Augenbrauen. »Ich glaube, dass es uns bestimmt ist, den Menschen, denen wir begegnen sollen, auch zu begegnen … wenn der Zeitpunkt richtig ist. Vielleicht wäre es ja ein Fiasko geworden, wenn du und Mom geheiratet hättet. Ihr hättet euch die ganze Zeit gestritten, und meine Kindheit wäre schrecklich gewesen. Pete war dazu bestimmt, mein Dad zu sein, als ich klein war. Mom und er waren glücklich – also war ich auch glücklich. Es war so gedacht, dass wir beide uns erst nach Moms Tod kennenlernen. Jetzt, Lewis, ist unsere Zeit gekommen.«

Er musterte seine Tochter, deren Worte so klar, so geradeheraus und weise waren. Er wusste, dass er sie nie würde anlügen können.

Mit ihren eindringlichen grünen Augen erwiderte sie seinen Blick.

»Was hältst du davon, wenn ich dich nach London begleite?«, fragte er.

London, 28. März 1989

Ich habe nie aufgehört, an dich zu denken. All die Jahre über habe ich dich nicht loslassen können. Wann immer ich in der U-Bahn saß und mir gegenüber eine Frau in deinem Alter war, die schwarzes Haar und blaue Augen hatte, habe ich mich gefragt, ob du es bist. Würde uns das Schicksal eines Tages wieder zusammenbringen? Wenn ich dich nur intensiv genug herbeiwünschte, würde dich meine Liebe zu mir führen?

Allmählich aber gab ich auf. Es war so viel Zeit vergangen, mein Leben neigte sich beinahe dem Ende zu. Ein Mann und zwei Söhne, die mich in Anspruch nahmen, aber ich konnte dich trotzdem nicht vergessen. Du warst mein Geheimnis, ein winziger Garten in meinem Herzen. Ein Ort, an den ich mich zurückziehen und wo ich mich verstecken konnte, wo ich mich an Kleinigkeiten von dir erinnern konnte. Dein klingelndes Lachen. Der Duft deiner Haut. Das Gefühl deiner kleinen Hand in meiner.

Für die Außenwelt war ich Eva Miller, die Frau des Grafikers. Die Mutter von George Millers Kindern, schillerndes Mitglied der High Society, die die Launen und zahllosen Affären ihres genialen Ehemannes ignorierte –, denn mir blieb keine andere Wahl. In den frühen Jahren hätte ich George niemals verlassen, weil ich dann nämlich in die gähnenden Abgründe meiner Trauer hätte hinabsteigen müssen.

Und doch ging es nie weg. Nacht für Nacht träumte ich von dem Haus in Ballycastle. Träumte, ich liefe die riesige Treppe hinauf und hinunter und risse an den Velourstapeten, immer auf der Suche nach etwas. Im Traum sah ich meine Eltern aus der Tür gehen, sie wandten mir den Rücken zu und glitten die Wiese hinab auf das Meer zu, in ihrem Gefolge eine Schar jammernder Katzen. Ich spürte den heißen Leib meines schwarzen Hengstes zwischen den Schenkeln, während ich über diese Felder ritt, und suchte immer noch nach dem, was ich verloren hatte.

Jedes Jahr an deinem Geburtstag habe ich eine Kerze für dich angezündet. Es waren die einzigen Male, die ich betete, denn ich glaubte schon lange nicht mehr an Gott. Für dich aber schlüpfte ich in die Rituale meiner Kindheit und bat das Jesuskindlein um seinen Schutz, auch wenn du schon lange kein Baby mehr warst. Ich hatte keine Fotos von dir, keinerlei Andenken, die mir halfen, aber ich konnte trotzdem deinen Duft heraufbeschwören. Er war anders als der meiner Jungen. Es war der Geruch nach Heimat, nach dem Torf im Kamin, nach Josies dampfendem Apfelkuchen auf dem Küchentisch. Die Unschuld und Freude unserer zwei gemeinsamen Jahre.

Dann lebte ich allein. Langsam, über die Jahre, hatte ich alle Menschen verloren, die ich liebte. Zuerst meinen Mann, dessen Herzinfarkt so plötzlich kam, dass es mir noch zehn Jahre später schwerfiel, seinen grausamen Tod zu akzeptieren. Er hat nie von dir erfahren. Und dann deine beiden Brüder, die schon lange flügge waren und sich am anderen Ende der Welt niedergelassen hatten. Auch ihnen habe ich nichts erzählt. Du musst verstehen, ich hatte Angst. Nicht etwa davor, dass sie dich nicht akzeptieren würden, denn das hätten sie bestimmt getan. Nein, ich schämte mich, weil ich dich hergegeben hatte. Was würden meine Söhne von mir halten, wenn sie wüssten, dass ich ihre Schwester verstoßen hatte?

Ich habe Marnie vermisst. Sie war die Einzige, die von dir wusste. Wir haben jeden Vormittag telefoniert, gegen elf Uhr, nur um kurz Hallo zu sagen. *Ich habe dich lieb, du bist mir wichtig.* Aber die letzten sechs Monate hatte das Telefon um elf Uhr nicht mehr geklingelt.

Ich hatte Marnie versprochen, dass ich mich um Cait kümmere. Sie hat mir vertraut, obwohl ich ihr von dir erzählt hatte – trotzdem wollte sie, dass ich auf ihre Tochter aufpasse. Cait war viel jünger, als du es heute wärst, aber wir hätten so tun können, als sei sie deine kleine Schwester. Ich denke, du würdest sie mögen. Alle lieben Cait.

Heute sollte Cait aus Irland wiederkommen, und wie immer wollte ich mir um elf Uhr einen Tee kochen. Ich habe das letzte gemeinsame Foto betrachtet, auf dem Marnie, Cait und ich in meinem Garten sitzen, und überall sind die Katzen. Marnie ist in eine Decke gewickelt, obwohl es Sommer war. Sie war damals schon krank.

»Hallo, ich habe dich lieb, du bist mir wichtig«, flüsterte ich meiner verlorenen besten Freundin zu. Ich malte mir aus, wie Marnie in ihrem melodiösen Irisch antwortete.

Eva, meine Liebe, wie geht's?

Das Telefon klingelte. Woher wusstest du, dass das die beste Zeit war anzurufen? Ohne groß nachzudenken, nahm ich ab. Ich erwartete, dass es Cait wäre. Aber es war nicht ihre Stimme. Du hattest einen amerikanischen Akzent, und du sprachst meinen Namen ganz falsch aus.

Kann ich Aoife Martell sprechen?, sagtest du. Ich konnte nicht antworten, so schockiert war ich. Noch einmal hast du gefragt, ob du mich sprechen kannst, und ich knallte den Hörer auf. Ich stand im Hausflur und zitterte wie ein Blatt im Wind. Das Telefon läutete und läutete. Ich hatte solche Angst davor abzunehmen, aber dann plötzlich meinte ich, eine Hand auf der Schulter zu spüren und ein Flüstern am Ohr. Es war Marnie. *Geh dran,* sagte sie. *Genau davon hast du dein Leben lang geträumt.*

Wieder hast du nach Aoife Martell gefragt, und ich sagte, dass ich es sei. Du nanntest deinen Namen, Joy Sheldon, und deine Stimme bebte. *Ich weiß nicht recht, wie ich es sagen soll,* meintest du.

Aber ich wusste schon, was du sagen würdest. Marnie hatte recht gehabt. Mein Leben lang hatte ich auf deinen Anruf gewartet.

Wir trafen uns um drei Uhr in einem Café an der U-Bahn-Station South Kensington. Als ich eintrat, habe ich dich sofort erkannt. Du warst die Frau in der Ecke, die sich an die Tischkante klammerte. Du hattest das dunkle Haar meines Vaters und die blauen Augen meiner Mutter.

Du bist aufgestanden und hast mir die Hand geschüttelt. Deine Handfläche war heiß, deine Wangen flammend rot. Du hast ebenso verängstigt gewirkt, wie ich mich fühlte.

Du hast mir deine Geburtsurkunde gezeigt, und ich las sie: die Wahrheit meines Lebens, die so lange verschüttet gewesen war. Ich blickte auf und sah Joyce in dir.

»Sind Sie meine Mutter?«, fragtest du.

Ich sagte Ja, und fassungslos sahen wir einander an. Keine von uns brachte ein Wort heraus. Ich war völlig durcheinander. Überwältigt. Meine Söhne würden von mir behaupten, dass ich zu einer gewissen Kontrollsucht neige. Ihre Kindheit war immer bis zur letzten Musikstunde, jedem einzelnen Fußballtraining durchgetaktet. Ich hatte meine Aufgabe als Mutter nicht auf die leichte Schulter genommen. Ich hatte versucht, das, was passiert war, wiedergutzumachen, weißt du? Und da saß ich nun mit dir, wusste nicht, was ich tun oder sagen sollte, und hatte das Gefühl zu ertrinken.

Ich fragte, wie du mich gefunden hattest, und du erzähltest mir von deiner Reise nach Ballycastle. Du warst Josie Whelan begegnet, von ihr hattest du meine Adresse in London.

»Letztes Jahr war eine Frau bei Josie und hat ihr die Adresse gegeben. Josie weiß nicht, wie sie hieß, nur dass sie aus Sligo kam.«

Marnie. Die gute Marnie.

»Ich war beim Haus. Es ist verfallen.«

Ich klammerte mich an die Serviette. Natürlich waren meine Eltern tot. Wie sollten sie nach all der Zeit noch am Leben sein? Und doch hatte ich die leise Hoffnung gehegt, meine Mutter eines Tages wiederzusehen. Vielleicht sogar meinen Vater. Ich hatte Jahre gebraucht, um ihm zu vergeben.

Du erwähntest den Meerblick, den man von dem alten Haus aus hatte. Die Kindheitserinnerungen an die Westküste haben mich immer verfolgt. Der Ruf der Möwen, das fortwährende Meeresrauschen – es waren Geräusche, die ich nie ganz zum Verstummen gebracht habe.

»Josie hat mir erzählt, was passiert ist.«

Was passiert ist … Vor Angst schnürte sich mir die Kehle zu. Warst du nach London gekommen, um mir Vorwürfe zu machen? Was war Josies Version dieser dunklen, verzweifelten Nacht?

»Warum hast du mich weggegeben?«

Deine Stimme war leise, aber schneidend vor Wut; als du mir fest in die Augen blicktest, wirktest du nicht mehr sanft und milde. Ich spürte, wie ich innerlich zerbrach. Es war das Beste so, erklärte ich und senkte den Blick. Ich hätte mich um dich nie so kümmern können, wie es eine richtige Familie tun konnte. Aber meine Erklärungen genügten nicht. Natürlich nicht. Warum hatte ich mich darauf eingelassen, dich zu treffen? Wie hatte ich mir nur einbilden können, dass etwas Gutes daraus erwachsen könnte?

»Ich habe zwei Kinder, und nichts in der Welt hätte mich dazu bringen können, sie herzugeben. Hast du mich denn nicht geliebt?«

Das Herz klopfte mir wie wild in der Brust. »Natürlich habe ich dich geliebt.«

»Aber warum hast du es dann getan?«

In deinem Gesicht las ich die Verzweiflung. Du wolltest verstehen. Und doch hatte ich mich mein Leben lang das Gleiche gefragt und wusste noch immer nicht die Antwort.

Ich versuchte mein Bestes. Ich erzählte dir, dass ich bei der Vorstellung, von dir getrennt zu sein, nur noch hatte sterben wollen. Ich hatte der Tatsache, dass wir auseinandergerissen würden, entfliehen wollen. Ich wollte auf dem Pferd mit dir flüchten, weil ich es nicht ertragen konnte, dich zu verlieren.

Deine Wut verlor sich. In deinem Blick lag Mitleid, und das schmerzte noch mehr als dein Zorn.

Und dann gestand ich es dir. Ich hatte meinen Hengst über die Klippe treiben wollen, sodass du und ich uns für immer in den Tiefen des Meeres verlieren würden. Ich war wie besessen, doch mein Pferd hatte mehr Verstand gehabt. Es hatte uns abgeworfen, bevor wir den Abgrund erreichten.

Du sahst mich an und schwiegst, aber ich war nicht in der Lage, deinem Blick zu begegnen.

Ich erklärte dir, dass ich eine Gefahr für dich dargestellt hatte. Ich war nach London geflüchtet, denn andernfalls wäre ich im örtlichen Irrenhaus gelandet.

Noch immer sagtest du nichts.

»Es tut mir leid«, sagte ich und war völlig am Boden zerstört.

Du hast deine Hand ausgestreckt. Du hast deine Finger um meine Hand gelegt. Ich wollte dich nie mehr loslassen.

Nach und nach legten wir alles offen. Die Stunden vergingen wie im Flug. Ich erzählte dir Dinge, über die ich mit niemandem je zuvor gesprochen hatte. Über die ersten paar Wochen in London im Jahr 1953, als ich vor Kummer beinahe den Verstand verlor. Von dem Tag, als ich den Zug nach Cheltenham genommen hatte und zu Fuß bis zum Haus von Richard Lawrence gelaufen war. Ich hatte ihm gegenübertreten wollen, hatte gehofft, dass er sich bei meinem Anblick daran erinnern würde, wie sehr er mich geliebt hatte. Ich erzählte dir, dass ich dich mit seiner Hilfe zurückholen wollte.

Es war ein närrischer Traum gewesen. Auf der Straße vor seinem Haus hatte ich mich hinter einem Baum versteckt und gewartet, bis ich ihn endlich mit seiner neuen Frau aus dem Haus kommen sah. Meine Hoffnung hatte sich zerschlagen, und mein Herz war gebrochen, als ich beobachtete, wie er ihren Arm nahm. Sie war ganz offensichtlich schwanger. Er hatte ihr mit so viel Fürsorglichkeit ins Auto geholfen, dass mir klar wurde, er würde diese Frau und sein ungeborenes Kind niemals verlassen. Ich hatte zugesehen, wie sie davonfuhren, und der Schmerz war derart scharf und heftig, dass ich befürchtete, dort auf der Straße das Bewusstsein zu verlieren.

Ich erzählte dir, wie ich den Verlobungsring in seinen Briefkasten geworfen und den Zug zurück nach Paddington genommen hatte. Ich wollte nichts als den Schmerz loswerden, die klaffende Lücke, die mein verlorenes Baby hinterlassen hatte. Mein ganzer Körper sehnte sich nach dir. Und das war der Moment, da George mich auflas – als ich mich an der U-Bahn-

Station Paddington vor den einfahrenden Zug stürzen wollte. Er hatte mich am Mantelärmel gepackt und mich zurück ins Leben geholt. In sein Leben. Ich sagte dir, dass mein Mann mir das Leben gerettet und doch nie mein größtes Geheimnis erfahren hatte.

Ich stellte dir Fragen. Ich wollte von deinem Leben in Amerika hören. Du erzähltest mir, dass du in einer Stadt namens Scottsdale im amerikanischen Westen aufgewachsen warst. Es war merkwürdig, deinen amerikanischen Akzent zu hören. Wir klangen so verschieden, und doch waren wir ein Fleisch und Blut.

Ich habe dich mit nach Hause genommen. Wir waren nervös und unsicher im Umgang miteinander, immer darauf bedacht, nicht das Falsche zu sagen. Zaghaft entlockten wir einander Informationen, während du mir dabei halfst, das Abendessen zuzubereiten. Ich fragte, ob du schon immer gewusst hattest, dass du adoptiert warst, und du schütteltest den Kopf. Erzähltest, dass du es erst im vergangenen Jahr erfahren hattest, dass dir dein Vater am Tag seines Todes die Wahrheit gesagt hatte. Du musstest das Zwiebelschneiden unterbrechen, weil deine Augen sich mit Tränen füllten, und wischtest dir mit dem Ärmel über das Gesicht.

»Ich glaube, mein Dad wollte, dass ich dich finde.«

Stumm dankte ich deinem Vater. Ich beobachtete dich beim Schneiden. Deine Hände waren genau wie meine: klein, geschickt und kompakt, mit kurzen Kinderfingern und schmalen Handgelenken. Diese sichtbare Verbindung zwischen uns erschütterte mich. Ich war nah dran zu weinen.

Mit einem Glas Wein in der Hand saßest du auf meinem

Sofa. Ich war wie benommen. Gestern hatten wir uns noch nicht gekannt, und heute warst du in meinem Haus, und meine Katzen kletterten auf deinen Schoß. Du fragtest, wie viele Katzen es seien, und ich sagte fünf. Ich liebe Katzen, erklärtest du mir, aber mein Mann kann sie nicht leiden.

Ich erzählte dir von deiner Großmutter, meiner Mutter, die Katzen ebenfalls geliebt hatte. In dem Haus in Ballycastle hatte es immer viele Katzen gegeben. Man musste nur irgendeine Schublade im Hausflur aufziehen und entdeckte drei maunzende Katzenjunge. Du fragtest mich, ob ich wieder einmal nach Ballycastle fahren wolle, und ich sagte, ich wüsste nicht, ob ich dazu in der Lage wäre. Du schlugst vor, gemeinsam hinzureisen, deine Stimme so leise, dass ich es fast überhört hätte. Dein Großmut setzte mich in Erstaunen.

Ich stellte mir vor, wie es wäre, in die Vergangenheit zurückzukehren, und war mir nicht sicher, ob ich es ertragen könnte. Das Haus, in dem ich aufgewachsen war, im Zustand des Verfalls zu sehen. Leere, modrige Zimmer. Meine für immer verlorene Mutter. Denn ein Teil von mir malte sich immer noch aus, dass alles so war wie damals. Meine Mutter und Josie, die in der Küche herumwerkelten, während ihnen Katzen um die Füße strichen und mein Vater draußen auf dem Hof war. Wenn ich nach Ballycastle führe, müsste ich akzeptieren, dass all das für immer vergangen war. Vielleicht aber könnte ich mich dem stellen, wenn du an meiner Seite wärst.

Ohne den leisesten Groll blicktest du mich an, und Zärtlichkeit und Reue überschwemmten mich. Wenn ich doch nur mutiger gewesen wäre. Ich sagte, dass ich jeden Tag an dich gedacht hatte. Du wirktest skeptisch, aber ich wollte unbedingt, dass du mich verstehst.

»Du bist auch Mutter, du weißt, dass es stimmt.«

Als wir uns gerade ein zweites Glas Wein eingeschenkt hatten, klingelte es an der Tür. Athene, meine schwarze Katze, hatte sich auf deinem Schoß zusammengerollt, die kleine rote, Demeter, zupfte am ausgefransten Saum deiner Jeans, und es hatte für mich den Anschein, als hättest du schon unzählige Male genau so dagesessen, während die Katzen auf dir herumturnten. So als hätten wir uns unser Leben lang gekannt.

Ich ging in den Hausflur, und während es ein zweites Mal an der Tür klingelte, legte ich mir die Hand auf die Brust und spürte mein wild pochendes Herz. Ich war wie berauscht, so wie in den alten Tagen, dabei hatte ich gerade mal ein Glas Weißwein getrunken. Mit dir. Meiner Tochter.

Wie würde Cait das Ganze aufnehmen? Ich war mir sicher, dass sie es gut finden würde. Endlich ist die Wahrheit ans Licht gekommen – das wären ihre Worte.

Auf dem Weg zur Tür, Demeter im Schlepptau, schaltete ich sämtliche Lichter ein. Ich wollte, dass Cait die Freude auf meinem Gesicht sähe. Ich wollte sie ganz fest in den Arm nehmen und ihr sagen, dass etwas Wundervolles geschehen war. Du.

Als ich die Tür öffnete, stand mein Patenkind vor mir, und in ihrem knallig blauen Minirock, dem schwarzen Frack und den lila Stiefeln sah sie angriffslustig aus wie immer. Hinter ihr stand ein hochgewachsener Mann, dessen Gesicht im Schatten lag. Ich spürte Gereiztheit in mir hochsteigen. Das Allerletzte, was ich mir wünschte, war die Anwesenheit eines Fremden bei unserer Familienzusammenkunft.

Cait trat auf mich zu und fiel mir um den Hals. Ich war ein wenig überrascht, denn meine Patentochter neigte nicht zu Umarmungen.

»Mach dich auf einen Schock gefasst«, flüsterte sie mir ins Ohr.

Der Mann trat in den Lichtschein auf der Veranda. »Hallo, Eva«, sagte er.

Es war Lewis Bell. Älter. Seine Miene wirkte sanfter und bescheidener, als ich es in Erinnerung hatte; in seinem dichten dunklen Haar waren graue Strähnen, aber es handelte sich unverkennbar um jenen charmanten jungen Grafiker von damals.

»Lewis? Sind Sie es wirklich?«

Ich ließ Cait los und suchte nach einer Antwort in ihren Augen, deren Grün schillerte wie zwei geschliffene Edelsteine. Es war klar, dass sie wusste, welche Rolle dieser Mann in ihrem Leben spielte. Dieses Mädchen war in der Lage, noch aus dem tiefsten Grab die Wahrheit zutage zu fördern.

Als ich die Tür weit aufmachte und Cait und ihren Vater hereinbat, damit sie dich kennenlernen könnten, flackerte eine Sternschnuppe über den Londoner Nachthimmel wie ein Wink des Schicksals. Ich hatte dich zu mir gerufen. Und du warst gekommen.

Dank

Vielen Dank meinen ganz besonderen Agentinnen Marianne Gunn O'Connor und Vicki Satlow und meiner hervorragenden Lektorin Emma Hargrave sowie dem großartigen Team bei Black & White Publishing in Edinburgh – insbesondere Campbell Brown, Lina Langlee und Janne Moller. Auch meinen ersten Lesern Alison Walsh, Ila Moldenhauer, Tracey Skjæråsen, Nina Rolland und meiner Schwester Jane Birman bin ich sehr dankbar. Meinem Bruder Fintan Blake Kelly, meiner Schwägerin Eimear und der Familie Conyard danke ich für ihre Gastfreundschaft in Mayo. Danke meiner lieben Freundin Kate Bootle für ihre redaktionellen Hinweise und meiner lieben Freundin Jo Southall dafür, dass sie mich nach Arizona gebracht hat. Erwähnen möchte ich auch Kate und Rob vom Bespoke Inn in Scottsdale für ihre Gastfreundschaft während meines Aufenthalts in Arizona.

All meinen alten Freunden, insbesondere Donna Ansley,

Monica McInerney und Sinead Moriarty, danke ich dafür, dass sie nie den Glauben an mich verloren haben. Ebenso meinen neuen Freunden in Schottland, vor allem meiner Seelenverwandten Thalia Vazquez, Studienkollegin an der Napier University in Edinburgh, meinen inspirierenden Lehrern David Bishop und Laura Lam sowie meiner Bus-Gefährtin Becky Sweeney. Ein Gruß an Karen Rosenstock, Vanessa Rigby und Melody Nixon von Aurora Writers' Retreats und an all meine wunderbaren Freunde für ihre beständige Unterstützung, insbesondere Ann Seach, Emma Cha'ze, Page Allen, Hege Isaksen, Elisa Bjersand und Suzy Wilson. Ich denke auch an jene lieben Freunde, die wir in den vergangenen Jahren verloren haben – Jenny, Karen, Jason, Serge und Paula –, und an jene, die sie verloren haben, vor allem Cathy, Pat, Cora, Manoushka und Bernie. Ihre Liebe überdauert.

Großer Dank gilt meiner Familie. Meiner Tante Joyce, nach der Joy benannt ist und für die ich die kurze Hommage an meinen verstorbenen Onkel Amancio D'Silva schrieb, meiner Schwiegermutter Mary Ansley sowie meinen Brüdern Paul und Jed. Am meisten danke ich meinem Sohn Corey und meiner Stieftochter Helena. Ich liebe euch so sehr! Und wenn dieses Buch irgendwem gebührt, dann meinem geliebten Barry, der die sich mühende Autorin Jahr für Jahr füttert, tränkt und ihr Obdach gewährt. Du bist mein Held!